P9-AFN-571

Lo que habita dentro

Lo que habita dentro

Malenka Ramos

1.ª edición: julio 2017

Consell de Cent, 425-427 - 08009 Barcelona (España)
www.edicionesb.com

Printed in Spain
ISBN: 978-84-17001-13-1
DL B 13648-2017

Impreso por RODESA
Pol. Ind. San Miguel, parcelas E7-E8
31132 - Villatuerta-Estella, Navarra

El conejo no está aquí,
se ha marchado esta mañana,
a la tarde volverá.
¡Huy!, ya está aquí,
haciendo reverencia.
Tú besarás
a quien te guste más.

(Canción popular)

PRIMERA PARTE

BUNNY EL CRUEL

1

10 de octubre de 2016
Madrid

—Tenía miedo —afirmó Lisa—. Pero no era un miedo racional, si es que unos niños de once y doce años podían controlar ese tipo de sensaciones. Era un terror que iba mucho más allá y cuando entramos en la casa se acentuó. La sensación de que algo nos vigilaba era cada vez más intensa. Creo que, aunque nadie dijo nada porque la mayoría eran chicos, todos teníamos la misma percepción. A fin de cuentas éramos niños, ¿sabe? Los niños sienten y ven cosas que los adultos no pueden ni imaginar.

El doctor Del Río la observó desde el sillón de cuero y desvió ligeramente sus gafas hacia abajo para escribir algo. Una suave aureola de pelo cano a modo de corona parecía brillar por la luz que entraba por la ventana. Las cortinas venecianas tintineaban detrás de él. La claridad que se filtraba golpeaba su nuca. Todas las arrugas que se formaban en su rostro adquirían una profundidad de cicatrices.

—Pero volvieron esas pesadillas, esos sueños recurrentes de tu infancia —dijo—. ¿Cuándo fue la primera vez que viniste a verme?

Lisa pareció meditar unos segundos antes de contestar.

—Creo que hace catorce años.

—Y en ese mismo momento volvías a soñar con todo lo que te sucedió hace veinticinco. Tenías las mismas pesadillas, Lisa. Mezclar la realidad con la fantasía en una etapa de tu vida tan delicada como la propia infancia es más común de lo que pensamos. Es como los niños se protegen de la verdad o, de otro modo, como ven ellos la realidad solapada con una imagen distorsionada de lo que fue toda aquella catástrofe.

«No, doctor, eso es lo que sus estudios dicen, lo que nos enseñan en las facultades cuando se trata de niños con traumas en la infancia; pero todos lo vimos, todos vivimos esa noche del mismo modo y él estaba allí. Bunny el Cruel se apareció delante de nuestras narices y fue cuando todo se desató. Y fue culpa nuestra, doctor. Fue única y exclusivamente culpa nuestra por entrar allí.»

El doctor la miró con los ojos entornados para luego asentir.

—Hace tiempo te expliqué que esas pesadillas se producen durante la fase REM. Cuando uno se despierta lo recuerda todo. No solo pasa con los niños, Lisa, esos terrores pueden arrastrarse hasta la madurez. Se producen trastornos por depresión, ansiedad acompañada de recuerdos traumáticos vividos o incluso temidos, y tú ahora vuelves a recordarlo. O más bien tu cerebro, la parte no consciente, te lo recuerda a través de esas pesadillas. Pero volvamos a ese día —dijo acomodándose—. Volvamos a la raíz de todo. A su inicio. Hace catorce años viniste con los mismos síntomas y hablar del asunto calmó esos terrores. Empezaremos por el principio.

Lisa suspiró. La camisa que llevaba le apretaba terriblemente los pechos y no estaba cómoda sobre aquel diván con una falda tan corta. Se colocó de un modo menos «lamentable» y pensó que el doctor era demasiado viejo para fijarse en aquellas tonterías que a ella le pasaban por la cabeza. Se mantenía concentrado en su papel, anotando como un loco cada palabra que salía de su boca. Con lo fácil que hubiese sido encender una grabadora...

—Nos llamábamos los Supersónicos, por la serie de dibujos animados. Tener dos canales de televisión era algo normal, no como ahora, que tenemos doscientos y no damos con algo interesante. Antes todo era interesante porque era nuevo. Podíamos ver dibujos tan infumables como *Los osos Gummi* o *Las tortugas Ninja*, que era una serie que les gustaba mucho a mis amigos; también estaban *Los Transformers* y todas esas cosas de chicos y que básicamente yo disfrutaba igual aunque fuera una de las pocas chicas de los Supersónicos. Los adultos, por otro lado, dormían la sobremesa con alguna telenovela, veían *Hombre rico, hombre pobre* o *Falcon Crest*. A Cedric le encantaba *Spenser, detective privado* (lo recuerdo muy bien porque Cedric resultaba bastante cargante cuando algo le obsesionaba), *Starman* o incluso *Ballesta.*

Lisa soltó una risa lenta y perezosa. Vio la imagen de su madre apurándose para la cena y de ese modo poder ver *Sábado noche* y *El tiempo es oro*.

—Yo siempre llegaba del colegio sobre las cinco de la tarde. Mi madre me tenía preparadas unas rebanadas de pan con Nocilla y solía sentarme sola o con Enma, mi mejor amiga, cuando me acompañaba a casa, para ver *Barrio Sésamo*. Era un ritual después del colegio. Pero hasta eso lo perdimos después de lo que sucedió.

Sí. Habían entrado en la casa Camelle, la mansión más antigua y fantasmagórica de San Petri, que ni siquiera el ayuntamiento deseaba como biblioteca pública o lugar de recreo, y habían subido desde el sótano hasta el piso superior, observando cada detalle de aquel lugar en fila india. En cabeza iba Claudio de Mateo, luego su hermano, Dani, ella, Enma, Cedric y Bruno.

—Era el Samhain. Una fiesta muy similar a Halloween. No todos los pueblos de la costa de la Muerte solían celebrar ya esa festividad heredada de los celtas, pero en San Petri las antiguas costumbres seguían establecidas en la población. Éramos un pueblo de interior, aunque a pocos kilómetros estaban las costas, y con ellas todas las leyendas que nuestros padres y abuelos nos contaron desde que tengo uso de razón. Supongo que, como pueblo sin playa y sin una leyenda que narrar, nuestra «comunidad» mantenía la noche de brujas como algo suyo, algo que no podían arrebatarles.

—¿Te refieres a las tragedias de los barcos hundidos?
Lisa afirmó muy despacio.

—Creo que sí. Lo que quiero decir es que cada pueblo de la costa tenía sus historias. En Corcubión se hundieron veinticinco barcos de la Armada española en el siglo XVI y murieron más de mil setecientos marineros bajo una tormenta devastadora que los tumbó. El *Serpent* naufragó en Camariñas. Mi padre me contó que era un buque inglés inmenso, con seis cañones y tres tubos lanzatorpedos, y que sin embargo esa modernidad en aquel tiempo no le sirvió de nada. Murió casi toda la tripulación, a excepción de tres marineros que se salvaron por los pelos. En el pueblo más cercano a San Petri, Camelle, naufragó el *City of Agra* en el año 1897, y casi treinta años después, el *Nil*, un carguero francés. Después un carbonero griego y en 1955 el *Olympe*... Lo que trato de decirle es que me quedaría corta hablando de naufragios, porque todavía existen muchos más. Nosotros crecimos con todas aquellas historias de marineros ingleses flotando en aguas gallegas; los hermanos mayores asustaban a los pequeños con todo aquello, y aunque lo pasábamos realmente mal, en el fondo, era parte de nuestra infancia. Construir una cabaña en un árbol y hablar de fantasmas en las costas próximas nos divertía, y mucho. Aunque nosotros no teníamos costa ni fantasmas, o eso creíamos. Así que la noche de brujas se celebraba casi con cierta locura, nos disfrazábamos cada año de lo que nos diera la gana y recorríamos las calles de San Petri con cubitos de plástico pidiendo caramelos. Al final la gran mayoría de los disfraces eran de marineros mutilados con cangrejos en los hombros en vez de loros.

—Y la casa era parte de esas pocas cosas que vuestro pueblo poseía como propias —alegó el doctor.

—Así es. Habíamos escuchado antiguas historias de la casa Camelle. Había sido construida por uno de los pocos supervivientes de uno de los naufragios, aunque nadie sabía muy bien de cuál. Unos contaban que aquel marinero se casó con una mujer de San Petri y que después de tener muchos nietos los mató a todos cuando se volvió loco. Nadie encontró los cuerpos, o al menos eso decían los que se llamaban a sí mismos «cronistas» del pueblo. Hablaban de que la casa se había construido sobre un antiguo pozo tan profundo que muchos decían que llegaba al mar. La casa se quedó totalmente vacía ya por los años cuarenta, y en 1987, que era cuando nosotros entramos por primera vez, estaba a punto de derrumbarse. Era bastante tétrica. Estaba llena de cucarachas y ratas, algo que comprobamos nada más bajar a aquel sótano. Por supuesto había un pozo, pero no lo vimos hasta que salíamos de allí.

—Después de recorrer la casa —dijo el doctor Del Río, releyendo su antiguo informe—, subisteis al piso superior y os asomasteis a la ventana.

—Y saludamos a los chicos del San Gregorio, que aún esperaban abajo casi tan muertos de miedo como nosotros. Esos muchachos nos habían visto discutir en la calle porque uno de mis amigos quería entrar e inspeccionar la casa; nos vieron con nuestras bicicletas y, como siempre, fueron con la intención de buscar pelea, de quitarnos nuestros caramelos y reírse de nosotros. Eran cosas normales. No eran malos chicos, pero se consideraban demasiado adultos y no lo eran...

Lisa contrajo el rostro en una mueca de dolor y duda. Tenía el pelo recogido en una coleta baja, pero lo llevaba demasiado largo y a veces le molestaba. Se acarició los mechones con las uñas y se dio cuenta de que temblaba.

—Los chicos a los que asesinaron eran los que esperaban fuera, ¿no es así?

—Entraron cuando nos oyeron gritar... Creyeron que nos habíamos caído o que parte del sótano se había venido abajo, sabe Dios, pero entraron...

Hizo una pequeña pausa y se inclinó en el diván para bajarse la falda y beber un poco de agua que el doctor Del Río siempre dejaba en una mesita auxiliar. Sentía la garganta seca y le picaban los ojos. No deseaba recordar.

—Subimos al piso de arriba como prometimos —prosiguió—. Recorrimos cada habitación; algunas no tenían más que un somier destartalado o un armario viejo de madera. La cocina estaba infectada de cucarachas y todavía había platos con restos de comida casi momificada en el fregadero. Y luego estaba aquel salón, repleto de muebles viejos cubiertos de sábanas y con un piano de cola. Vimos un pequeño joyero sobre la chimenea. Creímos que sería una buena prueba de que habíamos estado allí y nos lo llevamos. Dani lo guardó en su bolsillo del pantalón. Aquello abultaba mucho, pero le dio igual. Dentro había varias monedas de lo que parecía oro. Quizás eran monedas de los naufragios, o eso creímos. Luego volvimos al sótano para salir de la casa y fue cuando vimos el pozo.

Cerró los ojos y evocó aquel momento. El pozo estaba situado en un rincón de aquel sótano. Había estanterías repletas de tarros de cristal con lo que parecían conservas, cajas de madera apiladas por doquier en cada uno de los extremos y, al fondo, el pozo. Se elevaba unos treinta centímetros del suelo y estaba cerrado con una tapa circular de metal. Claudio quería abrirlo, pero Cedric estaba demasiado asustado. Enma lloraba por los nervios, y Dani y Bruno, el chico del San Gregorio, ni siquiera se movían.

—Abristeis el pozo —oyó decir al doctor.

—Sí. Claudio y Bruno eran los más fuertes. La curiosidad con doce y quince años era demasiado intensa como para salir de la casa sin ver lo que había dentro. Había una bombilla colgando del techo y, para nuestra sorpresa, funcionaba. Cuando Dani la encendió creo que nos asustamos aún más, porque nos vimos las caras de pánico. Ya había sido bastante terrible recorrer la casa y en aquel momento estábamos delante de aquel pozo y nos imaginábamos casi cualquier cosa.

El doctor pasó varias páginas y se quedó durante unos instantes pensativo. Luego le dirigió una mirada perezosa.

—Pero hace catorce años mencionaste que en una de las habitaciones habíais encontrado juguetes.

Lisa asintió.

—Juguetes. Sí. Es cierto. Estaban desperdigados por el suelo de una de las habitaciones: un tiovivo de metal con varios caballitos de latón, alguna muñeca de trapo (con los ojos de botones cosidos de un modo torpe o acelerado) y canicas. Luego, en otra de las habitaciones, encontramos un tractor de Payá, coches de hojalata, una noria y un carricoche de lo más horrible.

«Se movieron. Las canicas rodaron por las tablas de madera; el tiovivo empezó a girar como empujado por una mano fantasmal, y el carricoche rodó hasta la puerta.»

—¿Y qué fue lo que os asustó?

—Supongo que todo en general —mintió—. Cuando un niño tiene miedo contagia a todos los demás. Enma chilló como una rata de campo, empujó a Cedric, que ya de por sí estaba muerto de miedo, y al final todos salimos corriendo escaleras abajo para volver al sótano y salir pitando de aquel lugar. Supongo que cuando gritamos los chicos del San Gregorio se asustaron bastante y entraron para ver si su amigo estaba bien.

«Y luego estaba el pozo, y aquel magnetismo tan intenso que nos hizo frenar en seco y situarnos a su alrededor. El pozo Camelle iluminado por la luz amarillenta y vacilante de una bombilla que no debería haber funcionado. El chasquido de la tapa de metal cuando Dani y Bruno desplazaron con bastante esfuerzo aquel peso hacia un lado y el golpe de aire que nos embistió a todos y nos dejó petrificados durante unos segundos.»

—Continúa.

—Creo que por un momento no nos movimos y nadie dijo nada. Solo podíamos oír el sonido acelerado de la ventana mientras el hermano de Bruno y los otros dos chicos asomaban las cabezas, algo asustados, para ver por qué habíamos gritado y hecho tanto ruido cuando bajamos como caballos de carreras el segundo piso. El pozo estaba muy oscuro. Fue David, el hermano de Bruno, el que cogió un pequeño guijarro del suelo y lo lanzó dentro con la intención de averiguar su profundidad —murmuró. Soltó un jadeo ahogado y deseó con todas sus fuerzas haber podido encender un cigarro antes de continuar—. No oímos nada. Ni un solo ruido o golpe, y eso que esperamos. Esperamos mucho tiempo, pero no sonó. Entonces David gritó inclinándose sobre el pozo algo como «¡Eh!, ¿hay alguien?». O algo así. Cedric susurró con apenas un hilo de voz que el pozo parecía que sí llegaba al mar, algo que provocó la risa de Bruno; y luego estaba Dani, con la vista clavada en el agujero, las cejas arrugadas en un gesto de concentración y aquella manera de mover los ojos de derecha a izquierda cuando pensaba...

Lisa hizo una pausa y sopesó sus propios recuerdos. El sonido del aleteo todavía resonaba con intensidad en su cabeza. El pozo tenía unos pequeños peldaños metálicos que descendían hasta el mismo infierno. Eso era lo que Dani miraba con tanta curiosidad, aquellas barras metálicas clavadas en la propia piedra del interior del foso que le recordaban a las escalerillas de las piscinas o a los anclajes metálicos de los postes de luz.

«Se podía bajar, pero también subir.»

—Os fuisteis corriendo de allí y luego comenzó todo —afirmó el doctor.

Ella lo miró desde lo más profundo de sus pensamientos y afirmó muy despacio, porque no estaba dispuesta a contar lo que realmente había pasado. No era necesario. Él jamás la creería, como tampoco lo hicieron sus padres o el policía que les interrogó días después.

«Al final los niños olvidan todo, o eso creen. Durante un tiempo. Luego uno crece y se hace adulto. Uno recuerda muchas cosas, pero también pierde recuerdos que en su momento fueron importantes. A veces, solo a veces, uno finge que no se acuerda, pero vive atormentado durante toda su vida. Y sigue abriendo el armario antes de acostarse, mira debajo de la cama o escucha detrás de una puerta. Eres adulto, sí, con demasiadas preocupaciones en tu vida que te hacen olvidarte de lo que un día fuiste, pero los terrores siguen ahí, martilleándote la cabeza cada vez que apagas la luz. Pero tú sigues encendiendo una lamparita de mesa para no dormir totalmente a oscuras, compras una casa sin sótano, miras por el retrovisor instintivamente creyendo que verás a alguien sentado en el asiento de atrás... Eres adulto, sí, pero tus miedos, también.»

2

31 de octubre de 1987
San Petri-Costa de la Muerte (Galicia)

Comenzó de un modo accidental, del mismo modo que empieza una tormenta de verano, o incluso de la misma manera que el mar —hasta entonces en calma— se retrae para volver y devorarlo todo en absoluto silencio. No hay nada y luego está. Después es mucho más difícil deshacerse de ello. Lo mismo pasa con los terrores nocturnos, las pesadillas que se repiten una y otra vez en bucle. Siempre debajo de la cama o en el armario. Siempre en ese rincón oscuro donde se apila la ropa o se guardan las cajas de juguetes. Uno ve algo o quizá no, quién sabe... Pero está. Siempre está.

Ellos estaban en el lugar idóneo y en el momento más oportuno. Cedric Conrad, vestido de cubo de Rubik, porque su madre había metido el traje de momia en la lavadora y se había desteñido hasta alcanzar un tono rosa. Sin duda, para Cedric, ir de momia rosa era una pesadilla, lo más parecido a un suplicio. Por nada del mundo se habría puesto aquel disfraz descolorido, no quería arriesgarse a que los niños del San Gregorio le pillaran en mitad del pueblo y le lanzaran piedras desde sus bicicletas. Cedric era pequeño y desgarbado, aunque su madre solía decirle que ya crecería, que aún tenía once años y el estirón llegaba después. Su padre, un ingeniero norteamericano trasladado por su empresa para el proyecto de los nuevos diques que se proyectaban para varios pueblos costeros, no solía estar en casa, así que no vio a su hijo suplicando de rodillas a su madre que no le pusiera aquel traje rosa.

En aquel momento estaba delante de la casa Camelle junto a sus amigos: Dani de Mateo con un traje de vampiro y su hermano Claudio, un año mayor que él, de mafioso; luego estaban Lisa Barral, vestida de bruja con un gorro en punta que bien podría haberles sacado un ojo cada vez que se agachaba, y Enma Lago, de niña de la curva, o eso decía. Iba con un camisón blanco hasta los tobillos y unas zapatillas del mismo color que solía usar para gimnasia. Se había pintado unas terroríficas ojeras grises bajo los ojos y solo con mirarla a uno se le erizaban los pelos de todo el cuerpo. Cedric era bastante miedoso, todo había que decirlo, y en ese instante, mientras sujetaba la bicicleta y observaba a Dani con expresión circunspecta, analizando los amplios ventanales de la fachada norte de la casa, sintió miedo.

—No me gusta nada esta casa —dijo Lisa con aire desenfadado, mientras se acoplaba la nariz de plástico sujeta con dos gomas a su cabeza—. Mi madre dice que lleva años cerrada a cal y canto, que era de un marinero inglés, uno de los que sobrevivieron al *Serpent* y que se volvió loco.

Cedric la miró con los ojos muy abiertos y se ajustó las medias negras, que empezaban a resbalarle por el calor.

—¿Cómo loco? —preguntó Cedric dejando caer la bici sobre un montón de arbustos.

—Pues loco. Tarado. Chiflado. —Hizo un gesto con el dedo índice girándolo junto a la oreja y sacó la lengua.

Dani comenzó a reír solapadamente. Se apartó la capa de vampiro, bajó de la bicicleta y se aproximó a la verja oxidada de la casa. El metal estaba lleno de telarañas y el jardín interior era un zarzal en toda regla. Los robles impedían ver la totalidad del edificio, pero se podía observar parte de la fachada desconchada, la puerta principal de madera y las ventanas del piso inferior selladas con maderos para impedir seguramente que nadie entrase en la propiedad.

—¡Venga, Dani! —gritó su hermano—. Ya es tarde y aún no hemos conseguido todos los malditos caramelos. —Balanceó el cubo de plástico verde que llevaba en el manillar y puso los ojos en blanco.

Dani seguía absorto en la fachada de piedra y azulejos satinados, las seis ventanas superiores con los marcos blancos y la piedra (enmohecida a modo decorativo).

A través de la verja contempló la gran puerta de doble hoja pintada de blanco, los ventanucos rectangulares y diminutos de los sótanos (también tapiados con tablones de madera carcomidos) y el piso inferior. Contó dos plantas y el sótano. Pudo ver que una de las ventanas superiores tenía los postigos ligeramente abiertos. Se veían la agrietada pared del interior y un enorme crucifijo de madera que colgaba torpemente, algo torcido. Avanzó un poco más hacia la entrada con la bici en una mano y tanteó la verja, pero estaba cerrada con una cadena gruesa y dos candados.

—No te acerques tanto, rubito —oyó decir a Lisa con cierta sorna—. Si tocas esa verja cogerás el tétanos o algo peor.

Lisa siempre le llamaba «rubito» de un modo afectuoso, porque Dani, muy lejos de parecerse a su hermano, poseía una mata de pelo rizada y rubia que le cubría toda la cabeza. Claudio, en cambio, era la antítesis de su hermano: era moreno, con los rasgos muy marcados ya para sus doce años, y tenía unos profundos ojos castaños casi negros que cuando te miraban fijamente te intimidaban. En cambio, Dani supuraba dulzura, no solo en la forma de expresarse, que siempre era cauta y suave, sino en sus gestos, la forma de moverse o incluso de pensar, pues solía evadirse muy a menudo cuando estaban todos juntos. A veces Lisa se preguntaba en qué estaría pensando, qué cosas pasarían por su cabeza o incluso cuál era su opinión de todos ellos. Pero lo cierto es que ambos hermanos eran altos y delgados, detalle que ponía más en evidencia la baja estatura de Cedric, que no les llegaba ni a la nariz. A Dani le apasionaba dibujar, en cambio, Claudio solía pasar horas escuchando a su abuelo, de origen italiano, y sus aventuras medio inventadas. Y no es que su abuelo fuera mentiroso, solo estaba muy mayor y a veces tendía a exagerar sobre la importancia de los italianos en la Segunda Guerra Mundial, las mafias y todo lo que rodeaba su juventud, casi olvidada. Pero a los chicos les gustaba escucharlo, se sentaban con una limonada cuando no tenían otra cosa mejor que hacer. Lisa siempre observaba a Dani con su bloc de dibujo y la cabeza en otro mundo, el rostro concentrado de Claudio mirando fijamente a su abuelo con cierta vehemencia o incluso Cedric con la boca abierta y aquella costumbre que se había convertido en una especie de tic cuando arrugaba la nariz y cerraba ligeramente los ojos.

—¿La casa de un marinero inglés?

La voz de Claudio, grave y casi de adolescente, devolvió a la realidad a Lisa, que miró a sus amigos.

—No es posible —respondió Enma—. Esa casa se construyó en 1930. Lo pone en la plaquita de la verja. El *Serpent* se hundió muchos años antes. Mi abuela ni siquiera había nacido cuando a ese buque se lo tragó el agua.

—Entonces preguntaremos a mi madre cuando volvamos —alegó Cedric—. Toda su familia es de aquí, algo recordará.

—Pero ¿por qué está abandonada y todo el mundo dice que está embrujada?

Todos miraron a Lisa, que permanecía impávida junto a Dani con aquel faldón negro y la cara pintada de verde, moviendo el cubito de plástico con caramelos como si fuera un balancín.

—Pues porque todas las casas con esa pinta lo están —dijo Cedric casi indignado—. Por eso nadie la compra.

—¿Qué habrá dentro?

Dani volvió a apoyar las manos en la verja herrumbrosa y la movió hasta que se abrió levemente y comprobó que había suficiente espacio entre ambas puertas y el candado para pasar.

—No estará pensando en entrar ahí, ¿verdad? —preguntó Enma con gesto de asombro—. Hoy es la noche de brujas, el Samhain. Tenemos que pedir caramelos antes de las doce y todavía no tenemos los cubos ni por la mitad. Si ahí dentro hay fantasmas, esta noche estoy segura de que estarán encantados de saludarnos, Dani.

—Solo comprobaba una cosa... —respondió él—; además, tú estás protegida con ese collar de castañas que tu abuela te ha puesto en el cuello. Ningún monstruo te atacará si lo llevas puesto.

Todos rieron al mismo tiempo y Enma puso cara de circunstancia.

—Eres idiota, Dani. Este collar ahuyenta a los malos espíritus.

—¿Llevas tu tirachinas? —preguntó Dani a su hermano. Este afirmó y Dani sonrió—. Entonces si la cosa se pone fea siempre podemos usar tus castañas como proyectiles.

Otro aullido de risas emergió de los chicos mientras Enma miraba al cielo y se cruzaba de brazos.

—No voy a entrar en esa casa. Me da miedo —sentenció.

Lisa puso los brazos en jarras, se apartó la melena negra de la cara y volvió a colocarse la nariz de bruja con sumo cuidado.

—Yo sí me atrevo, siempre que vaya en medio —apostilló.

—¡No! —exclamó Cedric—. Son más de las siete. Si no llego a tiempo a casa me quedaré mañana sin ver *Starman*. Vamos a recoger los caramelos que nos quedan y volvamos. Este estúpido disfraz de cubo me está ahogando y tengo que estar en casa a las diez y media como muy tarde. ¡Aún nos queda la mitad del pueblo!

Claudio le lanzó una mirada inquisitiva y luego bufó algo entre dientes, mientras se colocaba el sombrero y alisaba los pliegues de su chaqueta de rayas azul.

—Solo serán diez minutos, Cedric. Entramos, miramos lo que hay dentro y salimos.

Mientras los cuatro discutían si entrar o no en la casa, el sonido de unas bicicletas por el camino de piedras les distrajo unos segundos. Se encontraron repentinamente con cuatro de los alumnos del San Gregorio frente a ellos. Ninguno iba disfrazado, pero llevaban los cubos de plástico y, por su interior, les había ido mejor que a ellos. Entre ellos estaba Bruno Barroso, su hermano menor, y otros dos chicos a los que no conocían más que de vista, pero los cuales tenían el mismo gesto de macarras que solían tener los adolescentes de quince años de un colegio católico como el San Gregorio.

—¡Eh, trozos de mierda! —gritó Bruno—. ¿Visitando a la familia?

El chico, que debía medir ya casi metro ochenta, se bajó de su bicicleta y dando largas zancadas se dirigió hacia ellos. Repentinamente se percató del traje de Cedric, levantó ambas cejas y comenzó a reír como un demente.

—¿Ese es tu disfraz? ¿Esa mierda es tu disfraz?

—Yo al menos llevo uno —murmuró tembloroso Cedric, casi entre dientes.

Bruno lo miró con las mejillas encendidas. Lo empujó y le hizo trastabillar hacia atrás.

—¡No le toques! —gritó Lisa.

Claudio se situó delante de ella y miró a Bruno con sus ojos de gato. Este apretó los labios formando una línea recta y luego desvió la vista al resto de los muchachos, que se habían situado en fila, uno al lado del otro.

—Cállate tú, piernas de alambre.

—Déjala en paz —susurró Dani.

Bruno sonrió de un modo desconcertante mientras sus amigos seguían al otro lado de la calle riendo como hienas. Volvió la vista hacia Dani.

—Y tú también, marica de mierda.

En ese momento Claudio le dio un puñetazo en el estómago y Bruno cayó hacia atrás, al tiempo que sus amigos tiraban las bicis al camino y corrían en su ayuda.

—No insultes a mi hermano, boca de mierda.

En una milésima de segundo Lisa pensó que, si aquel chico se levantaba y atacaba a Claudio, estarían perdidos, porque era mucho más alto y fuerte que él. Para sorpresa de Bruno se incorporó, apretó las mandíbulas con fuerza y miró la casa.

—Está bien, gallinas —dijo. Empujó a Claudio con fuerza, haciéndole caer al suelo, y avanzó hasta la verja sacudiéndose los pantalones vaqueros, llenos de tierra—. Truco o trato. Si entráis quince minutos en esa casa y os asomáis por las ventanas de arriba, os daremos nuestros caramelos y no habrá pelea; si no lo hacéis, os moleremos a palos y nos llevaremos los vuestros.

—¡Eso no es justo! —gritó Enma. Le temblaban los labios y sus manos sudaban copiosamente.

—Cierra el pico. ¡David! —gritó a su hermano. Y este corrió hacia ellos como si le llevara el diablo—. Coge sus cubos de caramelos. Esperaremos aquí.

—Si entramos os iréis con nuestros cubos —dijo Claudio.

—Y si no entráis os daremos una paliza y nos iremos igual con ellos, idiota.

Todos se miraron con cierto recelo. Los otros dos chicos, ambos rubios, que estaban justo detrás de Bruno y David, se mantenían alerta con sus camisetas de rayas y sus pantalones desteñidos.

—Está bien —dijo entonces Dani—. Pero tú entrarás con nosotros para asegurarnos de que no os vais. Es lo justo, a menos que seas un cobarde y te dé miedo.

En el rostro de Lisa se dibujó un destello de malicia y alegría. Bruno los miró con cierta duda y luego se giró hacia sus amigos.

—David, coge sus cubos y esperad aquí —dijo al cabo de unos segundos—. ¿Alguien tiene reloj?

Su hermano movió la cabeza afirmativamente señalando su Casio.

—¿Qué hora es?

—Las siete.

—Entonces calcula quince o veinte minutos. Si alguno de estos sale antes, pierden.

David asintió y comenzó a dar a los botoncitos de su reloj. Tenía el pelo peinado con raya y parecía un monaguillo. Lisa calculó que todos debían de tener unos quince años, aunque el tal David parecía más pequeño, pero era igual de alto y tenía el pelo cobrizo como su hermano.

—Maldito zanahorio —bufó Claudio, pero Bruno no lo oyó. Ya estaba colándose por el hueco de las dos puertas metálicas. La cadena tintineaba mientras apretaba todo el peso del cuerpo contra el metal.

Cuando estuvieron todos en el jardín, la casa daba aún más miedo. Las zarzas habían crecido y lo que parecían rosales se habían secado. Había dos robles a cada lado del camino y una especie de enredadera se erguía sobre la fachada, trepando por ella hasta la primera ventana de la planta baja.

—Entraremos por el sótano —dijo Dani tras comprobar que la puerta principal estaba cerrada—. Desde fuera vi una de las ventanas sin tapiar.

—Yo no *cabo* por ese hueco.

—Cedric, por favor. Ese traje es de gomaespuma —susurró Lisa—. Y es «Yo no quepo». Se aplastará y volverá a su posición. Mira.

Lo apretujó entre sus largos y delgados brazos, y el

traje de cubo se quedó casi plano. Con un «plop» volvió a su forma. Cedric se hinchó mientras intentaba quitarse un mechón de pelo lacio y sudado que tenía pegado a la frente.

—¿Ves?

—¡Vamos, perdedores! —gritó Bruno al tiempo que empujaba la ventana con ambas manos con ayuda de Dani hasta que esta cedió y se abrió.

—Seguro que cogemos alguna enfermedad pulmonar ahí dentro —sollozó Enma, que caminaba detrás de ellos—. El polvo me da alergia, y puede haber clavos oxidados y vigas rotas. ¡Y ratas!

—Yo iré delante —afirmó Claudio—. Luego os ayudaré a bajar a los demás.

—Un cortocircuito puede quemar la casa —prosiguió la niña—. Las escaleras están rotas, pueden ceder. ¡O el techo! Las...

—Enma, por tu madre santa —imploró Claudio, que se dio la vuelta—. No nos va a pasar nada. Es solo una maldita casa vieja. Iremos con cuidado y todo saldrá bien. Y deja de decir esas cosas porque me estás poniendo nervioso.

Pero ella no lo tenía tan claro. Miró en todas direcciones y luego a Claudio, que la observaba fijamente mientras los demás llegaban a la fachada principal. Abrió la boca con la intención de decir algo, pero él la interrumpió.

—No... nos va... a pasar... nada... Vamos.

Dicho y hecho, Claudio se quitó la chaqueta de mafioso y la colgó de uno de los zarzales. Se arremangó la camisa hasta el codo, metió ambas piernas por el hueco de la ventana y se descolgó muy despacio, hasta que se le perdió de vista. Se oyó un golpe seco y se hizo el silencio. Todos se quedaron inmóviles, hasta que una mano les hizo saltar del susto y vieron a Claudio asomarse de nuevo por la ventana sobre una caja de madera enorme.

—Vamos —dijo—. Esto está lleno de cajas. Ahora podréis bajar mejor. Vamos, Enma, tú primero y luego Lisa. Se hace muy de noche y en poco tiempo no veremos nada aquí dentro.

—¡Tengo miedo!

—No seas tonta, Enma —le dijo Dani—. Es solo una casa vieja. Subiremos al piso de arriba y luego volveremos a salir por el sótano. Los fantasmas no existen.

—Y nos llevaremos vuestros caramelos —añadió Lisa mirando fijamente al chico del San Gregorio, que le dirigió una sonrisa sagaz que la ruborizó. Luego saltó por el hueco de la ventana como si fuera una contorsionista de circo—. Idiota...

3

10 de octubre de 2016
Madrid

—Me gustaría hacer un pequeño inciso —prosiguió Lisa—. San Petri era un pueblo que por aquel entonces tenía unos ocho mil habitantes. Hágase una idea de lo que podía llegar a ser una oleada de asesinatos y desapariciones de niños. La gente no estaba acostumbrada. Era todo demasiado familiar, nos conocíamos, en mayor o menor medida. Había dos iglesias, un ayuntamiento, una biblioteca pública, un centro de salud... No era una ciudad. En una gran urbe las cosas malas se ven lejanas. Puede suceder algo realmente terrible en la calle de al lado que tú jamás te sentirás en peligro, porque esa misma ciudad te ampara. Si un asesino, un loco o un pederasta anda suelto por la ciudad, tienes la convicción de que se perderá por esas calles, que tu casa forma parte de miles de casas y difícilmente la elegirá al azar. No sé si me entiende, pero en un pueblo como San Petri esa seguridad no existía.

El doctor la miró con los ojos muy abiertos y asintió.

—Erais unos niños y os tocó muy de cerca. Supongo que ya no es solo el hecho de que vivierais todos en un pueblo, sino del trauma que os ocasionó experimentar en primera persona lo que la mayoría de la gente solo conoce por la televisión o las películas —dijo. Dejó la libreta sobre su regazo y se cruzó de brazos—. Dime una cosa, Lisa: ¿tus pesadillas son iguales que las que tuviste por aquel entonces?

Ella negó con la cabeza.

—Son mucho más intensas. Si le soy sincera, no creo que esta vez me resulte tan fácil desprenderme de ellas.

—Háblame de tus amigos. ¿Has vuelto a saber de ellos? ¿Les llegaste a contar lo que te pasó hace catorce años, lo que te sucede ahora?

—No. Todos nos fuimos de allí más pronto que tarde. Creo que de un modo indirecto ninguno quería recordar lo que pasó en San Petri, y vernos significaba sentarte delante de un jodido televisor con una serie de nuestras vidas por capítulos.

Ese era el problema. Lisa habría dado lo que fuera por volver a ver a cualquiera de ellos en algún momento de aquellos veintinueve años, pero siempre había una excusa, una razón para no llamar. Eran sus ojos; verdes, azules, marrones, no importaba su color, sino lo que le transmitirían si volvía a tenerlos delante. Lo que vio durante los meses que siguieron y lo que no deseaba volver a ver en toda su vida.

—En tu informe, me indicaste que todos recibisteis apoyo psicológico, que participasteis tanto individualmente como en grupo y se os mantuvo después de mudaros.

«Sí, doctor. Pero eso serviría para las víctimas de un asesino en serie o quizá de un accidente aéreo o un secuestro. Nada nos podía librar de Bunny, ni los psicólogos infantiles ni una legión de psiquiatras. Ni siquiera Dios.»

—Así fue —respondió. Sacudió la cabeza y volvió a sentir la necesidad de encender un cigarrillo—. ¿Puedo fumar?

—Sabes que no, Lisa.

—El colegio San Gregorio era un colegio católico de curas situado a las afueras de San Petri —continuó con cierto nerviosismo—. Estos detalles no creo que salgan en ese informe. Fui muy poco concisa la primera vez que vine aquí. Mi pandilla iba al colegio público, que estaba en el pueblo, pero los otros cuatro chicos estudiaban allí y, bueno, creo que también era una tradición llevarse mal con los chicos del San Gregorio. Éramos como dos equipos de fútbol enfrentados en la liga. Desde que teníamos uso de razón, ya nuestros padres se tomaban a risa esa enemistad. Ellos también habían sido jóvenes y se habían llevado mal con los alumnos del San Gregorio. Así que no era extraño que los mayores provocaran a los más pequeños, les quitaran sus golosinas o sus bocadillos, y a veces incluso se formaban verdaderas peleas. Nosotros siempre fuimos un grupo muy tranquilo. Íbamos a nuestro aire e intentábamos no meternos en problemas con esos chicos. Ardua tarea, porque resultaba muy difícil esconderse de ellos las veinticuatro horas del día. Así que construimos una cabaña o, más bien, una caseta bastante cutre detrás de la casa de los hermanos De Mateo; su vivienda era la más alejada al norte del pueblo y el bosque se abría a unos metros de su patio de atrás. Pasamos muchas horas en esa casucha, era nuestro refugio, nuestro centro de operaciones.

Lisa recordó en aquel momento lo mucho que habían trabajado por adecentar aquellas cuatro tablas que el padre de Cedric les había conseguido. Lo bien que lo había pasado usando el martillo y los clavos, y lo felices que se sintieron el día que el padre de Dani y Claudio apareció con una puerta destartalada para que pudieran terminar su caseta. Estaba situada entre dos enormes árboles y varios arbustos, así que de ese modo nadie podía verla desde ningún ángulo. Cedric había llevado varios pósteres de *Mofli, el último koala* para decorar las paredes y todos habían estallado en un ataque de risas incontrolable bajo la mirada ofendida de Cedric, que no entendía por qué sus amigos se reían de sus maravillosos pósteres. Así que al día siguiente apareció con un póster de MacGyver y otro de Spenser, el detective privado; Claudio llevó otro de Sylvester Stallone, vestido de Rambo, con una cinta en la frente y la cara sudada; y ella y Enma consiguieron una radio y dos banquetas para hacer de mesas, y Dani unos cojines. Días después entre todos habían llevado tebeos y cuentos con los que matar el tiempo y una enorme caja de madera que situaron en un rincón para guardar todos sus tesoros.

—Los Supersónicos —murmuró el doctor con una leve sonrisa.

—Así es. De algún modo nuestro refugio nos ayudó

a superar ciertas etapas de nuestras vidas. Allí no existía el mundo adulto, nadie nos decía que nos teníamos que lavar las manos antes de comer o cómo comportarnos. Además, desde la caseta podíamos ver las ventanas, a varios metros de distancia, de la casa de los De Mateo; de algún modo también nos daba seguridad, ya que hacia el otro lado, hacia el sur, todo era bosque. Pero nos costó volver a la caseta de los Supersónicos después de lo que pasó. Los ruidos del bosque se convirtieron en monstruos de cuentos, animales malvados escondidos entre el boscaje y los altos árboles. Fue difícil, pero regresamos.

El doctor anotó algo en una de las hojas de la libreta y golpeó suavemente el papel con el bolígrafo.

—¿Fue en esa casa, la casa Camelle, donde desapareció el otro muchacho muerto?

—Así es.

«El pozo tenía que comer. Bunny tenía que comer.»

El doctor arrugó el ceño y durante unos minutos se quedó en silencio releyendo el informe que Lisa había dictado hacía años. Ella, mientras tanto, se mordía las uñas y bebía la poca agua que quedaba. Por primera vez desde que había llegado a la consulta, no deseaba seguir hablando.

—Hay algo que no me cuadra en todo este asunto —dijo él entonces con un leve aleteo de sus fosas nasales—. La primera vez que viniste aquí mencionaste a un hombre, al que habíais visto en la casa, pero ahora no lo has hecho. Me resulta difícil comprender qué hacían unos niños por segunda vez, entrando en una casa que les provocaba un pánico atroz, sobre todo teniendo en cuenta lo que pasasteis. Creo que no me estás contando toda la verdad.

Lisa lo observó con los ojos desorbitados. El doctor se inclinó hacia delante acomodando su barriga por encima del cinturón de su pantalón.

—Lisa, si quieres terminar con esas pesadillas tienes que contarme la historia completa. Si no, no te podré ayudar.

—Ya lo hizo una vez —escupió casi sin pensar—, así que no creo que...

El doctor levantó la mano apelando a su silencio y sonrió fraternalmente.

—¿De qué tienes miedo?

«De que me encierre en un psiquiátrico si le hablo de Bunny el Cruel.»

Le lanzó una intensa mirada llena de dudas y durante unos segundos no dijo nada. Al cabo de unos instantes, se levantó, se colocó la falda y se aproximó a la ventana.

—¿Cree en los monstruos, doctor?

—Creo en el hombre como monstruo. ¿Por qué?

—Hace unos días, buscando en las redes sociales un rastro de mis amigos, me encontré con un dibujo hecho por un niño que se compartía entre los usuarios. Era precioso y a la vez escalofriante. Salían tres monstruos pintados en diferentes colores: uno rojo, otro verde y otro azul. A su lado había un niño con una espada y debajo decía: «Yo mataré monstruos por ti.» Me recordó terriblemente a mis amigos. A Dani de Mateo, para ser más exactos. Por aquel entonces, él me dijo algo así cuando todo se desató. Me dijo: «Tranquila, Lisa. Yo mataré a ese monstruo por ti.» Lo dijo, sí... Y eso me hizo sentirme segura. ¿Sabe? No tiene ni idea de la fuerza de las palabras en unos niños. Los adultos no creemos en nada, no tenemos fe en casi nadie porque vivimos en un bucle de despropósitos, envidias y traiciones que superamos, pero cuando eres niño todo eso no existe... Solo tus amigos, tus padres y la imaginación.

—El monstruo era el asesino —afirmó el doctor.

—Por supuesto, doctor. Pero no era un asesino normal, al menos no el que detuvieron y salió en los medios de comunicación. Ese hombre solo estaba loco y en el sitio menos indicado, pero no fue él...

El doctor se giró con cierta curiosidad y la observó de espaldas a la ventana. Lisa notaba sus ojos clavados en la nuca y la forma sonora y desagradable de respirar que tenía.

—Bien, Lisa. Vamos a partir de esa visita a la casa, al piso superior, y vuestro encuentro con los juguetes y ese pozo. Quiero que me cuentes todo lo que pasó. Sin eliminar ningún dato.

Ella se rio.

—Está bien —murmuró. Y comenzó a hablar.

4

31 de octubre de 1987
San Petri-Costa de la Muerte (Galicia)

—Son juguetes —jadeó Enma con una voz casi mortecina—. Juguetes de niños. Puede que sean de los hijos del marinero asesino.

En ese instante Bruno ya había entrado en la habitación y tanteaba con dedos temblorosos, pero con cierto aplomo en la mirada, aquellos objetos diseminados por el suelo de un modo desordenado. Empujó hacia Claudio el más próximo a él, una de las canicas de colores, que rodó por la madera haciendo un ruido seco y rasposo. La canica se desplazó hasta los pies de Claudio y frenó lentamente hasta golpear su zapato.

—Vámonos de aquí —suplicó Cedric.

—Calla, cagón. Solo son juguetes viejos. Aquí no hay fantasmas —le espetó Bruno.

Enma jadeaba, con todo aquel pelo rubio diseminado por los hombros como si fuera la viva imagen de una virgen maquillada como un zombi, y aferró inconscientemente a Claudio por el brazo, detalle que lo puso ligeramente colorado. Carraspeó y miró a su hermano, que seguía en el pasillo junto a Cedric. Este sudaba como un cerdo de los nervios. El pelo se le había vuelto a pegar a la frente y tenía los ojos vidriosos.

—¿Habéis oído eso? —inquirió Bruno acercándose a la puerta.

—No tiene gracia, tonto del coño —bramó Lisa.

El chico la miró con humor y sacudió la cabeza.

—¿«Tonto del coño»? ¿Qué tipo de insulto es ese, patas de alambre?

Ella lo empujó antes de salir de la habitación y se dio cuenta de que la estancia de al lado también estaba llena de juguetes.

—El que me da la gana —respondió—. Mirad, aquí hay un tiovivo y un carricoche. Debían de ser las habitaciones de los niños.

Apenas tuvo tiempo de terminar la frase cuando oyeron aquel soniquete rasposo, solo que en esa ocasión las canicas rodaron todas a la vez. El tiovivo comenzó a moverse, haciendo sonar una musiquita espeluznante que les dejó sin aliento. Estaban en el pasillo casi formando un tumulto de piernas y manos. Un mono con dos platillos comenzó a tamborilear en la penumbra. La poca luz que entraba por la ventana creaba un juego de luces y sombras aterrador. El carricoche rodó hacia la puerta y los pequeños coches de latón se desplazaron por el suelo en dirección a ellos. El mono salió de la habitación y avanzó por el pasillo hasta casi rozar el pie de Enma, que lanzó un chillido al aire y provocó la estampida de todos los chicos escaleras abajo. Todo pasó a una velocidad de vértigo. Cedric se atascó entre Claudio y Dani, que intentaron entrar por la puerta del sótano casi al mismo tiempo, y Enma, que iba la última, empujó a todos haciendo que Bruno y Lisa cayeran escaleras abajo. Pero apenas les importó. Cuando aterrizaron en el suelo del sótano, el sonido de los juguetes había cesado y Dani contemplaba el pozo, mientras los chicos del San Gregorio asomaban la cabeza por la ventana.

—¿Qué ha sido todo ese ruido? —gritó David con un tono agudo, enloquecido—. ¿Sois idiotas? Nos van a oír.

—El pozo...

—¿Qué pozo, imbécil?

Bruno le golpeó el hombro mientras avanzaba hacia aquel bulto de piedra que emergía del suelo y se quedó contemplando la tapa de metal con cierta curiosidad.

—Los juguetes se movieron. Se movieron cuando estábamos arriba.

Enma hablaba atropelladamente a uno de los chicos que acababa de saltar al interior del sótano y lo aferraba con fuerza por un brazo.

—¿Estás loca? ¿Qué juguetes?

Miraban el pozo y el pozo los miraba a ellos. Dani golpeó la cubierta y empujó un poco, pero aquello pesaba demasiado.

—¿Qué haces? —preguntó Cedric casi con desesperación.

—Abrámoslo y nos vamos —dijo él. Se palpó el abultado bolsillo del pantalón y recordó, no sin miedo, que el joyero que habían robado del salón, antes de subir al piso de arriba, aún seguía allí con las moneditas de oro en su interior.

—Aquí hay una bombilla —dijo Claudio tanteando un interruptor con forma de pera que colgaba en el aire. Apretó el botoncito y la bombilla se encendió dejándoles medio ciegos por unos instantes—. ¡Funciona!

—Acabamos de ver cómo unos malditos juguetes se movían ahí arriba. —Enma estaba asustada—. Deberíamos salir de aquí. Ya tenemos un recuerdo, Dani tiene el joyero...

Pero el pozo parecía casi atrayente. Se giró hacia su derecha y contempló a sus amigos y al chico del San Gregorio, en torno a él. Enma había soltado el brazo del otro muchacho y se aproximaba con su gesto de mujer doliente a ellos. Los otros chicos permanecían unos sobre la caja de madera que hacía de escalera y otros colgando de la ventana, pero sin atreverse a bajar del todo, mirando hacia el fondo del sótano. Claudio se inclinó sobre la tapa y con ayuda de Bruno empujaron aquel metal, que fue desplazándose lentamente hasta caer con un sonido agudo a un lado. Una brisa les golpeó la cara. Olía a mar. En un extremo del foso había unas pequeñas escaleritas de metal ancladas a la piedra. David, el hermano menor de Bruno, saltó de la caja que hacía de escalera y se acercó al hueco oscuro. Lanzó una piedra que cogió del suelo arenoso, pero no oyeron nada. Parecía no tener fondo.

—¡Hola! —gritó, inclinado hacia la oscuridad—. ¿Hay alguien ahíííííí!

Los otros dos chicos se rieron, pero el resto se mantenía inmóvil contemplando la profunda lobreguez.

—¡Hola, hola, caracola!

—Seguro que llega al mar. Son varios kilómetros —murmuró Cedric.

—No seas gilipollas —le respondió Bruno.

—¡Hola, hola, caracol! —gritó David.

—Huele a salitre —dijo Dani—. Pero ¿por qué hay escaleras?

—Supongo que para limpiarlo —respondió su hermano. Estaba pálido y había perdido el sombrero de mafioso en su descenso, aunque no parecía importarle.

—Pero no parece que haya agua. Los pozos tienen agua.

Uno de los chicos del San Gregorio saltó de la caja y su compañero lo siguió. Ambos eran rubios y parecían vestidos como dos mellizos.

—¿Desde cuándo todos los pozos tienen agua, Cedric? Se habrá secado. Pareces tonto.

Algo aleteó en el fondo del pozo y todos dieron un paso hacia atrás por inercia.

—¿Lo habéis oído? —preguntó Dani.

Enma comenzó a llorar.

—¡Vámonos de aquí! ¡Quiero irme a casa!

«Clic, clac.» «Clic, clac.»

—¿Qué es eso? ¿Lo ves?

Dani hubiese jurado que algo se había movido en el fondo del agujero, pero la luz de la bombilla apenas iluminaba medio metro del foso y no tenía ninguna intención de bajar. Estaba aterrado.

—¿Qué suena?

—¡Algo sube! —gritó su hermano.

—¡La tapa! —chilló Enma.

Pero no había tiempo. Los chicos vieron lo que parecía la punta de algo blanco. El golpeteo metálico sonaba con más intensidad y se aproximaba a la superficie. Todo se precipitó de un modo casi esperpéntico. Cedric corría hacia la caja y de un salto se encaramó a la ventana, seguido de Enma y Lisa. Ni siquiera le importó que la mitad de su disfraz de cubo de Rubik se destrozara con un clavo oxidado que salía de la pared. Los chicos del San Gregorio lanzaban piedras dentro del pozo, pero aquel «clic, clac» no dejaba de sonar y cada vez estaba más próximo, más encima de ellos.

—¿Es un animal? —preguntó casi histérico uno de los chicos.

—¡Corred, imbéciles!

Saltaron de forma atropellada por la ventana. Ninguno podía ver nada, porque todos se apilaban a modo de torre sobre la madera que estaba a punto de ceder. Alguien gritó casi en el mismo instante en que Claudio tiraba del brazo del último chico que quedaba por salir arrastrándole por el suelo de tierra mientras Dani y Bruno golpeaban la ventana para que cediera y volviera a cerrarse. Pero la bombilla seguía encendida y parpadeaba sobre el pozo, que aún estaba abierto. Apiñados contra los cristales, vieron dos orejas blancas que asomaron por el hueco, una cabeza de conejo y unas manos con forma de garra se apoyaron en el borde de piedra y treparon hacia la superficie.

—¡Dios mío! —exclamó Bruno—. ¿Qué coño es eso?

—¡Es un hombre con una máscara de conejo!

Dani seguía pegado al cristal y el conejo lo miraba desde el pozo. Su hermano tiró de él y lo arrastró hacia atrás, mientras los demás corrían entre las zarzas hacia el exterior de la finca.

—¡Es un monstruo! —gritó Cedric levantando las manos casi histérico.

—Vamos, Dani, tenemos que irnos de aquí. ¡Corre!

—No es un hombre. Tiene garras.

—¡Corre, maldita sea!

—Claudio, no es un hombre. Hemos dejado la tapa abierta y esa cosa ha salido...

Su hermano lo miró con desesperación. Sujetaba la bicicleta con los ojos anegados en lágrimas y estaba a punto de perder los nervios. Cogió los cubos de caramelos y lo miró trastornado.

—Sube a la jodida bici, Dani. No sé qué coño es eso, pero no parece que sea muy simpático. ¡Sube a la jodida bicicleta!

Los demás ya habían desaparecido calle abajo como cohetes. Lisa era la única que se mantenía a cierta distancia, esperando a los dos hermanos, que pedaleaban casi hasta la extenuación. Cuando la alcanzaron, giraron por la primera calle que vieron a mano derecha y se dirigieron hasta el centro del pueblo casi atropellando a decenas de niños que, con sus disfraces y sus cubos, llamaban a las puertas de las casas pidiendo caramelos. Sus propios cubos estaban sujetos al manillar de sus bicis y los caramelos saltaban con cada brinco de bicicleta o curva que daban. Cuando llegaron al parque, vieron a Cedric junto a los otros cuatro chicos del San Gregorio y a Enma. La niña estaba inclinada sobre una fuente de piedra y bebía agua mientras sus manitas temblaban y se apoyaban en el enorme grifo de metal.

—¿Qué era eso? —sollozó Cedric. Parecía asmático. El aire apenas le entraba en los pulmones, se había quitado el traje de cubo de Rubik y en ese momento semejaba un bailarín en mallas, pero no parecía reparar en las pintas que tenía.

—Un hombre conejo —dijo uno de los chicos rubios.

—¿Estas de guasa, Billy? —Bruno intentaba recuperar el aliento—. Tenía garras, joder. Y esa máscara...

—No sabemos adónde da ese pozo —dijo entonces Lisa—. Quizá sean cloacas, o alguna galería subterránea, y lo que hemos visto es un maldito vecino disfrazado que oyó que abríamos la puerta.

—Y nos quería asustar —continuó Claudio—. Sí, eso tiene sentido. Todo el mundo está disfrazado en San Petri. La gente mayor sale a esta hora, son casi las nueve de la noche. Ese pozo tiene escaleras y bien podía comunicar con cualquier casa o calle, incluso con un bar del pueblo. A lo mejor nos oyeron.

Todos los chicos presentaban un aspecto casi lamentable: Dani se había llenado el disfraz de tierra, igual que su hermano; Enma tenía el camisón plagado de manchas marrones y su cara parecía un mosaico; Lisa había perdido el sombrero de pico y la nariz de bruja, y Cedric era un caso aparte. Tenía el pelo chorreando por el sudor, su cara estaba atravesada por un gesto de miedo y crispación, y no paraba de morderse las uñas mientras enterraba sus zapatillas de deporte en la tierra del parque dando leves pataditas por los nervios. Los cuatro chicos mayores apenas se movían, parecían no entender qué había pasado y lo que acababan de ver. Ellos tenían ya quince años y solo pretendían asustar a aquellos niños y llevarse sus caramelos; sin embargo, en aquel instante, todos estaban igual de aterrados y pensativos. Se había formado una especie de unión invisible y ninguno estaba dispuesto a irse a su casa y olvidarse del asunto.

—Volveremos mañana de día —dijo entonces el otro chico rubio mayor. Tenía unos enormes ojos azules brillantes y también se había manchado las mejillas de tierra.

—Estás loco, Luis. ¿Para qué quieres regresar allí?

—¿En serio? —preguntó indignado. Aunque no era una pregunta, era más bien una exclamación de espanto—. ¿De veras que ninguno tiene curiosidad por saber qué era eso o quién era, más bien? Se reirán de nosotros, Bruno. Seguro que ahora mismo hay varios chicos mayores que nosotros partiéndose el culo por el susto que nos han dado. Está claro que era mayor, medía mucho más que nosotros, y su ropa era normal, llevaba un pantalón y un saco o algo así. ¡Era un disfraz!

—¡No entraré ni loca! —chilló Enma—. Me voy a mi casa. Además, mañana tengo que cuidar de mi hermanito cuando vuelva del colegio.

—Yo paso —dijo Cedric subiéndose a su bici—. No me importa quién nos ha gastado esa broma.

Los chicos del San Gregorio miraron al resto. Ninguno parecía desear regresar a la casa Camelle.

—Bebés cobardes —gruñó Bruno—. Cagones de mierda.

Claudio se apartó el pelo de la cara. En ese mismo momento se dio cuenta de que había olvidado la chaqueta de mafioso en el jardín de la casa.

—Mierda. Me dejé la chaqueta allí.

Su hermano Dani, que hasta ese momento se había mantenido alejado del grupo con Lisa apoyada en su bicicleta, lo miró con un gesto de desaprobación y negó con la cabeza.

—Da igual. Olvídate de la chaqueta, Claudio. Nadie la va a robar. Ya la recogeremos. No importa.

Bruno soltó una risa nerviosa.

—Me cagaré en ella cuando mañana vuelva a la casa, cobarde.

—Alucinas pepinillos —soltó Cedric—. Me voy a casa. Mi madre me va a matar. He roto el disfraz.

—Yo también te mataría si tuviera esas pintas, enano. Bruno parecía no cansarse.

—No soy enano; mi madre dice que aún no he pegado el estirón.

Y así se fue con su dignidad, pedaleando como si llevara dos sacos de cemento en cada pierna y las mallas de licra pegadas a su pequeño cuerpo como si fueran una segunda piel por el efecto del sudor. Los demás lo vieron desaparecer tras la esquina del edificio de la biblioteca pública al tiempo que un grupo de niños, que pasó gritando como locos, les hizo saltar del susto. En otro momento todos se hubieran reído de aquella situación. En otro momento...

5

10 de octubre de 2016
Barcelona

Claudio de Mateo experimentó aquella mañana lo que bien podría considerarse un posible amago de infarto si se dejaba llevar por las sensaciones, aunque una hora después estaba convencido de que había sido un ataque de ansiedad en toda regla. Su mujer, Debra, estaba sentada a la mesa de la cocina con una taza de café en la mano derecha y el *Cosmopolitan* en la izquierda. La televisión estaba encendida. Eran las ocho de la mañana de un día gris repleto de nubarrones que flotaban en el cielo. El aire, en aquel preciso momento, parecía más denso, casi extrañamente cargado, aunque la ventana estaba ligeramente abierta. Oteó el jardín mientras se preparaba una taza de café para escuchar las noticias del canal cuatro. A esa hora, en la primera cadena había una periodista que le sacaba de quicio; odiaba aquellas tertulias caóticas que nunca decían nada serio. Cuando no ponía el veinticuatro horas e iba corto de tiempo, solía dejar el canal cuatro y los debates desquiciantes que emergían en época de elecciones.

En el fondo Claudio tampoco soportaba el gallinero generalizado que flotaba como ondas expansivas cuando el gobierno estaba a punto de cambiar. Durante toda su vida se había dedicado única y exclusivamente a sacar adelante su empresa de aerogeneradores, hasta conseguir, casi diez años después, ser el fabricante de parques eólicos más importante del país. No solo porque ellos mismos diseñaban las palas y las raíces y ensamblaban los aerogeneradores sin ayuda externa, sino porque además había fundado otras pequeñas empresas que se ocupaban del diseño y fabricación de todos los demás componentes. No tenía que comprarlos al extranjero y eso, siempre para su beneficio, le hacía controlar todo el proceso de fabricación, la calidad de los molinos y los costes.

—¿Ya sabes a quién vas a votar, querido?

La pregunta de Debra le sacó de su ensoñación de molinos de viento quijotescos girando aleatoriamente en un enorme campo de cultivo y la miró con aquellos ojos oscuros tan intimidatorios que hasta a su esposa solían ponerla nerviosa. Se sentó a su lado tras tantear el mando a distancia y gruñó algo entre dientes mientras Debra le miraba, cubierta de rizos cobres y pecas diseminadas por todo su rostro, y esperaba que su esposo volviera en sí.

—A ese partido animalista que se presenta este año —murmuró con una voz cavernosa. Dio un largo sorbo a su café y le guiñó el ojo.

—¿Me tomas el pelo, Claudio?

No era su intención. Ni siquiera se lo había planteado, pero cada vez tenía más claro que, por muchos grupos políticos que aparecieran con nuevas y renovadas promesas, las cosas no iban a mejorar, porque en el fondo todos eran iguales.

—Pues no. No creo que ganen las elecciones, Debra. Sin embargo, no soporto las corridas de toros y todo ese espectáculo sanguinario en torno a ciertas conductas del Medievo. Dos o tres diputados de ese grupo cambiarían más que todos esos profetas del nuevo mundo.

Debra dejó escapar una sonrisa perspicaz y lo miró con amor. Llevaba casada con él más de diez años y seguía considerando a su marido un hombre de principios, aunque demasiado obsesionado con su trabajo y, cómo no..., con su hermano.

—«El mundo cambia con pequeños movimientos» —recitó ella, escupiendo aquel recuerdo de su etapa universitaria—. Eso me decías los últimos años de carrera. Pensé que era poesía de un soñador, pero, válgame Dios, lo has llevado a rajatabla. ¡Eres uno de los empresarios más importantes de tu país y vas a votar a un partido animalista!

Visto así, no tenía mucho sentido, pero Claudio le veía el mayor sentido del mundo cuando su esposa lo dijo en alto, como si recitara una letanía.

—Así es, amor. Soy así de chulo.

Debra soltó una carcajada y se apartó los tirabuzones de la cara. Hacía mucho tiempo que ya daba por perdido el convencer a su marido de algo y tenía claro que Claudio saldría el día de las votaciones directo a la urna animalista y metería su diminuta papeleta sin pensarlo dos veces con aquella sonrisa arrebatadora de actor de telenovela, el pelo peinado hacia atrás y su traje de Armani a juego con el tapizado de su coche.

—Tengo que irme a la redacción, cariño. Hoy no comeré en casa, tengo mucho trabajo atrasado con mis artículos de este mes. Me llevaré la ensaladera y un par de piezas de fruta que compraré en...

Debra se percató de que su marido se había quedado petrificado, mirando el televisor con los ojos muy abiertos y la boca tensada en una línea recta.

—¿Claudio?

Claudio no respondió. Ella miró hacia el televisor. Había una especie de hombre bailando casi como si sufriera espasmos, con una máscara de conejo mientras una cancioncita entonada por niños se oía de fondo a modo de coro celestial. Estaba sobre un escenario casi circense, con un telón color burdeos detrás de él. Un montón de pequeñas bombillas se diseminaban por el perímetro del frontal de la platea, mientras los niños movían las cabezas bajo aquel altillo y daban palmas extasiados por aquel conejo. Llevaba una especie de esmoquin azul celeste con una pajarita de lunares de lo más hortera. El conejo se inclinó haciendo una reverencia y comenzó a brincar de un lado a otro del escenario al compás de las voces de los niños.

Bunny el Cruel se puso en pie.
Cuando no lo ves, él podrá volver.
Salta, conejito, busca a tus amigos.
Bunny el Cruel vuelve otra vez.

—¿Ha resucitado Gloria Fuertes? ¿Qué canal has puesto?

—La cua... La cua... La cuatro —balbució Claudio.

—¿Te ha dado un infarto? Es la Fox. Pareces un pato, cariño. ¿Qué te pasa?

—No puede ser.

Súbitamente la cabeza de Claudio comenzó a latir de un modo desalentador. No podía apartar la vista de aquel maldito contorsionista con forma de conejo que saltaba de un lado a otro haciendo cabriolas mientras las carcajadas de los niños eran cada vez más intensas. ¿Qué demonios era aquello? ¡Bunny el Cruel! ¿Era una broma? ¿Una maldita broma? Se puso pálido como la leche. Debra lo miraba con cierta preocupación sin entender el cambio de color de su marido y aquella forma casi enfermiza de mirar la pantalla de la televisión. Cuando comenzó a respirar como si le faltara el aire y las gotas de sudor empezaron a correr por su frente fue cuando se asustó de verdad. Se levantó como un misil, lanzando estocadas con los volantes de su falda contra todos los muebles de la cocina y le acercó una bolsa de papel que le encajó en la boca y la nariz para que respirara.

—Claudio, por Dios. Respira aquí dentro con calma. Es un ataque de ansiedad. ¿Me escuchas?

Claudio estaba muy lejos. Tan lejos como en 1987. La cocina desapareció y contempló la casa Camelle en todo su esplendor. Con los ojos muy abiertos y las pupilas dilatadas en unos ojos negros casi sobrenaturales, miró hacia la ventana del segundo piso y vio a Bunny detrás del sucio cristal. Movía la cabeza hacia la derecha, inclinándola de un modo grotesco, y les saludaba. Todos sus amigos de la infancia estaban en aquella visión, en aquel recuerdo. En la misma postura y con la misma ropa que por aquel entonces. Formaban una línea recta frente a la casa y, por las pintas que llevaban y las caras de susto, todavía no tenían muy claro lo que iban a hacer, pero sí que algo tenían que hacer: Lisa, con sus vaqueros desgastados y su camisa de algodón con botones dorados; Enma, con el pelo rubio atado en una trenza que le cabalgaba la espalda, sus ojos azules brillantes y asustados, y aquel pichi plisado con una camisa de mangas abombadas debajo; su hermano Dani, sus rizos dorados, sus ojos azules (regalo de su madre) mirando hacia lo alto con aquella nariz respingona y casi femenina, y Cedric, el pequeño genio, en pantalones cortos de algodón grises, medias hasta la rodilla y la chaquetita marinera que su madre —una fanática del orden y la pulcritud— le había obligado a ponerse aquel domingo para ir a misa.

Percibió el olor del cabello negro de Lisa, su colonia de niña, y recordó que aquella mañana, después de salir de misa, todos habían caminado como una procesión de Semana Santa hasta la entrada de la casa. El pueblo se había envuelto en un luto cauto y temeroso, con razón. Un chico había aparecido muerto y otro estaba desaparecido. Ellos sabían la razón. Nadie más.

—Huele a salitre —murmuró Lisa, en su recuerdo—. Y ahora ya no vive en el pozo, está en la casa y no se irá.

¿Por qué lo habían llamado Bunny el Cruel? Aquel recuerdo se había perdido en lo más profundo de su subconsciente. La respuesta no tardó en llegar, como empujada por un montón de pequeños duendes que se precipitaban en fila india por el borde de su cabeza de niño. Él lo había escrito en el espejo de su baño. Aquella tarde, mientras su hermano Dani se estaba duchando, Claudio necesitaba entrar en el aseo para recoger el secador de pelo. Al abrir la puerta sintió aquel pánico irracional que le paralizó. Vio el espejo cubierto de un ligero vaho por el calor del agua de la ducha. Su hermano cantaba algo y la cortina de flores verdes se movía al compás de su baile, pero estaba ahí, en el espejo ovalado, con letras rojas de un pintalabios o quizá sangre.

BUNNY EL CRUEL OS SALUDA

Y ahí estaba él, con solo doce años y un carácter a veces sosegado y a veces impulsivo que estaba a punto de desaparecer por completo para volverle totalmente loco. Dani había sacado la mano por un lado de la ducha para alcanzar la toalla y cuando apartó la cortina se quedó igual de inmóvil que él.

—Ya viene, Dani... —Fue lo único que logró sacar su garganta—. Ya viene.

—¡Claudio!

La voz de Debra le devolvió al tiempo real. Estaba con la bolsa encajada en la cara y su esposa sujetaba su cabeza mientras trataba de respirar con normalidad. Se quería morir y aquel maldito conejo no cesaba en su baile demencial.

—Apaga eso...

—Claudio, me estás asustando. No puedes seguir así. El trabajo te matará.

Como si el trabajo fuera la razón de su repentino «parraque» emocional. Las sacudidas de su corazón comenzaron a estabilizarse en el mismo momento en que Debra apagó el televisor y se precipitó de nuevo a su lado para sujetar la bolsa de papel. Claudio era como un cirio de la iglesia. Había adquirido un color cerúleo, casi amarillento, y estaba empapado de los pies a la cabeza. Tenía escalofríos, y la corbata le estrangulaba. Debra se la aflojó como si acabara de leerle la mente y le desabrochó los botones de la camisa.

—Creo que hoy no vas a ir a la maldita oficina, Claudio. Llamaré a tu ingeniero jefe y le diré que estás con gripe. No creo que tu imperio se derrumbe si faltas un maldito día. ¿Me estás escuchando?

«Sí, señora.»

Pestañeó varias veces y se inclinó sobre la encimera, empujado por el agotamiento y el impacto que había sufrido. Solo cuando fue consciente de lo que había sucedido, con la calma y la estabilidad que le conferían su cuerpo y su mente casi recuperados, pensó en su hermano.

—Debra, hazme un favor. Antes de irte llama también a Dani.

—¿A Dani? ¿No tenía una exposición hoy en el Picasso?

—Llama a mi hermano al móvil y dile que lo veré en la galería.

Debra frunció el ceño y solo accedió a su petición

después de obligarle a prometer dos veces que hasta la tarde no iría y se acostaría a dormir el resto de la mañana.

—Pero llámale, por favor. Dile que es muy urgente que lo vea. Que me espere antes de cerrar. A las ocho.

Después de desnudar a su marido y asegurarse de que dormía profundamente, Debra hizo las llamadas pertinentes y salió en dirección a la oficina. Claudio durmió durante tres largas horas, plagadas de terribles pesadillas y sueños de su infancia. En ellos volvía a recrear la noche en que abrieron el pozo de la casa Camelle y el pánico que se apoderó de todos cuando aquel hombre conejo había salido del foso. Por un momento todo había adquirido un color diferente, más brillante, después de que sopesaran en el parque, horas después, la posibilidad de que alguno de los jóvenes de San Petri les hubiese dado un susto de muerte en aquella noche de brujas. Soñó con la imagen distorsionada de su hermano metido en la habitación, casi a punto de sufrir un ataque de pánico, cuando dos días más tarde un pescador de Lage había encontrado a un muchacho de unos quince años flotando en el mar muy cerca de la costa. El hombre, un tal Dámaso Caldeira, de unos sesenta y cinco años, vestido con un impermeable verde botella y un gorrito de lana, había declarado a los medios locales que el muchacho se había enganchado en sus redes cuando comenzaba su pesca de bajura en la ría; juraba y perjuraba por su patrona, la Virgen de la Atalaya, que lo había confundido con un enorme atún cuando descubrió que era un niño y que había tardado dos minutos en llamar a la policía y no había tocado el cadáver del chico, que estaba hinchado y le faltaba una mano.

Cuando Claudio despertó todavía tenía la imagen nítida y clara del pobre pescador tartamudeando frente a la cámara de televisión, diciendo que al niño le faltaba una mano. ¡Una mano! El chico había resultado ser Billy Goyanes, estudiante de quince años del colegio católico San Gregorio. Claudio y su hermano oyeron días después que al chico le habían sacado de la boca varias piedras y que su mano había aparecido en la playa bajo un acalorado grupo de gaviotas famélicas, y que se cerraba con desesperación en torno a otro guijarro. María Vargas se había llevado las manos a la cabeza frente a la mesa de la cocina con su esposo sentado a su lado y ambos hermanos la habían oído lamentarse de aquel suceso.

—¿Una piedra en la mano, Marco? —gritó a su marido—. Ese niño quería defenderse. Y luego todas esas piedras en la boca. ¿Qué tipo de enfermo mental le hace eso a un niño de quince años?

«Un conejo.»

«Un conejo que previamente ha sido apedreado en su pozo-casa.»

«Bunny el Cruel.»

—No lo sé, cariño. Ya has visto la cantidad de casos que ahora empiezan a suceder por culpa de degenerados. Este país está volviéndose loco.

—¡LA MAFIA! —gritó su abuelo, haciendo saltar a sus padres y a ellos dos, agazapados detrás de la puerta.

—¡Por el amor de Dios, Lucca! ¿Quieres matarnos

de un susto? ¿La mafia? Llevas veinte años viviendo en este país y en España no hay mafia. Al menos no como tú la conociste.

Su abuelo arrugó el entrecejo bajo aquellas gafas sin montura, de bibliotecario, y soltó una risita demencial.

—Ya... La mafia está por todos lados.

—Por todos los santos, Marco. Dile a tu padre que se calle.

Aquella conversación había durado hasta altas horas de la madrugada. El golpe para San Petri había sido duro y dejaba a toda la población como topos en mitad de un día soleado.

Claudio se recostó en la cama y permaneció mirando al techo durante mucho tiempo, hasta que los recuerdos se fueron alejando poco a poco de su mente y volvió a dormirse ligeramente. La voz de Cedric veintinueve años atrás retumbó en las vigas del falso techo de su casa como un eco monocorde y uniforme.

—¡Fueron a la casa, por eso está muerto! —gritó con su voz de niño.

6

2 de noviembre de 1987
San Petri-Costa de la Muerte (Galicia)

Cedric los miraba sentado en el columpio del recreo mientras balanceaba sus piernas de atrás adelante y contemplaba la arena del suelo con expresión iracunda y ojerosa.

—Ellos lo dijeron. Que iban a volver allí. Y ahora ese niño está muerto. ¡Fueron a la casa, por eso está muerto!

—Quizá deberíamos hablar con la policía, con nuestros padres, y contarles lo que vimos en la casa y que Billy había tirado piedras al pozo —sopesó Enma con su eterno talante infantil.

—Eso es una tontería. Se reirán de nosotros o nos tomarán por locos —respondió Dani.

Claudio, que había salido un poco más tarde dado que estaba en un curso superior, se reunió con ellos en los columpios y se mantuvo en segundo plano, mientras el resto seguía discutiendo qué hacer.

—¿Y si ese conejo es un asesino disfrazado? —preguntó Lisa—. Si no decimos nada, estaremos en peligro, porque nos vio a todos. ¡O un loco que ha escapado de un manicomio por esas galerías o lo que haya en el pozo!

—Iremos a la biblioteca del pueblo y buscaremos información sobre la casa y lo que hay debajo —dijo entonces Claudio, lo que hizo que se giraran hacia él con cierta sorpresa—. Si Billy está muerto, y eso pensando que es por ese conejo, fue porque regresaron a la casa. Si no nos acercamos a ella no correremos peligro.

—¿Y si sale?

—Claro, Enma. Es muy normal después de este tipo de desgracias ver a un tipo con una máscara de conejo y garras paseando por San Petri y que todo el mundo le salude con afecto.

Cedric estalló en una carcajada y al instante todos se rieron.

—¡Eh, agente! ¡Míreme! ¡Soy un perturbado!

Claro está, en aquel momento Claudio aún no había entrado en el aseo de su casa mientras su hermano se duchaba y tampoco había leído aquella frase diabólica en el espejo ovalado. Tampoco Enma había llegado a la hora de merendar y los imanes de su nevera habían formado aquella misma frase, ni Lisa había visto lo mismo sobre la revista de moda de su madre, en una hoja de su libreta, o Cedric, que en su sopa de letras de la cena dejaba para el final aquel mensaje que le hizo horas después romper a llorar desconsoladamente mientras se balanceaba casi a punto del desmayo y confesaba a su madre todo lo que había pasado.

—Entonces quedaremos a las cinco aquí e iremos a la biblioteca.

—Pero yo no puedo ir. —Enma los miró con los ojos llorosos y se apartó el pelo de la cara—. Mis padres tienen que salir y me tengo que ocupar de mi hermano pequeño. Tengo que llegar pronto a casa. Si no, me castigarán.

—No te preocupes —dijo Lisa. Enma era una niña con tendencia a la hipocondría que solía preocuparse en exceso por complacer a los demás, y notaba su angustia y lo mal que lo estaba pasando—. Iremos nosotros y luego te contaremos qué averiguamos.

El patio estaba abarrotado. Los gritos de los niños y los latigazos de las cuerdas de saltar les ponían en alerta como pequeños cervatillos en plena batida de caza. Había niños y niñas, distribuidos estratégicamente por los muretes de ladrillo que conformaban el perímetro del patio, porque aquellos últimos meses se había puesto de moda montar «tiendas». Ellos estaban en el rincón más alejado de la zona de columpios, pero la gran mayoría de los chicos se situaban frente a los muretes, colocaban sobre unos trapitos pequeños juguetes que ya no usaban de sus casas y los compañeros «compraban» con papeles de caramelo —lo que venía siendo dinero para ellos— lo que más les gustaba. Había cromos con purpurina y formas variopintas, llaveros, chapas de ciclistas e incluso algún que otro juguete interesante, como cochecitos, peonzas y tirachinas. Todo lo que uno no quería lo vendía en las tiendas escolares. Incluso había quien fabricaba sobres sorpresa con el papel de una hoja de libreta y metía dentro un juguete mientras escribía con rotulador y letras grandes:

SOBRE SORPRESA. PRECIO 4 PAPELES

Para los profesores inicialmente aquello no les resultó una buena idea, pero con el paso de los días lo acabaron viendo como un mero intercambio entre los alumnos y terminaron por aceptarlo. Había alumnos que hacían comprar a sus padres enormes bolsas de Sugus con la única intención de quedarse con el papel de colores y de ese modo tener un «billete» más. Al final el frutero de casa terminaba siendo el depósito particular de Sugus sin chupar, aún forrados con el papel transparente que tenían debajo del original, y la visita de las abuelas y sus caramelos de menta no parecía tan aterradora y triste como en otros tiempos.

Todos llevaban a primera hora de la mañana sus carteras o monederos repletos de papeles de caramelos para la hora del recreo. Incluso Dani, poco dado al tumulto de las tiendas, se había hecho, por el precio de siete papeles, con un tirachinas de madera forrado con cinta plástica negra y una bolsita de bolas de acero por el módico precio de tres papeles más. En un principio, no pretendía hacer uso del tirachinas, y menos en el colegio; había pensado en salir al patio trasero de su casa y entrenar su poca puntería con un par de latas de legumbres o tomate. Una profesora de octavo de EGB que le había visto comprar el tirachinas se había acercado aquella mañana, lo había mirado de soslayo y luego le había dicho con su voz de pito:

—Dani, sabes que esas bolas hacen mucho daño y no están permitidas en el colegio. Lo sabes, ¿verdad?

Dani había movido la cabeza afirmativamente.

—Sí, señorita. Lo voy a usar en casa con latas.

—Ni siquiera con garbanzos —le insistió con cierto recelo en la mirada—. Lo sabes, ¿verdad?

Dani volvió a sacudir la cabeza. ¡Jamás lo hubiera pensado! ¡Garbanzos!

—Lo que trato de decirte, hijo —prosiguió ella—, es que esos cachivaches no pueden usarse en el patio porque podrías herir gravemente a un compañero.

—Sí, señorita. No lo traeré.

—Ni animales, Dani. Los animales son hijos de Dios.

Él amaba a los animales. No sería capaz de lanzar una bola de acero o un garbanzo a ningún animal.

—No, señorita. Yo no hago esas cosas. Me gustan los animales.

En aquel momento, aquella mañana de noviembre, mientras todos se mantenían en un estado casi de letargo agazapados frente a los columpios, bajo el roble más espeso que había en el patio, Dani pensó en el tirachinas, las bolas de acero y un conejo. Se preguntó si realmente encontrarían algo en la biblioteca que mereciera la pena y, en el caso contrario, qué sucedería, si llegado el momento aquel tirachinas que dormía en el último cajón de su escritorio le salvaría la vida o dejaría herido a aquel individuo tan extraño.

—¿Qué habrá pasado? —oyó preguntar a Lisa—. Tendríamos que hablar con los niños del San Gregorio.

—No, Lisa —aulló Cedric—, lo que tenemos que hacer es olvidarnos de toda esa mierda y no volver a pasar por esa casa. Hay un loco suelto en San Petri y tengo miedo.

—Mi padre dice que hay un sanatorio para enfermos mentales a cincuenta kilómetros de aquí. Está apartado, como las cárceles. A la gente no le gusta ver a esas personas cerca de su casa —murmuró Enma—, por eso los hacen en lugares remotos. Mi padre dice que puede que uno se haya escapado. Hicieron el recuento la otra noche y faltaba un paciente. Igual es ese hombre de la máscara de conejo. También lo dijo la televisión.

—Entonces tenemos que hablar con nuestros padres y decirles lo que vimos —respondió Cedric.

—Y que nos castiguen por entrar en la casa Camelle. —Claudio empezaba a enfadarse—. Iremos a la biblioteca y luego buscaremos a los niños del San Gregorio. Estamos dando por hecho que fue ese tipo de la máscara y ni siquiera sabemos si fueron a la casa. Quizá no tenga nada que ver.

—Claudio tiene razón —respondió Lisa—, aunque yo no tengo ni idea de cómo buscar información en la biblioteca.

Todos se miraron con cierta duda.

—Ni yo —dijo Claudio.

—Yo tampoco —respondió su hermano.

—Es que no tenemos que buscar nada —alegó Cedric—. ¿Cuántos años tiene Rony Melony?

Rony Melony era el bibliotecario. Su apodo venía de algo tan simple como su enorme físico, que casi rozaba la obesidad mórbida. Rony porque parecía rodar cuando caminaba, Melony porque su cabeza era como un melón sin pelo y su barriga se bamboleaba de un lado a otro.

—¿Treinta?

—Pues entonces —continuó Cedric mirando a Enma—, si tiene esa edad podemos preguntarle a él. No creo que le importe lo más mínimo por qué le hacemos esas preguntas sobre la casa Camelle, y si lo hiciera podemos decirle que es para un trabajo de clase. Ese tipo es como un enorme ratón de biblioteca, suele saber de todo y no es que tenga muchos amigos. Seguro que le gusta que le hagamos preguntas.

—¡Eres un genio, Cedric! —exclamó Lisa abrazándole.

Cedric se puso rojo como una amapola y luego se apartó medio mareado.

—Es un pequeño genio —canturreó Dani, con aquellos ojos azules abiertos como platos—, un genio de la lámpara. Un día te dibujaré saliendo de un chorrito de humo y una lámpara.

Todos estallaron en risas.

—¡Eh! Eso sería divertido, *manito* —le dijo Claudio—. Hacernos un dibujo a todos. ¿Lo harías?

—Sí, Dani. ¿Lo harías?

Enma había comenzado a dar pequeños saltitos con las manos entrelazadas bajo la barbilla. Lisa, por su parte, lo había rodeado con los brazos y se balanceaba como si bailara mientras cantaba:

—Daniii, Daniii, haznos un dibuuujooo...

—Ah, qué pesados, vale —bramó con cierta incomodidad. Tener a Lisa tan cerca siempre le resultaba incómodo. Su cuerpo experimentaba una especie de sobrecarga poco habitual ante la espontaneidad de la que siempre hacía gala.

—Iremos a la biblioteca y luego a casa. ¿Os dejarán ir a la cabaña después de los deberes?

Todos se miraron y luego dirigieron la vista a Claudio. No se habían acordado en ningún momento de la posibilidad de que sus padres, aterrados por lo acontecido, les impidieran ir al cuartel general de los Supersónicos.

—Lo tenemos que intentar —murmuró él con cierta tristeza—, tenemos que dar con los niños del San Gregorio. ¿Cedric?

Cedric ya veía a su madre, a voz en grito, diciéndole que estaba loco.

—Podemos hacer una cosa —dijo después de sopesar la situación unos segundos—, podemos decir que tenemos que hacer ese trabajo y que vamos a ir a la biblioteca. No creo que nos impidan ir al centro del pueblo. Pero tenemos que decir todos lo mismo. Seguro que mi madre llama a la tuya, Claudio. Ya sabes lo desconfiada que es.

—Y después iremos a buscar a los del San Gregorio —alegó Dani—. Yo sé dónde viven Bruno y David. Ellos salen más tarde que nosotros, pero sé dónde está su casa.

—¿Y qué vamos a decirles? —preguntó indignada Lisa—. Nos harán papilla si nos ven. Su amigo está muerto y nos culparán por entrar en esa casa. Siempre pasa lo mismo.

Dani cerró los ojos un momento y murmuró:

—Lisa, no importa. Tenemos que saber qué pasó y si vieron a ese hombre con la máscara. A lo mejor no han dicho nada a sus padres y tienen miedo. Yo tendría miedo. Entramos en una casa y había alguien allí. Ellos volvieron... O a lo mejor no volvieron. No lo sabemos.

Y lo cierto es que el suceso en cuestión fue bastante comentado durante el resto de las clases. Cuando regresaron a las aulas después del recreo, reunieron a todos los alumnos en el aula de teatro, que era, después del polideportivo, la sala más amplia, y que disponía de unas gradas curvadas. El director, un hombre de unos cuarenta años pero con el pelo más blanco que jamás habían visto, el señor Escobar, les explicó con un tono de voz meditativo y algo desolado lo que hasta cierto punto ya sabían. Un chico del colegio San Gregorio había aparecido muerto en el mar a varios kilómetros del pueblo y su primo, Luis Goyanes, había desaparecido. Nadie sabía dónde estaba el chico y no albergaban muchas esperanzas de que el muchacho estuviera bien. La policía había desplegado varios operativos en carreteras y se estaban rastreando todas las zonas boscosas y la playa donde había aparecido flotando su primo (detalle que no había mencionado de ese modo, por supuesto); sin embargo, nadie sabía nada del niño y el director pedía colaboración y, sobre todo, prudencia.

—Regresad a casa y no salgáis del pueblo solos bajo ningún concepto —dijo con cierto aire autoritario—. Es muy importante que siempre estéis acompañados y, si veis algo o alguien fuera de lo normal, decídselo a vuestros padres. No tengáis miedo. Todo puede ayudar, hijos.

Enma, que no hacía más que golpetear el suelo entarimado con el pie, mantenía los ojos muy abiertos y las manos en la boca como si fuera a gritar en cualquier momento.

—¿Veis? Tenemos que contárselo a nuestros padres. Si ya lo sabía yo.

Lisa la miró de reojo y se llevó el índice a los labios para que bajara la voz.

El director continuó con su sermón.

—No pretendemos asustaros, solo que seáis prudentes. Ha podido ser un desafortunado accidente. Muy cerca de la costa donde estaba el chico hay un acantilado y pudo resbalar y caer. Repito que no sabemos mucho de lo que ha pasado, pero sí es importante que os mantengáis todos siempre juntos, de dos o de tres en tres, si es posible. No entabléis conversación con nadie que no sea conocido y mucho menos subáis en vehículos. San Petri es un lugar pequeño y todos en mayor o menos medida conocéis a vuestros vecinos. Si alguien os pregunta algo, responded con educación pero desde la distancia. No deis datos de dónde vivís o cualquier información que sea demasiado personal. Por aquí vienen muchos turistas que están de paso, muchas personas que pueden preguntar por una dirección o un lugar. Sed prudentes, lo repito, y desconfiados.

En aquel momento a Dani le entraron unas terribles ganas de preguntar al director si el hecho de caer por un terraplén de cabeza hacía que te comieras las piedras del camino y te amputaras una mano, pero obviamente no lo hizo.

—Sed cautos y responsables, niños —continuó—. Haced caso a vuestros padres y tomad las medidas que los adultos os indiquen para que no haya sustos o falsas denuncias. El colegio, como sabéis, dispone de un psicólogo para todo aquel que quiera hablar de lo que considere importante, pero sin ser extremistas, por favor, no vayáis con nadie que no conozcáis, diga lo que diga, os ofrezca lo que os ofrezca. ¿Estamos de acuerdo?

Todos contestaron al unísono que sí.

Todos a excepción de ellos.

7

10 de octubre de 2016
Londres. Edificio de ingeniera IBI

Cedric dejó atrás el camino de piedra que daba a la primera puerta del edificio cuando sintió algo raro y se giró, convencido de que le seguían. No estaba muy seguro de si había sido un sonido de pasos, la brisa matutina que azotaba las ramas de los árboles o su imaginación, pero lo cierto es que llevaba toda la mañana, desde que había salido por la puerta de su casa, con la extraña sensación de que alguien le observaba. Esa idea le acompañó también en la cafetería, mientras desayunaba, y en aquel momento, justo cuando estaba a punto de entrar en su despacho, maleta en mano, vestido con traje y corbata, y con aquel revoltijo de pelo castaño revuelto por el aire. Se quedó inmóvil apenas unos segundos antes de girar hacia la derecha para plantarse en la esquina. Se inclinó ligeramente y oteó con recelo asomando la cabeza hacia el otro lado, seguro de que vería a algún trabajador dirigiéndose hacia él, pero estaba solo. No quiso pararse a pensar en la pinta que tendría y en qué pensarían sus alumnos si veían a uno de sus profesores agazapado en la esquina del edificio observando medio escondido con la frente y los ojos como única parte de su anatomía asomando por el otro lado de la fachada. Pero básicamente era lo que estaba haciendo y, aun sintiéndose patético y como un adolescente, seguía con una intensa sensación de ser vigilado que no le gustaba nada.

Se enderezó, carraspeó ligeramente, se arregló el pelo y la corbata, y dio un giro grácil para volver sobre sus pasos hacia la puerta giratoria, con la que tuvo un leve contratiempo, para no variar. Varios alumnos subían por las escaleras cuando él se situó delante del mostrador de Catalina, una mujer robusta de mirada viperina y pelo pajizo que lo observó con cierta curiosidad para luego regalarle una de sus sonrisas «Bésame el culo», como él solía llamarlas, antes de entregarle su correo y darle los buenos días «a su manera».

—Mal día, mal día, profesor —dijo con tono grave—. Tiene el aula de Ingeniería Aeronáutica hasta las entrañas.

Cedric sonrió con parsimonia.

—Entonces es bueno, Catalina. Todos esos chicos con ganas de aprender. El graderío abarrotado, lleno de mentes inquietas y juveniles. ¡El futuro!

Ella lo miraba con los ojos entrecerrados y asentía lentamente, como si se burlara de él.

—Ya se está viniendo usted arriba... El futuro... ¿Me habla de la crisis? ¿De la inmigración? ¿De los atentados terroristas?

—Oh, venga ya... ¿Nunca es un poquito positiva?

Ahí estaba otra vez su sonrisa «Bésame el culo».

—Usted es demasiado positivo, profesor Conrad. Pero no le culpo. ¡Hay que intentar cambiar el mundo!

—Hay que cambiar a nuestros jóvenes, Catalina. Por ahí se empieza.

—Me conformaría por el momento con cambiar a nuestros políticos... de planeta.

Aquella mujer era lo que para Cedric podía llamarse «un ser gris». Alguien que nunca veía nada positivo en la vida y que siempre tenía algo que decir. Se irguió en la silla con elegancia y entornó aquellos ojos fríos y calculadores para luego traquetear con los dedos la encimera del mostrador. Él no estaba dispuesto a darle la razón, así que cerró el puño de un modo melodramático y mirando el techo suspiró como si fuera a soltar un grito de guerra.

—Y ahí se vuelve a ir arriba en tres... dos... uno...

—¡El mundo es maravilloso y nuestros jóvenes el futuro! —casi graznó Cedric.

Dicho esto, se dirigió a las escaleras y cinco minutos después estaba delante de más de doscientos alumnos que lo miraban fijamente y en absoluto silencio, al tiempo que él les recordaba la importancia del centro, la enorme inversión que el Consejo de Investigación del Reino Unido hacía a la escuela y el gran futuro que les esperaba si aprovechaban aquella oportunidad y estudiaban con intensidad ese nuevo año lectivo. Tras aquella perorata, indicó a uno de los estudiantes de atrás que apagara las luces. Entonces, con el mando a distancia encendió la pantalla de proyección, que empezó a descender. Se acomodó a su escritorio, sobre la tarima de madera, y dejó que el vídeo de presentación de IBI envolviera a todos aquellos ojos inteligentes que miraban con suma atención al frente. Fue en ese mismo instante cuando oyó un leve traqueteo en el fondo del aula y alzó la vista hacia las gradas más altas, intentando detectar de dónde procedía aquel ruidito. Cedric sintió que la sangre se le agolpaba en un punto de la cabeza y sus mejillas comenzaron a hervir en milésimas de segundo. En lo más alto del hemiciclo, detectó un elemento poco común que desentonaba con todas aquellas personas de no más de veinte años, vestidas con vaqueros y camisetas, faldas o vestidos de colores y flores.

«Dos orejas blancas. Dos puntas afiladas.»

Sintió que se le secaba la garganta y los labios se le pegaban de puro terror. Aguzó la vista, consciente de que lo que estaba viendo tenía que ser producto de su imaginación o una broma, pero resultaba demasiado real y familiar. Muy despacio, descendió discretamente por un lado de la tarima y avanzó grada arriba en dirección a las puntas blancas que asomaban tras uno de los alumnos. Cuando estaba a punto de llegar, las dos orejas se perdieron detrás del cuerpo voluminoso de un muchacho mulato. Al aproximarse un poco más, vio que el asiento estaba vacío. El chico lo observó con cierta curiosidad. Cedric tenía la cara contraída en una mueca de estupor y sorpresa y, al darse cuenta de la imagen que debía de proyectar, tomó aire, descendió de nuevo hacia su mesa y se dejó caer en la silla sudando y temblando por aquella alucinación innegable y desoladora.

—Hubiera jurado... —susurró.

Que había visto un conejo.

«Un, dos, tres. Os atraparé.»

Miró la hora y calculó que quedarían más de cuarenta minutos de película. Su mente voló durante un breve espacio de tiempo entre las cabezas pensantes y concentradas de todos sus alumnos; luego decidió relajarse y no pensar en nada.

«Es un mal día. Siento y oigo cosas que no existen, pero cuando regrese a casa, cuando me siente en mi sofá delante del televisor y vea una de esas películas, todo lo que me está pasando hoy no significará nada.»

Porque no solo estaba el presentimiento con el que se había levantado aquella mañana. Durante gran parte de la noche, había tenido extrañas pesadillas de las cuales no recordaba nada, ni un leve detalle, si se ponía a recapacitar. Eran la sensación de que se ahogaba y el sudor frío con el que se había despertado varias veces en mitad de la noche, el entumecimiento de todos los músculos de su cuerpo y aquel hormigueo en las manos que, en otro momento, le hubiera llevado directamente a la sala de urgencias del hospital más próximo, si no fuera por...

«Porque vi algo en mis sueños que sí recuerdo, aunque mi mente lúcida me haga negarlo una y otra vez. Vi la casa Camelle y mi vieja bicicleta...»

Mientras todos aquellos pensamientos se amontonaban en su cabeza, volvió a alzar la vista hacia la grada y contempló los rostros avispados e ingeniosos de sus alumnos. Se preguntó si ellos sentirían el paso del tiempo con la misma velocidad que lo había sentido él, si su vida sería fácil y si esa carrera, que les precipitaba a un futuro trabajo demasiado sacrificado como para formar una familia, les haría felices llegado el momento de la verdad.

Cuando sonó el timbre que indicaba el final de la clase, se encendieron las luces y la película finalizó, Cedric seguía inmerso en su mundo interior, ajeno al ajetreo que se había formado cuando los chicos comenzaron a abandonar el aula para trasladarse a la planta de los laboratorios. El tumulto de pasos sobre la madera le devolvió a una realidad que se le antojaba, aquel día, lenta y peliaguda. Vio las puntas blancas entre los chicos que se movían de un lado a otro. Dos chicas se acercaron a él para hablarle de algo que tenía que ver con el trabajo de la semana siguiente, pero apenas las escuchó. Cedric tenía la vista clavada en el fondo del aula, en las dos afiladas orejas blancas que se mantenían estáticas y tiesas como dos velas detrás de varios jóvenes, y en aquel cuerpo inerte. Se levantó bruscamente dejando a las chicas con la palabra en la boca y se situó en el centro de la tarima para poder distinguir con más claridad qué era aquello.

—No me jodas...

Cedric nunca en su vida decía palabras malsonantes, pero en ese estado y ante aquella alucinación, era capaz de gritar en mitad del campus cualquier barbaridad que le pasara por la cabeza.

Era real. Al menos él lo veía tan real como los demás. Entre todos aquellos muchachos que atravesaban despacio las gradas con sus bolsos cruzados por el pecho y sus libros en las manos, había alguien con una máscara de conejo, y lo estaba mirando.

—Esto tiene que ser una broma de mal gusto.

—¿Profesor?

—Un momento.

La joven miró hacia donde tenía los ojos clavados su profesor, pero ella no vio nada.

—¿Prefiere que vengamos en otro momento, profesor?

Cedric asintió sin mirarla. El tipo de la máscara permanecía sentado con los brazos extendidos sobre el pupitre y los dedos entrelazados con aire sosegado. Un alumno pasó por delante de él y, cuando Cedric volvió a tenerlo en su ángulo de visión, el tipo de la máscara ladeó la cabeza, dobló una oreja hacia la derecha y su boca se curvó en una sonrisa espeluznante. Levantó un brazo y movió los dedos, cubiertos por unos guantes blancos, saludándole. Cedric sentía el corazón a dos mil revoluciones por minuto y ya no sudaba, parecía un aspersor.

«¿Desde cuándo sonríen las máscaras?», había pensado Cedric al tiempo que sacaba un pañuelo de su bolsillo del pantalón y se secaba la frente.

El terror se apoderó de él en el mismo momento que la puerta del aulario se cerró y se encontró solo con aquella aparición, broma o paranoia. Él sobre la tarima en un extremo del aula y... ¿Bunny? sentado en el pupitre más alejado. Y eso era mucho más dantesco y espeluznante.

—Por Dios bendito, esto ya lo había superado... —murmuró—. ¡Si esto es una broma, chico, le recomiendo que abandone el aula y deje de hacer el idiota! —exclamó. Pero el conejo volvió a... ¿sonreír?, se encogió de hombros y golpeó la mesa con ambas manos.

Cedric se iba a desmayar. Vaciló unos segundos y, de un salto, bajó la tarima y avanzó hasta la primera fila de pupitres por las escaleras laterales. Durante una fracción de segundo, pensó en el colegio, en sus amigos de la infancia y los dos primos del San Gregorio. Recordó el dolor cuando Enma le aferraba el brazo, clavándole las uñas ante la ventana de la casa Camelle, y todo lo que sucedió después.

—Nunca se irá —sollozaba ella—. Tarde o temprano también nos atrapará a nosotros y no podremos hacer nada para detenerlo.

Muchos años después, se sentía tan impotente e indefenso como en aquel entonces. Solo que medía unos cuantos centímetros más, tenía una profesión, una casa, un gato y su madre ya no estaba para atormentarlo cada día con sus modelitos de niño pijo y su obsesión por el orden casi enfermizo.

—Le estoy diciendo que la clase ha terminado y esa indumentaria no tiene ninguna gracia, caballero —afirmó con cierto aplomo—. Le pido que se levante, se vaya y medite si considera esta broma del nivel de nuestros alumnos.

El conejo meneó la cabeza de un lado a otro y sus orejas volaron como calcetines colgados en un tendal con ventolera.

Cedric tartamudeó cuando abrió la boca para decir lo que jamás creía que repetiría.

—¿Bu... Bunny?

El conejo palmoteó emocionado cuando oyó el nombre y meneó la cabeza afirmativamente antes de golpear la mesa con el puño, lo que hizo que Cedric diera dos pasos atrás, tropezara con el último escalón y cayera de culo sobre la tarima.

Y ahí venía. Con un pantalón ajado, una especie de saco gris metálico —el color de los pensamientos de Cedric en aquel instante— y su máscara de goma o lo que demonios fuera aquello. Bajó los peldaños con brusquedad pero despacio. Cedric reculó hasta que su espalda chocó con la tarima. Entonces elevó los brazos por detrás de su cuerpo, se propulsó hacia arriba y se quedó sentado como si aquello fuera un bote salvavidas y una ola de proporciones espeluznantes estuviera a punto de devorarle por completo.

—No puede ser.

Bunny movió la cabeza en un gesto afirmativo.

—Tú no eres real. No puedes ser real... Esto no es San Petri.

Tenía el conejo a dos palmos y sus manos enguantadas habían empezado a cambiar para formar una curvatura grotesca de dedos agarrotados e informes bajo la tela, corroída y sucia.

—¡No eres real! —gritó. De hecho, había cerrado los ojos y avanzaba arrastrando el trasero por la tarima—. ¡Cerramos el pozo! ¡Maldito hijo de puta, cerramos el pozo! ¡Cerramos...!

—¿Cedric?

La voz de Paul Auven, profesor de segundo de Robótica, le hizo abrir los ojos y mirar hacia la puerta con la cara desencajada. El hombre estaba de pie, en el vano, con las manos en los bolsillos del pantalón de vestir, y parecía asustado y sorprendido.

—Cedric, pero ¿qué coño haces ahí sentado hablando solo?

Cedric miró hacia las gradas. Bunny había desaparecido.

—¡Cedric!

—Me caí —dijo. Era inútil intentar salir de aquella situación como un hombre cabal. Se levantó con la agilidad de un bailarín, se sacudió los pantalones, se recolocó la corbata y se peinó el pelo con los dedos—. Me caí, Paul. Estaba recordando a todos mis familiares fallecidos.

Su colega lo miró, no sin una leve expresión de duda e ironía, y se acercó a él.

—No he entendido qué decías, Cedric, pero parecías trastornado —dijo—. ¿Ha sido una buena caída o un resbalón de anciano?

Cedric le dirigió una mirada ladina y luego entrecerró los ojos. Todavía le temblaban las piernas y tenía el pulso disparado.

—Me di contra la tarima de espaldas. Caí de culo y estaba soltando la letanía más grotesca que te puedas imaginar. Si quieres hacerte una idea, pisa un juguete de tus hijos o golpéate el dedo pequeño del pie contra la pata de la cama. Más o menos esa era mi actitud cuando has entrado. Maldecir el mundo.

Paul soltó una estridente carcajada que retumbó en el aula. Se llevó la mano al pecho y abrió sus enormes ojos verdes como si fuera a sufrir un desmayo. Al menos había colado, pensó Cedric.

—De acuerdo. Me alegro de que te encuentres bien, solo venía a avisarte de que a las once tenemos reunión del profesorado en el aula doce.

Dicho esto, ambos salieron al pasillo. Tras un rato de conversación que Cedric ni siquiera se molestó en seguir, se dirigió a su despacho y cerró con llave. La mesa estaba abarrotada de expedientes académicos y el fax tenía esa lucecita desagradable de «falta de papel», porque siempre se le olvidaba cargarlo. Se dejó caer en la silla, depositó el maletín en el suelo y rebuscó el paquete de folios en medio de aquel caos. El sonido monocorde de los rodillos haciendo un esfuerzo sobrehumano comenzó a rechinar mientras encendía el ordenador y abría el correo electrónico. Vio un mensaje que le volvió a provocar la misma taquicardia que había sufrido minutos antes en el aula de proyecciones.

LISA BARRAL TE HA ENVIADO
UNA SOLICITUD DE AMISTAD

—¿Lisa?

Todo aquello no podía ser casualidad. El fax dejó de sonar y un folio cayó al suelo boca abajo. Se inclinó con dedos temblorosos y, con la imagen infantil de Lisa en lo más profundo de su cabeza, lo cogió. No pudo contener un grito de pavor cuando dio la vuelta a la hoja. En ella alguien había escaneado una fotografía muy antigua. Eran ellos. Lisa, Claudio, Dani, Enma y él posando en la noche de brujas con sus disfraces. Estaban delante de su casa. Recordaba perfectamente que aquella imagen la había tomado su madre antes de salir a por caramelos en aquella maldita noche nefasta que les había cambiado la vida para siempre.

—Pero qué demonios...

Debajo de la fotografía en blanco y negro había una frase:

1, 2, 3... OS ATRAPARÉ

8

2 de noviembre de 1987
San Petri-Costa de la Muerte (Galicia)

Rony Melony, el bibliotecario, estaba sentado a la mesa de consultas cuando llegaron los chicos, un poco antes de la cinco de la tarde. Su imagen era la del típico solterón que vivía con su madre: pantalones vaqueros (con raya), jersey de pico y camisa estranguladora con el último botón abrochado en un cuello gordo y blando que amenazaba con reventar en cualquier momento, dejando a la luz una papada de pavo que en determinados momentos daba repelús. Rony en realidad se llamaba Roberto, aunque solo la señorita Vera, una mujer jovial que trabajaba en el ayuntamiento, lo llamaba por su nombre y solía ser amable con Rony y, hasta cierto punto, muy considerada por el trabajo que desempeñaba allí. Y Vera era guapa, alta y con una sonrisa de ángel.

—¡Hola, chicos! —exclamó Rony con energía forzada. Miró el reloj sobre la escalera de caracol que ascendía a la parte superior de la biblioteca y sonrió mientras se empujaba las gafas con el dedo índice e intentaba, no sin esfuerzo, ponerse de pie—. Las cinco de la tarde y todos en la biblioteca. ¿Qué bicho os ha picado?

—Necesitamos información para un trabajo —contestó Cedric antes de que los demás pudieran ni tan siquiera abrir la boca—. De clase. Tú sabes de todo y estamos un poco perdidos, porque no sabemos buscar. ¿Nos ayudas?

Rony echó una ojeada a los chicos y, al cabo de unos segundos, sonrió casi satisfecho y dijo:

—Claro. ¿Por qué no? ¿Y qué tipo de trabajo es ese?

—Sobre la casa Camelle —respondió Lisa.

—¿La casa Camelle? —Soltó una risa sosegada, que hizo que le temblara la papada como una gelatina, y caminó hacia la parte central seguido de los chicos—. ¿Qué profesor os pide eso? —Miró a Claudio con gesto sombrío—. Tú eres mayor.

—Vengo a acompañar a mi *manito* —respondió Claudio con humor—. Además, siempre suele pedirme ayuda cuando anda apurado...

—Yo nunca te pido...

Claudio lo fulminó con la mirada y Dani se tragó sus últimas palabras.

—Sí lo haces..., *manito*.

—No es que un profesor pida eso exactamente —dijo entonces Lisa con decisión—. Nos han mandado hacer un trabajo en grupo sobre alguna leyenda del pueblo. Ya sabes que en los pueblos de al lado todos tienen esas historias de naufragios, pero nosotros no tenemos playa cerca y pensamos en la casa Camelle.

Rony Melony afirmó muy despacio mientras meditaba y al poco pareció convencido y les hizo un gesto para que le siguieran escaleras abajo.

—Está bien. Me gusta que vengáis a verme con este tipo de cosas. Tengo muchos artículos de investigación en mi despacho del sótano y suelo pasarme horas indagando. Venid conmigo. Vera llegará dentro de una hora y no tengo mucho tiempo, seré rápido. Venid.

Descendieron las escaleras que daban a la zona de archivo. Rony bajaba los peldaños con cautela y de lado, dado que sus muslos rozaban peligrosamente uno con otro, y más de una vez los chicos pensaron que caería rodando hasta el descansillo por la forma de bambolearse que tenía. Por suerte todos iban detrás de él y, si eso hubiese pasado, no corrían peligro de ser aplastados por aquellas carnes. Cuando traspasaron la primera puerta del pasillo principal, se encontraron en un despacho repleto de papeles y recortes de periódico clavados con chinchetas a una decena de paneles de corcho anclados a la pared. Rony les dijo que se sentaran; había una mesa de trabajo con una silla y otra mesa polivalente con cuatro sillas con más carpetas y documentación de la biblioteca por archivar. Todos miraban con curiosidad los recortes que pendían de las paredes.

—¿Qué es todo esto? —preguntó Claudio.

—Quiero escribir un libro. Analizo los diez últimos años y busco información sobre sucesos relacionados con la teoría de la conspiración.

Lisa arrugó la nariz. No entendía nada.

—Sí, conspiración —repitió Rony—. Sucesos, atentados o accidentes que ocultan algo. Complot... ¡Bah! Es igual. Aquí está.

Se acercó a uno de los tableros de corcho y desprendió unas hojas de periódico gastadas. Luego volvió junto a los chicos, cogió la silla del escritorio y la hizo rodar hacia la mesa polivalente.

—Mirad. El diecinueve de febrero del ochenta y cinco un Boeing 727 se estrelló en Vizcaya contra una antena de Euskal Telebista. En el accidente murieron ciento cuarenta y ocho personas. Un accidente un tanto extraño, si nos paramos a pensar. Como en el ochenta con Félix Rodríguez de la Fuente; el catorce de marzo para ser exactos.

—¡Félix! —exclamó Dani—. Yo veo sus documentales. Me gustan mucho.

—Pues su avioneta se estrelló en Alaska, misteriosamente. Iba a rodar un capítulo de la serie *El hombre y la tierra*, lo que tú ves. Félix llevaba una libreta con todas sus anotaciones y esta desapareció. ¿No es extraño? Guardo todo lo que es extraño. Lo agrupo por fechas y años, y sigo concienzudamente todas las noticias de los periódicos nacionales y locales.

—¡Vaya! Eres como el detective Spenser —exclamó Cedric.

—Algo así —respondió Rony Melony con dignidad—, pero hay más desgracias. Fijaos en esta: el veinte de octubre del ochenta y dos la presa de Tous, en Valencia, se rompe. Los periódicos hablan de una concatenación de fallos humanos, pero, vaya, siempre se acaba uno escapando de sus responsabilidades. Lo cierto es que esa presa provocó la mayor inundación hasta ahora conocida en España. Este otro recorte es del atentado que se produjo en el restaurante El Descanso, en Madrid. Fue el doce de abril del ochenta y cinco. Murieron dieciocho personas, por un grupo islámico. O eso dicen...

—¿Qué es una concatenación?

—Una cadena de casualidades, Cedric.

—Entonces tú guardas todas las cosas malas y raras que pasan en nuestro país —afirmó Claudio—. ¿Para qué?

—Ya os lo he dicho. Algún día escribiré un libro. Un libro lleno de casos anormales y sucesos sin una buena explicación. Quizá lo titule *La teoría de la conspiración* o algo así, pero lleva su tiempo.

—¿Y qué puedes decirnos de la casa Camelle?

Claudio miraba a Rony, que parecía reflexionar mientras acariciaba el papel amarillento de los recortes con los dedos.

—Tiene su historia, pero es muy antigua. La gente del pueblo apenas recuerda esas cosas e inventa todo tipo de tonterías; sin embargo, mi abuelo siempre me habló de esa casa. Se construyó en los años treinta y todos los viejos del pueblo coincidieron siempre en que la hizo un marinero de Finisterre para su familia. El tipo se volvió loco después del hundimiento del *Bonifaz* en el sesenta y cuatro. Creo que en aquella época el hombre tendría setenta años, quizás algo menos. No sé si vuestros profesores os han hablado del naufragio del *Bonifaz*, que chocó contra otro petrolero llamado *Fabiola*; tenían tanques de gas y todo aquello estalló en mitad del mar. La gente del pueblo sacó cinco cadáveres, pero se dio por desaparecidos a todos los miembros de la tripulación, que eran como veinte. La cuestión es que el marinero que hizo la casa Camelle fue uno de los que rescataron a seis gallegos que murieron ayudando en las tareas de recuperación. Mi abuelo me contó que cuando regresó a casa... ¡Claus! —gritó, haciendo que los chicos dieran un brinco—. Ese era su nombre. Ahora lo recuerdo. Bien, pues Claus regresó a casa con las manos y la cara manchadas de sangre, barro y petróleo. Sus hijos ya no vivían con él, ya eran mayores, pero tenía a varios nietos a su cuidado porque era julio y los pequeños estaban de vacaciones en San Petri con sus abuelos. Dicen que subió al piso de arriba, se metió en el baño y allí estuvo hasta que su mujer lo llamó para cenar varias veces. Cuando salió se sentó en la cabecera de la mesa con la misma porquería adherida a su cuerpo. No se había aseado, ni siquiera se había lavado las manos, el muy cochino. Comió en absoluto silencio y luego se levantó y se fue a la cama. De madrugada mató a su mujer y a sus nietos con un arpón y los tiró al pozo.

—¿El pozo? —Lisa temblaba.

—Sí, un pozo que había en la finca antes de que construyeran la casa. Yo no sé dónde está el pozo, pero allí los tiró. Luego se encerró en una de las habitaciones de sus nietos y se levantó la tapa de los sesos con una escopeta de caza. Fin del misterio.

—¿Y por eso nadie quiere vivir en esa casa desde entonces?

—Claro, Dani. En un pueblo no es agradable vivir en

una casa donde se cometieron varios asesinatos. Aquí son todos muy supersticiosos. Si fuera una gran ciudad, todo se olvida, se arregla la casa, se limpian las paredes y se cambia el mobiliario. Todo cambia de algún modo, pero la casa Camelle nunca cambió. Además, tenemos que sumar que Claus dejó una nota un tanto tétrica a modo de pintada en la pared de la habitación de los niños. De ahí que la policía diera por loco a ese tipo.

—¿Qué nota? —preguntó Claudio.

Rony lo miró con un gesto misterioso algo fingido y dijo:

—El conejo me persigue. —Y se echó a reír—. Eso escribió. Y lo hizo con un rotulador de su nieto más pequeño, que debía de tener unos diez años. Puras locuras... Pero esto no venía del trauma por tener que sacar a varios amigos del mar muertos o lo que pudo ver cuando se hundió el *Bonifaz*. Según mi abuelo, Claus ya deliraba en el bar del pueblo muchos años antes cuando bebía más de la cuenta.

—¿Sobre el conejo?

—¿Qué conejo?

Dani soltó un jadeo desesperante.

—Has dicho que escribió que un...

—¡Ah! No sé. Deliraba sobre voces que oía, ruidos en la casa... Pero siempre que decía eso estaba borracho, así que tampoco tiene mucha credibilidad. La cuestión es que Claus no estaba bien desde hacía mucho tiempo, quizá por la edad, y el detonante fue el hundimiento del *Bonifaz*; todos esos muertos y sus vecinos flotando en el mar le acabaron de chiflar y cometió una locura.

—¡Es terrible! —exclamó Cedric.

—Sí, fue un episodio horrible. El único, realmente, hasta... bueno... Hasta estos días. ¿Conocíais al chico que apareció muerto?

Todos se miraron unos a otros.

—Un poco —alegó Dani—. Bueno, de vista.

—Rony... —Lisa no estaba segura de si a ese hombre le agradaba que le llamaran así o si tenía la más remota idea de por qué los niños usaban ese nombre, pero cuando se giró hacia ella de un modo natural comprendió que era la forma habitual de llamarle—... sus hijos... ¿Qué pasó cuando se enteraron de lo que había sucedido?

El bibliotecario se quedó unos segundos pensativo y luego, con gran esfuerzo, se encaminó a la pared y clavó de nuevo los recortes en uno de los corchos.

—Veamos, en el sesenta y cuatro, que fue cuando se produjo el naufragio, creo que los hijos de Claus tendrían unos cuarenta y pico años. Lógicamente ninguno se hizo cargo del funeral de su padre; lo repudiaban, y con razón. Pusieron la casa en venta y todas esas cosas, pero hasta hoy nadie la compró. Se fueron del pueblo para siempre, nunca volvieron, y tiene su lógica. ¿Quién querría quedarse aquí después de aquella tragedia?

Cedric arrugó la nariz y movió los labios.

—Ahora tendrán sesenta y siete o sesenta y nueve años... Más o menos.

—Chico listo —dijo Rony—. No llegan a los setenta, si no se han muerto ya, claro... Un trabajo de lo más grotesco, el vuestro.

—«El conejo me persigue...» —repitió Claudio con cierto aire solemne.

—Eso escribió. Aquí en San Petri el mayor de los hijos de Claus tenía un buen amigo. Paraba por el bar del pueblo y siempre contaba a modo de historia para no dormir que, cuando eran pequeños, el hijo de Claus solía decirle en el colegio que su padre hablaba con el pozo. Tonterías que no dieron importancia hasta que años después sucedió la tragedia. Supongo que cuando uno está loco tiene muchas fases o estados y lo de Claus fue... creciendo, a medida que pasaron los años.

—¿Y el conejo? —insistió Claudio.

—Delirios —contestó Rony—. El hombre del saco, el coco... Yo qué sé. Un niño olvida las cosas extrañas que ve de sus padres, y esos dos hermanos crecieron, se casaron y luego se fueron. Válgame Dios si esperaban que su padre acabara de esa manera llevándose a su esposa y a sus propios nietos por el camino.

Rony Melony se giró entonces como si hubiese percibido que aquella conversación era demasiado intensa para los niños.

—Espero que no os dé pesadillas esta historia. Vosotros me habéis preguntado, que conste en acta.

Ellos asintieron velozmente. Rony se dirigió a la puerta y les hizo una señal para que le siguieran.

—¿Ya? —Dani quería saber más de todo aquello.

—¿Y qué más queréis saber? Os he contado todo lo que mi abuelo me dijo y sé. Vamos, subamos. Si vuelve Vera antes de que estemos en la biblioteca pensará que me gusta estar con niños, y no creo que le haga mucha gracia que comparta con vosotros mis recortes escabrosos.

Al salir de la biblioteca, todos estaban demasiado conmocionados con la historia que les había contado Rony. Sus cabecitas eran una maraña de oscuros pensamientos donde un conejo que salía de un pozo ya no era un posible vecino vestido con un disfraz, puesto que cincuenta años atrás un marinero loco llamado Claus también lo había visto. ¿Qué sentido tenía todo aquello?

Enfilaron calle abajo, atravesando la calle Real hasta el paseo del Arrabal, que era la calle más ancha del pueblo y comunicaba directamente con la plaza central. Durante unos minutos, contemplaron las ventanas acristaladas de la comisaría de policía. Después, sin intercambiar una sola palabra, volvieron a ponerse en marcha como si una pequeña lucecita roja se hubiese encendido en sus mentes y les hubiera dicho: «Avanzad.» Lisa iba tocándose el pelo con los dedos, jugueteando con un pequeño mechón que se metía en la boca por la punta; los hermanos De Mateo, con la cabeza gacha y los ojos fijos en las baldosas de la acera, seguían la procesión, con Cedric en cabeza, concentrado en no pisar las líneas entre las baldosas, dando saltitos con las manos metidas en los bolsillos del pantalón y los pelos en la cara, como era costumbre en él. Al llegar al final del Arrabal, saltaron la verja de la casa de Claudio y Dani, y bordearon el patio de atrás en dirección a la caseta de los Supersónicos. No vieron a María Vargas, como era habitual, porque había salido al médico con su suegro. La casa estaba cerrada y en silencio cuando saltaron el murete de atrás y se internaron entre los árboles hasta llegar a su lugar secreto.

—Es un monstruo —dijo Cedric al fin, cuando se sentó en uno de los cojines y apoyó la espalda en la pared de tablones de madera—. Los monstruos son inmortales, por eso lo vio Claus.

Claudio, que había cogido un tebeo de *Superlópez*, se mantenía en mutismo —algo impropio de él—, mientras pasaba las páginas sin excesivo interés. Su hermano, Dani, lo observaba con cierta preocupación. Tenía los ojos brillantes, un niño que, si bien podía ser cauto y muy tranquilo, podía llegar a pasar de la calma más absoluta a un estado de pánico total. Porque Dani recordaba el episodio de la Navidad anterior, en casa de sus tíos en Madrid, cuando Claudio y él habían salido al porche, se habían sentado en el balancín y un grupo de chicos había lanzado huevos contra las ventanas de varias casas, estrellándole a él uno en su jersey nuevo, regalo de Papá Noel. Claudio se había levantado del balancín con parsimonia y los chicos, un par de años mayores que ellos, por lo que recordaba Dani, se quedaron en sus bicicletas riendo como hienas mientras su hermano mayor se aproximaba a ellos lentamente. Sin prisas. Quizás esa actitud fue lo que hizo que los chicos no se movieran y siguieran riendo, la misma que les mantuvo delante de su hermano mientras este, con los ojos clavados en ellos y la cabeza inclinada hacia su hombro derecho, seguía sin decir una sola palabra. Los restos de huevo caían al suelo y se diseminaban por el algodón azul sobre chorretones amarillos y transparentes. Eran tres chicos. Su hermano, uno. Lo siguiente que Dani recordaba fue ver a su hermano quitarse el jersey con meticulosidad y abalanzarse sobre el chico más cercano, que era un pelirrojo lleno de pecas que abrió la boca antes de caer de la bicicleta chillando como un ratón de campo bajo una pala. Claudio le metió el jersey por la parte sucia en la boca y le dijo que lo chupara, y entonces fue cuando Dani corrió más mientras los otros bajaban de sus bicis y se tiraban a por Claudio, sin mucho éxito, todo había que decirlo, porque su hermano, muy lejos de amilanarse o recibir una tanda de puñetazos, se giró con una mano en alto, cerró los dedos formando un puño y frenó al segundo chico dándole con los nudillos en la boca. Cuando Dani llegó a su altura, el niño pelirrojo tenía medio jersey en la boca y lloraba como una magdalena; el otro, con los dientes rotos, corría calle abajo, mientras el tercero, de pie, inmóvil y con la cara desencajada por el miedo, intentaba aplacar a un chico que, terroríficamente tranquilo, lo miraba sin pestañear. Dani cogió a Claudio por un brazo y le suplicó que volviera con él. Su hermano se giró. Por su cara cruzaba una expresión de paz que rozaba el autismo. Dani estaba convencido de que ni siquiera era consciente de que había perdido «a su modo» el control y, si no le alejaba de allí, cometería una locura.

Pero logró llevárselo y, de paso, logró sacar el jersey de la boca del pelirrojo antes de que este se vomitara encima. Su hermano se había vuelto a sentar en el balancín como si aquello jamás hubiese pasado, y Dani, muerto de miedo, lo acompañó con su jersey en la mano sin decir una sola palabra, hasta que Claudio tuvo su primer ataque de ansiedad.

—Claudio, estás bien, ¿verdad?

Claudio afirmó sin apartar la vista del tebeo.

Eso era lo que realmente le preocupaba en aquel momento, lo que su madre le había dicho a su padre el día que Claudio se cayó en medio del salón, como un asmático que suplicara una dosis de vaporizador con las manos apoyadas en el pecho.

—Es ansiedad, Marco —sollozaba su madre al tiempo que corría hacia la cocina—. Hay que levantarlo, darle una pastilla y que respire en una bolsa de papel.

—¿Seguro que estás bien? —Lisa se sentó a su lado y le pasó el brazo por los hombros en un gesto de cariño. Ella siempre era así y todos conocían las crisis de Claudio. Todos habían vivido sus crisis de un modo u otro.

—Sí... Solo intento... canalizar las cosas. Eso dice mi médico. Que... que no expreso mis problemas y que eso queda dentro. Dentro... —repitió.

—Pues expresa lo que tengas en la cabeza —le invitó Lisa—. Todos estamos cagados de miedo. No tienes que fingir que las cosas no te afectan.

Ante aquellas palabras y la mirada amable de Lisa, Dani se dio cuenta de lo mucho que la quería. Su hermano giró la cabeza hacia ella y Lisa apoyó su frente en la de él mientras lo apretujaba contra ella.

—Vamos, mafiosillo, dime que estás cagado.

—No estoy cagado. Ni siquiera sé cómo estoy. Solo estoy desconcertado. No tiene sentido. Un hombre no vive tantos años y, si eso no es un hombre, ¿qué es y qué quiere...?

La cara de Claudio se transformó y por un instante todos creyeron que le iba a dar uno de sus «parraques», como él solía decir con cierto humor. Respiró profundamente —buena señal— frente a un posible ataque de pánico. Luego se separó de Lisa y lanzó el tebeo junto al resto.

—Tenemos que encontrar a los otros chicos del San Gregorio —dijo entonces—. Yo tengo que saber qué pasó. Tenemos que ir, ¿no lo entendéis? Si ese conejo ha matado a uno de los chicos, el otro posiblemente haya desaparecido porque está con él. Y nos vio a todos. Incluso tú, Dani, tienes esa cajita con monedas de la casa. Podría... Podría...

—Está bien. Vamos a calmarnos... Iremos hasta su casa...

Dani no había terminado la frase cuando la puerta de la caseta se abrió bruscamente y golpeó a Cedric en un brazo. Enma estaba de pie delante de ellos con su eterno pichi gris y aquellos calcetines de canalé blancos a juego con la camisa. Tenía los zapatitos de charol manchados de polvo y hierbajos. Por la forma de respirar, había ido corriendo.

—¡Han encontrado al otro chico! —exclamó casi en un gemido—. Entre la iglesia de la Concepción y los muros del cementerio.

Cedric se levantó, se frotó el hombro y la miró asustado.

—¿Cómo?

—Estaba con mi hermano cuando llegaron mis padres. Venían hablando de ello, pero cuando me vieron se fueron a la cocina, aunque yo lo oí todo. Lo encontró el cura. ¡Es horrible! —gritó y se sentó junto a Lisa, pegando las rodillas a su pecho—. Mi madre dijo que se había ahogado. Tenía toda la ropa mojada y la boca llena de algas y agua. ¡Se ahogó en el mar! Así... así que lo llevaron al mar y lo ahogaron, y luego lo volvieron a traer al pueblo. Mi padre le dijo a mi madre que era la única explicación, porque mi padre es amigo de un policía y ese policía le dijo que era la única explicación coherente. Hasta que llegó el juez para levantar el cadáver. Dijo mi padre que hubo muchos del pueblo que lo vieron y era horrible. Tenía las manos llenas de piedras. ¡Como el otro niño! —exclamó y rompió a llorar.

—Cálmate, Enma.

—¡No quiero, Lisa! Tenemos que hablar con nuestros padres.

Contarle lo que Rony Melony les había dicho hacía un rato habría sido como abrir la caja de Pandora. Ninguno mencionó nada, dada la situación. No en aquel momento.

—Haremos una cosa —dijo Dani con aspereza—. Iremos primero a ver a Bruno y a David, y después lo contaremos todo. Pero antes tenemos que hablar con ellos y saber qué ha pasado. Luego, con lo que nos digan, tomaremos una decisión. No... Puede... puede que sea alguien que conoce esa historia del conejo y por alguna razón esté haciendo esto. Un loco... Un loco con esa máscara de conejo.

9

10 de octubre de 2016
Madrid

Lisa volvió a sentarse en el diván mientras miraba de reojo el gesto inflexivo del doctor, que tomaba notas atropelladamente.

—Entiendo que le resulte ridículo lo que le acabo de contar, doctor. Creo que, incluso para mí, el hecho de decirlo en alto después de más de veinte años es desconcertante. Pero salió del pozo.

No hubo ningún cambio en la expresión del doctor cuando Lisa terminó su pequeño relato y se sentó. La contempló con una tranquilidad imperturbable y dejó de escribir solo para mirarla fijamente sin resultar extrañado, asustado o, quién sabe, decepcionado por toda aquella historia sin sentido.

—Permíteme que repase lo que acabas de decirme —dijo el hombre—. Entrasteis en la casa Camelle, inspeccionasteis el piso superior, donde los juguetes se movieron solos, y luego de aquel pozo, que, según tú, os atraía, salió un hombre con una máscara de conejo. Después huisteis y, unos días más tarde, uno de los niños del otro colegio apareció muerto.

—Así es —dijo con tristeza—. Sé que puede resultar una locura, pero eso fue lo que vimos todos, lo que pasó allí y lo que provocó los acontecimientos que luego se fueron sucediendo en San Petri.

El doctor se repantigó en su sillón. Deslizó los dedos regordetes por debajo de su cinturón para aflojarlo levemente, y dejó la carpetilla y el bolígrafo sobre la mesita supletoria.

—¿Crees que esa intrusión provocó las muertes de los niños? —preguntó el doctor con cautela; sin embargo, antes de que ella pudiera contestar, se adelantó meditativo—. Erais unos críos. Aunque hubierais desenterrado un cementerio indio entero, no podríais culparos de algo así. El estrés postraumático, sobre todo cuando se trata de personas que ejercen un acto violento sobre uno, ya sea una violación, una agresión o incluso un secuestro, y más a esas edades, provoca muchos más problemas que cuando se trata de un accidente o una simple muerte de un familiar cercano. Lisa, detuvieron a un loco por todo aquello, un enfermo mental que reconoció todo lo que hizo, que fue encerrado en una institución mental. Las pesadillas y los malos pensamientos, la negación hacia el entorno que te rodea y el sentimiento de haber cambiado para siempre son detalles que tú misma has considerado y que encajan a la perfección con el estrés postraumático. A veces uno ni siquiera lo supera, Lisa.

—No fue él —dijo lacónicamente—. Solo estaba en el lugar equivocado en el momento equivocado.

—Un monstruo —afirmó el doctor sin apenas modulación en la voz—. Lo visteis como un monstruo, como algo que no era de este mundo. ¿Y sabes por qué? Porque a esa edad es imposible asimilar que una persona humana sea capaz de algo así. Teníais que defenderos del mundo de ese modo, Lisa, creando un personaje antagónico, un villano sin corazón, para no reconocer en vuestras mentes infantiles que el hombre es capaz de matar.

Lisa no deseó responder a esas palabras. Era consciente de que contarle lo que realmente habían visto todos la llevaría de nuevo al punto de partida. Pensó que quizá tratar a Bunny como un hombre con una perturbación también podría sacarla de aquel bucle de terrores nocturnos que volvían a invadirla cada noche cuando apagaba la luz. Pero aquel pensamiento se borró rápidamente de su mente. Vio la imagen de Bunny, en lo alto de la fachada, apoyado en la repisa de la ventana, con la cabeza ladeada y aquellas garras afiladas apuntándoles.

—El problema no fue solo ese —prosiguió ella—. Primero apareció uno de los primos del San Gregorio (por su expediente ya sabrá los detalles más escabrosos), y días después encontraron a Luis Goyanes tirado como un títere entre la iglesia y el cementerio.

—Sí, leí esa parte del informe anoche y se puede decir que la prensa no fue muy censuradora con los detalles más dolorosos. Sigue, por favor.

—Nosotros no vimos nada. Lógicamente no iban a dejar a unos niños tan pequeños contemplar los restos de otro chico en aquella situación, pero nos cuidamos muy bien de poner la oreja detrás de las paredes y puertas adecuadas. Teníamos que contar lo que habíamos visto, pero antes decidimos buscar a los otros dos niños para hablar con ellos. Lo que supe del crimen lo descubrí con más detalle cuando empezaron otra vez mis pesadillas hace catorce años, poco antes de venir, dado que por aquel entonces nadie nos llegó a decir que Luis Goyanes había sido ahogado en agua salada y trasladado a donde lo encontraron ya muerto, o que sus manos estaban llenas de piedras como las de su primo cuando lo mataron. Eso lo averiguamos nosotros escuchando a nuestros padres. Buscando información en los periódicos locales y otros que trataban más los temas de la España negra, di con ciertos detalles que me helaron la sangre. Por supuesto, si en aquel momento alguien nos lo hubiese dicho, habríamos enloquecido.

—¿A qué te refieres?

Lisa se revolvió en el diván y volvió a palpar el paquete de tabaco medio abierto que llevaba en su bolso.

—Está bien. Dejaré que te enciendas uno. Pero uno solo. Deja que abra la ventana.

Sobre una cómoda de madera lacada en blanco, había un bonito jarrón de cristal con varias flores artificiales. Lisa miró los ribetes de la alfombra y luego tanteó el paquete de tabaco, casi rozando la desesperación por una calada. Aquello era como abrir la caja de Pandora. En algún momento de su infancia, aquella frase había sido parte de sus pensamientos, pero no recordaba ni cuándo ni la razón. Pensó que quizás el doctor Del Río no fuera tan pragmático como creía. Cuando el hombre volvió a sentarse en su butacón de piel, ella encendió su cigarro, tomó un pequeño cenicero que él le tendió y continuó.

—Los niños no tenían las piedras en la mano para defenderse de lo que les quitó la vida, como todo el mundo pensó inicialmente. Su asesino, Bunny, les obligó a que se las tragaran antes de matarlos. Primero lo hizo con Billy. La autopsia (que dejó de ser privada después de un tiempo) decía que el niño llegó a consumir seis piedras antes de morir, fue lo que le encontraron en el estómago; su primo, Luis Goyanes, tenía cinco. Creo que las últimas fue el mismo Bunn... asesino quien le obligó a que se las tragara. Tenía tres dientes partidos y una de las piedras encajada en la garganta. Lo terrible del asunto fue que esa última piedra la introdujeron después de muerto. Los rellenó como un pavo de Navidad, por Dios... Fue terrible, doctor. Terrible.

Dio una profunda calada y se recostó con los ojos cerrados, y el cabello, que caía de su coleta, por delante del pecho. Por un momento se sintió mal confesando todos aquellos detalles que, en otro tiempo, no había relatado al médico, preocupada por lo que podría llegar a pensar de ella. En ese momento era una mujer adulta de casi cuarenta años, no la joven universitaria asustada que entró por primera vez allí. Su actitud frente a la vida era mucho más analítica y metódica que por aquel entonces. Había roto de un modo casi violento con su antigua pareja, la única que tuvo después de... Dani.

Desvió la vista a la derecha y siguió fumando de un modo casi apático mientras rememoraba a Abel, estudiante de Derecho, alto, atlético y con un carácter dominante, que comenzó a escupir como veneno solo cuando se mudaron a vivir a un pequeño apartamento a las afueras de la ciudad. Sintió una profunda nostalgia, pero no por él, sino por Dani.

«Tú me hubieras salvado también de ese monstruo», pensó.

El doctor dijo algo, pero Lisa no lo entendió. En su mente solo podía ver a aquel chiquillo de rostro infantil, rizos dorados y nariz respingona, que la rodeaba todo el cuerpo con aquellos bracitos gráciles de niño mientras le susurraba al oído: «No tengas miedo. No nos cogerá, yo cuidaré de ti, Lisa.» Mientras trataba de profundizar en aquellos recuerdos más nítidos, con la intención de no borrar de su mente un solo detalle de Dani, el doctor volvió a hablar y ella se sobresaltó.

—¿Perdone?

—Te decía que continuaras.

Lisa asintió y apagó el cigarrillo.

—Decidimos ir a ver a un bibliotecario que nos contó la historia de la casa Camelle; creo que esa parte sale en sus informes.

—Sí. Pero luego fuisteis en busca de los otros niños.

—En cuanto nos enteramos de que Luis Goyanes había aparecido muerto. Fue Enma la que nos lo dijo. ¿Quiere que se lo vuelva a relatar?

El doctor afirmó. Ella dio por hecho que estaba convencido de que, también en aquella parte, había ocultado información.

—La casa de los Barroso era una mansión comparada

con nuestras pequeñas casas. Y eso que Cedric, con un padre ingeniero, no iba del todo mal. Era un niño acomodado, pero su casa no era tan ostentosa, quizá porque el padre de Cedric era un hombre humilde y no quería aparentar demasiada superioridad económica ante sus vecinos. No era de esos, ya me entiende, aunque fuera un gran ingeniero. Lo mismo pasaba con los De Mateo. El padre de Dani y Claudio, Marco de Mateo, era el propietario de un negocio de restauración. No recuerdo muy bien, pero creo que, además del restaurante en el pueblo, también tenía otro en Fisterra y uno más en Corcubión con dos de sus hermanos. En verano, el turismo era bastante abundante en la costa, así que durante los meses de junio, julio y agosto, incluso parte de septiembre, también su madre trabajaba en alguno de los restaurantes, y hacían mucho dinero. Lo cierto es que en verano casi desaparecían de San Petri, dejando a Dani y a Claudio con su abuelo gran parte del tiempo. Los tíos de Dani y Claudio también trabajaban en los negocios familiares, los que vivían en Galicia, porque tenían más aquí en Madrid, eso sí lo recuerdo con claridad, ya que había Navidades que pasaban en la capital. Luego estaba Enma. Sus padres eran maestros en los dos colegios públicos de San Petri y les iba bien.

—Y tú —interrumpió el doctor.

—Yo... bueno... Mi padre había muerto de un infarto cuando yo tenía cinco años y mi madre hacía lo que podía trabajando en casas y cuidando niños. No lo hacía mal, era una buena mujer, pero apenas la veía. Eso sí, trabajó como una mula para procurarme una educación y lo logró. Se pasó casi toda su vida limpiando culos y escaleras hasta la extenuación, haciendo horas y horas, guardando hasta la última peseta en una libreta de ahorros para mí... En fin, me distraigo. Como le decía, la casa de los Barroso parecía la mansión de *Falcon Crest*, pero ya sabíamos que los niños con dinero iban al San Gregorio y los menos afortunados estudiábamos en la escuela pública, menos los niños como Cedric, con padres que consideraban que la mejor educación se daba en los colegios públicos por mucho dinero que tuvieran, o los De Mateo. El padre de Dani y Claudio era un hombre muy amable y educado, pero quería que sus hijos se formaran en un colegio no religioso, como los padres de Enma. La madre de Enma daba clase en nuestro colegio, pero en un curso superior. Esa era la razón por la que Enma estaba al tanto de todo lo que pasaba, sin olvidarnos de que su padre tenía una buena amistad con uno de los policías que llevaba el caso y, bueno, Enma parecía tonta, pero también escuchaba detrás de las puertas cuando no tenía que cuidar de su hermano pequeño.

Lisa miró el paquete de tabaco y luego al doctor.

—El último, Lisa.

Ella sonrió.

—Cuando llegamos a la casa de los Barroso, estábamos muertos de miedo. No solo íbamos a casa de nuestros enemigos por excelencia, sino que además no teníamos ni idea de cómo nos iban a recibir o el estado en el que estarían. Gracias a Dios, no tuvimos que entrar en aquella finca tan intimidatoria, porque David Barroso, el más pequeño, estaba junto a la caseta de herramientas que había casi en la entrada y nos vio llegar. Por suerte él tenía un carácter más sosegado que su hermano Bruno; nunca nos insultaba y jamás nos había tirado piedras. Era, por decirlo de algún modo, el bueno de los dos hermanos. Así que, cuando nos vio por el camino, corrió hacia la verja, salió y se reunió con nosotros.

Lisa hizo una pausa. Veía con total claridad el pelo cobrizo de David Barroso azotado por el aire y aquellos ojos grandes y vidriosos, asustados, que parecían suplicar. Jamás en su corta vida una expresión de terror le había infundido tanto miedo, tanta inseguridad. Y no fue solo lo que les dijo el niño, que les provocó durante muchos días unas terribles pesadillas, a veces dormidos, y otras, incluso despiertos; fue lo que sucedió cuando regresaron a sus casas: la nota sobre la mesa escrita por Bunny, el mensaje que dejó aquel hombre conejo a cada uno de ellos de un modo diferente y perturbador.

Lo mismo que hacía unos días había encontrado en la mesa de su cocina y lo mismo que había provocado que buscase a todos sus viejos amigos hasta la extenuación o volviese al maldito psiquiatra antes de tomarse un bote de pastillas y no despertar jamás. Otra nota. Otro mensaje.

1, 2, 3... OS ATRAPARÉ

10

2 de noviembre de 1987
San Petri-Costa de la Muerte (Galicia)

Se quedaron delante de la verja metálica contemplando la figura enjuta de David Barroso, que descendía por el camino de cemento. Enma había regresado a casa con la misma celeridad con la que había llegado a la cabaña de los Supersónicos. Sus padres volvían a irse y ella tenía que dar la merienda a su hermano, les había explicado, aunque en el fondo todos pensaban que era una burda excusa por el miedo, cosa que ninguno había dicho en alto. Tampoco habían pensado en ello mientras se dirigían a la casa de los hermanos Barroso. La forma en que les recibirían era lo que realmente les preocupaba a todos, pero nada más lejos de la realidad. David, que se encontraba en una pequeña caseta de herramientas muy cercana a la verja, en el lado norte de la casa, nada más verles pareció sonreír, si aquel gesto con los labios podía llamarse sonreír. El niño tenía los ojos brillantes, casi llorosos, y llevaba puesto un jersey de lana con cuello de cisne y un pantalón vaquero. Cuando llegó a su altura, los cuatro niños guardaron silencio durante unos segundos, hasta que David abrió la verja y salió al camino. Sus ojos no solo estaban húmedos, sino que también los tenía algo enrojecidos, como si hubiese pillado un catarro.

—Hola, David. ¿Cómo estás?

Fue Lisa la que sacó a todo el grupo del mutismo que se había impuesto. Sonrió de un modo tímido cuando David desvió la vista hacia ella y se balanceó con las puntas de los pies para disimular su nerviosismo.

—Bien. Hace un rato que se ha ido la policía.

Cedric abrió la boca con la intención de decir algo, pero fue Dani el que rompió la atmósfera de cordialidad.

—David, ¿fuisteis a la casa? Tienes que decirnos qué ha pasado, por favor...

A David le tembló el labio inferior y pareció otear el entorno con cierto temor. Claudio, que estaba justo entre Lisa y su hermano, se aproximó un poco hacia él, pero el niño reculó.

—No... No quise entrar. Mi hermano se quedó conmigo fuera. Oye, siento lo de tu chaqueta. Mi hermano...

—Olvídate de la chaqueta y dinos qué pasó.

Claudio temía que en cualquier momento David echará a correr como una liebre o, lo que es peor, que su hermano bajara con un palo, piedras o lo que demonios pillara por el camino. Pero David estaba demasiado asustado.

—David, por favor. Nosotros también tenemos miedo —dijo Dani—. Si hemos venido hasta tu casa es para saber qué ha pasado. No sabemos si hablar con nuestros padres.

—Entraron en la casa por la ventana del otro día —dijo entonces— y los vimos lanzar piedras al pozo. Billy se reía y decía: «¡Míralo! ¡Es un cobarde! ¡Lanza más piedras, Luis!» Pero la ventana se cerró de golpe y algo cogió por un brazo a Billy. Mi hermano intentó abrir la ventana para que pudieran salir, pero no conseguimos nada. Fue un golpe muy fuerte, como cuando hay corriente. Y luego gritó Billy. Se había logrado soltar de lo que tiraba de él y estaba junto al cristal, chillando que abriéramos la ventana, pero no podíamos. ¡Era imposible!

—¿Era el hombre de la máscara? —preguntó Cedric, pero se le quebró la voz.

—Sí. Yo le vi las orejas. Y tiró de Billy hacia atrás. ¡Tiró tan fuerte que cayó de la caja y lo arrastró al pozo!

David les describió, de un modo atropellado, cómo Luis había intentado sujetar a su primo por los brazos mientras aquel hombre, o lo que fuera, lo revolcaba por el suelo como si fuera un fardo, hasta que chocó contra la piedra del pozo.

—Primero le tiró del brazo y casi le mete medio cuerpo dentro del pozo —continuó—, pero cuando se liberó de aquello y corrieron a la ventana, algo lo arrancó del cristal; era muy fuerte, ¿sabéis? Porque primero estaba delante del cristal y de golpe ya no. Y Luis miró hacia atrás mientras nosotros golpeábamos la ventana para abrirla, pero no se abría. Y... Y entonces sonó algo horrible. Sonó un crujido y Luis gritó.

David rompió a llorar. Se sorbía los mocos al tiempo

que se pasaba la manga del jersey de lana por la nariz e hipaba.

—Tranquilo, David —murmuró Lisa.

—Se llevó a Billy. Saltó al pozo sujetando a Billy por un tobillo y lo arrastró con él. Había mucha sangre, porque se golpeó la cabeza contra el pozo antes de caer y... Su primo volvió hacia la ventana, pero nosotros no podíamos abrirla y también lo atrapó.

—¿Volvió del pozo a por Luis? —inquirió Claudio.

—Sí. También lo arrastró, pero lo hizo de los pelos. ¡Fue horrible!

—¿De los pelos? —Cedric temblaba.

—Le cogió por el pelo de arriba —dijo tocándose la coronilla—. Así, como si fuera a cortarle la cabeza, como un indio. ¡Y se lo llevó al pozo! Cuando saltó dentro, Luis se golpeó la cara con las piedras. ¡Dios mío! ¿Cómo podía ser tan fuerte? ¿Cómo...?

—Y la policía qué dice.

—Nada —respondió, secándose los ojos con la mano—. Les contamos lo mismo. Creen que es ese loco que se escapó de un sanatorio. Pero tenía mucha fuerza. Es imposible que un loco tenga esa fuerza. —Se giró hacia la casa y dio dos pasos atrás—. Me tengo que ir. Mis padres se enfadarán. No quieren que salgamos de casa.

—Pero vosotros no entrasteis —afirmó Dani ansioso—. Quiero decir...; no tirasteis piedras al pozo y por eso no os atrapó. Quizá le hicieron daño con las piedras y por eso se los llevó.

Lisa giró la cabeza hacia Dani con el ceño fruncido.

—¿Crees que no vendrá a por nosotros por eso?

Aquella hipótesis no era del todo descabellada.

—¡Sí, nosotros tampoco tiramos piedras a su pozo! —exclamó Cedric.

Dani movió los ojos de un lado a otro, apuntando con la cabeza hacia el suelo, y se quedó unos segundos pensativo.

—¿Y si es el espíritu de ese marinero loco?

—¿Qué marinero loco? —preguntó aterrado David—. ¿De qué hablas?

Dani le relató muy rápidamente lo que le había contado Rony Melony, el bibliotecario. Por la expresión demudada de David, aquello era demasiado para su joven y frágil cuerpo. Empezaron a temblarle las manos y abrió los ojos como si acabase de ver a un muerto.

—Deja ya de mentir. Solo quieres asustarme.

—No es verdad —dijo Claudio—. Nos lo contó Rony. Quizá fue ese marinero el que les metió las piedras en la boca y le cortó la mano a Billy. Pero otro marinero, porque el que vivió en la casa también vio al conejo. Recordadlo.

—¿Qué?

Al instante se dieron cuenta de que el pobre chico no tenía ni idea de lo que ellos habían escuchado de sus padres. David empalideció aún más y trastabilló hacia la verja, chocó con ella y provocó un ruido muy fuerte que les asustó.

—¡Mientes!

—David, no queríamos... Creímos que sabías que...

—¡Idos de aquí! Sois unos mentirosos. Mi padre dijo que se habían ahogado. ¡Eso es una sucia mentira!

—David —suplicó Lisa, pero David estaba fuera de sí. Palpaba la verja a toda prisa, buscando la forma de abrirla, como si el mismo diablo lo persiguiera.

—Está bien, ya nos vamos —dijo Claudio.

Una esbelta figura femenina se dibujó en lo alto del camino y, alargando un brazo a modo de visera sobre su cabeza, lo llamó.

—¿David? Te he dicho que no salgas de la finca. ¿Quiénes son esos niños, David?

—¡Nadie, mamá! —exclamó él mientras se alejaba de la verja. Se giró hacia ellos y los miró—. No volváis o se lo diré a mi hermano.

Cedric se giró hacia sus amigos y se encogió de hombros.

—Será idiota... —farfulló Claudio—. Como si tuviéramos nosotros la culpa de lo que pasa. Que llame a su hermano. Le daré una patada en el culo.

Tras aquel momento incómodo, la casa de los Barroso resultaba menos intimidatoria que cuando habían llegado. Se quedaron observando a la mujer alta de pelo cobrizo. Era joven, o eso parecía, no como las madres que uno estaba acostumbrado a ver. Y llevaba un bonito vestido que flotaba por la brisa y le dejaba al aire las rodillas.

—¿Y ahora qué? —preguntó Lisa poniendo los brazos en jarra.

—Ahora nos vamos a casa, Lisa —repuso Cedric, casi ordenándolo—. Estoy agotado y tengo miedo. Quiero irme a mi casa y...

En aquel instante, mientras las siluetas de los Barroso desaparecían más allá de la puerta principal, frente a los setos, Dani observó el rostro meditabundo de Lisa, sus mejillas sonrosadas, su boca de niña, con los labios apretados con fuerza y aquella postura de soldado, las manos a la cintura propia de ella. Por un momento deseó tocarla, pero no se atrevió. Lisa representaba la fuerza y la entereza de las que ellos carecían. Siempre arrastraba consigo la garra, la determinación y el genio que habría poseído cualquier niño mayor. A veces Dani en su habitación, cuando pensaba en Lisa, creía que todo aquel carácter frente a la vida se debía básicamente a la ausencia de un padre. Su amiga pasaba la mayor parte del tiempo sola en casa, haciendo las labores de las que su madre, que trabajaba, no podía encargarse. Y a veces la veía cuando paseaba cerca de su casa, a través de los cristales de la fachada principal, de acá para allá, ocupada, como una pequeña mujer afanada por terminar de hacer las cosas habituales del día a día después de clase.

—Volvamos a casa —dijo Claudio, sacando a su hermano de su ensoñación.

—¿Y qué vamos a hacer? —preguntó Cedric—. Habíamos dicho que hablaríamos con ellos antes de decidir si contar a nuestros padres lo que pasó.

Claudio lo miró con la desesperación más absoluta reflejada en el rostro y se encogió de hombros.

—Haz lo que quieras, Cedric —le respondió.

Lisa seguía en la misma posición, como si la hubiesen congelado, y Dani la miraba fijamente, esperando una reacción por su parte. Tenía esa mueca que solo ella sabía poner, cuando algo no le cuadraba o tramaba un plan.

—¿Lisa? ¿Estás bien?

La suave voz de Dani hizo que ladeara la cabeza hacia la derecha y sonriera levemente.

—Vamos a casa —dijo.

—Pero, Lisa, tú estás sola hasta la noche. ¿No sería mejor que...?

—No tengo miedo, Dani —le interrumpió—. No del modo que pensáis. No creo que ese «hombre» se atreva a atravesar el pueblo en pleno día, y mi casa está muy cerca del centro y tiene varias casas alrededor. Puedo sacar la cabeza por la ventana y estornudar, que me oirían cuatro o cinco vecinos como poco. Uno tiene que afrontar las cosas...

—¿Y si no es un hombre, Lisa? —insistió Cedric, con sus pequeños mechones castaños desparramados por la frente—. ¿Y si es un monstruo, uno de esos que se meten en el armario o debajo de la cama?

—Cedric, por favor —imploró Claudio—. No compliques más las cosas. Ya hemos oído a David. Fue a por los primos que lanzaron piedras.

—Abrimos la tapa —susurró Dani—. Y deberíamos cerrarla. Quizá sea eso lo que le impide hacer cosas malas.

—¿Entrar en la casa Camelle? ¿Estás loco, idiota?

—No, Claudio. Solo digo que fuimos nosotros quienes abrimos el pozo. Hasta que quitamos la tapa, no había sucedido nada en el pueblo; posiblemente es lo que le mantiene encerrado y lo hemos dejado suelto.

—¿Quieres decir que también vendrá a por nosotros?

—No lo sé, Cedric —respondió en un lamento—, pero es nuestra responsabilidad. O eso creo...

Mientras regresaban a sus respectivas casas, cada uno de ellos permaneció sumido en una sucesión de pensamientos. Lisa sentía una ausencia de pánico, pero sí un temor inconfesable a lo que podría ocurrir si aquello seguía haciendo cosas malas. Dani podía visualizar el pozo con exactitud. Repasaba cada particularidad de aquella tarde y volvía una y otra vez a los detalles más pequeños hasta que lograron escapar de allí. Claudio regulaba su respiración contando del uno al tres para soltar el aire muy despacio y volver a iniciar el proceso que le libraría, o eso esperaba, de un posible ataque de ansiedad. Cedric hacía recuento en su cabeza de las lámparas de mesa que tenía en casa y calculaba la forma de iluminar la habitación, abrir el armario y vaciar de porquería debajo de la cama, para poder dormir como un niño normal aquella noche.

Habían quedado con Rony Melony a las cinco de la tarde, pero ya eran las seis y media y aún no había regresado a casa a merendar, así que cada uno tomó rumbo a su casa. Ninguno podía imaginarse lo que le esperaba al regresar. Como tampoco tenían ni la más remota idea de que en aquel preciso momento Enma estaba gritando como una posesa en mitad de la cocina, tras lavar los platos de la merienda y acostar a su hermanito para que descansara un poco. Era cierto que sus padres habían vuelto a sus respectivos colegios para algo que tenía que ver con las reuniones del profesorado y se había quedado sola con Nico. Había sentido una especie de soniquete rasposo justo detrás de ella, junto al frigorífico, y se había girado violentamente con la extraña sensación de que había alguien más en la cocina. Inicialmente pensó que Nico se había salido del parquecito —a sus cinco años, era como un terremoto a pilas— y había vuelto a la cocina a por más chocolate, sin embargo lo que vio no fue a su hermano. Los imanes de letras que coleccionaba su madre con los *packs* de yogures se estaban moviendo para formar una frase espeluznante y aterradora:

BUNNY EL CRUEL TIENE UNA PIEDRA

Enma se tapó la boca con ambas manos y comenzó a temblar de un modo violento. Iba a desmayarse. La última letra de la palabra PIEDRA estaba ligeramente torcida hacia fuera y parecía descolgarse de las demás. No obstante, la letra volvió a moverse con lentitud hasta situarse junto a la R. Fue demasiado para aquella niña. Se quitó las manos de la boca y lanzó un chillido gutural, seguido de otros tres o cuatro alaridos que acabaron de despertar a Nico, el cual se puso a berrear escandalosamente, haciendo que Enma recobrara el poco sentido que le quedaba y corriera en su ayuda.

Fue casi la misma reacción, aunque esta más contenida, que la que sufrió Lisa tras ordenar el salón y sentarse a la mesa de la cocina, con los libros del colegio y un bocadillo de jamón y queso que se había preparado nada más llegar a casa. Ella también tenía imanes en la nevera que sujetaban los teléfonos de urgencias, del trabajo de su madre y los vecinos más cercanos por si tenía algún problema, pero no eran letras, sino animales de colores fosforescentes, desperdigados sin ningún orden lógico. Se entretuvo un rato con varias revistas de moda que su madre siempre dejaba por todos los rincones de la casa mientras se terminaba el bocadillo y se olvidaba hasta cierto punto de lo que había sucedido. Esa era la virtud de un niño, que a veces, durante unos minutos, hasta podía olvidar cualquier tragedia.

Ladeó un poco la cabeza al comprobar que había una hoja de libreta sobre una de las revistas y se inclinó para cogerla con sus largos dedos. Lisa se quedó paralizada, atónita.

1, 2, 3... OS ATRAPARÉ

La hoja estaba arrugada y en el borde inferior alguien había escrito en una letra un poco más pequeña:

Bunny tiene piedras.
Bunny tiene piedras.
Bunny tiene piedras.
PIEDRAS.
PIEDRAS.

Cinco calles más abajo, pasando el paseo del Arrabal y la cuesta del Cerro, muy cerca de la iglesia de Santa Catalina, se alzaba la urbanización Los Rosales, un lugar de casitas idénticas con tejados de ladrillo visto y pequeños jardines delimitados con vallas de color sepia. Cedric se había quedado medio dormido delante del televisor. Su madre había invitado a una amiga a tomar café y en ese preciso momento discutía con ella sobre lo mucho que echaba de menos a Little Joe, el de la serie *Bonanza*. Cedric se sentía seguro en casa junto a su madre, pero se aburría terriblemente cuando esta comenzaba a hablar de Michael Landon, *Bonanza* o todas esas cosas que le sucedían a la familia Ingalls en Plum Creek, cuando ponían *La casa de la pradera* y se pasaban media hora divagando.

—Yo prefiero *Dallas* —dijo Suzanne. Era la esposa de un compañero de trabajo de su padre, también americana, aunque llevaba quince años en España, y pesaba una tonelada.

—¡Ah, venga ya! —exclamó Elvira Conrad, apartando su larga melena de color chocolate—. ¿Qué tiene J. R. Ewing que no posea Angela Channing?

—Es perverso en su papel en *Dallas*. La Channing solo es ambiciosa.

Cedric no hacía más que dar vueltas a su pequeña cabeza una y otra vez. ¿Y si se lo contaba a su madre? ¿O quizás era mejor esperar a su padre? A lo mejor podía dormir con ellos aunque solo fuera esa noche, había pensado, si bien luego descartó la idea, pues ya tenía once años y su madre no iba a permitir que a esa edad durmiera en la cama de sus padres. O quizá sí.

Cuando Suzanne se fue y su madre comenzó a hacer la cena, estaba tan nervioso que más de una vez estuvo a punto de ir a la cocina y confesarle todo a su madre, pero no lo hizo. En su fuero interno, había una pequeña alarma en forma de botón rojo que parpadeaba cada vez que se le pasaba aquella idea por la cabeza. Tenía mucho que ver con el carácter casi histérico de su madre ante posibles catástrofes infantiles y la forma de solucionarlas. Su madre era gallega, qué duda cabía, pero llevaba muchos años casada con un americano, y gran parte de su juventud la había pasado en el extranjero. Odiaba las ciudades, sobre todo después de ver con su padre una película que se titulaba *Colegas*. Por aquel entonces, Cedric era mucho más pequeño, debía de tener tres o cuatro años menos, aunque no lo recordaba con exactitud. Pero había escuchado a su madre decirle a su padre que la ciudad era así de peligrosa, que un lugar como San Petri era el mejor sitio para criar a un hijo alejado de las drogas, las anfetaminas, los porros y el caballo. Cedric se había preguntado aquella tarde por qué un animal tan bonito y elegante como el caballo podía darle tanto miedo a su madre. Ella había dicho «el caballo», así que Cedric supuso que había un caballo perverso en la ciudad que mataba a jóvenes cuando salían por la noche, por lo que no quiso preguntarle nada. Aquella noche su padre lo arropó y él le dijo que no se preocupara, que él nunca, nunca, nunca se acercaría a ningún caballo. Ante esa afirmación, su padre se había reído hasta la extenuación, algo que Cedric tampoco entendió. Pero su padre era un hombre muy cariñoso y alegre. Cedric se sentía protegido cuando él estaba en casa, y su risa le agradaba y le hacía sentir bien.

—No tienes que preocuparte de eso, cielo —le había dicho antes de besarle y apagar la luz.

Su padre era alto, guapo e inteligente, y su madre, también, al menos él los veía así. Cuando Cedric le preguntaba algo a ella, solía mirarle con ojos de águila y le decía:

—Hijo, tú aléjate de los conflictos, ¿me oyes? Hay gente muy mala en este mundo que quiere hacer daño a niños como tú. Pervertidos y sectas. De eso está lleno el mundo.

—Sí, mami.

—Y si te hacen daño te vuelves un hombre malo —murmuró ella con los ojos muy abiertos—. Ahora eres frágil, estás expuesto a muchos peligros en la vida, pero si te alejas de ellos, nunca te pasará nada, Cedric. ¿Lo entiendes, hijo mío?

—Lo entiendo, mami.

¿Entendería ella lo que le estaba pasando si se lo contaba? ¿Comprendería que eran unos niños que habían entrado en una casa abandonada y que un hombre con una máscara de conejo les perseguía o eso pensaba? O peor aún.

—Mami, hemos liberado a un loco, el mismo que ha matado a dos niños, e igual viene a por nosotros. Ha sido sin querer.

Ya veía los ojos de águila de su madre, con todo aquel pelo lleno de rizos marrones por la cara y una expresión entre la cólera y el pánico.

Y lo cierto es que no lo iba a hacer. No al menos si no era delante de su padre (lo que en su casa equivalía a hablar delante de su abogado). No, no lo iba a hacer hasta que su madre le sirvió la sopa y las últimas letras que quedaron flotando en el caldo amarillo nadaron todas a la vez en el plato de porcelana y lo miraron.

1, 2, 3... OS ATRAPARÉ
BUNNY EL CRUEL

11

10 de octubre de 2016
Barcelona

Dani se detuvo delante de los cuadros colgados en la pared de la galería y contempló durante un rato los detalles de los trazos. La luz que iluminaba cada una de sus obras no es que fuera la más adecuada, al menos para él. No obstante, era consciente de que las personas que iban a visitar su trabajo no tenían mucha idea de las técnicas de luminiscencia para realzar determinados detalles de una pintura. Por ejemplo, si echaba una ojeada a su alrededor, veía todo tipo de sujetos, algunos de lo más variopintos: madres con sus hijos pequeños de la mano; adolescentes de negro con las uñas pintadas y una gran lucha existencial que les rodeaba a donde fueran; hombres de negocios con sus trajes impecables y sus corbatas de seda, y turistas en sandalias. Un poco de todo, vaya... Por esa razón no le importó que esa vez la luz no fuera la que él hubiese escogido, como tampoco le suponía un problema

—nunca le había importado— que nadie en la galería reconociera al autor de esas obras tan conocidas e igual de criticadas que ensalzadas. Era difícil comprender sus dibujos, sus cómics o incluso su manera de utilizar la técnica. Cuando uno observaba a alguno de sus «niños», como Dani solía llamarlos, veía la paranoia más psicodélica y picassiana que jamás hubiese tenido delante; pero era la infinidad de detalles lo que atraía a ese público. Dani dibujaba para una revista nacional de cómics de terror para adultos y, por una extraña casualidad de la vida, las pesadillas y los monstruos que aterraban a la mayor parte de la población infantil eran su fuerte. A veces hacía alguna exposición, dado que sus seguidores insistían a través de las redes sociales. Dani sabía que la gente que compraba sus historias o láminas mandaba en su carrera.

Por eso estaba allí aquella tarde, de pie, con los brazos cruzados y la nariz respingona arrugada con una leve expresión de asco. La pintura que contemplaba era la de una habitación en penumbra con una cama en un rincón, donde un niño, de no más de doce años, dirigía sus ojillos asustados a un armario que se abría ligeramente y del cual salía una mano monstruosa llena de venas y garras. Debajo de la cama, entre sombras y claroscuros, unos ojos diabólicos brillaban entre pelotas, coches y otros juguetes. La puerta de la habitación estaba ligeramente abierta, formando un ángulo muerto con la pared, y justo allí había una sombra siniestra. Una sombra perfilada, alta, con las extremidades muertas a ambos lados del cuerpo y unas orejas puntiagudas.

—¿Sabe lo que más me gusta de estos dibujos? —dijo

con una voz chirriante un joven gótico que se había situado a su lado.

Dani se volvió hacia el chico. Llevaba un pendiente en la nariz y en el labio inferior, y parecía que se había pintado la raya del ojo para aparentar una profundidad de la que carecía.

—Todos los detalles ocultos que el artista intenta esconder. No sé si me entiende. Es que no creo que sean las pesadillas más claras lo que pretende plasmar, más bien todos los detalles que esconde.

Aquella confesión dejó a Dani perplejo y no porque fuera un chico de quince años el que más se acercaba a la realidad de lo que él pretendía enseñar, sino por la forma casi poética, tan poco acorde con su fisionomía, con la que hablaba.

—Interesante. ¿Eso crees?

El chico asintió sin mirarle. Observaba el cuadro con incuestionable concentración y seguía estudiando lo que veía. De pronto levantó la mano y señaló la sombra de la puerta.

—Por ejemplo, eso. Todos vemos la amenaza en la mano que sale del armario, el típico monstruo que se esconde donde en realidad no cabe ni una toalla. Está ahí o, al menos de niños, eso pensamos. Pero, en el fondo, lo que realmente amenaza al niño es la sombra de las orejas de zorro.

—Es un conejo.

—¡Da igual! Lo que sea. Se trata de lo que el niño no ve y, por lo tanto, de lo que no se puede defender, ¿no cree?

—Es una buena visión. Creo que estoy de acuerdo contigo.

Dani caminó hacia su derecha y el chico lo siguió sin dejar de mirar las láminas.

—¿Qué me dices de este? —le invitó Dani. Si acertaba, ese chico se merecía una colección completa de los *Cuentos de la morgue*, lo juraba por su vida—. ¿Qué ves tú en ese dibujo?

El chico se cruzó de brazos e inclinó hacia un lado la cabeza. Era como un pequeño vampiro de aquellas series para adolescentes en versión española: pantalón negro, camiseta de licra negra, pelo lacio por la frente... Quizá, pensó Dani, esa era la estética que debería llevar él, dada la temática de sus obras, pero en aquel momento, más que un dibujante de terror, parecía un hermano de la caridad, con sus vaqueros impolutos, un polo de lo más simple y su eterna aureola de rizos dorados coronándole el cogote.

—Bueno, veamos. La chica corre con un camisón blanco, desgarrado, el pelo negro. Es muy bonita y, aunque está asustada, es valiente, así que supongo que no es de la mano que sale del bosque y que intenta atraparla de lo que huye. Los ojos que le ha pintado el autor tienen fuerza. Es como si corriera, pero no para huir, sino para enfrentarse a lo que tiene delante y nosotros no vemos. Otra vez esa sombra. La casa de atrás, fantasmagórica, con la ventana de arriba iluminada... Esa chica puede representar lo que el autor amó.

Dani giró la cabeza como una marioneta y levantó las cejas.

—¿Qué te hace pensar eso?

El adolescente sonrió de un modo desconcertante.

—Bueno, en las historias de *La casa fantasma* sale varias veces. Tengo buena memoria. Sí, es la misma chica. Es que adoro esos dibujos —afirmó—. Es como si escarbaran en nuestras cabezas enfermizas, en todo aquello que no nos atrevemos a confesar. El miedo no es lo que los monstruos de siempre nos provocan, es todo lo que callamos por miedo a parecer unos desequilibrados.

Definitivamente aquel chico era oro puro para Dani. Se preguntó si le interesaría trabajar para él. Hacía mucho que las redes sociales y todo lo que tenía que ver con las críticas y comentarios de sus webs le resultaba un trabajo tedioso y no disponía de tiempo.

—¿Cuántos años tienes? —le preguntó.

—Diecisiete, señor.

—¿Estudias? ¿Trabajas en algo de esto?

El chico pareció sentirse muy halagado por aquel comentario cuando lo miró casi por primera vez. Tenía los ojos enormes y redondos, de un color verde intenso.

—Oh, no... En realidad... En realidad no hago mucho...

«Un alma perdida.»

—¿Cómo te llamas?

Hizo un gesto de curiosidad. Por la expresión de su rostro, Dani se dio cuenta de que el chico era un genio a la hora de interpretar pinturas; ahora bien, le costaba hablar de sí mismo.

—Pues... me llamo Mikel. ¿Por qué? No será usted un pervertido, ¿verdad?

—¿Uh?

—Ya me entiende, uno de esos tipos a los que les gustan los jovencitos y las cosas raras.

Aquella interpretación de la situación le hizo abrir tanto los ojos que creyó que se les saldrían de la cara. Soltó una risa reparadora y miró al chico, que no acababa de tener muy claro qué era lo que tanta gracia le hacía, por la mueca de su cara. En el fondo no podía culparle de que no lo reconociera, dado que nunca ponía una imagen suya en ninguno de sus cómics o entrevistas. A lo sumo alguna contada, pero ni siquiera él lo recordaba.

—Madre mía. ¡No! Solo me preguntaba si estarías interesado en llevar una web, con su foro, y una página en la que supongo que deberías escribir lo que me has dicho... Sí, debajo de las láminas. Sería muy completo.

—¿Yo? ¿Qué tipo de láminas?

—Estas.

El chico miró los cuadros y luego volvió a mirar a Dani. Le hizo un rápido repaso de arriba abajo y se quedó más desconcertado de lo que estaba ya.

—¿Es usted el representante del autor?

—No exactamente. Más bien soy el autor.

—¿Usted?

Otro repaso a su conjunto: «chico bueno». Mikel sacudió la cabeza.

—Vaya... No... no me lo imaginaba así. Es un honor que... usted, a mí... No sé si me explico. Sería increíble.

—Te pagaría bien. Un sueldo. Tendrías un contrato y todo eso...

Dani divisó entre los últimos visitantes a su hermano

Claudio y se desconcentró totalmente de la conversación que estaba teniendo.

—Claro. ¡Claro!

—Bien. Te daré mi teléfono y mañana me llamas, Mikel. Ahora tengo que dejarte —dijo. Sacó de su bolsillo del pantalón la cartera y le entregó una tarjeta con su móvil escrito por detrás con bolígrafo—. Llámame o, si lo prefieres, déjame un mensaje con tu teléfono y yo mismo te llamaré. Quedaremos.

—¡Por supuesto! —exclamó casi eufórico. Le brillaban los ojos de pirata y sonreía—. Una cosa, señor De Mateo. —Dani se volvió—. ¿Quién es la chica? Ya sabe, la chica de *La casa fantasma* y de ese cuadro.

—Ya lo dijiste tú: un viejo amor.

Se alejó del chico, que permanecía con la tarjeta en la mano y una expresión de no creerse lo que le había pasado, y avanzó lentamente hacia Claudio, que estaba delante de la puerta de la galería con cierta tensión contenida. Dani reconocía bien sus expresiones, por lo que se daba cuenta de que algo no iba bien. Pasó junto a una lámina donde un hombre con una máscara de conejo lo miraba desde un bosque lleno de robles y encinas, y giró la cabeza hacia él. Por un momento sintió la horrible sensación de que Bunny le sonreía desde el cuadro. Había una mujer contemplando la imagen, el hombre conejo con las piedras en la mano y un saco colgando de su espalda que parecía moverse, lleno de bultitos, lleno de niños. Bunny estaba ahí, en todas sus pinturas. En aquel momento era como si aquella imagen poseyera vida propia y le reclamara toda su atención. Frenó en seco detrás de la mujer mientras sentía las pisadas decididas y firmes de su hermano avanzando hacia él, pero no podía apartar la vista del hombre conejo.

«Te encerramos en el pozo», pensó.

El conejo asintió desde el cuadro y a Dani se le disparó el corazón.

—Dani...

«Y devolví tus monedas. Lo hice con la clara convicción de que todo terminaría con ello. No puedes volver.»

—Dani.

El conejo contrajo el rostro en una mueca sardónica y sus ojos se volvieron más profundos y perversos.

—No puede ser.

—Dani, tenemos que hablar —dijo su hermano aferrándole del brazo.

Pero Dani no podía apartar la mirada del cuadro y de la mujer que contemplaba la escena.

—No puede ser... —repitió.

La mujer se giró muy despacio y Dani se sobresaltó al reconocer el rostro de Lisa.

—Lisa.

—Dani. —La voz de Claudio sonó lejana. Era como un eco remoto en el fondo de una cueva.

¿Podía ser ella? No estaba seguro. En realidad, era imposible. El pelo de la mujer flotaba como culebras en movimiento sobre sus hombros. Sintió un calor impropio por la cara y la necesidad inconsciente de apartarla de aquella lámina, que empezaba a cobrar vida. Pero cuando se disponía a alargar los brazos hacia ella, su rostro cambió. La mujer lo miró con cierta curiosidad y rubor, y se alejó hacia la salida. Fue en ese momento cuando su hermano le zarandeó. Su imagen impoluta, con el pelo engominado hacia atrás y la camisa azul bajo un traje hecho a medida, le devolvió a la realidad de unos ojos duros y negros, pero al mismo tiempo compasivos.

—Dani, por el amor de Dios, ¿qué te pasa?

—Ha vuelto, ¿verdad?

Su hermano Claudio se apartó ligeramente y asintió.

—Lo he visto, Dani. Esta mañana, en un programa de niños que ni siquiera había sintonizado, cantando una jodida canción de Bunny el Cruel —replicó Claudio.

Dani se apartó los rizos rubios de la cara y se encogió de hombros con aquella expresión infantil que había tenido olvidada durante más de veinticinco años.

—¿Por qué...? —susurró Dani con apenas un hilo de voz—. ¿Por qué ahora...? Dime, Claudio, porque, si es así, tenemos que hablar con los demás. Saber si... saber si ellos...

Claudio apoyó las manos en los hombros de su hermano pequeño y deseó abrazarlo con todas sus fuerzas, pero no se atrevió.

—Era lo que no entendía, pero ya sé la razón, Dani. Lo he averiguado unas horas antes de venir aquí. Han vendido la casa Camelle. Y está en obras.

12

2 de noviembre de 1987
San Petri-Costa de la Muerte (Galicia)

—¿Que habéis entrado dónde? —El rostro de la madre de Cedric, Elvira Conrad, volvía a ser el de un ave de rapiña que observara una ardilla desde la rama de un árbol. Llevaba con orgullo el apellido del hombre con el que se había casado en Estados Unidos—. ¡Por el amor de Dios, Cedric! ¿Cómo se os ocurrió semejante tontería? ¿No os dais cuenta de que esa casa está a punto de derrumbarse?

Cedric bajó la mirada hacia el mantel de flores de la mesa de la cocina y toqueteó los bordes con sus pequeños dedos. Su padre estaba sentado al otro lado de la mesa, pero no se había pronunciado.

—¡Paul, dile algo a tu hijo! —graznó Elvira—. Y encima se topan con un loco. ¡Con el demente que es posible que haya hecho eso a los niños! ¡Oh, Dios mío! ¿En qué estabas pensando, Cedric Conrad?

Elvira alzó las manos en alto con aquellos ojos de águila clavados en el techo y soltó un grito ahogado que heló la sangre de Cedric. Puso los ojos en blanco, detalle al que solía recurrir cuando algo le molestaba mucho, y luego volvió a mirar a su hijo.

—Fue... fue solo una apuesta, mami. Entramos unos minutos y luego salimos, pero... el pozo... y ese señor con la máscara de conejo... y ahora... ahora nos manda mensajes. Mi sopa de letras... mi sopa decía...

—Hijo —Paul Conrad alargó la mano hacia su hijo con un tono de voz sosegado y juicioso—, a ver. Entrar en esa casa ha sido una temeridad, pero ya lo sabéis y comprendo que estés asustado, porque ese hombre debía de esconderse allí y vosotros descubristeis su paradero. Sé que estás asustado, hijo, pero no puedes permitir que esto te supere. Lo de la sopa de letras...

—¡Te juro que no miento, papi! —gritó—. Antes estaban ordenadas y decían cosas. Ese conejo no es un hombre.

—¡Cedric, por favor! —bramó Elvira—. ¡Basta!

—Será mejor que te acuestes, hijo —intervino Paul Conrad—. Mañana verás las cosas de otra manera. Hablaré con la policía para que se pasen por esa casa. Todo va a salir bien.

La idea de que su padre mandara a la policía a la casa Camelle calmó levemente los nervios de Cedric. Pensó que quizá, con todos esos agentes de la ley allí, ese conejo no volvería a asustarles. Aunque, pensándolo mejor, tampoco veía muy claro que los adultos pudieran ver a Bunny. Porque se llamaba Bunny y era cruel. Él lo había dicho. Y Bunny no tenía por qué enfrentarse a los adultos, personas con armas y mucho más valientes que unos niños de once y doce años.

Después de besar a su madre y a su padre, se dirigió al baño con la intención de lavarse los dientes, ponerse el pijama y acostarse. En el piso de abajo aún oía el murmullo de su padre y los gemiditos de agonía de su madre, mientras seguían sentados hablando de lo que hacer. Al menos no lo habían castigado, se dijo con cierta esperanza. El espectáculo y el alarido que había soltado en mitad de la cena cuando vio las letras y el mensaje de Bunny habían asustado mucho a sus padres, pero luego, tras hablar con ellos y confesar su pecado, parecía como si entendieran que estaba muerto de miedo y que los últimos días había dormido mal. Las piezas empezaban a encajar. Quizá se sintieran culpables por no poder protegerle de sus propios miedos o de los hombres malos, como solía decir su madre; incluso de «ese caballo» de la ciudad que mataba a jóvenes.

Se metió en la cama y se arropó con la manta. Dejó la luz de la mesita encendida y se quedó inmóvil contemplando la lámpara con forma de avioneta que le había hecho su padre en su último cumpleaños. De un modo gradual, le fue invadiendo el sueño. No supo con exactitud cuánto tiempo llevaba dormido cuando le despertó un sonido en el otro extremo de la habitación. La primera visión que tuvo Cedric fue la del escritorio de madera a su derecha, maquetas de aviones colocadas pulcramente encima de la estantería, llena de cuentos, y al otro lado, el armario. Las dos puertas estaban abiertas y toda su ropa pendía de las perchas en un orden casi matemático, el que les imponía Elvira: los pantalones por orden de largo, luego las camisas, después las camisetas y a continuación las chaquetas, también de mayor a menor. Y pobre de aquel que cambiara la forma de organizar de su madre y mezclara la ropa.

Otro sonsonete débil y lejano le acabó de despertar. Se olvidó de la ropa al darse cuenta de que cuando se había acostado el armario estaba cerrado. ¿Habría entrado su madre a guardar alguna prenda?, pensó. Pero era estúpido. Su madre jamás dejaría el armario abierto de par en par. Cedric se incorporó y escudriñó toda la habitación con el corazón acelerado. Sujetaba la manta de lana como si fuera un escudo, manteniéndola a la altura de su barbilla, con las rodillas flexionadas y los ojos fijos al frente. El sonido le llegó desde el lado del armario. Habría jurado que más bien procedía de dentro. Pero ¿qué era? «Una carraca», se dijo. Era como aquellos instrumentos de madera que usaban en clase de música los miércoles a segunda hora, algo parecido, o al menos algo que sonaba igual pero más lento.

—Mamá... —Quiso gritar; sin embargo, lo que salió de la garganta fue un leve gemidito agudo que se perdió en el aire, casi en su propia boca. Estaba aterrado.

Se tapó la cara con la manta y luego, muy despacio, fue dejando los ojos libres mientras intentaba no perder de vista la imagen del armario y la puerta. La carraca sonó muy lejana. En toda su corta vida no se había dado cuenta de lo terrible que resultaba ver un simple armario abierto en una habitación. Entonces las perchas empezaron a tintinear en la barra de sujeción. Toda su ropa comenzó a temblar como si un enorme altavoz sonara debajo de ella y las ondas se extendieran sobre las prendas. La carraca volvió a entonar su marcha fúnebre y las camisas se desplazaron hacia un lado, dejando un hueco que le permitía ver la trasera de madera. Todo estalló en unos segundos cuando Cedric se disponía a saltar de la cama como un relámpago para alcanzar la puerta y huir de allí. Un brazo roñoso, con una tela corroída y llena de lamparones, se desplazó por la parte inferior del armario y tanteó con unas garras horribles la alfombra del suelo. Cedric se quedó paralizado mientras el brazo se arrastraba hacia el exterior propulsado por un segundo brazo, que fue tirando de un cuerpo del armario. ¡De su armario! Dos orejas en punta asomaron entre los zapatos meticulosamente colocados por colores, y a los pocos segundos había un hombre conejo arrastrándose por la alfombra en dirección a su cama. Cedric se iba a morir.

—Mamá... mamá... mamá... —repetía ahogadamente entre susurros y jadeos desesperados.

El bulto se desplazó un poco más. Estaba casi en la mitad de su recorrido y dejaba un rastro de agua y algas.

—¡Mamá! —logró gritar. Como si su propia voz le hubiese despertado de aquella parálisis mental que tenía, Cedric comenzó a chillar como un loco, al tiempo que la luz de la lámpara parpadeaba hasta apagarse y el bulto-conejo se desplazaba aún más rápido hacia él.

—¿Cedric? —La voz de su madre al otro lado de la puerta le llenó de esperanzas.

—¡Mamá! ¡Está aquí! ¡Socorro! ¡Mamá!

—Cedric, la puerta está atascada. No tiene gracia.

—¡Mamá! —sollozó—. ¡Mamá!

El último grito debió de asustar a Elvira.

«No bajes de la cama. Si lo haces Bunny te atrapará con sus garras y te arrastrará al armario, que seguramente comunica con el pozo.»

Palpó la mesita con manos temblorosas, intentando encender la luz. Buscó el interruptor en la pared, pero no funcionaba. Cedric no hacía más que llorar. Al otro lado de la puerta ya oía a su padre. Decía algo, pero él solo podía otear el suelo y el bulto deforme, cada vez más cerca. ¡Lo miraba!

—¡Mamá! —gritó con fuerza.

—Ceeedric.

El hombre conejo canturreó su nombre con una voz gutural y áspera.

—Tengo piedras, Ceeedric.

Sintió el peso de la garra apoyada en el borde de la cama. Cedric reculó hacia el cabecero mientras la sombra de la máscara se elevaba por encima del colchón. ¿Se reía? ¡Y esos ojos! Sus padres habían montado un pequeño alboroto en el pasillo intentando abrir la puerta. Oía pasos, los gemidos de su madre y un golpeteo metálico en la cerradura; sin embargo, en aquel momento estaba demasiado horrorizado con la imagen de la silueta de Bunny frente a la cama intentando levantarse como si fuera un muñeco articulado. Era grotesco.

—Ceeedric —gruñó—. ¿Quieres jugar con mis piedras?

—¡Fuera de aquí!

—Tengo muuuchas.

—¡Cedric, hijo! —gritó su padre—. Ya abrimos, tranquilo.

—Vete. No existes —jadeó Cedric.

La descomunal figura había logrado incorporarse y se mantenía inmóvil delante de su cama, ligeramente encorvada.

—Mira qué de piedras, Ceeedric.

El conejo se abrió la ropa a la altura del vientre y metió una garra en el estómago, como si fuera un oso de peluche relleno de espuma. El sonido que produjo aquel chapoteo en donde deberían haber estado sus intestinos hizo que Cedric sintiera una arcada, pero se contuvo. Bunny se sacó la garra del estómago y le enseñó tres piedras, al tiempo que la boca de su máscara se arqueaba y sonreía.

—¿Quieres que te enseñe este truco?

—No... no...

—Tengo más. ¡Y tú las tendrás! —exclamó.

Justo cuando el conejo se disponía a saltar sobre él, Cedric salió de la cama, tropezó con la manta y cayó de bruces contra el suelo. Sus padres hablaban al otro lado de la puerta, y él solo deseaba correr hacia ella y alejarse de aquella aparición o lo que fuera. Sintió la garra de Bunny en el tobillo cuando intentó levantarse y gritó despavorido mientras tanteaba con los dedos en la penumbra, el final de la alfombra, la silla, la mesa. Se aferró a ella y pataleó.

—¿Adónde vas, Ceeedric? Deja que te enseñe mi truco.

—¡Suéltame!

—Un, dos, tres... ¡Ya te atrapé!

Después de varios golpes y empujones, la puerta se abrió y provocó un estallido de luz, gritos y pisadas nerviosas. Cedric estaba en el suelo, boca abajo, con la mano aferrada a la pata de la mesa. Tenía el pantalón del pijama ligeramente desgarrado por un lado y, todo hay que decirlo, el culo al aire.

—¡Cedric, santo cielo! —exclamó Paul Conrad—. Tranquilo, hijo. Ha sido una pesadilla. Ya estamos aquí. Tranquilo.

—No... Está ahí. Detrás...

Le faltaba el aire y buscaba desesperadamente al conejo.

—No hay nadie, hijo. Es una pesadilla.

El armario estaba cerrado y la habitación totalmente vacía, con la luz de la lámpara encendida. Cedric no comprendía nada. Hacía unos segundos...

—¿Qué demonios hace esa piedra en la alfombra?

—Es de...

—Calma, hijo, vamos a la cama. Las pesadillas a veces parecen muy reales y tú estás muy nervioso.

—Estaba aquí, papá. Te juro que estaba aquí. Salió del armario y...

Su padre le abrazó con fuerza. Cedric temblaba como una hoja de papel y... se había hecho pis.

—Elvira, está mojado. Será mejor que lo bañes y duerma con nosotros.

Elvira se inclinó hacia su hijo y le pasó la mano por la frente con cariño.

—Mamá, lo siento...

—Tranquilo, mi amor. Ya pasó.

Pero no había pasado. De hecho, no había hecho más que empezar.

13

10 de octubre de 2016
Madrid

—La noche de ese lunes (y recuerdo que era lunes porque era el primer día de clase después del fin de semana que entramos en la casa Camelle) pasamos una especie de infierno particular. Todos sufrimos unas pesadillas terribles. Primero fueron las notas y el mensaje en el espejo en casa de Dani y Claudio, y luego, cuando nos fuimos a dormir, ese... ser...

Lisa se removió en el diván y miró la alfombra.

—Tuvisteis pesadillas recurrentes —alegó el doctor.

—Llámelo como quiera. Era real.

—O eso pensabais.

En cierto modo a ella le daba igual si el doctor pensaba que eran alucinaciones. De un modo u otro, lo habían vivido ellos. Era algo irrefutable. Bunny el Cruel sabía dónde vivían y lo dejó claro esa misma noche. Lisa decidió no obsesionarse más con la idea de convencer al doctor de que todo lo que habían sufrido aquel año no eran sueños. Su desahogo era igual si pensaba una cosa u otra. A fin de cuentas, él era médico, jamás aceptaría la parte paranormal de todo aquel asunto y siempre encontraría una explicación científica racional. ¿Qué importaba?

—Tras un trauma suele desarrollarse lo que comúnmente llamamos malos sueños o «parasomnias». Es ahí donde entran los terrores nocturnos, las pesadillas o incluso la posibilidad de orinarse encima por el miedo que estas ejercen en el cuerpo y la mente. Es más, uno puede tener un sueño y pensar que está despierto, puede ver alucinaciones tan reales que parece que está consciente del todo, pero no es así, Lisa.

—La cuestión es que no nos sirvió de mucho visitar a los dos hermanos que estuvieron con los niños asesinados. Cuando regresamos a nuestras casas y leímos las notas, todo aquello se nos hizo demasiado grande. Era como si ese hombre nos avisara de algo, nos dijera: «Eh, estoy aquí y voy a ir por vosotros.» Y créame, doctor, para eso no tiene ninguna explicación.

El doctor Del Río le dirigió una mirada astuta y sonrió.

—No, con respecto a las notas que recibisteis todos esa tarde, no puedo dar una explicación. Podría pensar que fue una broma, o que el propio asesino entró en las casas y las escribió..., pero no puedo, Lisa. Así que lo dejaremos en el aire, de momento. Sea como sea, quiero que me cuentes qué fue lo que te pasó esa noche, qué soñaste o, según tú, viste en casa.

Lisa suspiró profundamente, mientras sus ojos castaños estudiaban las pequeñas motas del techo. Al cabo de unos segundos se concentró en los detalles dorados de su falda, de forma que sus ojos casi se cerraron y pareció dormir. Cuando habló, lo hizo de un modo lento. En varias ocasiones, desde que había llegado a la consulta, había temido ese momento. Recordar aquella noche no solo le provocaba un sentimiento de pánico, sino que también le hacía rememorar la sensación de abandono y soledad que siempre había en torno a su infancia.

—Estaba merendando —dijo—. Habíamos llegado tarde. Mi madre, como siempre, seguía haciendo horas en el trabajo. Cuando me senté en la cocina encontré aquella nota en una hoja de mi libreta, encima de las revistas que mi madre solía leer. Era del hombre de la máscara. No había modo de que nadie me hubiese gastado una broma y mis amigos jamás se hubieran atrevido a hacer algo así. Ellos habían estado conmigo hasta ese preciso momento y también sufrieron un episodio como el mío. Así que, después del susto, ni siquiera me terminé mi comida ni encendí el televisor. Me quedé allí sentada, mirando hacia la puerta, hacia el salón, tratando de comprender qué estaba pasando con mi mente de niña. Cuando es de día, al menos desde el punto de vista de un niño de once años, la realidad es menos aterradora, porque puedes visualizar los objetos, el entorno, y ese miedo tácito y paralizante está solapado por la seguridad de la luz. No sé si me comprende. Me sentía hasta cierto punto protegida porque aún no era de noche. Mi mente infantil me decía que no podía correr ningún peligro.

El doctor asintió y se produjo una larga pausa durante la cual ninguno de los dos hizo un movimiento, ni siquiera un gesto.

—Me pasé varias horas así —prosiguió Lisa—, hasta que llegó mi madre y fingí que iba a hacer la cena, pues eran más de las ocho y media y, a esa hora, todo empezaba a oscurecer. Siempre fui una niña fuerte y decidida, ¿sabe? Nunca precisé la ayuda de nadie. Cuando esperaba a mi madre, solo rezaba por que no llegara muy tarde; por suerte para mí, así fue ese día. Creo que eran las once o las doce cuando mi madre se encerró en el aseo para tomar un baño de espuma. Era una de las pocas cosas con las que ella disfrutaba cuando acababa su jornada de trabajo. Yo siempre intentaba ayudarla en lo que podía para que no tuviera que trabajar más. En fin —suspiró—, me fui a mi cuarto y me puse a hacer los deberes, que no había podido ni empezar por la tarde, y a los pocos minutos oí como si alguien raspara algo. No sabría explicarlo mejor, algo arañaba mi armario. Santo Dios... Ese sonido... No tiene ni la menor idea de lo horrible que era ese sonido. El ruido de unas uñas sobre la madera, no como las de un animal, que son rápidas, esto era lento. Se movían despacio y a un ritmo regular. Y luego esa voz... «Lisaaa, tengo piedras. Lisaaa, abre la puerta y te las enseñaré.»

Lisa se incorporó con la boca seca y volvió a dar un trago a su vaso de agua. El doctor se inclinó hacia la jarra y con sumo cuidado llenó el vaso otra vez.

—¿Quieres descansar un poco?

Ella negó con la cabeza y continuó:

—Cuando decía mi nombre, su voz era horrible y arrastraba las silabas. Parecía como si se ahogara. Era espantoso. Yo me quedé paralizada en mi silla, mirando al armario. Repetía la frase una y otra vez. Luego oí otra voz, una voz que no reconocí hasta que dijo su nombre, aunque yo sabía que era él. Intentaba confundirme: «Lisaaa, soy Billy. Abre la puerta, Lisaaa. Necesito que me ayudes. No encuentro mi mano, Lisaaa.» Cuando oí aquello salté de la silla, corrí hacia la puerta y salí despavorida de mi habitación hasta el cuarto de baño. Creo que tenía la cara desencajada, porque mi madre realmente se asustó pero bien. Le juré y perjuré que había alguien en mi habitación y ella la revisó dos, tres veces. Cuando abrió el armario creí que me iba a desmayar, pero allí no había nadie. No había nada. Dormí con ella, temblando, muerta de miedo, incapaz de contarle que habíamos ido a la casa Camelle y que sabíamos quién había hecho daño a aquellos dos niños; aunque tampoco fue necesario, porque al día siguiente se lo contó la madre de Cedric.

—Todos tuvieron las mismas pesadillas —afirmó el doctor sin dejar de mirarla.

—No. En absoluto. Yo no llegué a ver nada. Mi experiencia se quedó en aquellas voces terribles que salían del armario; en cambio, lo de Cedric fue mucho peor, porque él sí tuvo la mala suerte de ver al hombre de la máscara, como nos relató al día siguiente. O lo de Enma, que, después de ser testigo de cómo sus imanes de la nevera se movían solos para formar una frase como la mía o muy similar, nos juró que había visto a Luis Goyanes en mitad de su habitación y que este tenía la boca llena de piedras, gesticulaba con las manos, casi ahogándose, y cada vez que intentaba hablar, escupía una piedra o alguna alga verde. ¡Dios Santo! Mi pobre Enma. Era la más débil de todos; no quiero imaginar, ahora que tengo una mente más analítica, lo que debió de pasar aquella noche.

—¿Y los dos hermanos? —intervino el doctor.

—Igual. Ellos tenían el mensaje en el espejo del baño. Cuando se acostaron (dormían en una habitación compartida), oyeron a su abuelo, un anciano bastante senil ya, en la habitación anexa, diciendo que el conejito no era bueno. «El conejito no es bueno. Ha perdido sus cosas. Nadie lo veía» o algo así. Luego, con el susto metido en el cuerpo, como comprenderá, dormir les resultó casi imposible. A ellos les despertó el golpe seco en el cristal de la ventana y, cuando encendieron la luz, ahí estaba él, con su máscara, sus orejas de punta y aquellos agujeros negros por ojos que parecían dos cuevas sin vida.

El doctor se levantó de su butacón y caviló con paso lento hasta que volvió hacia Lisa y, con las manos a la espalda, se balanceó ligeramente. Su enorme cuerpo era como un barco mecido por el agua.

—¿Has oído hablar de las alucinaciones colectivas?

Lisa puso los ojos en blanco ante aquella pregunta. El doctor se rio.

—Te lo digo en serio, Lisa. Alucinaciones provocadas por la sugestión. Las que conocemos suelen ser religiosas; es muy habitual, por el fervor de la fe, que después de unas horas mirando la estatua de una virgen se tengan visiones. Sin embargo, hay muchos más casos de alucinaciones colectivas y tienen mucho que ver con una situación vivida en común que afecta de forma profunda al inconsciente colectivo.

Lisa detectó en ese mismo instante que el doctor parecía dudar de lo que acababa de decir, lo cual era bastante poco habitual, siendo él un reputado psiquiatra y ella una posible tarada con una crisis después de una infancia penosa. Sin embargo, ella sabía perfectamente que no se trataba de alucinaciones, paranoias o trastornos postraumáticos, como ya había dicho el doctor. Bunny era tan real como ellos, como el pozo o como la casa Camelle. Aquel año había aparecido porque unos niños habían abierto su pozo para luego lanzarle piedras hasta cabrearlo, y mucho. Y no solo eso, se habían llevado aquel pequeño joyero con sus tesoros, habían subido al piso de arriba y tocado sus cosas o, más bien, lo que él consideraba sus cosas. Eso era lo que había sucedido o al menos era lo que ellos creían que había sido la causa de todo aquel desastre. Matar a dos niños y atormentar hasta la locura a otros tantos era un plan que encajaba bien en su aburrida vida de conejo psicópata. A veces, pensó Lisa, se reían como cualquier niño de once años frente a una broma o una situación cómica, aunque tuvieran el mismo infierno bajo los pies, pero eran niños, qué demonios. Niños que olvidaban por momentos todas las catástrofes que pudieran acontecer o las espantosas noches que aún debían pasar. Niños que en algún momento de su infancia, ante tantas desgracias y terrores nocturnos, dijeron «basta» y se enfrentaron a Bunny.

—Y lo hicimos solos —murmuró Lisa. Lo había dicho en alto y ni siquiera se había dado cuenta.

—¿Qué?

—Que nos ocupamos de él solos. Nadie nos iba a creer y no íbamos a pasarnos la vida durmiendo con nuestros padres, viendo a Billy o a su primo huyendo de ese hombre. ¿Sabe algo? —El doctor negó con la cabeza y Lisa sonrió—. Cuando nuestros padres supieron que habíamos estado en la casa Camelle y vimos al hombre que mató a los primos del San Gregorio, nos creímos seguros, protegidos. ¿Qué podía pasarnos? Nuestros padres nos iban a proteger de todo. Y es ahí donde empieza el verdadero temor en un niño, cuando se da cuenta de que sus padres no son los superhéroes que siempre ha creído que son, que los monstruos son reales y ellos no pueden verlos. Esa es la historia, el verdadero dilema. Y entonces solo caben dos soluciones: o te ocupas tú del monstruo o el monstruo se ocupa de ti.

14

2 de noviembre de 1987
San Petri-Costa de la Muerte (Galicia)

Las bonitas trenzas de Enma eran un caramelo para su hermano Nico cada vez que lo cogía en brazos. No había forma de que aquel mocoso no se colgara de ellas y, aunque lo quería con locura, siempre que sus regordetas manitas se cerraban en su pelo, le apetecía regalarlo a las Hermanas de la Caridad. Con todo, Enma era una niña responsable, buena estudiante y con una familia unida; sin embargo, con los años había desarrollado un carácter aprensivo y asustadizo. Temía cualquier accidente más que la enfermedad. Esta particularidad tenía mucho que ver con el afán de su hermano de cinco años por meter cualquier objeto dentro de los enchufes, detalle que hacía dos años había provocado un susto terrible a la familia. Entonces Nico, que tenía tres años, había introducido las puntas de una tijera en uno y había salido despedido hacia atrás. Por suerte para la familia, no sufrió ninguna quemadura grave. A Enma, que estaba a cargo de su hermano en aquel momento, mientras su madre hacía la colada, le costó mucho tiempo superar la sensación de culpabilidad. Desde entonces, era capaz de revisar los plásticos de seguridad de todos los enchufes en menos de dos minutos, cerraba puertas y ventanas, comprobaba que la barrera infantil de las escaleras estaba correctamente colocada y que la puerta del sótano permanecía bajo candado. Pero su fobia no terminaba ahí. Enma entraba cada hora en los aseos y se cercioraba de que los grifos estuvieran cerrados. Las botellas de lejía, amoniaco y todo lo que pudiera beberse Nico estaban bajo llave en el armario inferior del fregadero, pero ella revisaba la puerta con la misma asiduidad, no importaba que su hermano estuviera metido en el parque y no tuviera forma de escapar.

Sus padres no tenían ni la menor idea de que Enma seguía ese ritual cada vez que se quedaba con su hermano. Tenía once años, pero sabía que si descubrían sus manías no dudarían ni un segundo en llevarla a un psicólogo infantil. De hecho, era justamente aquel pensamiento el que cabalgaba en su cabeza mientras se preparaba un bocadillo en la cocina al regresar de la cabaña de los Supersónicos. Su madre había tenido que salir a hacer unos recados y Nico estaba profundamente dormido entre cojines y juguetes dentro del parque, con la televisión encendida y un biberón de Cola Cao entre los dientes, droga para dormir que su madre utilizaba siempre que quería menguar la hiperactividad de su hijo pequeño. Aunque no estaba pensando en la casa Camelle, ni siquiera en los dos niños y lo que había pasado en el pueblo, los imanes de colores pegados a la nevera comenzaron a moverse. Probablemente ni siquiera lo hubiese oído dado lo abstraída que estaba, porque su hermano dormía profundamente y el sonido del televisor estaba más bien bajo. Pero ahí estaban, desplazándose de un modo torpe y lento por encima de la superficie blanca. Mientras Enma, con los ojos desorbitados, no podía ni moverse. Sintió la necesidad imperiosa de gritar, de salir despavorida de allí, pero aquella emoción primaria lo único que hizo fue ponerla en alerta, tensa como una vara de bambú, con la cara contraída en una mueca de espanto, incapaz de articular un solo sonido que la liberase de aquella espiral de sensaciones.

Se puso pálida y su corazón adquirió un ritmo desenfrenado. En aquel trance, mientras los imanes eran desplazados por una mano invisible, no supo el tiempo que permaneció como un poste de la luz, pero lo que tenía claro era que había dos sentimientos innatos que se hacían más presentes: el miedo, sin lugar a dudas, y la preocupación por su hermano. Fue en ese preciso instante, cuando fue consciente de que aquello solo podía venir de Bunny, cuando soltó un grito desgarrador que hizo que su hermano pequeño rompiera a llorar en el salón. Su llanto ayudó un poco. Enma salió disparada de la cocina, cogió en brazos a su hermano y se encerró en la habitación de abajo, que su padre usaba para corregir exámenes. Y allí se quedó hasta que llegaron Silvia Araujo y Oliver Lago una media hora después. Enma, al igual que Cedric, no pudo contener la necesidad de contar lo que había sucedido, adónde habían ido y de lo que habían sido todos testigos. Su madre, a medida que Enma avanzaba en el relato, iba modificando la expresión de su rostro: primero concentrada; luego extrañada; después realmente asustada, y al llegar al asunto de los imanes, confundida, con un componente claro de compasión por ella.

—Os juro que no miento. Los imanes se movieron.

—Hija, ¿nos estás diciendo que visteis a un hombre con una máscara de conejo en esa casa? ¿El día antes de que desaparecieran los dos críos?

Su padre no daba crédito a lo que Enma relataba, pero, aun así, tenía un temperamento más tranquilo que su esposa.

—Oliver, tenemos que hablar con la policía —soltó Silvia a punto de perder los nervios—. Nuestra hija tiene alucinaciones y eso se debe al *shock*...

—¡No tengo ninguna alucinación, mamá! —protestó Enma, indignada—. Te digo lo que he visto. Las letras de la nevera formaron una frase: «Bunny el Cruel tiene una piedra.»

—Ha sido una terrible tontería entrar en la casa Camelle. Enma, prométeme que no volverás allí por nada del mundo.

—Papá, no voy a ir a ningún lado. Pero te juro que...

Oliver no dejó que su hija terminara de hablar: se levantó del sofá, que era donde toda la familia permanecía sentada frente a Enma, y fue directo a la cocina para mirar los imanes de la nevera. Al cabo de unos segundos, asomó por la puerta y alargó el brazo hacia la nevera.

—No hay nada, hija. Los imanes están como siempre. Revueltos.

—Mañana llamaré al doctor —sentenció Silvia.

—¡Mamá!

Pero sus súplicas no sirvieron de mucho. Cuando Silvia Araujo tomaba una decisión, la cosa pintaba mal y no había vuelta atrás. Enma se levantó, se dirigió a la cocina y oteó los imanes. Tenía razón, estaban como siempre. ¿Se estaría volviendo loca? ¿Acaso todo lo que estaba pasando en el pueblo le afectaba hasta ese punto?

—Hija, tienes que descansar —dijo Oliver—. Cena algo. Tienes la merienda sin tocar y necesitas comer. Mañana daremos parte a la policía y será otro día. Seguro que lo verás todo de forma distinta cuando descanses.

—Encontrarán a ese perturbado del sanatorio Oriol, Oliver.

Oliver miró a su esposa con cariño y luego pasó la mano por los hombros de su hija.

Enma sabía que durante los últimos días el telediario había dado muchos datos de aquel enfermo mental que se había escapado días antes de que ellos entraran en la casa Camelle. Había oído que era un hombre de unos cuarenta años, de un metro setenta y cinco de altura, complexión media, esquizofrénico y con un carácter muy violento si no tomaba la medicación. Por supuesto, aquello no concordaba con el hombre de la máscara. No cuando los chicos del San Gregorio medían casi un metro ochenta y aquel hombre les superaba en altura, y no cuando su forma de comportarse no era la de un esquizofrénico, sin mencionar que su complexión distaba mucho de la media. Era grande y fuerte. Todos aquellos detalles no eran algo en lo que una niña de once años se hubiese fijado para luego compararlo con lo que sabía, que no era mucho. Pero Enma era muy inteligente, aunque sus padres apenas se habían percatado de ello, porque siempre estaban demasiado ocupados con sus alumnos, su hermano pequeño y sus conferencias. La cuestión era la siguiente: Enma jamás había dado un problema en casa de Araujo y Oliver Lago, por lo que sus padres, ante una niña con notas excelentes y un comportamiento intachable, habían tomado la determinación de que era una pequeña adulta suficientemente preparada para todo. Quizás hasta para esto.

Cuando Enma se acostó eran más de las once de la noche. Su madre se acercó a la habitación para arroparla.

—Cariño —dijo con dulzura—, no debes tener miedo. Ese hombre posiblemente se ha ido ya de San Petri y no tardarán en dar con él. Mañana iremos a ver al médico y luego a la policía.

Oyeron el teléfono al otro lado del pasillo y Enma dio gracias a Dios por que aquella conversación no se alargara más. Al cabo de un rato, su madre hablaba con la madre de Cedric y Enma dio por sentado que su amigo había confesado lo mismo que ella. Luego se adormeció.

Enma no tenía lámpara de mesita y el interruptor de la luz estaba demasiado alejado de la cama como para saltar en mitad de la noche para iluminar su cuarto. Por eso, cuando oyó aquel chapoteo, deslizó la mano en el primer cajón de la mesita y tomó una linterna, convencida, para no variar, de que iba a sufrir un infarto por segunda o tercera vez. Lo primero que vio fueron los detalles de colores de sus cuadros en la pared del fondo, su mesa, su casa de muñecas y una mecedora de madera, regalo de su difunta abuela, que se movía. Las pequeñas Barriguitas, colocadas en una de las estanterías, la miraban con aquellos diminutos ojuelos pintados sobre el plástico de sus caras. Percibió otra vez el chapoteo y lo vio. El rayo de luz de la linterna temblaba mientras enfocaba la cara blanda, húmeda y lechosa de Luis Goyanes, de pie frente al armario, con las manos templequeándole a ambos lados del cuerpo, los pantalones vaqueros desgarrados y manchados de motas verdes, y aquellos ojos oscuros y negros contemplándola.

—Enma —farfulló, como si estuviera a punto de vomitar—, tengo frío.

Enma estaba paralizada, solo que en este caso su mano temblaba de una forma tan violenta que no era capaz de enfocar la cara de Luis Goyanes sin disparar reflejos hacia el resto de la habitación.

—¡Dios mío! —gimió.

—Enma —repitió. Entonces abrió la boca y soltó una especie de arcada. Una piedra de un tamaño considerable se le escurrió de la boca y cayó entre babas y sangre en la alfombra de la habitación—. Me pasa algo, Enma. Tienes que ayudarme.

—¡No te acerques!

Luis dio varios pasos al frente y le sobrevino otra arcada, con lo que soltó dos piedras más que regurgitó silenciosamente pero de un modo lamentable. Aún llevaba la camiseta de rayas. Se inclinó hacia delante, apoyó las manos en la cama de Enma y cayó de rodillas al suelo. ¿Se reía?

—Ay, Enma... Tengo muchas piedras —gorjeó. Su cuello empezó a hincharse mientras algo se desplazaba en su interior. Al momento abrió la boca y otra piedra, esta más grande aún, se desplomó sobre la colcha de hilo.

A esas alturas, Enma no sujetaba una linterna, movía una maraca.

—¡Ayúdame, Enma!

—No existes. No existes... No puede ser real.

—Tengo muchas piedras. ¿Quieres piedras? ¡Oh, Dios! ¡Tengo tantas pie...!

Se oyó un «buargh» y su mano se deslizó hacia la barbilla para capturar otra piedra que salía muy despacio de entre sus labios morados. A esa distancia y con la linterna vibrando a pocos centímetros de aquella cara fantasmal, hinchada y con la boca babeante, Enma comenzó a gritar y llorar. La linterna se le resbaló de los dedos, cayó con un golpe seco en la tarima de madera y rodó bajo la cama, dejándola en completa oscuridad.

Y el golpe de otra piedra.

—Enma..., tengo piedras...

—¡Mamá! ¡Mamá!

—Muchas... muchas piedras.

—¡Mamá!

Los pasos de sus padres por el pasillo y el sonido de la puerta al abrirse la devolvieron a una realidad llena de luz, de normalidad. Silvia se abalanzó sobre ella. Enma estaba sentada en la cama con la cara tapada con ambas manos y sufría un ataque de histeria en toda regla.

—¡Hija! ¡Es una pesadilla!

Su padre se sentó en el borde de la cama y divisó una

piedra sobre la colcha. La cogió y la observó durante un buen rato con cierta curiosidad.

—¿De dónde ha salido esto, Silvia?

No hubo respuesta. Silvia abrazaba a su hija, que no dejaba de llorar e hipar. Sudaba tanto que parecía un surtidor. Los mechones rubios se le pegaban a la frente y las mejillas. Estaba aterrada y no podía ni respirar.

—Tenemos que hacer algo, Oliver —insistió Silvia—. Esto mismo le ha sucedido a Cedric y no puede ser casualidad. Nuestros hijos necesitan ayuda. Necesitan ayuda de inmediato.

15

10 de octubre de 2016
Santiago de Compostela

Enma llevaba más de dos horas delante del ordenador fumando como un carretero, mientras su compañera de trabajo, Kim, toqueteaba la figurita de porcelana que le había enviado su tía inglesa por correo certificado aquella mañana. Ni siquiera prestó atención a la perorata emocionada de Kim en la que le describía la importancia que para su tía tenían aquellos objetos de mercadillo barato que siempre le mandaba por su cumpleaños junto con una postal. Enma tenía cosas más importantes en que pensar. Primero en la solicitud de amistad que había recibido de Lisa Barral, de la cual no sabía absolutamente nada desde que... En fin, desde que se había ido de San Petri. Por otro lado, sus problemas no dejaban de aumentar: para empezar, volvía a tener aquellas horribles pesadillas de su infancia que no le dejaban conciliar el sueño ni una hora seguida; por otro lado, su hija, de ocho años, estaba en casa con una faringitis de caballo al cuidado de la niñera, y finalmente Fran, su esposo, no dejaba de insistir en aquel maldito viaje que tan poco le apetecía.

—¡Enma! —había exclamado Fran mientras se ajustaba la corbata—. Sabes que me hace mucha ilusión ir a Italia. No he vuelto desde que era un niño y tampoco es un viaje excesivamente largo.

—No quiero montar en avión, Fran —se lamentaba ella—. Sabes que tengo pánico a volar. Además, en estos momentos no me apetece pasarme el día caminando entre monumentos medio derruidos.

Fran la había mirado con aquellos ojos de corderito degollado que siempre ponía cuando algo no salía como él deseaba.

—Nena, solo serán unos días. Por favor. Escucha, si no quieres coger un avión iremos en coche. No importa. Llevo muchos meses preparando este viaje. He pedido unos días libres en la consulta para poder pasar las Navidades los tres allí.

En el fondo, Enma sabía que no podía negarse y que acabaría cediendo a los deseos de Fran. Él siempre se había portado muy bien con ella. Durante mucho tiempo, cuando Enma tenía aquel pánico a que le sucediera algo a su hija, Fran se había comportado de un modo conciliador, aceptando sus manías de comprobar puertas y ventanas, enchufes y cables; levantándose a las tres de la mañana para asegurarse de que la niña dormía en su cuna, respiraba y estaba viva. Y todo así...

—Está bien, Fran. Déjame pensarlo un poco más.

Su marido le besuqueaba las mejillas.

—Dime que sí...

—No seas pesado.

Enma ya estaba cansada de aquella conversación. Tenía muy poco tiempo para prepararse y Fran empezaba a resultar un poco cargante con el monotema de todas las mañanas desde hacía tres semanas.

—Lo hablaremos en la cena. Tengo que irme a trabajar.

—¡Nena! —exclamó él con humor.

—En la cena —sentenció antes de salir de la habitación.

Durante el trayecto a la oficina y antes de que Kim la sorprendiera blandiendo la figurita del pastorcillo como si fuera la antorcha de los juegos olímpicos, meditó las dos mil razones —y se quedaba corta— para aceptar la excursión cultural que Fran llevaba organizando desde tiempos lejanos. Fran era un hombre que, sin ser una belleza de calendario, poseía ciertas facciones que le hacían irresistible; pero eso no era lo que la había enamorado, sino su positividad, su forma blanca y pura de ver la vida, su sentido del humor y su dificultad para discutir. Fran era capaz de seguirla por toda la casa comprobando como ella todas aquellas cosas peligrosas que podían quitarle el sueño. No le importaban sus arranques de negatividad, sus manías o sus cuatro..., bueno, cinco kilos de más. Su marido se cuidaba en el gimnasio; Enma hacía años que había dejado de cuidarse, y no es que fuera una belleza vikinga, como cuando tenía once años, nada más lejos de la realidad. Ya era toda una mujer, con todo lo que implicaba aquel concepto. En sus piernas empezaban a dibujarse aquellas venitas tediosas, sus pechos ya no estaban tan elevados como cuando tenía veinte años y su bonito cabello rubio de niña Disney era más pajizo, más seco o quizá más adulto, como ella. Pero Fran siempre la miraba del mismo modo, con el mismo amor en sus ojos y aquella sonrisa que le ocupaba toda la cara y que decía: «Estoy totalmente enamorado de ti.»

Fran era dentista y ella trabajaba en el departamento de contabilidad de un fabricante de productos químicos. Lo hacía a media jornada, porque así podía ocuparse de Beatriz y porque tampoco lo necesitaban. Así que tuvo mucho tiempo. Mucho tiempo para indagar y navegar por la red. Cuando empezaron las pesadillas, encontró a todos sus amigos. Habían perdido el contacto y muchas veces había deseado poder reunirse una vez más con ellos y contarles todo lo que sabía, todo lo que había descubierto durante aquellos años. Y sí, ella había estado en San Petri, después de la muerte de sus padres en aquel accidente, y no, no había visto a Bunny.

—Irás a ese viaje, ¿verdad? —le preguntó Kim, sacándola de sus cavilaciones.

Ella la miró como si no acabara de comprender la pregunta y asintió.

—Creo que sí. No puedo negarme, Kim.

—Es un gran hombre, y el pobre está tan ilusionado con ese viaje...

Enma apartó a un lado de la mesa los albaranes y las facturas que debía organizar y entró en el Facebook de

Lisa Barral. Durante una milésima de segundo, su cabeza caviló olvidarse de todo y superar aquellas noches, otra vez. Sin embargo, aquella solicitud tenía que significar algo después de tanto tiempo. Ella había pasado por las mismas pesadillas años atrás, quizás hacía trece o catorce años, pero esta vez era diferente, o al menos para ella. Era muy diferente porque parecían más reales, más largas y a veces le costaba despertarse. Encendió otro cigarrillo (por alguna extraña razón el supervisor les dejaba fumar) y abrió la ventanita de mensajes privados. Fue breve pero directa.

«Hola, Lisa. Me alegra mucho recibir tu solicitud. Necesito hablar contigo, saber de ti. Te dejo mi teléfono móvil. Un beso.»

Y ya está.

De repente unas voces se alzaron por encima de las mesas del departamento de contabilidad y un grupo de informáticos entró en tropel en dirección al despacho del director. Eran cuatro o cinco chicos de no más de veinte años que solían trabajar en la segunda planta. Por sus caras había pasado algo con algún servidor y el jefe no estaba muy contento.

—¿Qué habrá ocurrido? —inquirió Kim con aquel aire doliente tan propio de ella.

—No tengo ni idea. Voy a por un par de cafés a la máquina.

—Espero que no tenga que ver con los archivos de facturación —oyó decir a Kim mientras se alejaba por el pasillo—. ¡Nos tocará arreglarlo!

Enma clavó su profunda mirada en los puestos de trabajo y los *call centers* que se distribuían al otro lado del pasillo. La gente hacía corrillos y observaba con cierta animación las pantallas del ordenador. Una serie de risas contenidas se elevaron por encima de los biombos separadores que estaban a pocos metros de las máquinas expendedoras. Sacó dos cafés con leche y volvió sobre sus pasos hacia su mesa.

—Han pirateado el sistema —anunció Kim colocándose su pelo azabache por detrás de las orejas—. Me lo ha dicho uno de los informáticos, que ha salido un momento.

—¿Cómo? ¿Quién iba a piratear una empresa de productos químicos?

Kim puso los ojos en blanco y negó con la cabeza.

—Hija, pues cualquiera que tenga conocimientos y esté a favor de la salud del planeta Tierra. Somos una empresa de productos químicos, Enma, tú lo has dicho.

—Pero en este departamento no ha pasado.

—Posiblemente porque no trabajamos con el mismo sistema operativo y no estamos en red con el resto. ¡Yo qué sé!

—Es un conejo —gruñó alguien por encima de las mamparas separadoras.

Un impulso de lo más repentino hizo que Enma se levantara de la mesa y se dirigiera a toda velocidad hacia un grupo de compañeros de *marketing* que estaba en la zona más cercana a los ascensores. Los rostros que rodeaban la pantalla de uno de los ordenadores reflejaban cierto humor y perplejidad. Se quedó allí, delante de las veinte mesas, que formaban grupos de cuatro, todas con aquella musiquita y aquel hombre vestido con una máscara de conejo saltando sobre un escenario de color rojo y con un montón de niños cantando y aplaudiendo frente a él. La imagen de Krusty el payaso de la serie *Los Simpson* y aquel mono en bicicleta le vino de golpe a la cabeza. El tiempo justo para no marearse y ser consciente de lo que estaba viendo. Era él.

Bunny el Cruel se puso en pie.
Cuando no lo ves, él podrá volver.
Salta, conejito, busca a tus amigos.
Bunny el Cruel vuelve otra vez.

Se quería morir.

Toda la oficina comenzó a dar vueltas en torno a ella. Escuchó unas risas solapadas, murmullos y expresiones socarronas sobre la pajarita que llevaba aquel individuo. A ella la pajarita le traía sin cuidado. Bunny estaba en más de cincuenta ordenadores, vestido de azul, en un escenario de terciopelo, y aquello no podía ser más que una terrible pesadilla de la que no se había despertado. Se pellizcó la mejilla hasta hacerse daño, se apartó el pelo, que empezaba a pegársele a la frente por el sudor frío que le recorría todo el cuerpo, y luego se agarró a una silla para no caer. Cuando uno de los ordenadores apagados a escasos centímetros de ella se encendió de repente y vio a Bunny tan cerca, se le escapó un grito de espanto y trastabilló hacia atrás. Alguien le preguntó si se encontraba bien, a lo que ella respondió que sí, sin prestar atención a nada más que a Bunny, que hacía una reverencia con su máscara de conejo y su traje pasado de moda. Los niños, sentados en la parte inferior, daban palmas y cantaban una y otra vez aquella diabólica estrofa. ¿Sería casualidad? Pero ¿por qué se llamaba Bunny el Cruel? ¿Una trasmisión de un canal privado extranjero? No, cantaban en castellano... Todos aquellos pensamientos estúpidos se acumularon en su cabeza formando espirales de preguntas sin respuesta. Tenía que salir de allí. Tenía que volver a casa, porque, si no lo hacía, iba a volverse loca.

—¿Enma?

La voz estentórea de Alonso, el jefe del departamento, la sacó de un estado casi catatónico. Ella le miró con los ojos llorosos. Iba a desmayarse.

—Enma, estás muy pálida. ¿Estás enferma?

—La verdad es que no me encuentro muy bien.

—Vete a casa. Dile a Kim que se ocupe. Tienes muy mala pinta, querida. Además, vamos a apagar los ordenadores de tu departamento hasta que solucionemos lo del virus que nos han metido. Así que lo mejor que puedes hacer es marcharte.

Enma asintió, todo seguía dándole vueltas. La cara regordeta y cerúlea de Alonso se difuminó con el entorno. Sintió que su mano asía la de ella para ayudarle a caminar.

—Te llamaré un taxi —le dijo—. No puedes conducir así, parece una intoxicación alimenticia. Tienes la cara y el cuello llenos de manchas rojas.

—¿En serio?

—Te lo aseguro.

Oyó la voz de su jefe por encima de la algarabía de informáticos que pasaba al trote, la voz de Kim, el murmullo en su oído: «Tengo muchas piedras. Muchas piedras, Enma.»

Una mano cálida se apoyó en su frente segundos antes de que perdiera el conocimiento.

16

3 de noviembre de 1987
San Petri-Costa de la Muerte (Galicia)

La policía no consideró adecuado que los chicos se desplazaran a sus oficinas. Eran niños, menores de edad, y resultaba menos violento para ellos que un agente se trasladara a cada una de las casas para hablar con ellos. A través de Oliver Lago, el padre de Enma, todo resultó más rápido de lo habitual. El hombre que comenzó su recorrido por la casa de los Conrad era un joven de no más de treinta años, con un ligero tic nervioso en un ojo, piel blanca, cremosa, pelo negro y unos ojos tan grandes que a Cedric le recordaron a *Candy Candy* cuando lo tuvo delante. El hombre de ojos grandes se llamaba Rubens Acosta y era amable.

Era martes, pero ninguno de ellos asistió al colegio aquel día; por supuesto, con la autorización pertinente y las aclaraciones adecuadas. Fue Marco de Mateo, después de conversar durante una hora con su esposa, el que llamó al director del colegio y le explicó lo que había sucedido. Le pidió discreción para que aquella información no se extendiera a profesores y alumnos, al menos hasta que todo terminara. Se generó una conexión de hilos telefónicos entre todas las familias. María Vargas llamó a Patricia Aranda poco antes de que esta saliera disparada a trabajar. La madre de Lisa, por supuesto, no sabía nada. Su expresión, más que de miedo, fue de sorpresa. Por primera vez en más de diez años le resultó extremadamente difícil dejar a Lisa sola en casa, aunque María Vargas le prometió que pasaría en menos de diez minutos a recogerla y se quedaría con ellos hasta que ella regresara. Patricia le dio las gracias por aquel gesto de generosidad y a Lisa se le disparó el corazón cuando supo que pasaría todo el día con Dani y Claudio. Posiblemente conocería su habitación y quizás, había pensado, Dani le pintaría un dibujo bonito.

Cuando por fin se terminó la ronda de visitas y el agente Rubens se despidió de la familia De Mateo, faltaba una hora para comer. Claudio y Dani pidieron permiso para irse a la cabaña de los Supersónicos con Lisa. Saltaron la verja del patio de atrás. Al cabo de unos minutos, los tres se habían encerrado en su pequeño útero de protección y Lisa les contó lo que le había sucedido aquella noche.

—Nosotros también oímos las voces en el armario —murmuró Claudio—. Eran varias y decían nuestros nombres. Yo pensé que estaba soñando, pero cuando vi a mi hermano incorporado en la cama con la linterna en la mano, me di cuenta de que él también lo estaba escuchando.

—¿Y lo abristeis?

—¡Qué tontería! —Claudio miró a Dani, que permanecía totalmente mudo apoyado en una de las paredes de madera de la caseta, con las rodillas contra el pecho—. Luego las camas temblaron y las voces empezaron a oírse debajo de la cama. Creímos que saldría ese maldito conejo de debajo, pero llamamos a nuestros padres y todo paró.

—Como yo...

—Estaba en la ventana —dijo Dani con voz queda—, arañando el cristal con la mano. Yo lo vi. Lo vi como te veo ahora a ti, Lisa.

—¿Qué os ha preguntado el policía cuando nos ha separado?

Dani suspiró con un suave jadeo.

—Supongo que nos ha hecho las mismas preguntas a todos: que cuándo entramos en la casa, el tiempo que estuvimos, qué pasó, si vimos después a los chicos del San Gregorio, cómo era el tipo que nos asustó... Mi madre nos ha dicho poco antes de ir a buscarte que pasaron por casa de Cedric y de Enma. Creo que su noche ha sido peor aún que las nuestras.

—Yo no creo que ese policía pueda hacer mucho. Están buscando a la persona equivocada. Ese hombre con la máscara de conejo no es el loco que se escapó.

—Un loco no trae fantasmas. No se mete en los armarios... Es... es una cosa.

—Tengo miedo —balbuceó Lisa—. No quiero que venga de noche a mi casa, no quiero ver eso otra vez.

Dani gateó hasta el rincón donde ella estaba. Se sentó a su lado y le rodeó los hombros con el brazo.

—No tengas miedo. Yo mataré ese monstruo por ti —le susurró.

Lisa sonrió. Por un momento se olvidó de todo aquel miedo y su cálido abrazo la reconfortó. Miró a Claudio, que estaba totalmente abstraído en sus pensamientos y ni siquiera prestaba atención a lo que acababa de decir su hermano pequeño. Durante una fracción de segundo, Lisa pensó en lo mucho que se diferenciaban los dos hermanos: Claudio, con su rostro duro, sus ojos oscuros y su pelo negro, un chico fuerte, decidido y con un mundo interior tan grande que a veces le pasaba factura; en cambio, Dani representaba la dulzura, la calma y la delicadeza. Él siempre tenía una sonrisa frente a cualquier catástrofe o problema y, al contrario que su hermano, no temía demostrar sus sentimientos, el miedo, el dolor o incluso la alegría más absoluta. No importaba, porque su rostro siempre era el reflejo de su propia alma.

En aquel momento, Lisa deseó decirle a Dani cuánto le había tranquilizado aquella breve frase. Le hubiese dicho: «¿Sabes, Dani? Nadie se ha preocupado nunca por mí como tú lo haces. Ni siquiera mi madre, por mucho que la pobre se esfuerce.»

—Tenemos que volver.

La voz férrea y compacta de Claudio les sobresaltó a ambos. En ese momento sí los miraba, y parecía un loco, con los ojos tan abiertos y aquella tensión en las mejillas.

—¿Volver?

—Sí, Dani. Tenemos que hacerlo. Nosotros abrimos ese pozo y liberamos a esa cosa, y tú te llevaste esa cajita con monedas. Tenemos que volver y corregir lo que hicimos, eso es lo que hacen en las películas de terror. Uno tiene que dejar las cosas como estaban.

—Es una locura. Nos atrapará como a los primos.

—No lo hará, Lisa, porque lo haremos de día. Esas cosas suelen salir de noche. Ya veis que nos visita cuando nos vamos a la cama. Y tenemos que ir todos, incluidos los chicos del San Gregorio. Todos los que entramos, todos los que le molestamos.

Dani miraba a su hermano con una mezcla de miedo y sorpresa.

—Pero, Claudio, Bruno y David no vendrán, lo sabes. Nunca reconocerán que se les aparece algo, si es lo que les sucede, y ya has visto cómo nos recibió su hermano después de que le dijéramos lo que sabíamos.

—Pues les obligaremos. Estoy convencido de que, si ellos no van, acabarán como los otros dos chicos. Eso les diremos y vendrán.

De repente el sonido de la puerta les hizo dar un brinco y una cabeza sin pelo se hizo visible en mitad de la caseta de los Supersónicos. Lucca de Mateo encorvó su viejo cuerpo un poco más y, de un modo torpe y lento, logró entrar en la casita, aunque a punto estuvo de caer de bruces contra su nieto mayor, si no hubiera sido por su bastón de madera, el cual apoyó con firmeza en el suelo para luego arrastrar los pies como si fuera un espectro. Los tres se quedaron mudos cuando el viejo se inclinó hacia una de las sillas diminutas e hizo una serie de contorsiones para sentarse sin romperse ningún hueso. Abrió sus piernas huesudas, situó el bastón en el centro, apoyó ambas manos sobre la empuñadura y se irguió.

—Bonita perrera —bramó, arrugando el ceño de un modo grotesco. Su nariz ganchuda apuntó directamente a Lisa y a Dani, que permanecían medio abrazados. Al darse cuenta, Dani quitó el brazo de Lisa y tragó saliva—. ¿Sabéis una cosa? Me vine de Calabria cuando tenía treinta años. Mucho tiempo...

—Abuelo, por favor, ahora no —imploró Claudio.

—Calla, Claudio, y deja que termine. —Le lanzó una mirada de buitre, se reclinó en la silla y golpeó con el bastón las tablas de madera.

»Tengo ochenta y tres años. Llevo cincuenta años aquí. Llegué en el treinta y seis. Ese mismo año, creo que por diciembre, un submarino español desapareció en plena Guerra Civil. Aquí al lado, cerca del cabo Vilán. En el treinta y ocho hubo varios accidentes más en las costas. Qué cosas tiene la vida, cuando no embarrancaba un pesquero, se hundía un vapor mercante, un patrullero o una chalana de pesca, daba igual. No había año que no sucediera una desgracia. Sin ir más lejos, en el cuarenta y uno, vuestra abuela por aquel entonces ayudaba en la iglesia y estaba más viva que una paloma, un pesquero llamado *Turquesa* se hundió nada más salir de A Coruña y dejó catorce cadáveres flotando en el mar. Un año después, un buque mercante fue bombardeado por un avión alemán en Fisterra; otro próximo a Ons se hundió por causas que nadie ha sabido explicar y dejó más de veinte muertos. Todos españoles, ya os podéis imaginar la situación. A setenta millas de Vigo, el *Egret*, un barco de guerra menor fue hundido por varios aviones alemanes;

creo que fueron alrededor de doscientos muertos. Y todo esto en el año cuarenta y tres.

Lucca de Mateo carraspeó, se sacó un pequeño pañuelo blanco del bolsillo del pantalón y se limpió la boca.

—Pero, abuelo, muchos de esos barcos se hundieron por culpa de las guerras —dijo Claudio.

—Así es. Pero hubo muchísimos más que desaparecieron o se hundieron cuando las guerras no habían ni empezado o ya habían terminado. Podría deciros que hasta el año cincuenta pudo haber hasta cien hundimientos, y la gran mayoría con víctimas, y muchas.

—Nuestro profesor nos habló del *Bonifaz* —afirmó Dani.

—Bueno, ese petrolero no fue lo que se dice el que provocó más muertes, aunque creo que también dejo víctimas. Pero puedo contaros algo gracioso dentro de tanta catástrofe, y de eso sí que me acuerdo muy bien porque la historia corrió como la pólvora. En el cuarenta y cinco una nave de cabotaje...

—¿Qué es cabotaje? —preguntó Lisa con timidez.

El anciano la miró con la cabeza inclinada hacia el hombro derecho y carraspeó.

—Barcos que llevan personas o mercancías de un puerto a otro, jovencita. La nave, como os iba diciendo, soltó amarras y durante unas horas se balanceó de un lado a otro en la ría de Bergantiños, hasta que encalló. Nada brusco, como una pequeña barquita que hace plof contra un montón de arena. Lo gracioso de este asunto es que cuando los lugareños entraron en el barco solo encontraron un gato. ¡Un gato! Nadie más.

—¿Un gato? —Claudio soltó una risa ahogada.

—Sí, hijo. En el barco solo iba un gato. Nadie, absolutamente nadie, pudo explicar qué demonios hacía un gato capitaneando una nave de cabotaje.

—Pero, abuelo, ¿por qué nos cuentas esto ahora?

El anciano soltó una risa gutural hasta que un arranque de tos le frenó en seco. Entonces volvió a limpiarse las babas con el pañuelo.

—En el treinta y seis, Dani, yo tenía treinta años, era joven, y durante las décadas siguientes continuaba siendo joven. No siempre he sido el viejo que conocéis y, aunque tengo mis momentos, os aseguro que mi memoria es buena. Habéis contado en casa a ese estirado de la policía que visteis a un tipo con una máscara de conejo, ¿no es así?

Los tres asintieron.

—Y luego está lo de la mano de ese chico. El niño al que encontraron sin la mano. ¿Cómo se llamaba? Maldita sea, lo escuché en las noticias, pero no logro acordarme de...

—Billy.

—¡Exacto! —exclamó—. Pues Billy no es el único que apareció en estas costas de esa guisa. Muchos marineros muertos por hundimientos aparecieron en las playas con manos y dedos amputados, y nadie pudo explicar jamás lo que les ocurrió. También es cierto que fue hace cien años, y yo lo que sé me lo contaron de joven, pero...

—¿Y qué tiene que ver el conejo?

—¿Qué conejo?

Dani se desesperó. Su abuelo debía de tener la misma «caraja mental» que Rony Melony.

—Abuelo, nos has preguntado por el hombre de la máscara de conejo.

—¡Ah! Muy sencillo, hijo. Desde que llegué a estas costas, y desde que los barcos empezaron o, mejor dicho, continuaron hundiéndose sea por la causa que sea, siempre había alguien que juraba haber visto a un tipo con una máscara de conejo. Poco antes de que el barco se hundiera, o poco después, daba igual, pero siempre lo veían. En la playa, en las rocas o en el mismo faro de Fisterra, los muchachos de la cantina juraban y perjuraban que estaba allí, observando el humo de los depósitos de carbón, contemplando un mar forrado de cuerpos; alguno llegó a decir que lo había visto sentado sobre el fuselaje de un avión americano caído en el mar a cinco millas de Corrubedo.

Los chicos lo miraban sin salir de su asombro. ¿Realmente era cierto lo que acababa de decir el abuelo Lucca? ¡No podían creerlo! Bunny, visto por más personas.

—Abuelo —dijo Claudio con un leve tono de preocupación—, ¿cómo es posible? ¿Nadie dijo nada?

—¿Decir? Mi chico, los muchachos que vieron eso siempre lo contaban en la cantina, entre litros de cerveza, medio borrachos. Se acaba creando una leyenda cuando suceden este tipo de cosas. Lo cierto es que ningún hombre sobrio o lúcido logró verlo nunca, lo que provocó que aquella historia se extendiera como un cuento de pescadores para narrar después de un barril o dos. Por eso me sorprendió lo que dijisteis al estiradillo con ojos de búho; me recordó lo que escuchaba de chavalete en el bar. Aunque, para seros sincero, nadie iba a creer a un chico de veinte años, borracho, que juraba haber visto a un tipo con cabeza de conejo sentado sobre un avión derribado del ejército americano. Por el amor de Dios, tendría más sentido creer en sirenas.

—¿Usted conoció a Claus, el marinero loco de la casa Camelle? —preguntó Lisa con cierta ansiedad. No podía creer que aquel anciano, que a veces se olvidaba hasta de ir al aseo, les hubiera contado tantas cosas importantes sobre el hombre de la máscara.

—Cómo no iba a conocerlo. Claus di Mayo. El viejo loco —murmuró el anciano. Entrecerró los ojos y se quedó en silencio durante un rato—. Pobres chiquillos, fue terrible lo que hizo ese chiflado. Pero se veía venir. Estaba como una maraca en carnavales. Hasta su esposa prefería que pasara más tiempo en la cantina con los marineros que en casa. ¿Quién os ha contado esa historia?

—Pero ¿por qué nuestros padres no nos cuentan nada?

Lucca de Mateo rio con la boca cerrada. Ya se le había olvidado la pregunta que les había hecho.

—Dani, en mi época las personas creían y cuidaban a sus muertos. La gente respetaba los domingos de misa, las procesiones, la Semana Santa y todas las fiestas religiosas; se llevaban a rajatabla porque se creía en Dios y, por lo tanto, se temía al mismo diablo. Pero de mi época quedan cuatro, hijos. Y la generación de vuestros padres ha perdido la fe, así que no quiero imaginarme la vuestra cuando tengáis veinte años más. Cuando pasaba algo raro, los habitantes de un pueblo lo cuchicheaban en las puertas de las casas, en los bares. Ahora nadie cree en nada y todas esas leyendas mágicas se han perdido.

—Eso es verdad. Cuando vivía la abuela Cloe, siempre me contaba que si decía una palabrota de pequeña sabía que el diablo rondaba cerca y se la llevaría. Y, si no se confesaba una vez a la semana, no iría al cielo —dijo Dani.

—¡Qué tonterías! —exclamó Lisa.

—A eso me refiero —intervino Lucca—. Nadie cree en nada, pero la nada existe. No sé quién ha hecho tal barbaridad con los chicos, quizás ese loco, nunca se puede estar seguro de nada, pero lo que sí es cierto es que no es la primera vez que oigo mencionar a ese individuo de la máscara.

—Abuelo, crees en los fantasmas.

El abuelo Lucca entornó los ojos hacia la puerta y arrugó la nariz formando un nido de arrugas.

—Creo en Dios, Claudio, y si uno cree en Dios, sería estúpido negar que no cree en el mal y en toda su jerarquía infernal.

17

10 de octubre de 2016
Madrid

El doctor la contempló con cierto aire melancólico, con una mirada que, sin ser del todo paternal, parecía compadecerse de ella. Lisa se preguntó qué pensaría de ella, una mujer adulta, demasiado delgada para su altura, sin vida familiar, sin una persona que la esperara al llegar a casa, ni siquiera una mascota, nada... Se dio cuenta de que aquellos últimos días apenas había cuidado su apariencia. No la bonita ropa que siempre se preocupaba por llevar o cómo se peinaba el cabello, más bien tenía que ver con su rostro y lo que reflejaba a la vista de cualquiera que la contemplara. Su piel siempre había sido demasiado pálida para no maquillarse con un poco de color; sus ojos, excesivamente simples, nunca le habían preocupado en exceso. Ahora bien, ¿qué podía pensar alguien que no la conociera? Seguramente que estaba loca. Lisa poseía un aspecto delicado, casi quebradizo, cuando la observaban por primera vez, una apariencia romántica a la que los poetas como Edgar Allan Poe quizás hubieran dedicado varias páginas de sus obras, sin duda alguna. Era la suya una belleza vampírica, poco expresiva y cauta. No era excesivamente guapa, en absoluto fea, pero sí llamativa y misteriosa. Una clase de mujer que podía darte miedo o atraerte de un modo casi enfermizo, no había un término medio. Lisa lo había experimentado con su última relación y había salido viva de milagro de aquella experiencia.

—¿Quieres descansar?

Lisa sonrió con pereza. Le dolían las piernas. La postura del diván resultaba agotadora pasadas unas horas.

—Cree que estoy loca, ¿verdad? Un hombre con una máscara, una historia de hace más de veinticinco años y toda esta mierda.

—Existe una explicación científica a muchas de las situaciones que las personas consideran paranormales, Lisa. Sobre todo tras una experiencia traumática —apostilló—. Es como si el cerebro codificara la información que recibe tratando de dar una explicación sensata en mitad de un infierno. No sé si me explico.

—Sea directo.

El doctor sonrió.

—Fenómenos neurológicos, ilusiones ópticas que pueden engañar a un cerebro totalmente sano. Hay muchas explicaciones sin caer en la locura, Lisa. He conocido a psiquiatras reputados que han pasado su vida estudiando los fenómenos paranormales, tratando de dar una explicación racional a todas esas experiencias que la gente menciona, que se repiten por todo el mundo: la epilepsia, regiones del hemisferio cerebral dañadas... Podría mencionarte muchas causas y negártelas todas.

—¿Y qué pasa cuando un escáner cerebral no dice nada, doctor, cuando varias personas adultas no superan esa infancia y siguen creyendo con total claridad que lo que sucedió fue real y existe?

—Pero tú no sabes lo que opinan tus antiguos amigos —dijo él—. Hace mucho tiempo que no os veis.

—Pronto lo sabré.

El doctor asintió.

—Sería una buena forma de pasar página: contactar con todos los que sufrieron aquel episodio, hablar con ellos del tema y saber qué piensan ahora. Quizá fuese la mejor terapia.

«O el mayor error.»

Lisa se incorporó. Trató de coger el bolso, pero algo la frenó. Un pensamiento.

—Cuando vine la primera vez fue porque una amiga de la universidad me habló de usted.

—Siempre me ha interesado la fenomenología paranormal, Lisa. No soy un médico que niegue las cosas sin una razón demostrada. De niño yo también tuve una de esas experiencias paranormales que nunca logré explicarme; con mi titulación, años después, sigo sin poder dar una explicación racional, y suelo tratar a mucha gente que cree o está segura de que ha visto algo, aunque, en todos estos años, todos mis pacientes me han demostrado que no existe ese otro lado si no es en un cerebro dañado o, mejor dicho, engañado.

—Con las experiencias de los demás, busca dar una explicación a su propia vivencia...

El doctor dejó escapar una sonora carcajada.

—Serías una buena psicóloga, Lisa. Escucha, es muy simple. Tengo colegas que creen en lo paranormal y otros que lo ven como una deformación de la realidad. Yo, como médico, busco una explicación científica, pero desde el punto de vista crítico, sin caer en el escepticismo. La psique humana es sorprendente y me interesa.

—¿Y si no lograra explicar algo, si tuviera delante, por ejemplo, el fantasma de su abuela y no pudiera culpar a su cerebro, al estrés o a todas esas pautas que usa?

El doctor se quedó unos segundos pensativo y luego la miró.

—Bueno, Lisa, tengo sesenta y cinco años y llevo en esta profesión casi toda mi vida. Supongo que rompería con mis creencias, volvería a misa los domingos y pensaría que no somos tan poco importantes como para acabar siendo polvo. Quizá temería menos la muerte. Y cerraría con llave mi armario.

Tras aquella afirmación ambos rieron.

—Han pasado dos horas. Quizá deberíamos dejarlo aquí. Te recetaré un ansiolítico suave para que duermas mejor. La semana que viene, a la misma hora, nos volveremos a ver.

El doctor se incorporó, estiró las piernas, haciendo crujir todas sus articulaciones, y depositó la carpeta en la mesa.

—Gracias, doctor.

Él le tendió el papel tras hacer un garabato imposible

de descifrar y le pasó la mano por el hombro en señal de afecto.

—¿Qué fue lo que le pasó de niño? ¿Cuál fue la experiencia?

—No vi a mi abuela —respondió con humor—, pero casi. Una tía falleció cuando yo pasaba las vacaciones en un pueblecito de Castilla donde mi familia tenía una casa de aldea bastante modesta. Yo debía de tener ocho o nueve años y estuve con ella hablando de cosas de la familia cuando se suponía, según mi familia, que había fallecido a tres kilómetros de distancia. Era un chiquillo y puede que no controlara el tiempo y lo deformase, nunca lo pude explicar. Así que, cuando me gradué y logré montar la consulta, nunca me negué a tratar a personas con este tipo de experiencias. Siempre he leído sobre el tema y es algo que..., digamos, considero una espinita en mi larga vida.

Lisa se volvió antes de salir y le sonrió.

—Gracias por contármelo. Le veré la semana que viene.

Cuando salió del edificio donde estaba situada la consulta del doctor Del Río, se dirigió sin pensar hacia la entrada del metro más cercana. Se abrochó los botones del abrigo y se levantó el cuello para protegerse del frío. No deseaba pasear, porque eso significaría dar vueltas en su cabeza a todos los recuerdos de los que quería deshacerse, al menos durante unas horas, unos días, le daba igual. Avanzó muy despacio entre el tumulto de gente que iba y venía de un lado a otro, se aferró a su bolso y, tras permanecer unos segundos mirando el letrero del metro, decidió parar primero en una de las cafeterías más cercanas y desayunar algo, dado que ya eran las once de la mañana y su estómago empezaba a soltar aquellos gemidos lastimeros. Sin embargo, recapacitaba, iba recordando. Detalles y pequeños fragmentos que hasta ese mismo momento ni siquiera había vuelto a rememorar. Los dos hermanos Barroso y su propia tragedia, que fue mucha. Aquella noche, pensó Lisa, debía de haber sido la más espantosa que aquellos dos chicos pasaron en toda su vida, pero todo quedó así, porque esta vez Bunny no parecía tener nada que ver. Eso era al menos lo que todos habían pensado; todos menos ellos, los cinco de Petri. Los Supersónicos.

Después de elegir una mesa lo bastante cerca de los cristales y pedir un café con un par de tostadas bien hechas, cogió el teléfono móvil del fondo de su bolso y llamó a su trabajo. Triana fue rápida en responder, por lo que intuyó que la consulta veterinaria estaba relativamente tranquila; la tarde sería más caótica con toda probabilidad. Le preguntó a su compañera si podría ocuparse unos días de la clínica, pues tenía que resolver unos asuntos familiares y estaría ausente. Lo primero que le preguntó fue si había fallecido alguien; Lisa negó tal duda, pero sí dijo algo que no era del todo mentira. Posiblemente tenía que volver al pueblo donde había nacido; la casa de su madre había recibido varias ofertas de compra y quería zanjar ese asunto lo antes posible. Y no mentía, aunque había retrasado aquel momento muchas veces. Tantas como le había sido posible. Una manera de aplazar lo inevitable. Pero quizá ya no estaría sola en su vuelta, y eso, en lo más profundo de su corazón, la aterraba en la misma proporción que la calmaba.

Ni siquiera le habían servido aún las tostadas cuando detectó el mensaje privado de Enma Lago y se le aceleró el corazón. Cedric, por su parte, había aceptado su solicitud de amistad; no solo eso, Enma había dejado un teléfono y le pedía que la llamase, que tenían que hablar. No tardó ni dos minutos en marcar aquel número. Cuando el sonido, al otro lado de la línea, comenzó a tener vida, Lisa sintió que flotaba sobre una especie de nube de recuerdos, de rostros infantiles y trenzas rubias. Se oyó un chasquido y una voz femenina respondió:

—Sí, dígame.

Se quedó unos segundos en silencio, consciente de que colgar era una de las opciones más razonables en aquel momento, pero no lo hizo.

—Hola, soy Lisa.

—¡Lisa, santo Dios, cuánto tiempo! ¿Qué tal estás? ¿Qué ha sido de tu vida?

—¡Enma, cuántos años! No tienes ni idea de lo mucho que me alegra oír tu voz, saber de ti. He visto tu Facebook, tienes una niña preciosa. Ya veo que te casaste y que te van bien las cosas.

—Sí.

Se oyó un suspiro al otro lado de la línea. Detectó cierta melancolía.

—Enma —dijo al fin—, tengo unas pesadillas terribles. Las tuve hace catorce años y ahora han vuelto de un modo más violento. Y perdona si te molesto con estas estupideces de hace tantos años, pero necesitaba saber si vosotros estáis bien, si...

—¿Has dicho catorce años? —preguntó su amiga.

—Sí, catorce.

—Vaya. Creo que fue por 2002 cuando yo también tuve una serie de noches desagradables, aunque ahora mismo no podría darte una fecha exacta, pero por ahí anda.

—Lo veo, Enma. Lo veo una y otra vez. Pensarás que me he vuelto loca o que no superé toda esa mierda, pero...

—Escúchame, Lisa. Presta atención a lo que te voy a decir. Yo también estoy pasando por lo mismo; es más, hoy estoy en casa, ayer tuve una experiencia de lo más horrible en mi oficina. Alguien introdujo un virus en los ordenadores: había un puto individuo con una máscara de conejo bailando en todas las pantallas de la empresa.

—¿Se parecía a... Bunny?

—No, no se parecía a Bunny, era él. Había veinte niños sentados bajo un escenario grotesco cantando una canción; Bunny el Cruel se puso en pie y no sé qué coño más.

—¿Qué está pasando?

—No lo sé, pero logré hablar con Claudio de Mateo, ¿sabes? Anoche mismo. Todos están pasando por algo similar, todos lo ven otra vez.

—Claudio —murmuró. Al pronunciar su nombre la imagen de Dani se formó como una nebulosa en su cerebro—. ¿Qué es de Claudio y de Dani?

—Viven en Barcelona. Claudio tiene una empresa y Dani trabaja para una galería, pero creo que dibuja para varias revistas de cómics. Santo cielo, ya sabes cómo era Dani. Tenía un don para dibujar y parece que le va muy bien. ¿Conoces *Historias de la morgue*, la colección de cómics? Como mínimo has tenido que verlos por ahí. Pues son de él. Deberías comprar alguno. Hazme caso.

Aquella sugerencia llenó a Lisa de curiosidad. ¿Por qué jamás se había interesado por todos ellos?

—No nos hemos llamado ni una sola vez, ni hemos querido. Bueno, por lo que a mí respecta, no he pasado ni un día sin pensar en vosotros, Enma.

Enma sollozó. Parecía afectada por aquellas palabras.

—Calla, patas de alambre —jadeó con humor. Ante aquella frase Lisa no pudo sino reír—. Escúchame, Lisa. La casa Camelle se ha vendido y está en obras, es lo único que ha podido decirme Claudio. Tampoco sabemos dónde está Cedric. Tiene una red social en la que comparte cuatro fotos de naves espaciales, pero poco más. Lo que sí voy a decirte es que Claudio y Dani van a ir a San Petri, y yo también. No sé si sabes que mis padres fallecieron y que puse la casa en venta hace muy poco. Quiero desprenderme de ella a la primera oportunidad. El pueblo sigue siendo un lugar estupendo para los turistas que no quieren el bullicio de la costa, pero sí su proximidad.

—Siento mucho lo de tus padres, Enma. No tenía ni idea. ¿Te quedarás en un hotel?

—No. Me quedaré en ella. La casa es muy grande y allí no vive nadie. Los padres de Dani y Claudio vendieron la casa después de jubilarse y volvieron a Calabria, de donde era el abuelo Lucca. ¿Te acuerdas de él?

—Claro que me acuerdo.

—Pues regresaron allí, donde nació su padre, Marco de Mateo, creo recordar. Claudio está convencido de que la actividad en la casa y la posibilidad de que hayan vuelto a abrir el pozo tienen que ver con nuestras pesadillas o visiones. Y yo he investigado, ¿sabes?, sobre los naufragios, estos últimos años. Me lo tomé como un *hobby*, pero créeme cuando te digo que vais a sorprenderos cuando os enseñe todo lo que he averiguado. Porque tú vendrás, ¿verdad?

—Lo cierto es que pensaba en ello antes de llamarte, ni siquiera había visto tu mensaje. Mi casa también está en venta desde hace muchos años, pero nunca he ido, y al final perdí oportunidades bastante buenas. Hace un mes recibí otra oferta y creo que es el momento. También mi casa está disponible por si...

—De ninguna manera —sentenció Enma, tajantemente—. Estaremos todos juntos. En el mismo sitio. Hace casi treinta años intentaron convencernos de que Bunny no existía, de que aquel loco tuvo la culpa de todo, porque cuando lo cogieron se terminaron las desgracias, pero no fue eso lo que paró ese infierno, fuimos nosotros.

Lisa detectó en la determinación de Enma y en la dureza de sus palabras que ya no quedaba nada de la niña tímida y apocada que había conocido.

—Está bien. Tienes razón —dijo Lisa—. Saldré mañana sin falta.

Se hizo un leve silencio entre ambas amigas. Un silencio que, si bien podría haber sido incómodo para la gran mayoría de los mortales, para ellas fue como acunarse en una mecedora bajo el calor del hogar.

—Vuelven los Supersónicos —apostilló Enma. Un halo de nostalgia atravesó las hondas telefónicas y penetró en el cerebro de Lisa, casi como una conexión telepática.

—Vuelven.

—Os he echado mucho de menos, Lis.

—Y yo a vosotros. No te haces una idea.

—¿Me harás un favor antes de coger ese avión?

Lisa apartó las tostadas, que no había tocado aún, y entrecerró los ojos con curiosidad.

—Claro, Enma. ¿Qué necesitas?

—Entra en la primera librería que tengas delante y compra esos cómics de *Historias de la morgue*, que han hecho tan famoso a nuestro ricitos de oro. Hazlo, en serio.

—Claro... Lo haré ahora mismo.

No entendía qué importancia tenía aquello, pero quizás Enma no conocía tan bien como ella el talento de Dani y la pasión que ponía en sus dibujos.

—Entonces, hasta mañana, Lis. No tienes ni idea de lo que siento diciéndote «hasta mañana».

—Hasta mañana, amiga.

Y ella sintió lo mismo. Amor, una profunda amistad, la necesidad casi dolorosa de reencontrarse con todos sus amigos y sí... un miedo atroz.

18

4 de noviembre de 1987
San Petri-Costa de la Muerte (Galicia)

A pesar de la presencia del policía, David Barroso sentía miedo. Durante más de dos horas, aquel hombre les había estado interrogando sobre lo que había pasado en la casa Camelle. David apenas habló; era Bruno, su hermano mayor, el que intentaba explicar de un modo coherente lo que había sucedido. Pero no había nada coherente en lo que los dos hermanos describían. Nada tenía sentido dentro de sus cabezas. Era caótico o, más bien, espeluznante. Para el hombre de los ojos grandes y la gabardina barata, la historia adquiría una textura diferente. Un hombre con una máscara de conejo había salido del pozo de la casa y los había atacado. Se llevó a Billy, lo tiró al pozo y el chico desapareció. Ese fue el resumen que aquel individuo había recitado leyendo sus anotaciones delante de los padres de David y Bruno, nada que ver con lo que ellos habían intentado explicar una y otra vez. En aquel momento, David pensó que o el tipo aquel era retrasado mental o su hermano no había sabido contar de un modo claro lo que había acontecido. Al final, la realidad era la que un adulto traducía de aquella historia. Ellos contaron lo que efectivamente había pasado. Billy había sido «absorbido» con una fuerza brutal, por algo que lo arrastró hacia el pozo, y cuando aquel ser lo atrapó, relató Bruno, se golpeó la cabeza con la oquedad, poco antes de rebotar contra las piedras y caer al fondo. Para el policía, lo de «ser absorbido con una fuerza brutal» se tradujo en que el hombre tiró del niño cuando estaba junto a la ventana y trataba de escapar. Por más que Bruno se esforzó en mencionar la forma grotesca de Billy golpeándose con las aristas de las piedras, sus gritos agudos y aquella mano diabólica arrastrándole del tobillo como si fuera un pelele vacío y ligero, no logró hacerle entender lo espantoso de la situación. No había nada normal en su testimonio, pero desde el punto de vista de unos niños de trece y quince años, la historia se transformaba según su imaginación y miedo incontrolable. David era un niño, sí, pero no tonto, y sabía muy bien lo que pensaba el policía y lo que sus padres opinaban de todo aquello. Y lo más importante: todo el mundo estaba convencido de que el asesino era un loco, un hombre de carne y hueso, pero no era cierto.

Entonces el policía se fue. Sus padres le acompañaron a la puerta principal y los dos hermanos se quedaron solos en el salón sin dirigirse una sola palabra, pero mirándose fijamente como dos estatuas. Volvería la noche y tendrían que dormir. Otra vez estarían expuestos a la temible oscuridad. A las horas en vela tratando de no hacer caso a los sonidos de su habitación. Las voces del armario, los jadeos ahogados y los arañazos.

Nada de lo que les dijeran sus padres y aquel estúpido policía les convencería de que las cosas iban a mejorar. ¿Y qué podían hacer? Lo habían visto meter en el pozo a Billy por una pierna como si los setenta kilos que debía de pesar su amigo no significaran nada y luego había vuelto a por Luis. Jamás podrían olvidar sus ojos desencajados por el terror y el dolor cuando el hombre con la máscara se lo había llevado al pozo arrastrándole por los pelos. ¡Por los pelos!

Y luego los otros niños...

¿Los Supersónicos?

A David no le causaban ninguna molestia. Jamás se habría planteado meterse con ellos de no haber sido por la maldita manía de su hermano Bruno de ser el matón del barrio, pero ¿qué importaba ya? ¿Qué era todo aquel miedo en sus ojos? ¿Por qué habían ido a su casa? ¿Acaso ellos también oían aquellas voces en mitad de la noche? ¿Sentirían los arañazos y aquellas palabras y gorgoteos que salían de su armario?

«David... Tengo piedras, David. Muchas piedras. ¿Quieres ver mis piedras?»

«¡Oh, Dios mío! ¡No encuentro mi mano!»

—Bruno...

Su hermano seguía con los ojos fijos en él mientras trataba de oír los sonidos ahogados y lejanos de sus padres al otro lado del pasillo, con el policía. Iba a decirle algo, pero él se le adelantó.

—Nadie nos creerá. Nos tomarán por locos y nos encerrarán. Se reirán de nosotros porque pensarán que hemos perdido la cabeza.

—Pero lo que vimos es cierto.

—¿Y qué importa eso? —le preguntó su hermano—. Ya lo has visto. Ese policía ha interpretado lo que hemos dicho como ha querido. ¡No era un loco!

Contrajo el rostro en una mueca de contención y sus ojos claros se humedecieron y vibraron a la luz del salón. David no se atrevió a decirle a su hermano que oía voces en el armario cada vez que apagaba la luz y trataba de dormir.

—Y vendrá, David. Vendrá por nosotros y nos llevará a su jodido pozo.

—¡No digas eso!

—Vendrá con esa maldita máscara de mierda. Nosotros fuimos allí, abrimos el pozo, le dejamos salir y ahora quiere llevarnos con él mientras nos...

David no lo soportó más, se levantó del sofá y le dio una fuerte bofetada a su hermano sin pararse a pensar siquiera que, días antes, aquel gesto le habría condenado al peor de los tormentos, por no mencionar que nunca se habría atrevido. Bruno se llevó la mano a la mejilla y abrió la boca en señal de sorpresa, pero no se movió.

—¡Cállate! ¡Deja de decir eso! —gritó. Luego se dejó caer sobre el sillón favorito de su padre y susurró—: Estamos en casa. Con mamá y papá. No puede salir de esa casa, no puede merodear por la finca y entrar aquí por mucha fuerza que tenga. Estamos en casa... en casa...

La risa que precedió a la mirada trastornada de su hermano le asustó tanto como le desconcertó. Bruno comenzó a reír, primero de un modo ahogado y contenido. Luego estalló en carcajadas enloquecidas hasta que le sorprendió un ataque de tos y cesó.

—¿Crees que eso le parará? ¿Lo crees de verdad, imbécil? ¡Eres idiiiotaaa!

—Lo mataré.

Bruno dejó escapar un suave siseo entre los labios y sacudió la cabeza. El gesto de su cara se relajó como si se hubiera tomado varias cajas de pastillas y suspiró mirando a un punto fijo de la alfombra.

—Tiene piedras...

—¿Qué? —inquirió David, sorprendido.

—No importa. Necesito dormir. Llevo días sin dormir.

Se levantó del sofá antes de que David pudiera decirle nada y salió del salón con paso torpe. Poco tiempo después, su madre regresó a su lado. David estaba acurrucado sobre varios cojines, a punto de quedarse dormido, cuando su madre le tendió la mano y se acomodó junto a él. Intentaba analizar con sus ojos vivarachos y audaces lo que su hijo no decía. Ella era su madre, conocía las expresiones de su rostro. Oyó a su padre hablar con alguien en el despacho. Los brazos largos y delgados de su madre le mecían y le tranquilizaban en la misma proporción. Llevaba dos días sin pegar ojo y el calor de su cuerpo le amodorró.

—Todo se solucionará, cariño mío —dijo con su dulce voz—. Te protegeremos. A ti y a tu hermano. No tienes de qué preocuparte. Estás a salvo, mi amor. Nadie ni nada os hará daño.

El manto caoba que formaba su larga melena se desparramó sobre los cojines cuando se tumbó junto a él y lo rodeó en un abrazo. Su madre apoyó los labios sobre su frente y lo meció.

—Tengo miedo, mamá.

—No te preocupes, mi amor. No te pasará nada. Papá contratará a unas personas que cuidarán de la casa mientras dormimos. Nadie te hará daño.

Aquella misma noche, después de cenar con sus padres y pasar un par de horas viendo la televisión, David se acostó en la cama con la puerta de la habitación abierta. Su hermano se había ido muy pronto a la cama y parecía dormir como un bebé. Las habitaciones estaban pegadas. Las paredes a veces eran de papel y podía sentir los movimientos tranquilos, el chirrido de los muelles del colchón y algún golpecito del cabecero de madera contra el empapelado. Antes de taparse con la manta, se dio cuenta de que el armario seguía con las puertas cerradas. De un salto, bajó de la cama y las abrió con rapidez. Apartó toda la ropa que tenía colgada de las perchas, sacó los zapatos, las cazadoras, los abrigos y las bufandas. Con mucho cuidado colocó todos los pantalones encima de la mesa de escritorio y luego hizo lo mismo con el resto de la ropa hasta que formó una pequeña montaña en la silla y la cómoda. Volvió a mirar el armario por última vez antes de acostarse y se sintió mejor. Mientras se metía en la cama, contemplando las traseras diáfanas de madera, las puertas batientes abiertas y los tiradores dorados, trató de analizar la situación. A lo mejor el policía tenía razón y nada de lo que había visto en aquella casa se ajustaba a la realidad. Quizás aquel hombre con máscara no pretendía hacerles daño. Ellos no le habían tirado piedras como Billy y Luis, como mucho un pequeño guijarro el día que entraron por primera vez, y él no estaba debajo para recibir el golpe. Jamás trataron de hacerle daño o ser crueles con él. A fin de cuentas, en un primer momento lo habían confundido con un animal, ¿o no? Sus amigos, o más bien los amigos de su hermano, se habían comportado de un modo mezquino mucho antes de conocer la naturaleza de aquel ser extraño. Lo habían apedreado, por el amor de Dios. ¿Qué pretendían, que saliera del pozo y con una sonrisa les invitara a tomar té?

David no había rezado en toda su vida, pero esa noche lo hizo. Juntó las palmas de las manos, como cuando de pequeño acompañaba a su madre a la iglesia, y le pidió a Dios que le protegiera, que no permitiera que nada le hiciera daño, y le aseguró que se arrepentía mucho de todo lo malo que había hecho en su corta vida.

A las tres de la madrugada, la luz de los farolillos diseminados por la finca lanzaba haces luminiscentes dentro de su habitación. David despertó repentinamente empapado en sudor y contempló, no sin miedo, los pequeños recovecos ocultos de su cuarto. Volvió a mirar el armario, que permanecía como él lo había dejado, abierto, desnudo, totalmente vacío. Algo peor que el miedo se apoderó de él en milésimas de segundo cuando sus ojos se adaptaron a la oscuridad y observó en el rincón más próximo a la ventana un pequeño bulto acuclillado. Sintió el calor despiadado de sus mejillas, el latido de su corazón bombeando litros de sangre, el estómago retorciéndosele de un modo violento. Todo aquel pavor concentrado en un punto exacto de su cerebro.

—Escucha los barcos... —dijo una voz infantil en apenas un murmullo.

David se incorporó de golpe y apoyó todo su cuerpo contra el cabecero de la cama. El bulto se mecía con lo que parecían unos brazos delgados e infantiles en torno a unas piernas con pantalones y playeras blancas.

—¿Los oyes? Son voces... Sus gritos son muy molestos. No me dejan en paz, David...

—¿Billy? —farfulló.

El bulto alzó la cabeza, que hasta ese momento descansaba entre sus rodillas, y lo miró, o al menos esa fue la sensación que tuvo. Apenas podía diferenciar sus rasgos, las dos oquedades negras por ojos, su boca, arqueada en una curva que bien podía ser una sonrisa o una amenaza. Estaba mojado. Cuando se movió ligeramente y sus manos se apoyaron en la alfombra, percibió el chapoteo de sus pantalones contra el cuerpo, el sonido acuoso de sus zapatillas y aquella tos...

—No sabes lo que hay dentro de ese lugar... —continuó sollozando—. Te arrastra sobre el fango, te golpeas con los restos de los que ya no lloran... Y todas esas piedras...

—Billy...

—¡Tienes que ayudarme! ¡No sé dónde estoy!

David reculó un poco más al sentir el grito gutural de lo que había sido su amigo y, cuando este comenzó a gatear por la alfombra hacia su cama, se le escapó un chillido y se golpeó la cabeza con la pared.

—No te acerques... —suplicó.

—Son las piedras... No me dejan avanzar, pesan, me oprimen. ¡Duele!

Levantó la mano, blanca, hinchada y blanda, sobre la colcha de su cama, y David detectó el color de la muerte en sus dedos, arrugados y mojados. Billy tenía una herida abierta en la cabeza, y un chorro de sangre seca le pintarrajeaba la frente y parte de la mejilla y la sien. Su amigo intentó levantarse, pero le falló la pierna derecha y quedó en el suelo con la cabeza alzada por encima de la cama y los ojos, negros y grandes, fijos en David. Sonrió. Le faltaban varios dientes. Aquello era más de lo que David podía soportar.

—Si vienes conmigo, te lo enseñaré.

—¡No! —gritó antes de saltar de la cama.

Corrió hacia la puerta y salió despavorido por el pasillo. Ni siquiera llamó a la puerta de su hermano. La abrió con tanta brusquedad que se sorprendió de no haberlo despertado cuando cerró de golpe tras de sí y se quedó de pie mirando su cama y a Bruno inerte y arropado.

—Bruno...

Su hermano parecía envuelto en un sueño plácido y tranquilo.

—¡Bruno! Bruno, despierta —repitió mientras se aproximaba a él, se sentaba sobre su cama y lo zarandeaba—. Bruno, está en mi habitación. Billy está en mi cuarto.

Algo rodó por la alfombra hacia ellos. Sonaba como una pequeña maraca. Llegó hasta David y chocó contra su pie. El corazón se le volvió a disparar cuando contempló la misma imagen que minutos antes había visto en su cuarto: el bulto del niño acurrucado en un rincón de la habitación, con las manos entrelazadas sobre las rodillas y la cabeza inclinada, en este caso, hacia un hombro de un modo antinatural, parecía casi desencajada, doblada más de la cuenta. David se inclinó hacia delante y cogió el frasco. Los dedos le temblaban de tal manera que pensó que se le caía de las manos. Era un bote naranja transparente con una etiqueta blanca pegada en la que, escrito a mano, se leía: Bupropión.

—¿Qué...?

Eran las pastillas que su madre había conseguido a través de un médico americano muy amigo de la familia. Algo relativamente nuevo, había dicho ella.

«Lo han quitado del mercado un año después de venderlo en farmacias, pero Paul dice que las guarde, que una no me hará daño si la preciso», oyó en su cabeza.

—¡Bruno, despierta! —gritó agarrándole por los hombros con fuerza—. ¡Despierta, maldita sea!

Pero su hermano no reaccionaba. Un hilo de babilla le resbalaba por la comisura de la boca. Su cuerpo estaba rígido, comenzaba a enfriarse.

—¡Mamá! —gritó—. ¡Papá!

—David... —dijo el niño del rincón—, es lo mismo que tener piedras, pero duele menos —y rompió a reír.

—No...

—¡Es lo mismo! —gritó, mientras su risa se volvía bronca y desagradable—. ¡Lo mismo, David! ¿Quieres probarlas? ¿Quieres venir con nosotros? ¡Jugaremos a los piratas!

Sintió cómo la tos le llenaba la garganta de algo líquido. Billy cayó hacia delante con las manos sobre el suelo y una arcada dejó escapar una tira verde de alga que quedó colgando de su boca. Sus dedos tiraron del liquen, que se desenganchó del niño con mucha dificultad y cayó con un chof a la alfombra.

David, a punto de perder el conocimiento, salió de la habitación y corrió como nunca en su vida, hacia la planta de arriba, donde dormían sus padres. Lloraba y gritaba. Hablaba atropelladamente y se balanceaba de un lado a otro hasta que su voz se fue apagando y sus ojos se volvieron vidriosos, grandes y lejanos, y no volvió a decir nada.

—¿Qué sucede, hijo? —Su madre no daba crédito al estado de su hijo pequeño—. David, por el amor de Dios, me estás asustando.

El padre, un hombre corpulento de mirada serena, se incorporó con la misma urgencia, mientras su hijo se quedaba inmóvil junto a los pies de la cama.

—Bruno está... muerto.

Fueron sus últimas palabras.

Las últimas que diría hasta...

19

10 de octubre de 2016
Londres

Los robles del jardín agitaban las ramas contra las ventanas. Cedric permanecía sentado en su escritorio; detrás de él se extendía una amplia biblioteca llena de volúmenes pesados y pulcramente colocados. A su derecha había dejado la fotografía que había salido del fax minutos antes. Ni siquiera se decidió a mirarla una vez más, no lo deseaba, no quería. No estaba preparado para volver a enfrentarse a todo aquello después de tanto tiempo.

En las paredes había viejos retratos de la familia, imágenes antiguas de sus padres, su casa en San Petri y él de pequeño. Todo aquello lo conservaba como un recuerdo de su vida en otros tiempos, cuando no era más que un niño asustadizo y diminuto. Un niño que no temía dormir, que lo hacía con la mayor placidez del mundo, boca arriba, con los brazos y las piernas relajados, y sin una manta que le protegiera de ningún terror nocturno. ¿Hacía cuántos años no había logrado dormir del tirón? Apenas lo recordaba ya.

La vida de Cedric era solitaria, excesivamente volcada en su trabajo, en las clases, en todas aquellas conferencias que le hacían recorrer el mundo metido en un tubo de metal a miles de kilómetros de distancia. No temía volar, porque él había diseñado muchos de aquellos aviones que surcaban el cielo y conocía las pocas probabilidades que existían de que un aparato de esos dejara de funcionar y cayera al mar. El tipo de cosas que la gente solía dar por hecho, pero que no comprendía.

A veces, solo a veces, añoraba de un modo melancólico no tener a alguien a su lado con el que hablar, una persona que lo comprendiera, que respetara las horas de trabajo, los viajes repentinos y las semanas de ausencia, porque una vez sí se enamoró como un adolescente, en su primer año de instituto, pero le rompieron el corazón. Sentado frente a todos aquellos recuerdos, rememoró vagamente lo que siempre le decía su madre, lo que con el tiempo llegó a detestar hasta impedirle visitarla, aun después de la muerte de su padre: «Nadie te querrá como yo, Cedric. Las mujeres te harán daño. Eres un chico demasiado bueno. No te merecen.»

Una relación altamente nociva que duró hasta su primer año de carrera, cuando dijo basta y se fue. Se ocupó de que, tras el infarto de su padre, su madre se mudara a vivir con una de sus hermanas a Sevilla. Pidió el traslado a una universidad lo más alejada posible y dejó de tener tiempo para ella, para amar, incluso para sí mismo. Pero, en el fondo, era lo mejor para sí mismo. Las noches a veces eran demasiado terribles y había épocas en que se despertaba gritando, incluso llorando desconsoladamente. ¿Quién soportaría a alguien así? Ese era el pensamiento que Cedric había cargado sobre su espalda durante todos aquellos años, el tener que explicar algún día que su vida no había sido la vida normal de un niño de once años con una infancia plagada de momentos felices, que temía la noche con la misma intensidad que uno teme un callejón plagado de sombras y que hubo un tiempo en el que se había vuelto totalmente loco...

Mientras pensaba en todo aquello, ni siquiera se dio cuenta de que había anochecido. El recuerdo de su madre se hizo más nítido. Le vino a la memoria que hacía una semana que no la telefoneaba para saber cómo estaba. Le llamaría mal hijo, como solía hacer los últimos años. A ella no le importaba que Cedric fuera un gran ingeniero, le daba igual lo bien que le iba en el trabajo o si había conocido a una bonita mujer; jamás le preguntó si ya era abuela o si se había decidido a tener un perro o quizás un gato. Nunca se alegró por la independencia que Cedric adquirió con el paso de los años; incluso en alguna ocasión, detectó la rabia contenida de su madre cuando le contaba lo mucho que había prosperado, lo bien que se sentía y la cantidad de cosas que hacía.

«Ya no te necesito, mamá. Tienes que dejarme vivir mi vida.» Aquella frase fue como una puñalada en el estómago para Elvira Conrad. Cedric había conseguido una beca para estudiar en Londres y, cuando se lo dijo, ella no dejó de llorar en toda la noche.

—¡Con todo lo que he hecho por ti! ¿Cómo puedes irte así? —repetía una y otra vez—. Nos mudamos de San Petri, nos vinimos a Estados Unidos por ti y ahora que tu padre ha fallecido me abandonas. ¡Me abandonas!

—Por todos los santos, mamá. No puedo pasarme la vida contigo. ¿Es que no te das cuenta de que tengo veinte años, de la oportunidad que me están ofreciendo?

—¡Estudia aquí! ¡Conmigo! Estamos en San Francisco, hay decenas de universidades aquí. ¿Por qué allí? ¿Por qué tan lejos?

«Porque no quiero despertarme mañana y ver que tengo cuarenta años y sigo viviendo con mi madre.»

Se dio cuenta de que el recuerdo de su madre solapaba relativamente los pensamientos de Bunny.

«Volver a San Petri», pensó.

Encendió el ordenador, tecleó su contraseña y entró directamente en su cuenta de Facebook. El icono de mensaje brillaba en rojo. Le tembló la mano sobre el ratón y dudó unos segundos, hasta que se puso sobre él y lo abrió:

> No tenía una imagen de ti desde hace veinticinco años, pero soy una chica lista, hay muchos artículos en Internet y te he visto. No sabes la ilusión que me ha hecho saber de tu vida, ver en lo que te has convertido, todo lo que has logrado tú solito. Siempre fuiste nuestro pequeño genio, Cedric. Y ahora eres alto. (Risa.)
>
> He hablado hace media hora con Enma. Los Supersónicos se van a reunir. Las pesadillas han vuelto. Todos vemos a Bunny. Me gustaría contarte todo lo que sé, pero no quiero hacerlo por aquí. Mañana sali-

mos todos de viaje, volvemos a San Petri. Cedric, desearía con toda mi alma que estés allí. Estaremos en casa. Enma cree que tenemos que estar juntos, la casa Camelle está en obras, alguien la ha comprado. No tengo otro modo de ponerme en contacto contigo y sé por Enma que nadie ha logrado localizarte. Siento hacerlo así. Espero verte. Te dejo mi teléfono.

LISA

Lo que le hizo llorar no fue el mensaje, ni siquiera los terribles recuerdos que se apoderaron de él en milésimas de segundo y el descontrol total que sintió, no. Fue aquella frase, las palabras que había esperado de su madre durante todos aquellos años y que leyó en un mensaje de su antigua amiga.

No sabes la ilusión que me ha hecho saber de tu vida, ver en lo que te has convertido, en todo lo que has logrado tú solito. Siempre fuiste nuestro pequeño genio, Cedric.

Se encogió de hombros, apagó el ordenador y se quedó en silencio mirando al vacío, pensando en Lisa, en Dani y en Claudio, en la delicada Enma. Por un momento estuvo tentado de levantar la imagen impresa en el folio. Deseaba recordar sus caras tal como las conservaba en su memoria. Lisa, con su bonito pelo negro, lacio y sus mejillas pálidas, sus ojos profundos, misteriosos. Enma, con aquella sensualidad y dulzura, la pequeña vikinga de trenzas saltarinas. Dani y su ambigüedad. Era gracioso rememorar lo que había pasado Dani en el colegio y unos años después, también, en el instituto. Cedric recordaba que con él se metían por ser pequeño y débil, pero a Dani todo el mundo le envidiaba por aquella belleza lampiña, su nariz femenina y los rizos dorados, que le hacían parecer un ángel de un mural. Siempre delicado en sus formas, sin un atisbo de arrogancia o presunción. Un niño lleno de dulzura y serenidad, la misma que poseía su hermano Claudio, pero al que le duraba poco. Se rio recordando aquellos ataques de ansiedad de Claudio, su forma masculina y dura de mirar con la cabeza inclinada hacia el pecho, sus ojos fijos, casi violentos y amenazadores, la necesidad de controlar cada paso de su hermano pequeño. Claudio amaba a su hermano por encima de todas las cosas. Era bien sabido que Dani era el preferido de su madre, mientras que Claudio era el favorito de su padre y su abuelo, y no solo por el aspecto viril que supuraba con tan solo doce o trece años, sino por la forma de ser. Vigilaba, era prudente y callado, todo lo que sucedía a su alrededor era controlado con suma cautela y, cuando algo se descontrolaba, Claudio saltaba como un tigre.

—¿Qué ha sido de todos vosotros? ¿Qué aspecto tendréis? —murmuró para sí.

La belleza de Dani le había llevado a pasar una juventud un tanto tormentosa. Que se metieran con él, por lo bajito que era o lo lento que corría en las clases de Gimnasia, era algo superable y básicamente normal; sin embargo, con Dani todo era más violento. Las niñas adoraban su compañía porque no implicaba en ella una amenaza sexual. Los chicos solían llamarlo «marica», algo bastante ridículo, teniendo en cuenta que Dani estaba perdidamente enamorado de Lisa, y eso Cedric lo sabía. Pero las peleas fueron creciendo, sobre todo cuando Claudio terminó el instituto un año antes y dejó de controlar y cuidar a su hermano. La protección del hermano mayor —que Dani, todo había que decirlo, jamás había solicitado— hizo que las clases fueran una batalla diferente cada día. Pero Dani era sorprendente y, lo más importante quizás, impredecible. Cedric fue testigo de que realmente no conocía lo que Dani tenía en lo más profundo de su cabeza, la mañana que dejó de soportar todo aquel acoso y su joven cuerpo dijo basta. ¡Y vaya si lo recordaba! Con todo lujo de detalles. Hacía dos años que los sucesos de la casa Camelle habían terminado para todos; Lisa y Enma se habían ido del pueblo y Cedric sentía la soledad en los ojos de Dani, la tristeza por la ausencia de las niñas, el amor anclado en un corazón dolido, pero endurecido por todo lo que habían pasado, y todo aquel sufrimiento... Y la situación había sido así: Dani y él estaban sentados frente a los pupitres del aula de Literatura cuando tres chicos del último curso entraron en la clase y comenzaron a burlarse de Dani. Primero empezaron por los insultos habituales: «Marica», «Princesa», «¿No sabes hablar?», «¿Dónde está tu hermano para defenderte?», «La nena no tiene quien le ayude».

Cedric recordaba perfectamente lo que ocurrió. Estaba sentado a su lado. No dejaba de repetirles a los chicos que lo dejaran en paz, hasta que uno le soltó un bofetón con la mano abierta que lo tiró de la silla sin ni siquiera darle tiempo a reaccionar. Desde el suelo vio la mirada de Dani dirigirse primero a él. No había ningún tipo de expresión en sus ojos y sus mejillas no estaban contraídas. No parecía enfadado, solo pensativo. A Cedric le pitaba el oído por el golpe. Aquella bofetada le había llegado a la oreja, y le ardía la mejilla. Vio a su amigo levantar la cabeza de su libreta llena de garabatos mientras los chicos no dejaban de escupir insultos y de reírse. El timbre del comienzo de la clase empezó a sonar y se mezcló con el chirrido desagradable que Cedric sentía allí tirado en el suelo como un pelele.

—Marica. Ni siquiera te atreves a defenderte —le había dicho uno de los chicos.

Dani permanecía sujeto a su lápiz. Los demás alumnos comenzaban a entrar en el aula y el murmullo de sus voces aplastaba en cierta manera los gritos mezquinos de los tres muchachos. Pero de repente todo se volvió más rápido, más violento y sorpresivo. Dani se levantó de su silla, alargó la mano hacia el chico que tenía delante de su pupitre con un movimiento rápido y certero, y agarrándole por el cuello le estampó la cara contra la mesa. Sujeto por el cuello con una única mano, el chico continuó lanzando insultos entre babas mientras Dani mantenía la mirada fija en sus otros dos amigos, que parecían aves de rapiña a punto de saltar sobre su presa. Fue cuando sujetó el lápiz con la punta hacia abajo y lo apoyó en la mejilla del chico.

—Es muy sencillo —dijo con su voz dulce—. Podéis intentar partirme la cara, con la clara posibilidad de que el lápiz le haga a vuestro amigo un agujero hasta el paladar, o salir de aquí con un poco de dignidad.

El chico pataleaba medio estrangulado por Dani, que seguía apresando su garganta con firmeza. Cada vez que intentaba levantar la cabeza, se la estampaba con más fuerza contra el pupitre.

La realidad se transformó en una escena de una película de vaqueros. Todos los compañeros de Cedric y Dani estaban en silencio observando con incredulidad a un Dani irreconocible; eso sí, igual de tranquilo y amable. Apoyó la punta del lápiz en la mejilla de su víctima y apretó ligeramente hasta que el chico gritó de dolor.

—Vale, vale... —dijo su amigo, el más gordo y pequeño—. Está bien. Nos vamos. Suéltale.

En aquel momento, Cedric, que seguía espatarrado en el suelo, recordó el infierno secretamente guardado por el que habían pasado y supo que ninguno de ellos volvería a ser igual. Para bien o para mal, su enfrentamiento con Bunny les había cambiado.

—¡Vale! —gritó la presa bajo la punta del lápiz—. Puto loco, deja de apretar con el maldito lápiz. Te pido disculpas y me largo.

Dani hizo rodar sus ojos por los tres chicos como si pretendiera adivinar sus pensamientos y se cerciorara de que decían la verdad, pero era obvio que, más que estar sorprendidos —que lo estaban—, tenían miedo. Tras unos segundos interminables, se colocó el lápiz detrás de la oreja y soltó al chico, que cayó hacia atrás, con los ojos muy abiertos, la cara roja como un tomate maduro y toda aquella rabia y humillación contenidas.

Entonces Dani le dio la mano a Cedric y le ayudó a ponerse en pie. Ni siquiera le importaba dar la espalda a los tres matones mayores. Tiró del cuerpo de su amigo, se cercioró de que no tenía nada serio y luego volvió a sentarse a su mesa, con el lápiz en la mano, y siguió dibujando.

Cedric se rio. Se levantó de la silla y se aproximó a la ventana. Tenía que ir. Debía terminar con todos aquellos años de miedo y soledad, reencontrarse con todos sus amigos y quizá, solo quizá, no volver a separarse nunca de ellos. ¿Sería posible? No estaba seguro. Pero mientras pensaba en todas aquellas cosas, en todas las horas pasadas en la caseta de los Supersónicos, en los primeros besos de amor y en la casa Camelle, se dio cuenta de que aun después de tantos años..., jamás había dejado de amarlos.

20

5 de noviembre de 1987
San Petri-Costa de la Muerte (Galicia)

La mañana del cinco de noviembre de 1987, San Petri despertó con otra trágica noticia que nada tenía que ver con los asesinatos de los dos niños, al menos no de un modo directo, Bruno Barroso, el hijo mayor de Alan Barroso y su esposa, Liseth, se había suicidado tomándose un bote entero de pastillas para dormir. Inicialmente ese fue el comentario que se extendió por todo el pueblo, aunque las malas lenguas fueron acalladas por los comentarios con una versión de lo sucedido muy diferente. El chico solo quería dormir y se había extralimitado con la dosis, desconocida para él, dado que había robado las pastillas cuando su madre dormía.

Qué triste había resultado todo. Ese padre con los ojos vidriosos, terriblemente enajenados por el dolor, y una madre joven y destrozada, gritando desesperadamente a los hombres de la ambulancia que no se llevaran a su pequeño, que no podía estar muerto, que tenían que despertarlo. Eso fue lo que había contado el jardinero de la familia en la cantina del pueblo una y otra vez. Pero la verdad es que no podía asegurar con rotundo convencimiento si el chico se había quitado la vida o si, como bien se creía, no fue capaz de controlar la dosis. Pero de una cosa sí estaba seguro: los niños llevaban muchos días sin conciliar el sueño; por lo que había oído comentar entre el servicio de la casa, tenían continuas pesadillas y solían despertar gritando. Y lo peor de todo: David, el pequeño de los dos hermanos que había sido quien había encontrado el cuerpo de su hermano, desde esa misma noche no había vuelto a decir una sola palabra. Estaba mudo, traumatizado. En resumen, «se había ido».

—Nosotros estuvimos con David —dijo Lisa—. Estuvimos allí, hablamos con él. Mi madre me ha contado que en el trabajo se dice que no habla ni gesticula.

Los chicos acababan de salir de clase y habían pasado un rato por la caseta de los Supersónicos después de ir a casa a dejar los libros.

—Lo encontró él —dijo Dani—. Fue a su cuarto de noche y subió gritando a la habitación de sus padres. Mis padres también estaban hablando de esto cuando llegamos nosotros. La señora Dora, su ama de llaves, lo contó en la panadería. Subió trastornado, dijo que Bruno estaba muerto y después de eso ya no volvió a hablar.

—Lo han llevado al hospital y le han hecho pruebas —añadió Claudio—. Yo creo que se ha vuelto loco.

Cedric y Enma permanecían sentados contra la puerta, casi abrazados. Eran como dos figuritas de porcelana que decoraran el portal de Belén. Apenas se movían.

—Tampoco podían dormir. Seguro que ese maldito bicho los visitó como a nosotros.

—Yo no vi al conejo, era Billy. Y Enma vio a Luis, Claudio —le respondió Lisa.

—No, Lisa. No os dais cuenta. ¿Crees que Billy y Luis van a venir del más allá a asustarnos a todos? Es ese bicho. Se disfraza o transforma para provocarnos más miedo. Dani tiene cómics de ese tipo. Eran de nuestro padre. Monstruos que cambian de apariencia para dar más miedo o pasar por humanos. Visitantes nocturnos, se llaman.

—Estás loco de atar —respondió Cedric—. No quiero oír más cosas de ese monstruo. ¡No estamos en un cómic! Esto es la realidad y algo nos persigue. No puedo dormir, tengo que tener el armario abierto y la puerta de la habitación con luz en el pasillo. Mis padres están pensando en llevarme a un psicólogo y tengo miedo. ¡Mucho miedo!

—Todos tenemos miedo, Cedric —le respondió Lisa con amabilidad—. Lo que no podemos hacer es perder la cabeza. Tenemos que cerrar ese pozo y devolver las monedas que se llevó Dani. Es la única forma de...

—¿Y si no funciona? —Enma se incorporó y se sentó junto a ella—. ¿Qué pasa si vamos a la casa, hacemos todo eso y ese hombre sigue apareciendo de noche? ¿Y si quiere llevarnos con él como a los otros niños?

Cedric se tapó los oídos y sacudió la cabeza como si pretendiera quitarse aquella idea horrible de la mente.

Estaba a punto de romper a llorar, pero su dignidad todavía se lo impedía.

—Pues tendremos que arriesgarnos —afirmó Dani—, porque quedarnos así no es una buena idea. Si no hacemos lo que dice Lisa, nos pasaremos la vida igual, preguntándonos si actuamos correctamente. Tenemos que intentarlo. Iremos de día y será rápido.

—¡Yo no quiero hacerlo! ¡No quiero entrar ahí! ¡Tengo miedo! —gritó Enma.

Dani le cogió el brazo con firmeza. Tiró de ella hacia sí y la tomó de las manos. Estaban frías y húmedas por los nervios.

—Enma..., no sé cuál es la solución, pero si entramos todos, todos tenemos que volver. No me preguntes por qué lo sé, porque no podría responderte. He leído muchas historietas de miedo, de demonios y espíritus, es lo único que me ayuda, y de lo que estoy seguro es de que, si no vamos todos, si no entramos todos en esa casa y enmendamos lo que hicimos, ese hombre conejo no se irá.

—¡Nunca se ha ido! ¡Tu abuelo dijo que lo vieron antes de que naciéramos!

—Pero no mataba, Enma. No se llevaba a niños. Ahora está pasando y la culpa es nuestra. ¿No lo ves?

—Pero ¿qué es esa cosa? ¿Qué quiere de nosotros? —preguntó Enma con lágrimas en los ojos.

Dani miró a su hermano y suspiró antes de volver el rostro hacia ella.

—Puede que sea un marinero de uno de esos naufragios, no lo sé. O un loco al que llevaban en algún barco, puede... Puede que incluso sea un habitante de San Petri, alguien que murió aquí y quiere vengarse por algo. Quizá lo enterraron en ese pozo hace muchísimo tiempo y ahora... ahora salió. No tengo ni idea. ¡No puedo saberlo! En los cómics de *Creepy* existen historias muy diferentes, seres que vienen del otro lado para hacer pagar a la gente por sus errores, o simplemente son malos y disfrutan causando el caos. Aunque ese ser nunca mató niños, nadie nos ha dicho eso, pero tampoco podemos saberlo. ¡Solo podemos intentarlo!

—Tengo que irme a casa —sollozó Enma con apenas un leve hilo de voz—. Tengo que cuidar de mi hermano.

Tenía todo el pelo por la cara, formando ramilletes de mechones rubios desordenados. Estaba agotada, pero seguía entera.

—Te acompaño —dijo Cedric—. Yo también tengo que volver. Mi tía viene de visita y mi madre está insoportable, para no variar. Quiere cortarme el pelo y que me ponga el traje de los domingos. Es insufrible...

Claudio no pudo contener una risita al escuchar a Cedric.

—Yo tengo hambre —dijo—. No tardéis, Dani. Mamá está algo nerviosa. Le diré que estás aquí con Lisa.

Dani hizo un gesto afirmativo a su hermano y observó cómo los demás se iban y cerraban la destartalada puerta de la caseta. Se quedó pensativo, sentado como un indio, con uno de sus lápices entre los dedos, jugueteando con él mientras parecía sopesar todo lo que había dicho.

—¿Crees que funcionará? —Lisa se aproximó a él y se sentó a su lado. Apoyó la espalda contra las tablas de madera y lo miró con cierta nostalgia.

—No lo sé, Lis. Estoy intentando buscar una solución a algo que no entiendo. Yo también tengo miedo, pero no puedo dejar que me venza, estaríamos perdidos. Es como si algo me dijera que, si no luchamos, si no nos enfrentamos a él, podrá hacer lo que quiera. Como... como si menguaran nuestras fuerzas a través del miedo, no sé si me explico... No... —Se le cortó la voz y dejó caer la cabeza.

El lápiz rodó por el suelo hacia la mitad de la caseta y luego volvió hacia él muy despacio. Lisa descubrió justo entonces que Dani la atraía tanto como le causaba admiración. Se inclinó hacia él y le besó en la mejilla, consciente de que su rostro se volvería de un color rosado y que toda su frialdad y dureza desaparecerían en el mismo instante en que él la mirara. Porque lo haría. Y así fue: Dani sintió sus suaves labios de niña y ladeó la cara para fijar sus ojos azules en ella. Sonrió por un instante, aunque sus pensamientos estaban muy lejos.

—Yo confío en ti —le dijo. Estaba nerviosa. Dani podía resultar muy intimidante cuando se concentraba en algo, y en ese momento ella era ese algo—. Seguro que podemos con ese hombre.

Él sonrió un poco más y súbitamente la besó en los labios con dulzura.

—¡Me has besado! —exclamó con la boca abierta.

—Tú lo has hecho primero.

—¡Pero yo te besé en la mejilla!

Por primera vez en toda su infancia, oyó la suave carcajada de Dani, tan sonora y atrayente que creyó morir de amor. Su amigo se encogió de hombros con los ojos muy abiertos, fingiendo sorpresa, y levantó las cejas.

—¡Y yo te besé en la boca! —exclamó imitando el tono de sorpresa de Lisa.

—Me has besado —repitió Lisa, tratando de comprender qué significaba aquel gesto para él.

Dani la miró con los ojos brillantes, parecía dispuesto a expresarse; sin embargo, tras abrir ligeramente la boca, volvió a cerrarla y bajó la cabeza hacia el suelo.

—Tengo algo para ti, Lis.

—¿Algo para mí? ¿Un regalo?

Lisa se frotó las manos. Estaba nerviosa mientras Dani parecía rebuscar algo en el bolsillo trasero de su pantalón vaquero. Sacó un papel doblado por la mitad y se lo entregó.

—Es un dibujo... tuyo...

Ella lo abrió y observó sorprendida su propia imagen hecha con un rotulador negro muy fino. Dani la había dibujado de pie, frente al bosque, con un bonito vestido largo de tirantes, una cinta de flores a modo de diadema y todo el pelo, negro, coloreado con el mismo rotulador con perfectos trazos, moviéndose a un viento imaginario.

—Es... es muy bonito, Dani. Nunca me habían hecho un dibujo. Lo haces tan bien...

Estaba contemplando tan concentrada el dibujo que no se dio cuenta de que Dani la miraba. Volvió la cabeza hacia él y sus ojos de niños se encontraron. Ella estaba agradecida, emocionada por aquel detalle; él simplemente se había enamorado de ella como un adulto, aunque aún no lo sabía. Dani tampoco sabía que Lisa siempre le había querido. Extendió el brazo y señaló la diadema de flores.

—Tú tienes una muy parecida —le dijo. Lisa sonrió—.

A veces te la pones. Es una diadema muy bonita. Cuando vamos a la iglesia los domingos, suelo verla desde atrás; resalta porque tienes el pelo muy negro. El otro día pude copiarla mientras el cura rezaba el padrenuestro.

Volvió a bajar la cabeza con timidez. Hacía unos segundos, parecía un niño seguro de sí mismo, bromeando con aquel beso; no obstante, casi al instante se había retraído y volvía a perderse en su mundo interior, tan extenso como una llanura y a veces tan insondable que hasta a ella le costaba comprenderlo.

—Es precioso, de verdad. Dibujas muy bien, Dani. ¿Eso es lo que harás de mayor? ¿Serás dibujante?

—Puede ser. Me gusta mucho dibujar.

—¿Has hecho retratos de los demás? Enma es muy guapa y rubia, seguro que tienes retratos suyos y de...

—Sí, es guapa. Tengo un cuaderno con todos nosotros. Pero la mayoría son tuyos.

—¿Míos? ¿Por qué?

Dani parecía no saber qué decir. Arrugó su pequeña nariz, como si intentara buscar una respuesta correcta, y luego suspiró y se encogió de hombros.

—Porque eres tú. No lo sé. Supongo que me inspiras...

De repente se detuvo, como si se hubiera dado cuenta de que sus palabras comenzaban a adquirir un viso delicado, casi romántico. Ella lo contemplaba nerviosa, casi ansiosa. En ese momento fue ella la que se inclinó hacia delante y le besó en los labios; él no se apartó. Se mantuvo durante unos segundos con la boca pegada a la de Dani, los ojos ligeramente entornados. Sus primeros besos. ¡Estaba tan nerviosa y feliz!

El sonido lejano de una puerta al cerrarse les hizo volver a la realidad. Lisa se alejó de él y se sentó de nuevo contra las tablas de la pared. Dani tenía la vista clavada en la puerta; sus ojos estaban tan abiertos que asustaban.

—¿Qué pasa? —le preguntó.

—Un beso por un dibujo. Creo que voy a regalarte todos los que tengo.

Y al instante rompió a reír como solo él sabía hacerlo. Con suavidad, sin ser excesivamente impulsivo. Lisa se sonrojó y toda su seguridad se desvaneció. Inclinó la cabeza y el calor de sus mejillas bulló como una olla sobre el fuego.

—¡Dani! —se oyó en el exterior. Una voz femenina gritaba desde el patio trasero. Era su madre—. ¡Lisa! ¡Vamos, chicos! ¡Tengo galletas recién hechas!

Dani gateó hacia la puerta. Lisa apenas podía moverse cuando él se giró hacia ella.

—Lis...

—¿Qué?

Sonreía como si estuviera eufórico.

—Tú siempre serás la más guapa —dijo—. No sabría explicártelo, no encuentro las palabras adecuadas por mucho que piense, pero puedo dibujarlo, puedo darte muchas razones. Aunque tú no te lo creas. Lo eres. Eres la más guapa, al menos para mí.

—¿Eso era lo que pensabas antes, cuando estabas callado?

Dani asintió.

—Me cuesta expresarme, pero no me da vergüenza.

—Eres el mejor, Dani. Te quiero muchísimo.

—¡Venga, chicos! ¡Las galletas se enfrían!

Dani abrió la puerta. La silueta de su madre a varios metros, asomada sobre la valla con la mano en alto, se recortó a lo lejos.

—Y yo te quiero a ti, Lis.

Tras decir esto, se dio la vuelta y salió al bosque. Lisa sentía el corazón en la boca. Cuando reaccionó y salió de la caseta, le temblaban las piernas y el calor de la cara no cesaba. Dani estaba delante de ella con las manos en la cintura, mirando la figura enjuta de su madre, que caminó hacia la casa con el vestido de volantes aleteando contra sus piernas, mientras subía las escaleras que daban a la puerta trasera.

Lisa se situó a su lado y contempló los árboles, los arbustos y todo el bosquejo que les rodeaba. Sintió su mano sobre la suya. Apretó con firmeza casi hasta hacerle daño. Luego, con un tono sedoso, dijo:

—No dejaré que te haga daño, Lis. Ni permitiré que te lleve con él. Lo juro.

Lisa lo miró y tragó saliva. Estaba a punto de llorar.

—Yo tampoco dejaré que te haga daño y tampoco permitiré que te lleve. Lo juro también.

21

10 de octubre de 2016
Madrid

«No dejaré que te haga daño, Lis. Ni permitiré que te lleve con él. Lo juro.»

Lisa rememoró las palabras de Dani mientras caminaba por la calle en dirección al metro para regresar a casa. Observó su propio reflejo cuando encontró una bonita librería que aún mantenía la esencia clásica que a ella tanto le gustaba en los establecimientos. ¿Qué pasaría cuando volviera a verlo? ¿Pensaría aún, después de tantos años, que ella era la más guapa? ¿Y él? ¿En qué se habría convertido él? ¿Estaría casado? ¿Tendría una casa elegante y un montón de niños de cabello rubio y rizado?

Se le encogió el corazón al pensar en todas aquellas cosas que le pasaban por la cabeza. En el fondo sentía pánico ante la posibilidad de un reencuentro. Llegaría a casa y reservaría los billetes de avión. ¿Y luego qué? Ella no era la niña a la que Dani había conocido. No era la guerrera de pelo lacio, dispuesta a saltar por un barranco, mancharse el vestido del domingo y mascar chicle como un chico. Ella... era tan normal...

—Te maldigo... —murmuró pensando en Abel, su antigua pareja—. Te maldigo por destrozarme la vida, por quitarme mi seguridad, las ganas de vivir y mi amor propio...

Porque hubiese preferido, durante aquella convivencia, que él la hubiese abofeteado en lugar de hacer lo que hizo. El dolor de una humillación, la forma de hacerla tan pequeña e insignificante, no se iba. ¡No se iba! Y tenía que regresar al lugar donde se crio, donde era una niña segura de sí misma que, aunque a veces odiaba mirarse en el espejo, disimulaba sus complejos y sus miedos porque Dani la veía perfecta. La pintaba tan hermosa que ella hasta creía, en algún momento, que era así.

«Y lo eres... —oyó en su cabeza. Era su voz—. ¡Mira los dibujos, Lis! ¡Tú eres así! ¡Eres igual!»

—No. Tú me ves así, pero no soy tan guapa.

¿Y qué importancia tenía que no fuera así? Dani veía la belleza que los demás quizá no podían encontrar en ella. O quizá sí, nunca lo supo con seguridad. De lo único de lo que estaba segura era de que junto a él, en aquellos tiempos, se sentía la niña más afortunada del mundo, que ninguna catástrofe por muy seria que fuera tenía sentido si él la tomaba de la mano y apretaba con fuerza como aquella primera vez. Que jamás caería en ningún pozo profundo, que su amor propio era como un muro de cemento cuando Dani la miraba con aquellos ojos sagaces llenos de esperanza, historias y mil sueños. Y en todos ellos... siempre ella...

—¿Desea algo?

Una voz masculina, vieja y ronca, la sorprendió cuando abrió la puerta de la tienda y la diminuta campanilla que pendía del cristal tintineó. El hombre de la chaqueta de lana y los pantalones de pana, detrás del mostrador, la miraba tras unas gafas de montura negra y una sonrisa agradable.

—¿Los cómics? —preguntó, aún entre su infancia y el mundo real.

—Oh, tenemos muchos, señorita. ¿Qué cómic busca exactamente? ¿Alguna temática en concreto?

—Creo... Creo que se llama *Historias de la morgue* o algo así. Es de un autor... un ilustrador llamado Dani..., perdón, Daniel de Mateo. Sí.

El hombre tecleó con rapidez y a los pocos segundos ya enfilaba uno de los pasillos de la tienda. Lisa lo siguió con cierta torpeza. Se encontró delante de varios ejemplares. Todos firmados por Dani. No conocía ninguno y se sintió perversa y desnaturalizada. Tomó el que tenía el hombre en la mano y le sonrió.

—Aquí tiene. Comparo a este chico con Luis Royo. Tiene una técnica perfecta y muy realista —dijo—. Son cómics para adultos, tengo que tener bastante cuidado con los críos que vienen. Les gusta el terror, pero luego no son capaces de pegar ojo, y este hombre es un artista en dar miedo.

—Gracias.

—Ha sido un placer —terció el anciano, volviendo hacia el mostrador.

Cuando salió de la tienda tras pagar el ejemplar, se dirigió al metro y esperó sentada en uno de los bancos de madera que había contra la pared en el andén. Sacó de la bolsa el cómic de Dani y lo abrió por la primera página que se le ocurrió. Se quedó helada al darse cuenta de por qué había insistido tanto Enma en que comprara aquel cómic. El personaje femenino que salía en la historia era idéntico a ella. Abrió su bolso y deslizó la mano temblorosa hasta el billetero, lo sacó, abrió la cremallera de uno de los bolsitos interiores y localizó a través del tacto la hoja de papel arrugada y vieja. Su primer dibujo. Siempre lo llevaba con ella. Su imagen en el bosque. El rotulador se había gastado ligeramente, pero se veía perfectamente, aunque el papel ya no mantenía el color blanco de antaño, más bien tiraba a un amarillo pajizo, casi sucio. Lo apoyó sobre el tebeo y lo comparó. La joven que corría entre las tumbas del camposanto llevaba aquel vestido largo con tirantes, la diadema de flores y el cabello negro. Un extraño ser informe se escondía tras las lápidas; la muchacha, un poco más adulta que en su dibujo, portaba un cuchillo y tenía los ojos inyectados en rabia. Era valiente, decidida. Varias páginas más allá, se enfrentaba al monstruo y lo mataba. El vestido se había desgarrado con las ramas y los salientes del cementerio; sus piernas, largas y delgadas, se veían bien torneadas, y tenía pecho, unos bonitos senos que se apretaban contra la tela del vestido y la hacían exuberante pero sencilla a la vez.

¿Así era como la imaginaba? Se miró el escote y soltó un hondo suspiro de resignación. Tantos y tantos años, y aún dibujaba a su amiga, a su primer amor. Con pechos grandes...

Oyó el traqueteo del metro y guardó el tebeo en la bolsa. Durante todo el trayecto, no dejó de darle vueltas a la situación. No era el viaje, ni siquiera el hecho de reencontrarse con sus viejos amigos o enfrentarse a un ser con una máscara de conejo que venía del mundo que Dani pintaba una y otra vez. Eran sus inseguridades, las mismas que la habían llevado a una relación enfermiza y a un bucle de dolor. En realidad no le importaba en exceso qué aspecto podía tener ante los demás o si Dani seguiría usándola como musa cuando se diera cuenta de que no era la chica perfecta con la que había soñado todos aquellos años. Todo había despertado de un modo gradual cuando volvieron las pesadillas, el miedo a Bunny, el amor que sentía por aquel niño de cabello rizado y ojos azules, el cariño que profesaba a sus amigos, la ausencia de su madre tras aquel cáncer que la fue consumiendo, la soledad en la que navegó durante años. Volver a San Petri. Volver al pueblo que la vio crecer. Volver a Bunny, al amor de su infancia, al cariño de sus amigos y a la casa donde su madre la meció durante tantos y tantos años. Era reencontrarse con todo y con nada. Porque lo tuvo todo y luego se quedó sin nada...

—Señorita... —Una voz suave la despertó.

Se había quedado dormida, aferrada al bolso y a la revista. Dio un brinco y se incorporó bruscamente. Miró por la ventana; por suerte su casa estaba al final del recorrido. No se había pasado la parada de milagro. Si hubiera sido así habría tenido que caminar dos kilómetros como mínimo y no le apetecía nada. El chico que la había despertado la miraba con curiosidad. Le dio las gracias y salió disparada hacia las puertas. Veinte minutos más tarde, estaba en casa, delante del ordenador con los billetes de su vuelo imprimiéndose, y tenía unas terribles ganas de llorar. Recordó que no había pasado por la farmacia para comprar las pastillas para dormir y lo anotó en la agenda del teléfono. Al día siguiente las compraría sin falta, antes de tomar el avión; no creía que dormir fuera fácil en San Petri. Ojeó su Facebook y comprobó que no tenía respuesta de Cedric, aunque había leído su mensaje. Luego la curiosidad comenzó a hacer mella en ella. Tecleó primero el nombre de Claudio de Mateo. No estaba segura de si encontraría algo, pero para su sorpresa apareció la imagen de su antiguo amigo, o al menos se parecía mucho al que recordaba. La tristeza se desvaneció y dio paso a un sentimiento de nostalgia y felicidad. Claudio estaba maravilloso. Enma tenía razón. Salía como propietario de una empresa importante, en una imagen de una cena en algún lugar de Barcelona, acompañado de una mujer preciosa de rizos cobres y pecas. Lisa se llevó las manos a la boca y soltó una risa contenida. Claudio tenía el mismo aspecto que su padre, un hombre guapo, de cabello negro y facciones marcadas. Su sonrisa, que seguía siendo preciosa, como ella la recordaba, y el color oliva de la piel le conferían un aspecto frívolo, pero al mismo tiempo cordial. Contrastaba con la palidez de la mujer que se agarraba a su brazo. Qué guapa era... y qué guapo estaba él.

—Ay, Claudio... Te has convertido en todo un hombre. Cuántos años...

Internet no dejaba nada a la imaginación, sin duda alguna. Volvió a sonreír con cierta timidez, como si estuviera espiando por algún agujerito secreto al tiempo que tecleaba el nombre de Daniel de Mateo. El corazón le tamborileaba como si fuera una adolescente en su primera cita. Cogió el tebeo y le dio la vuelta. No había ninguna imagen. Como la búsqueda tardaba, toqueteó el módem con los dedos y esperó. Un enlace hacia una galería llamada Picasso y poco más. Hizo doble clic y de nuevo a esperar. Empezaba a impacientarse. Se le escapó una risa floja cuando detectó una imagen de archivo con unos rizos rubios muy familiares. Para su desgracia, la imagen era tan diminuta que era incapaz de verle, así que pasó al segundo plan. Dio marcha atrás, buscó el nombre y los apellidos de la esposa de Claudio y localizó su Facebook. ¡Y bingo!

La señorita Debra Landa sí tenía una hermosa galería de imágenes. Claudio y su sonrisa Profident ocupaban el setenta por ciento de su colección, pero había varias fotos donde volvían a aparecer los rizos dorados. Se le disparó el pulso cuando aumentó la imagen. Lisa se llevó la mano a la boca y se quedó quieta contemplando a los dos hermanos.

—Dani...

La fotografía era de hacía unos meses y los dos estaban delante de aquella galería. Claudio iba vestido con un traje gris perla, el pelo engominado y su eterna sonrisa. A su lado, el inconfundible Dani: sus rizos rubios; aquellos enormes ojos azul eléctricos que se abrían como dos focos cuando algo le llamaba la atención o requería cierta concentración; la nariz respingona era igual de graciosa y unas leves arrugas de expresión surcaban su frente, pero seguía tan niño como hacía veinticinco años. Con la misma sonrisa, la misma expresión desenfadada y toda aquella humanidad.

—Madre mía... No habéis cambiado nada...

La réplica en tamaño adulto de Dani llevaba un pantalón vaquero y una camisa blanca sencilla. Contrastaba con la imagen elegante de su hermano, que parecía un mafioso despistado. Lisa volvió a reír y fue reparador. Se recostó en el respaldo de la silla y pasó largo rato con las manos en la boca y los ojos fijos en aquella imagen. Luego siguió ojeando fotos. Había cuatro imágenes más con Dani, pero poco más. Siempre con aquel estilo bohemio. Hasta había una foto donde salían Claudio y su mujer en una especie de salón. Un poco más allá, podía ver a Dani recostado sobre un sofá de estilo isabelino, con su eterno despiste. En su mundo interior, había pensado Lisa. Siempre en su mundo. Meditabundo, con la mano apoyada en la barbilla y los ojos perdidos más allá de toda aquella decoración clásica.

—¿Tienes hijos? —preguntó mientras pasaba fotos y fotos—. ¿Mujer? ¿Por qué hay tan poco de ti?

«Porque nunca perteneciste al mundo y esta es la manera de formar parte de él.»

Lisa apoyó los brazos sobre la mesa y pasó la yema del dedo por su rostro.

—Ojalá seas feliz... —murmuró.

22

8 de noviembre de 1987
San Petri-Costa de la Muerte (Galicia)

La mañana del domingo, antes de que el reloj marcara las doce del mediodía, todos se habían congregado en torno a la iglesia católica de Santa Catalina. Frente a la puerta de doble hoja había dos robles que cubrían casi toda la fachada frontal con la frondosidad de sus ramas. La gente se apiñaba en grupos reducidos y hablaban de todo lo acontecido con cierto estupor en las miradas. Las voces se fueron transformando en susurros cuando vieron llegar a Alan Barroso y a su esposa, Liseth. Cogido de la mano de su madre iba su hijo menor, David, un niño que, sin ser extremadamente pálido, en aquel momento exhibía una tez macilenta con unas profundas ojeras bajo los ojos por la falta de sueño. Al verlos llegar, Lisa se sintió impresionada por la belleza de Liseth y la profunda melancolía en los ojos de David Barroso. Dani, que se había adelantado prudentemente, se situó junto a Lisa.

Ambos observaron a la familia dirigirse con paso casi perezoso hacia la puerta de la iglesia. Por la forma inanimada de caminar de David, más que un niño parecía un títere sin alma y sin voluntad.

—Pobre muchacho —se oyó decir a Elvira Conrad por detrás del hombro de Lisa, casi en un suspiro.

Dani la miró de reojo y luego trató de dejar espacio a Cedric, que avanzaba entre la multitud de vecinos y curiosos hasta la primera fila. Frente a ellos, en el otro lado del camino que se había formado tras la llegada de la familia Barroso, estaba Enma con su pichi y sus mangas abombadas, los ojos extremadamente abiertos y sus delgados bracitos en jarras. Tenía a Claudio a medio metro, pero no se habían visto. Fue en ese instante cuando todos comenzaron a cobrar vida, cuando Dani hizo un gesto a su hermano con la cabeza y este se dirigió veloz hacia Enma.

—¿Qué pasa? —preguntó Lisa, al ver que su amiga cambiaba la expresión de la cara mientras Claudio le decía algo al oído.

—Iremos después de misa —afirmó Dani.

—¿Qué? —Cedric lo había oído perfectamente, pero su voz temblaba como si le hubiesen dado un susto de muerte.

—Es el mejor momento —prosiguió Dani—. Las calles están casi desiertas, no nos verán entrar. Si esperamos más, corremos el peligro de que nos vean, nos llamarían la atención y sería mucho más complicado. Además, no creo que ninguno quiera pasar una noche más como las últimas.

Lisa asintió con firmeza, pese a su delicado aspecto y

la voz suave, aunque Cedric había fruncido el ceño y movía la cabeza como si la idea fuera la más descabellada del mundo.

—Cedric, no podemos pasar más días así. Ese maldito ser nos está persiguiendo casi todas las noches. ¿No lo hace contigo?

—Sí, Dani. Tengo miedo.

—Yo también. Todos tenemos miedo, pero si no lo intentamos nos vamos a volver locos como David o peor aún...

—No sigas...

La voz sedosa de Lisa le hizo volverse hacia su amiga y suspirar.

—Anoche abrí los ojos y tenía la cara de Billy Goyanes a un palmo de la mía —continuó Cedric—. Os parecerá una tontería, pero tener unos ojos a un centímetro de ti cuando te despiertas es horrible. ¡Horrible!

—Pero... pero ¿qué hizo?

—Nada, Lisa... Solo me miraba. No se movía, ni siquiera sé si estaba flotando sobre mí o de pie en la alfombra, inclinado, porque su maldita cara lo ocupaba todo, Casi me rozaba con su asquerosa nariz. Como un loco, un perturbado.

—Y después, ¿qué pasó?

—Grité y cerré los ojos, y cuando... cuando volví a abrirlos no había nadie. Ya no estaba. ¡No estaba!

—Dios mío... ¿Qué quiere?

Dani, por su parte, bajó la vista al suelo y se quedó en silencio durante unos segundos, hasta que alzó la cabeza poblada de rizos y los miró.

—Quiere asustarnos para que nos volvamos locos o nos matemos. Lo hizo con Bruno.

—Yo no veo a Bruno —alegó Cedric—. Quiero decir... No lo veo como a los otros, no se me aparece. Y si los demás sí aparecen, si ese ser los usa para asustarnos, ¿por qué no lo hace con Bruno?

—Quizá porque Bruno se tomó esas pastillas y no fue ese ser quien lo mató.

Lisa miró a Dani como si acabara de hacer una gran revelación y abrió la boca para decir algo, pero Claudio la interrumpió.

—Bruno solo quería dormir —dijo el chico con aire díscolo—. No se tomó todo el bote de pastillas, quedaba alguna, por mucho que digan. Se lo oí decir a mi padre esta mañana cuando estaba desayunando con el abuelo y mi madre. Si alguien quiere suicidarse, se toma el bote entero, no deja dos o tres pastillas, joder.

—Entonces... —habló Lisa—. Entonces por eso no se aparece. Bruno murió el miércoles por la noche. Estamos a domingo y a mí tampoco se me ha aparecido.

Se giró hacia Enma. Esta, quieta y en silencio junto a Claudio, negó con la cabeza.

—Yo no lo he visto —dijo con un tono de mujer doliente.

—Nadie lo ha visto —continuó Claudio—. Solo vemos a los que mata ese bicho. Tiene razón mi hermano, yo también estoy convencido de que pretende hacer que nos caguemos de miedo y nos tiremos por la ventana.

—¿Por qué, Claudio? Nosotros no le hemos hecho

nada. —Enma sollozó—. Solo entramos en la casa, no le tiramos piedras, ni siquiera le insultamos.

—Cálmate, Enma —suplicó Cedric—. El cura está en la puerta con mis padres y nos van a oír. Tenemos que entrar.

Claudio se situó más cerca de Enma, formando casi un círculo perfecto. Sus cabezas estaban inclinadas hacia delante, como si se dispusieran a rezar.

—Porque abrimos el pozo, o al menos eso pensamos mi hermano y yo. O por el joyero que nos llevamos. Aunque no creo que eso le importe mucho. Abrimos ese pozo y lo que sea esa cosa se liberó. Yo tampoco sé si servirá de algo volver a la casa y cerrar el pozo, porque ese monstruo...

—Pero tu abuelo dijo que durante años la gente veía a ese hombre con la máscara —interrumpió Lisa en voz baja—. Dijo que muchos marineros vieron algo parecido, y no sabemos si el pozo estaba abierto o no, y...

—Por eso mismo —interrumpió Dani—. No lo sabremos nunca. Si no lo hacemos, con toda seguridad no nos va a dejar en paz.

—¿Y si cerramos el pozo y seguimos viéndolos? —preguntó Cedric.

Dani levantó la cabeza y lo miró fijamente a los ojos. La mayoría de los vecinos ya habían entrado en la iglesia, había cuatro o cinco personas en la puerta como mucho, y sus padres ya hacía tiempo que habían desaparecido tras las puertas. Solo la madre de Cedric permanecía como un poste de luz delante de uno de los robles con el cigarrillo en los labios, mientras el sacerdote, el padre César, le decía algo en voz baja y ella asentía una y otra vez.

—Escuchad —dijo Dani—. Cuando salgamos de misa y nuestros padres se marchen a casa, iremos todos a la casa Camelle. Es cuando menos gente hay por las calles, justo cuando termina. Nadie vive en esa calle y nadie nos verá si somos rápidos.

Se palpó el bolsillo del pantalón y luego el pecho. Parecía que temblaba ligeramente.

—Cuando todos salgan de la iglesia. Tenemos que ser rápidos —coincidió Claudio.

—Llevo el tirachinas y las bolas de acero en el bolsillo interior del abrigo —continuó Dani—. No creo que sirva de mucho, pero algo puede ayudar. También he traído el joyero. Lo dejaré en un sitio y luego cerraremos ese pozo.

—¿Pretendes matar a un fantasma con unas bolas de acero, Dani?

—No, Enma. Pretendo ganar tiempo en el caso de que lo necesitemos. No tengo ni idea de lo que vamos a hacer, lo único que sé es que debemos hacerlo.

La forma de hablar de Dani hizo que Lisa sintiera una leve esperanza. Sin embargo, fue consciente de que se había ruborizado cuando Dani la miró buscando su aprobación y sus ojos de niño brillaron de un modo sobrenatural. Mientras Cedric daba puntapiés a la tierra con sus zapatos de los domingos, Enma parecía estar a punto de desmayarse y Claudio tanteaba a la madre de Cedric y al cura, Lisa pensó que Dani representaba toda la fuerza que necesitaba para seguir adelante. En milésimas de segundo, por encima de todo el miedo y la duda, se preguntó cómo sería de mayor, qué sería de todos ellos y qué era lo que les esperaba después de toda aquella locura, pero no encontró una respuesta, no halló una imagen entre todas aquellas diapositivas de fantasías que a veces representaba su mente.

—Tenemos que entrar —murmuró Cedric.

Elvira Conrad los miraba desde la puerta y movía la mano como si se despidiera de alguien. Al cabo de unos segundos, sacó de su bolso de mano un pañuelo blanco y se limpió la nariz con cierto aire pedante.

Ya sentados en sus respectivos sitios, las niñas y las mujeres en la parte de delante y los hombres atrás, Lisa ojeó a su alrededor. La madre de Bruno permanecía impávida en la segunda fila, junto a una de sus profesoras del colegio y dos vecinas; el cabello rojo le caía por la espalda, y su estrecha cintura, decorada con un cinturón plateado, parecía más delgada de lo que ya era. Sintió lástima por ella y por toda su familia. Su aspecto siempre había sido el de una mujer elegante de buena posición, y aun en aquel trance, en aquellos momentos tan dolorosos, no solo seguía siendo hermosa, sino que el dolor hacía que lo fuera aún más... Miró a su derecha y sonrió a Enma, que apenas movió la cabeza. Luego se volvió muy despacio hacia atrás. Dani se había situado en el primer banco de la zona más alta de la segunda mitad de la iglesia y la estaba mirando. Observaba su cabello, quizá la diadema que llevaba o los diminutos prendedores de florecillas blancas que su madre solía colocarle en el pelo y que contrastaban tanto con el color azabache. No lo sabía, pero apenas le importaba lo que fuera que mirara con tanta atención, tan solo pensó en aquel beso. Luego sus pensamientos volvieron... a la casa Camelle.

23

11 de octubre de 2016
Barcelona

A las nueve de la mañana el *jeep* de Claudio ya estaba aparcado delante del edificio donde Dani tenía su vivienda. Lo había escogido porque estaba a las afueras y era antiguo, estaba restaurado pulcramente y aún mantenía el estilo clásico de techos altos y abovedados, puertas de madera y aquellos detalles románticos que siempre le habían apasionado. Dani mandó derribar los tabiques de dos de las habitaciones para crear un inmenso salón con dos columnas estilo griego en medio. Luego pidió que le hicieran una doble altura para colocar allí su habitación, de tal modo que, a través de la barandilla, podía observar sus pinturas cuando estaba acostado, contemplar la amplia ventana acristalada que daba a la calle, la luz de los farolillos y a veces la luna. Tenía toda la planta baja repleta de caballetes, lienzos y pinceles. Al otro lado del salón había dispuesto unos sofás en alcántara, una mesa baja de centro de madera de cedro y un inmenso televisor que apenas encendía. En aquel momento estaba de pie delante de él, con la bolsa de viaje junto a su pie derecho, inmóvil, estático, observando cada detalle, despidiéndose de su hogar, quizá por algún tiempo...

Cuando bajó a la calle y vio a Claudio, todo el temor que había ignorado durante aquellos días se concentró en un punto de su estómago y dudó si subir al coche o salir corriendo de allí. Se quedó petrificado delante de la puerta del copiloto, con la mano aferrando la bolsa, hasta que Claudio bajó la ventanilla y levantó una ceja con cierta ironía y curiosidad.

—¿Vas a quedarte mucho más tiempo ahí parado? Lo digo porque nos quedan diez horas de viaje.

Dani se inclinó hacia la ventanilla y sonrió de un modo despectivo.

—Si no tuvieras tanto pánico a los aviones, querido hermano, no tendría que pasarme casi todo el día en tu flamante coche. Llegaríamos en un periquete y tú...

—Mi coche tiene todas las comodidades que nos puede dar un avión —alegó Claudio, se pasó la mano por el pelo engominado y soltó uno de los botones de su camisa—. Además, si te digo la verdad, me resulta muy difícil tomarte en serio con esa *pashmina* en el cuello. ¿Por qué los artistas tenéis esa forma excéntrica de vestir? Eres extravagante. Vaqueros, camisa y un pañuelo. Válgame Dios.

Dani abrió la puerta de atrás para meter la maleta. Luego entró en el coche y miró a su hermano.

—Aunque no te lo creas, existe un mundo muy extenso ahí fuera, Claudio. Más allá del país de los trajes grises y las corbatas de ejecutivo... ¡hay un mundo!

Dicho esto, abrió los brazos como si se dispusiera a entonar una plegaria y sonrió.

—No tiene ni puta gracia. Ninguna.

—Claro que sí.

—Además, no me gusta esa forma de reírte que tienes, como si fueras un perturbado mental —continuó Claudio.

—¿Qué forma?

—Esa. Justo esa —respondió apuntándole con el dedo—. Abres... abres los malditos ojos y sonríes como un psicópata. ¿Estás seguro de que tantas horas dándole al pincel no te han vuelto loco, Dani?

—¿Qué le has dicho a tu mujer?

Claudio puso el coche en marcha y colocó el espejo retrovisor.

—Que voy a trabajar unos días fuera. ¿Qué coño quieres que le diga, que me voy con mi hermano a cazar un fantasma con máscara de conejo de mi infancia?

—No lo sé. Es tu esposa, no la mía.

Su hermano le dirigió una mirada de soslayo y gruñó algo entre dientes.

—Una mujer es lo que necesitas para salir de ese mutismo, Dani.

—Ya empezamos...

—Una mujer que te haga salir de ese bucle artístico en el que te has metido. Por Dios, Dani...

Dani dejó caer la cabeza. Otra vez el mismo tema y la angustiosa manía de Claudio de llevarlo todo a su falta de relaciones y su soledad. Miró por la ventanilla y dejó escapar un hondo y largo suspiro de resignación.

—... y también Lisa.

—¿Cómo?

No había escuchado nada de lo que su hermano le decía hasta que oyó su nombre.

—Te decía que van todos. Enma me llamó a las ocho de la mañana y me confirmó que, a excepción de Cedric, del cual no sabemos nada, iremos todos. También Lisa.

Claudio se incorporó a la autopista y volvió a mirar de reojo a Dani.

—Me alegro de poder verla después de tantos años —murmuró él sin apartar la vista de la carretera.

Pero en el fondo esa no era la verdad. Hacía cosa de un año, había tenido una exposición en Madrid. Las fiestas no le interesaban y después del evento había vuelto al hotel, había encendido el ordenador y la había localizado de un modo secreto y algo perverso. Lisa trabajaba en una clínica veterinaria muy cerca de Gran Vía, donde él estaba alojado. Al día siguiente se había sentado en uno de los bancos de un pequeño parque desde donde veía con claridad la puerta de la clínica y la vio llegar. Todavía llevaba la larga melena azabache, aunque estaba muy delgada y pálida, pero seguía siendo la niña de mirada indescifrable, rasgos duros y desconfiados, llena de fuerza y amor. Y por un momento se convenció de que tenía que levantarse e ir a saludarla, aunque no se atrevió. ¿Por qué? No lo sabía con exactitud, pero tenía una leve idea y un temor casi palpable a no superar su sonrisa casi treinta años después. Sobre todo porque era él quien seguía dibujando a la niña que conoció en San Petri como la heroína de todas sus historias de miedo; él, que seguía enfrentándose a épocas de pesadillas y avisos velados de que aquella mañana de noviembre veintinueve años atrás no habían logrado lo que buscaban. Y no quería asustarla si su vida era plena, si tenía una familia, a un hombre que la esperaba en casa. ¿Qué iba a decirle? No tenía ni la más remota idea y, por lo tanto, no lo iba a comprobar aquella mañana...

—¿Cuál es el plan, Claudio?

Su hermano desvió la atención de la carretera y bajó el volumen de la radio.

—No lo sé, Dani. Supongo que llegar a San Petri, ponernos al día de todo lo que nos ha estado pasando estos años y luego... luego supongo que volver allí.

—A la casa Camelle.

—Mi intención es reunirme con el nuevo propietario e intentar comprar esa casa —confesó Claudio. Dani lo miró casi con pavor—. ¿Qué? No pienso mudarme allí. Si logro que me la venda, la quemaré con ese jodido pozo. Le echaré cal viva si es necesario.

—Sabes perfectamente que eso sería una locura. Ambos sabemos lo que hay allí abajo.

En ese preciso momento, era Claudio el que lo miraba con pavor. Apretó las mandíbulas con fuerza y sus fosas nasales se dilataron, dándoles un aire de asesino a sus rasgos, ya de por sí duros.

—Llegado el caso, me dará igual.

—Mientes... y Bunny lo sabe. Siempre lo supo.

—Dejemos este tema para cuando estemos todos reunidos y tomemos una decisión. De momento, quien haya comprado esa casa ha abierto el pozo, no tiene otra explicación.

Dani negó con la cabeza antes de responder a su hermano.

—No es así. No creo que ese pozo sea el causante de nuestras pesadillas. ¡Vamos, Claudio! Ahora han vuelto a empezar, pero hace unos años también nos pasó. Visiones en la jodida calle, un niño de doce años en la acera de enfrente lleno de algas y con las manos repletas de piedras. Tú mismo me lo contaste y yo también lo vi. Y no creo que en San Petri les dé por abrir y cerrar el pozo mes sí, mes no. Tiene que haber otra explicación, y si voy a ese maldito pueblo es para encontrar la razón.

—La casa ha estado cerrada todos estos años. Lo único que se me ocurre es que otros críos abrieran el pozo como hicimos nosotros y...

—¿Cuántas veces? ¿Han matado a alguien?

—No.

—Entonces no es lo mismo. —Dani se giró, tanteó su bolsa, abrió la cremallera y sacó una libreta cerrada con una gomita negra—. Yo sí lo tengo anotado —dijo abriendo el cuaderno—. El verano del ochenta y nueve, cuatro meses después, tuve más pesadillas; en diciembre del año noventa, igual; varios meses del año noventa y uno; el año noventa y tres, y en el noventa y cuatro, no tuve nada, lo anoté en rojo para poder diferenciarlo, pero todo sigue así, Claudio.

Claudio no salía de su sorpresa. Estaba desconcertado.

—¿Has marcado año por año cuándo tenías pesadillas relacionadas con nuestra infancia, Dani? ¡Dios!

—Sí, lo tengo todo aquí. Año por año. Igual tú no recuerdas tus pesadillas. Sabemos que cada persona es diferente, es como recordar los sueños. Hay personas que pueden vivir esos sueños ya despiertos, aunque luego los olvidan; otros los recuerdan siempre, y en otros casos, uno se despierta y no es consciente de qué ha soñado.

Claudio asintió sin dejar de mirar al frente y luego apagó la radio.

—Dani..., no tenemos mucho tiempo para hablar y...

—¡Oh, no empieces! ¿Me vas a volver a atormentar con mis encierros? Porque no me apetece tener esa conversación, Claudio. Soy dibujante. Mi tiempo es mi trabajo.

—Pero no puedes pasarte las semanas, los meses, encerrado en casa. Joder..., vas a perder la cabeza. Tengo amigos escritores que se dividen el tiempo. Hacen lo mismo que tú: crean historias, pasan días encerrados en casa, a veces semanas, pero son conscientes de que, si no salen a la calle, si no viven fuera de ese santuario que todos os creáis en torno a vuestro trabajo, acaban perdiendo la cabeza. ¿Desde cuándo no echas un polvo?

Su hermano abrió los ojos y levantó las cejas.

—¡Venga ya! —exclamó—. ¿En serio? ¿De veras me vas a hacer pasar por esto porque no tengo forma de huir?

—Exacto. Aunque, conociéndote como te conozco, eres capaz de saltar a ciento treinta kilómetros por hora... Pero no has contestado a mi pregunta. ¿Desde cuándo no echas un polvo, hermanito? ¿Desde el Pleistoceno?

—Joder, Claudio..., yo... yo qué sé...

—¡A eso me refiero! Ni siquiera te acuerdas. ¿Tienes algún problema? ¿Tienes algún tipo de..., no sé..., alguna cosa extraña que te guste y que no puedas hacer, que te impide tener una relación normal con...?

Dani lo interrumpió con una leve colleja.

—Ya está bien, Claudio. Que para ti sea imprescindible no significa que la gente no pueda vivir sin contacto físico.

—Follar, Romeo. Se dice follar. Y el problema no es ese. Es el contacto, el cariño, joder. El abrazarse a algo que no sea un pincel o un bote de disolvente, Dani. Te hace estar en este jodido mundo, volver a la realidad.

—¿Vamos a llegar a Zaragoza hablando de esto?

Claudio bufó entre dientes y se puso las gafas de sol. Dani vio a su padre reflejado en todos los detalles de su hermano: su forma de gesticular, su pelo negro y todo lo que enmarcaba su rostro.

—Comeremos en Vitoria, y luego seguiremos hasta León, y de ahí a Ourense. Quiero hacer una parada en una tienda que hay allí para comprarle algo a Debra. Tendremos que llamar a Enma para saber por dónde está. No te lo he dicho y es la mejor parte de la historia —añadió con humor—: nos quedamos todos en su casa.

Dani movió la cabeza como si estuviera articulada y pestañeó.

—Todos —repitió riendo su hermano.

24

8 de noviembre de 1987
San Petri-Costa de la Muerte (Galicia)

—Jamás viviré en una casa cuando sea mayor. Nunca tendré un sótano ni nada por el estilo. No lo soportaría —susurró Enma frente a la fachada de la casa Camelle.

Todos contemplaban la verja, las enredaderas desordenadas cubiertas de telarañas y la forma grotesca y desabrida de una araña que colgaba de un fino hilo transparente junto a la cerradura.

—Yo tampoco. Viviré en un piso con muchas puertas y vecinos —dijo Cedric—, y muy alto, así nadie podrá subir por mi ventana.

—Vamos —conminó Dani—, si seguimos mucho tiempo aquí nos pueden ver. Entremos de una vez.

Se palpó el bolsillo del pantalón para asegurarse de que aún guardaba el tirachinas y las bolitas de acero en su bolsa de plástico y saltó la verja con facilidad. Lo siguieron los demás. Enma se enganchó con el pichi a un saliente metálico y a punto estuvo de quedar medio desnuda frente a la casa; por suerte, Claudio era fuerte y logró soltarle el dobladillo sin causar mucho destrozo.

Antes de intentar siquiera entrar por la ventana oscilante de la parte inferior, oyeron un ruido en lo alto y alzaron las cabezas. El corazón se les disparó cuando divisaron la silueta algo distorsionada de aquellas orejas blancas, la máscara tras los cristales. La visión duró muy poco, pero lo suficiente para ponerles a todos en alerta y provocar un ataque de pánico a Enma, que comenzó a llorar mientras seguía al resto.

—Tranquila... —le susurró Lisa, sujetándola firmemente por el brazo.

—Vamos, es por aquí. ¡Rápido!

Dani movió la mano inclinado sobre el espacio abierto de la ventana y saltó al interior seguido de Cedric y Claudio. Las dos niñas se quedaron paralizadas delante del cristal. Cuando el brazo de Claudio, subido a lo alto de unas cajas de madera, tanteó sus manos, se precipitaron dentro. El pozo seguía allí. La tapa de metal se apoyaba sobre un lateral y la abertura, amenazante y oscura, emergía entre claros y oscuros. Todo seguía igual que la noche fatídica. Las vitrinas y las estanterías estaban plagadas de tarros de conservas o algo que se parecía mucho. Había una gran cantidad de cajas de madera vacías muy similares a las que se usaban para transportar fruta y verdura, pero más profundas. Enma se pegó a la espalda de Claudio como si fuera una pequeña lapa y Cedric siguió muy de cerca a Dani, que tanteaba la pared en dirección a las escaleras que llevaban al piso superior. Eran como hormigas, se mantenían en fila india precedidos por Dani, que subía las escaleras sin dejar de mirar el pozo en ningún momento.

—Dani, el hombre está arriba...

—Ya lo sé, Cedric, pero tenemos que ir al salón. Allí fue donde cogí el joyero.

—No me sueltes de la mano —suplicó con apenas un susurro Enma a Claudio.

El chico la miró con una mezcla de cariño y miedo, y apretó sus delgados deditos con firmeza. Era como si pretendiera decirle: «Estoy aquí. Te sujeto y te protejo», aunque Enma no tenía muy claro si, llegado el momento, saldrían todos disparados escaleras abajo, como la otra vez, y toda aquella protección se desvanecería por un único y eludible instinto de supervivencia.

Pero, entre todos aquellos pensamientos, volvió a oírse un soniquete en la parte superior de la casa. Pasos lentos y suaves que denotaban la presencia de alguien. Era un sonido muy leve, casi imperceptible, pero las tablas de madera crujían con más fuerza. El polvillo que había entre ellas parecía caer como polvo de hadas cuando alcanzaron la planta superior y aquel ruido les paralizó en la vieja cocina.

—Quedaos aquí. Iré yo —dijo Dani.

—No... —murmuró Lisa con rabia.

—Lis, si voy yo solo, tardaré menos y haré menos ruido. Es allí. —Apuntó con el dedo hacia el pasillo y la puerta abierta, que dejaba a la vista una vieja chimenea de color blanco, descascarillada y polvorienta—. Me veréis.

Movió los labios al tiempo que se soltaba de Cedric.

Lo cierto es que Lisa, al ver a su amigo tan seguro, experimentó una vez más aquella sensación de que nada malo podría pasar si él estaba cerca. Atravesó el pasillo con sigilo, los brazos levemente levantados a los costados y la cabeza inclinada hacia delante. Cuando llegó al salón, cruzó la estancia poblada de muebles tapados con sábanas viejas y amarillentas, se sacó el joyero del bolsillo y lo dejó cuidadosamente sobre la repisa de mármol. Estaba a punto de girarse para volver hacia ellos cuando los pasos sonaron otra vez en el piso de arriba y comenzaron a descender muy despacio por las escaleras que había a un lado del pasillo, justo a su derecha. Y la situación se complicó. Por un lado estaba Dani, que, desde el otro lado, se mantenía inmóvil mirando hacia ellos. Claudio reaccionó y se precipitó debajo de una mesa cubierta con otra sábana mientras les hacía señales para que lo siguieran. Desde allí abajo, levantó levemente la sábana y observó a su hermano. Se había metido en el hueco de la chimenea y apenas se le veía.

—Dios mío...

—Chisss... Viene hacia aquí. No os mováis.

—Nos vio abajo. Nos busca y nos... —intentó decir Enma, pero Claudio le tapó la boca justo en el preciso instante en que unas botas con remaches atravesaban el umbral de la puerta y entraban en la cocina.

«Por favor —pensó Lisa—, que no nos coja.»

El aire se había transformado en algo sólido e irrespirable. Los latidos del corazón de Cedric contrastaban con el sonido sibilante de la respiración de Enma. Parecían dos instrumentos de viento tocando la marcha fúnebre entre Claudio y Lisa, que se miraban fijamente con sus caras casi rozándose. Lisa percibió el perfume de adulto que llevaba Claudio y cerró los ojos mientras el sonido de las botas avanzaba hacia ellos, intentando imaginar que no estaba allí, que nunca habían entrado en aquella casa y que jamás había sucedido nada de lo que estaba pasando en San Petri. Para su leve tranquilidad, el ser avanzó un poco más, se paró en medio de la cocina y al instante prosiguió hacia el sótano y descendió las escaleras, hasta que dejaron de oírlo. Dani volvió a la cocina y se metió debajo de la mesa.

—Dani...

—Está abajo, en el pozo. Tenemos que ir. Si no entra, lo empujaremos.

—¡Estás loco!

—¿Se te ocurre algo mejor, Cedric?

El chico movió compulsivamente la cabeza negando cualquier explicación. Tras comprobar que no había nadie al final de la escalera, salieron uno a uno y se dispusieron a bajar. Era un infierno.

—Quiero irme a casa —lloriqueó Enma, mientras se agarraba desesperadamente a la camisa de su amiga—, quiero volver con mis padres...

Dani y Claudio se habían adelantado y habían descendido dos o tres peldaños para mirar con cuidado desde arriba. La luz de la bombilla que pendía sobre el pozo estaba encendida, pero no detectaron al hombre de la máscara.

—Ha tenido que bajar... —dijo Dani en voz baja—. No lo veo.

—Vamos —ordenó con cierta dureza Claudio—, rápido.

Los chicos bajaron al galope las escaleras. Enma ni siquiera sabía adónde demonios iba. Se sujetaba a Lisa, que seguía a los otros tres con los ojos extremadamente abiertos, casi fuera de sí. Fue Dani el que se inclinó con desesperación sobre la tapa metálica. Su hermano lo ayudó a levantarle y, justo en el instante en que estaban a punto de apoyar el extremo de metal sobre el hueco del pozo, algo se precipitó desde el interior, agarró por el cuello a Dani y se lo tragó con una fuerza bestial, llevándoselo al interior como si fuera un simple muñeco de trapo.

Lisa gritó y Enma se puso a chillar.

—¡No! Dani... ¡Dani!

El peso de la tapa hizo caer hacia atrás a Claudio, que quedó sepultado levemente por el metal. Lisa se lanzó hacia él y empujó la tapa con la ayuda de Cedric. Oyeron un extraño chapoteo. Cuando Cedric reaccionó, lo vio. De pie, en el rincón más oscuro del sótano. Un niño con la cabeza inclinada hacia un lado y, tras él, algo gateando muy despacio entre las sombras.

—El conejo no está aquí... Se ha marchado esta mañana... A la tarde volverá... —canturreó una voz infantil y al instante rompió a reír.

—¡No lo permitiré! —chilló Claudio y saltó hacia el agujero. Resbaló al poner el pie en los escalones metálicos, aunque se agarró con fuerza y logró mantener la calma.

—¡Enma! —gritó Lisa—. ¡Vamos!

—No voy a bajar. No... No... No quiero... No quiero.

—¡Vamos, maldita sea, Enma! No puedes quedarte aquí con eso.

La cosa, o lo que fuera que gateaba, avanzó un poco más. Cedric soltó un alarido de ultratumba, saltó sobre el pozo y casi cayó encima de Claudio, que ya llevaba la mitad de las escaleras bajadas. Al verse solas, las dos niñas corrieron hacia el pozo y no lo pensaron dos veces. Se olvidaron del miedo por unos instantes. Se olvidaron de los niños que asomaban la cabeza por el hueco iluminado y sonreían sin dientes mientras reían de un modo gutural y áspero. Claudio fue el primero en saltar en suelo firme. El sonido del chapoteo le anunció que la superficie estaba llena de agua y barro. Miró hacia arriba para asegurarse de que iban todos, pero los nervios por su hermano le impidieron esperar. Se encontró en medio de un túnel con olor a cloaca cuyas paredes de piedra estaban llenas de ramas y raíces que se retorcían fantasmagóricamente, como serpientes rabiosas, hasta donde alcanzaba la vista.

—¡Dani! —gritó Claudio, pero lo único que oyó fue el sonido lejano de lo que parecía un riachuelo y a sus amigos respirando aceleradamente a su espalda—. Tenemos que encontrarle... ¡No voy a permitir que le pase nada!

—Vamos —dijo Lisa, que avanzó y se colocó delante—. Esto tiene que llevar a algún lugar. Tienen que estar muy cerca. Estoy segura. Estoy segura...

Enma la miró temerosa y avanzó tras los demás. Claudio estaba fuera de sí y el túnel parecía no terminar nunca. Al cabo de unos segundos todo quedó en absoluto silencio y oscuridad. Tenían que palpar las paredes con los dedos. Había restos pegajosos. Cuando Claudio sacó un mechero y lo encendió, Cedric volvió a gritar y el resto imitó su graznido. Tenían las manos llenas de sangre; eso o alguien había pintado las paredes de un rojo intenso que comenzaba a derretirse como un polo.

—¿Qué es esto? —chilló Enma. Era una pregunta, pero el alarido la había transformado en una afirmación desesperada—. ¡Sangre!

—Calla —murmuró Claudio—. Oigo algo.

—¿Por qué llevas un mechero?

Claudio miró a Lisa como si le hubiese insultado.

—Joder, Lis, ¿qué importa eso ahora? A veces le robo cigarros a mi padre.

—Dame la mano —suplicó Enma mirándole.

Él se la cogió con firmeza y volvió a levantar la cabeza con atención.

—¿Lo oís?

—No...

—Es mi hermano. He oído a Dani.

Lisa miró a Claudio. Sus ojos parecían aún más negros. Tenía las mandíbulas muy tensas y aparentaba ser un adulto, con aquella expresión de enfado y temor.

—Otra vez... ¡Chisss! ¡Escuchad!

Se oyó una risa lejana y Claudio salió disparado, tirando de Enma como si fuera un pelele.

—¡Vamos!

Al cabo de varios minutos corriendo a oscuras, el túnel se abrió en dos galerías y Claudio volvió a parar; sin embargo, parecía saber con seguridad de dónde provenía la voz. Giró a la izquierda encendiendo el mechero con torpeza y continuó corriendo como alma que lleva el diablo seguido de los demás. El agua empezaba a subir de nivel; ya les llegaba por los tobillos y apenas podían avanzar sin chapotear como patos o caerse hacia los lados. Un olor a salitre comenzó a envolverles y más allá de la galería percibieron una pequeña luz.

—¡No!

La voz de Dani parecía desesperada. Cuando Claudio logró llegar al foco de luz, se quedó inmóvil delante de otra galería y se llevó las manos a la boca.

—¡Oh, Dios mío! —susurró con estupor.

25

11 de octubre de 2016
Barcelona-Galicia

Dani observó a su hermano mientras hablaba por teléfono con Enma. Estaba sentado en una de las sillas del restaurante con la carta en la mano. Por un instante, se preguntó qué aspecto tendría su antigua amiga. Jamás se le había pasado por la cabeza indagar en su vida, buscar algo por las redes sociales o tan siquiera llamar por teléfono para saber de ella. Claro que apenas había pensado en todos ellos. No quería hacerlo. Se había obligado a no pensar en ellos, básicamente. Menos en Lisa... La imagen de sus propios dibujos con forma de niña rebelde y decidida cobró forma en su cabeza y se puso nervioso. «Qué estupidez», se dijo a sí mismo. Intentó serenarse, comportarse como el adulto que era, pero desde que había subido al maldito coche parecía haber retrocedido veintinueve años. Cada kilómetro que avanzaban hacia San Petri era un mes menos de vida, quizá dos. No era bueno con las matemáticas, pero se daba cuenta de que su templanza desaparecía. No estaba seguro de si la razón era tener que enfrentarse otra vez a Bunny o si era Lisa lo que le ponía realmente nervioso. Su hermano le sorprendió abstraído en sus pensamientos. Cuando le colocó la mano en el hombro, Dani pegó un brinco y estuvo a punto de chillar. Claudio enarcó una ceja con humor y se sentó delante de él.

—Ya está allí —dijo—. Está organizando un poco la casa y ha comprado un montón de comida para cenar. Dice que Lisa no tardará en llegar y que el pueblo no ha cambiado mucho, que está todo como lo dejamos, alguna casa menos y poco más.

—¿Cómo es?

—¿Enma? ¿No has cotilleado su Facebook? —Claudio miró a su hermano y se rio—. Joder, Dani. Venga ya... En fin. No sé. Sigue siendo rubia, guapa, pero ha sido madre, y tiene unas caderas que a mí personalmente me resultan estimulantes, aunque a todas las mujeres les parezcan un castigo divino. Y tiene carácter.

—¿En serio?

—Oh, sí. Mucho. No queda nada de la niña a la que conociste. No he llegado a verla en persona, ya lo sabes, pero lo poco que hemos hablado me deja claro que ha desarrollado una personalidad dura. Me gusta.

—Pero sigue siendo Enma. Todos somos los mismos...

Claudio asintió y cogió la carta. Miró el reloj. Habían conducido cinco largas horas y tenía las piernas entumecidas. Le dolía un poco la cabeza y su trasero parecía haberse independizado del resto de su anatomía, por no hablar de sus pelotas, que eran un caso aparte. Estiró todo su cuerpo, haciendo crujir el cuello mientras lo movía de un lado a otro, y resolló.

—Claro que todos seguimos siendo los mismos. En el fondo, claro... ¿Por qué estás tan melancólico?

Dani dejó la carpetilla de cuero sobre el mantel de hilo blanco y suspiró. Se quitó el pañuelo del cuello y luego se aflojó la camisa soltando uno de los botones superiores. La misma costumbre que su hermano, su padre, su abuelo y a saber cuántos parientes más.

—Llevo todos estos años intentando borrar de mi memoria esa infancia, Claudio, pero de un modo selectivo. Quiero olvidarme de lo que pasamos en la casa Camelle, pero, cada vez que me miro en el espejo, mi propio cuerpo me recuerda lo que nos sucedió. Es una lucha existencial continua. Añoré muchos años a Lisa, a Enma y a Cedric. Mi vida, mi trabajo y todo lo que hago giran en torno a ese mundo de pesadillas y niños desmembrados. Y ahora volvemos allí. ¿Qué quieres que te diga?

Una bonita camarera con el pelo rubio recogido en un moño apareció por un extremo del local y se aproximó bamboleando las caderas para tomarles nota. La joven, que con presteza había esperado al menos una sonrisa por parte de aquellos dos clientes, se encontró en medio de dos figuras de mármol que se miraban como dos enamorados sin prestarle la más mínima atención. Carraspeó tras unos instantes para hacerse notar y apuntó el pedido garabateando con pocas ganas. Al momento regresó a la barra, solo que esta vez bamboleaba las caderas con menos entusiasmo para regresar con menos ahínco aun a la mesa y dejar una botella de vino tinto. Claudio se sirvió un poco de vino y observó el líquido borgoña mientras zarandeaba la copa.

—Nunca te he preguntado qué te hizo —dijo al fin mirando a Dani—, quiero decir que nunca he sido capaz de preguntarte lo que pasó antes de que llegáramos. Ya sabes, en el pozo, cuando te tenía apresado. Si te dijo algo o...

Dani negó con la cabeza y se bebió de un trago la copa.

—Vamos, hermano, háblame. Siempre he respetado ese mutismo por miedo a que se te vaya la cabeza. Estamos en mitad de la nada, atravesando España para volver al punto cero. Dime qué pasó. Por favor.

—Ya sabes que me estaba desangrando —murmuró palpándose inconscientemente el centro del pecho.

—No me refiero a eso. Hablo de antes, cuando te cogió en el sótano. Te oí hablar.

Sabía que para Dani aquello era más de lo que podría haber soportado en otro momento, porque recordaba su adolescencia, su complejo, su miedo y, sobre todo, el dolor.

—Recuerdo... —comenzó a decir, pero las palabras se le atascaron en la garganta y tragó saliva—. Cuando me cogió, sé que me golpeé la cabeza con el suelo, pero no fue muy doloroso, porque me comí más barro que suelo, si te digo la verdad. Me arrastraba por una pierna, por el tobillo. A veces me ahogaba, porque tenía la boca enterrada en el lodo. Cuando llegamos... al final, me ardía todo, así que supongo... Creo que me golpeé con ramas y restos, porque tenía el cuerpo magullado, tú mismo lo viste. —Hizo una pausa para llenarse la copa y sonrió—. Vi muchas cosas, Claudio. Cuando ese hombre, con esa máscara, me cogió la cara, poco antes de cortarme con las garras, me enseñó imágenes terribles...: niños, muchos niños gritando, cubiertos de harapos, llenos de heridas y porquería. Estaban en un lugar oscuro, como una habitación grande con ventanas rectangulares alargadas o algo así. Todos con máscaras, con la cara tapada de algún modo; hay cosas que no logro recordar, pero si algo me acompaña desde ese día, son sus gritos y todo ese dolor y ese miedo. Creía que me iba a volver loco. Antes de que tú entraras, de que Lisa... Deseé morirme allí, que la herida que me estaba abriendo terminara conmigo para no oír esos gritos ni verles más.

—¿Niños?

—No eran las imágenes —dijo—, no era el temor a su aspecto o el miedo que podía infundirme lo que me aterrorizó. Sentí lo mismo que ellos, lo que esa visión me enseñó.

Hacía muchos años que Claudio intentaba mantener aquella conversación con su hermano. Había pasado horas dando vueltas a la forma de llegar a la profundidad de una inevitable explicación a su temor. Posiblemente esa confesión jamás hubiera existido en otro momento, incluso horas antes, si se paraba a recapacitar. Dani había ocultado lo que le había ocurrido en el pozo y durante toda su adolescencia se había encerrado en sí mismo, jamás se quitaba la camiseta cuando iban a la piscina o a la playa. La marca de aquel momento que pasaron bajo la casa

Camelle no le abandonó, pero no por la misma razón que a los demás.

—Yo no temí a ese ser, Claudio —confesó—. Ni siquiera le temo ahora. Cuando era un crío no sabía explicar todo esto, no encontré jamás las palabras para describir lo que me pasó por la cabeza, y tampoco me hubiese creído nadie.

—¡Yo sí! Maldita sea...

—No... Tú ya tenías suficiente con superar lo tuyo... —murmuró desgarradoramente—. Y yo no podía sentarme delante de un maldito loquero como querían nuestros padres. No podía decirles: «Oh, vaya. Sí, doctor, estuvo a punto de asfixiarme un ser que tenía poco de humano y que salió de un pozo. Fue como experimentar lo que siente un grupo de personas en un campo de exterminio. Pero no pasa nada. Tengo once años, lo superaré. ¿Esto?» —Siguió sonriendo mientras señalaba su pecho—. «Es mi marca de guerra. Es normal que a un niño le intenten abrir en canal. Quería rellenarme como un pavo de Navidad, doctor.»

—¿Y por qué siempre rechazaste mi apoyo? ¿Por qué hasta hoy cada vez que he intentado acercarme a ti y saber qué te hacía ser así me apartabas?

La camarera llegó con la comida y la depositó con sumo cuidado entre los dos hombres.

—Prueba a sentir el dolor físico de una tortura, Claudio, y el pánico frente a un edificio de veinte pisos de altura con los pies al borde de ese abismo. Yo no quiero recordarlo, no he querido nunca. Eso fue lo que me hizo y te aseguro que le supliqué que me soltara. Sentí cada pequeño detalle que les hizo a los niños del San Gregorio y a todos esos críos que ni siquiera a fecha de hoy sé quiénes demonios eran. —Dani sonrió con pereza y tomó uno de los cubiertos—. No temo a ese monstruo, ni siquiera me importa la marca que me dejó, jamás me ha importado, pero tengo pánico a volver a vivir todos aquellos sentimientos, y cada vez que me toca alguien... —Apoyó la mano en el pecho y carraspeó—. Come...

Dani se detuvo perplejo al oír sus propios pensamientos en alto por primera vez. Toqueteó levemente la comida con el tenedor sin llevarse nada a la boca. Luego volvió a dejar el cubierto sobre el mantel y curvó los labios para aparentar una serenidad que empezaba a abandonarle. Su hermano le contemplaba casi con compasión. Era como si intentara no demostrar lástima, detalle que no pasaba desapercibido, aunque a Dani no le molestó.

—¿Tratas de decirme que mientras estabas con ese hombre, con ese ser repulsivo, por el simple hecho de tocarte, te traspasó todo el dolor y el sufrimiento de sus víctimas? ¿Es eso con lo que has cargado todos estos años, lo que te provoca la repulsión cuando alguien intenta tocarte?

—Las pesadillas han alimentado mi parte creativa. Lo que a vosotros os da miedo, para mí es una fuente de ideas en cascada que plasmo en mis cuadros e historias. Yo lo saco fuera de mí, lo comparto con el mundo. Aquella mañana, Bunny intentó matarme, quiso hacer conmigo lo que había hecho con los niños del San Gregorio, abrirme en canal y llenarme de piedras, y casi lo consigue, pero me dejó de regalo una cicatriz. Y cada vez que me tocan,

Claudio... Cada vez que algo me roza, me provoca esas malditas visiones y... no puedo soportarlo.

Dani nunca le confesó a su hermano que hacía nueve años había conocido a una chica preciosa llamada Margot, que tocaba el violín en una orquesta muy importante de Berlín y estaba de paso por Barcelona. Margot tenía el cabello negro y largo, por debajo de los hombros, con unos rizos graciosos que saltaban como tirabuzones, las mejillas arreboladas y unos labios gruesos y sonrosados. Aquella noche, después de escuchar el concierto y pasar a tomar unas copas por el local que organizaba la fiesta, uno de sus clientes más habituales le presentó a la bella Margot y la atracción fue inmediata entre ambos. No obstante, duró poco, lo justo para que ella, llevada por la pasión, le abriera la camisa de seda una noche de verano con más de treinta grados y deslizara el dedo índice por la marca, casi imperceptible a los ojos despistados. Dani sintió que caía en un pozo muy profundo. Tan oscuro y espeluznante como el pozo de la casa Camelle cuando el ser lo arrastró estrangulándole con sus inmensas garras deformes. Otra vez aquellos gritos en lo más profundo de su cabeza, de sus oídos. Los chirridos de metal, los alaridos y los jadeos ahogados y cansados de los cuerpos lacerantes, llenos de llagas y heridas. Creyó que la cabeza le iba a estallar y que la cicatriz le ardía como una mecha prendida. Y reculó con la respiración entrecortada, sudando como nunca lo había hecho en su vida, y con los ojos vivarachos de Margot, que no entendía nada, mirándole con preocupación. Gritos y lamentos. Un calvario tan profundo como aquel pozo. Y el dolor lacerante..., punzante y, hasta cierto punto, mordaz. Así que Margot pasó a la historia, como Mary en su primer año de instituto o Clara, la bailarina de ballet que conoció a los veintiocho años en una de sus exposiciones. Por eso siempre volvía a Lisa, a sus besos robados bajo las tablas carcomidas de la caseta de los Supersónicos y a todas esas hermosas sensaciones que había experimentado junto a ella, y que Bunny le había arrebatado tiempo después. Su recuerdo alimentaba todos esos sentimientos de los que ya carecía: deseo, inocencia, pero sobre todo amor.

—Ese es el gran misterio de mi aislamiento, hermano —dijo y se metió un trozo de pan en la boca—, la razón por la cual no soy capaz de estrechar lazos con una mujer. Me he acostumbrado a ese vacío en mi vida y no creo que me mate.

—Estoy consternado —afirmó Claudio.

—Y yo, maldito, y quizás esta sea la última oportunidad de quitarme esta mierda de encima. No lo sé. Me gustaría creer que sí. Me gustaría pensar que puedo volver a mis años de niño, justo antes de que me tirara dentro del pozo, y luchar como un pequeño soldado, pero en el fondo de mi corazón, Claudio, tengo que ser sincero conmigo mismo y reconocer que, gracias a ese demonio, soy lo que soy. Sus pesadillas me enriquecen, me nutren y me hacen cobrar cheques que, de otro modo, no habría visto en mi vida, pero ¿a qué precio? —Se señaló el pecho y pasó muy despacio las yemas de los dedos por la tela de la camisa—. A este.

26

8 de noviembre de 1987
San Petri-Costa de la Muerte (Galicia)

Claudio se había quedado paralizado delante de la galería. Lisa, Cedric y Enma chapoteaban muy cerca y cuando llegaron a su altura contemplaron la espeluznante escena durante unos segundos antes de que su cuerpo reaccionara. Dani estaba sobre un montón de escombros. El ser con la máscara de conejo estaba encima de él, tenía la ropa rasgada a la altura de la cintura, el pecho descubierto y una de las uñas, largas, amarillas y curvadas, abría lentamente una herida grotesca por debajo del cuello hasta el vientre de Dani. Pero Dani no gritaba. Tenía la otra garra sobre la frente y los ojos abiertos de un modo desmesurado y atroz. No se movía, solo respiraba a gran velocidad. Su pecho subía y bajaba vertiginosamente; sin embargo, ese era el único movimiento que hacía mientras los hilos de sangre que brotaban de la herida abierta comenzaban a caer por sus costados.

—Dani... —balbuceó Claudio, intentando asimilar lo que veía con su mente de niño.

Fue Lisa la primera que advirtió que no estaban solos. A través de aquella profunda oscuridad, desdibujada únicamente por dos antorchas a lo lejos, percibió muchos bultos que gateaban por las paredes de piedra y barro, muy cerca de ellos, al acecho. No sabía lo que eran, pero daban un pánico imposible de disimular. Aunque, cuando quiso decírselo a los demás, Claudio ya corría fuera de sí hacia su hermano, se estrellaba con una embestida contra el hombre de la máscara. Este, casi divertidamente, caía patas arriba sobre los escombros y liberaba a Dani, que seguía como en trance, con medio cuerpo abierto y toda aquella sangre chorreando por él. Los brazos le colgaban inertes sobre los escombros como si fuera una representación religiosa del Cristo en la cruz, y tenía la boca abierta y movía los labios.

—¡Dani! —gritó Claudio.

Antes de que aquel ser cayera por el impacto de Claudio, Lisa contempló, una vez más, el balanceo vertical de los bultos que reptaban por las paredes. Tuvo la sensación de que en cualquier momento saltarían de ellas y los atraparían. Mientras empujaba a sus amigos para que los vieran y se mantuvieran alerta, corrió hacia Dani, tiró de él para sacarlo de aquella montaña de porquería y restos metálicos, y lo arrastró como pudo hacia la salida. Entonces vio los ojos de Dani, vio su mano palpando el bulto de su pantalón y le ayudó a sacar el tirachinas y las bolas de acero que aún llevaba guardadas.

—Ya lo tengo —sollozó—, pero no te mueras, ¿vale?

Dani no dijo nada. Sus ojos azules habían adquirido un tono más blanco, casi trasparente, y seguía balbuceando cosas sin sentido.

—Niños... Son niños... No pueden hacer eso. No pueden llevarles allí...

Besó la frente de su amigo y lo arrastró con las últimas fuerzas que le quedaban hacia la salida, para sacarle al túnel y apartarle de la vista del ser informe. Este se había levantado y miraba a Claudio a través de la máscara blanca.

—¡Maldito hijo de puta, no te acerques a mi hermano!

Bunny ladeó la cabeza en el preciso instante en que Lisa alzaba el tirachinas con firmeza y colocaba una de las bolas más grandes entre las tiras elásticas. Algo le hizo girar la cara. Enma estaba sujeta a Cedric y una de las criaturas se deslizaba por la pared frente a ellos. ¡Estaba a punto de saltar!

—¡Enma! ¡Detrás de vosotros!

Y descargó la primera bola de acero.

El proyectil salió disparado a gran velocidad contra la cosa que descendía. Le dio de lleno y le arrancó un grito gutural que les heló la sangre. Enma chilló y corrió con Cedric hacia Lisa, que ya cargaba el siguiente proyectil en el tirachinas y dirigía la bola hacia el ser, que iba directo a Claudio. La primera bola falló. Pasó junto a Bunny siseando como una condenada y luego golpeó la pared y quedó allí incrustada. Bunny ladeó el rostro hacia la niña y golpeó con el dorso de la garra a Claudio, que salió despedido hacia los escombros y se hundió entre metal, cables y barro.

—Lisaaa... —rugió el ser, avanzando—. Deja que te vea, niña.

—¡No te acerques! —le instó.

—¡Dispara, Lisa! —gritó Cedric, al tiempo que giraba sobre sí mismo agarrado a Enma, sin perder de vista los otros bultos que descendían por las paredes. Mientras, el que había caído se retorcía en un rincón oscuro como un murciélago lleno de polvo y con un olor rancio.

—Tengo piedras. Muchas piedras, Lisaaa. Para ti, para tu madre... Y sobre todo para tu novio, el tullido. ¿Quieres ver lo que le he enseñado, Lisaaa?

Cuando dijo su nombre, arrastró las sílabas con gesto de burla. Lisa levantó el tirachinas y soltó la bola de metal, que acabó en la cabeza de Bunny. El ser gritó y rio, trastabilló hacia atrás y luego soltó un alarido de rabia tan fuerte que Lisa creyó que se iba a desmayar. Ya tenía varios frentes abiertos. No veía a Claudio por ningún lado, se había hundido en la montaña de porquería y sus otros dos amigos tenían cuatro o cinco bultos muy cerca. Miró hacia atrás, nerviosa, y se le disparó el corazón. Dani no estaba donde lo había dejado. ¡Se quería morir!

—Lisss... ¡Hija de puta!

¡Fium!

Otro proyectil directo al ser y una de sus orejas quedó perforada por la bola diabólica de acero y chocó contra la pared.

—¡Hija de la gran puta! —gritó el ser—. Voy a destriparte. Primero a ti, luego a esa zorra rubia que se está meando encima y después me comeré a tu otro amigo. ¡Me los comeré a todos mientras tú miras! —Su voz, gutural y pastosa, cesó repentinamente, y se giró hacia el montón de porquería.

Claudio gateaba por detrás de ella hacia la pared. Tenía una especie de metal en punta en la mano. Lisa no podía permitir que Bunny lo viera. Cargó el tirachinas de Dani y lanzó otro proyectil, que le golpeó el vientre, se hundió dentro de la tela raída y desapareció entre chapoteos y vísceras. Bunny se dobló y echó a andar hacia ella.

—¡No! —gritó Cedric, al otro lado de la estancia—. ¡Suéltame, bicho!

Lisa intentaba cargar el tirachinas, pero la garra del ser la golpeó con tanta fuerza que la tiró al suelo. El tirachinas salió despedido a varios metros. Notó los dedos y las uñas en su cuello cuando el monstruo la levantó en el aire y desgarró con un movimiento la camisa del domingo para descubrir parte de su estómago.

—Puta ingrata.

—Suéltame —logró decir ella. Se ahogaba.

La máscara se contrajo en una mueca grotesca. Bunny tenía la mano levantada. Le estaba pasando la uña por el ombligo y, cuando estaba a punto de clavarle la garra en el vientre, algo le detuvo. Abrió los ojos y profirió un gruñido.

—Niños... —dijo. Y se miró el vientre.

De él salía una barra metálica, oxidada. Claudio le había asestado una puñalada desde atrás y Cedric corría como si tratara de espantarse un montón de murciélagos de la cabeza, perseguido por los bultos deformes, que trotaban en grupos de cinco detrás de él y de Enma. De una patada, Lisa le acercó el tirachinas. Sacó la bolsita de bolas y se las tiró a Enma, que con torpeza empezó a pasárselas a Cedric para que disparara.

Todo estalló en torno a ellos. Bunny tiró de la barra metálica y se volvió hacia Claudio. Le golpeó una vez más y le dejó inconsciente sobre el barro.

—Has sido mala, Lisaaa. Mira lo que tengo que hacer.

—¿Quién eres? —gritó, al tiempo que caminaba hacia atrás, alejándose de él.

Bunny ladeó la cabeza con una sonrisa en su «máscara» y meneó la cabeza moviendo las orejas.

—Soy la ignominia... Lisaaa. La infamia, la maldad... ¡Un resultado!

—¡No te acerques!

—Voy a destriparte como un pequeño pez. Lo haré con tu novio y luego con tus amigos. Será divertido verte la cara. Te dejaré para el final. ¡Por puta!

¡Fium!

En la oscuridad se oyó el sonido de otro proyectil y Bunny se llevó la mano al cuello. La bola que Cedric había disparado se incrustó en su garganta, que comenzó a soltar chorretones de sangre negra.

—¡Tenemos que salir de aquí! —chilló Cedric con una voz casi femenina.

Pero ¿cómo iban a hacerlo? Ella no podía con el peso de Claudio. El ser estaba de rodillas, tosía y maldecía, pero estaba segura de que no tardaría en levantarse. Enma corrió hacia ella. La pobre Enma, con un claro ataque de pánico, ni siquiera sabía lo que hacía. Lisa tiró de ella y ambas huyeron hacia Claudio.

—¡Despierta! —gritó Enma mientras Lisa le abofeteaba—. ¡Vamos, maldita sea! ¡Despierta! Claudio, por tu madre. ¡Claudio!

Claudio abrió los ojos como si acabara de despabilarse de una siesta reparadora y, antes de que pudieran reaccionar, se levantó y se llevó la mano a la cara.

—¡Joder! —exclamó. Se secó la sangre de la mejilla abierta y corrió con ellas hacia la puerta—. ¿Dónde está mi hermano? ¿Dónde está Dani?

—No lo sé.

—¿Cómo que no lo sabes? ¡Estaba aquí tirado!

—Estoy aquí.

Su voz sonó en el otro lado de la galería, justo detrás de Bunny, que pugnaba por levantarse mientras seguía supurando ríos de sangre del cuello. Parecía que se estaba ahogando. De pie, con las manos sujetándose el pecho, Dani avanzó hacia él, se inclinó sobre la montaña de escombros y cogió una barra metálica sin tan siquiera pensar lo que hacía. Sus ojos eran aún más transparentes. Las antorchas que brillaban en uno de los extremos de la sala iluminaban sutilmente su rostro, pálido y demacrado.

—No te atreverás —le gruñó el ser.

Pero Dani no vaciló: casi a trompicones le asestó dos golpes en la cabeza y uno en la espalda. Bunny cayó hacia delante como un saco lleno de piedras y empezó a bramar una sarta de insultos e improperios. Al mismo tiempo alargó un brazo, apresó a Enma y la arrastró hacia sí. La niña, mientras, gritaba:

—¡No! ¡Suéltame!

Clavó las uñas en la piel blanca de su pierna, por encima del calcetín de canalé, y la niña gritó. Lanzó varias patadas al aire con la otra pierna y una le dio de lleno en la cara a Bunny, lo que le permitió liberarse de él y correr. Casi al mismo tiempo y cuando el ser regresaba en dirección a Lisa, Dani volvió a golpearle con la barra y lo derribó.

Aquel era el momento. Tenían que hacerlo. Salieron todos por la galería. Tenían claro la dirección que debían seguir. Nunca hacia el sonido del agua, siempre en sentido contrario. Los bultos que habían caído por las bolas de Cedric se retorcían en el suelo; era imposible ver mucho más que unos ojos oscuros y mandíbulas deformadas llenas de dientes afilados. Algunos habían logrado escapar de los proyectiles y los seguían por el túnel.

—¡Vamos, corred!

Cuando estaban a punto de alcanzar la entrada del conducto que llevaba al sótano, oyeron el grito bronco del ser a lo lejos y se apuraron a trepar por los peldaños metálicos, sin apenas prestar atención a los extraños bichos que gateaban como arañas en su dirección. La primera que llegó arriba fue Enma, seguida de Lisa, Cedric y Dani. Cuando Claudio saltó sobre el suelo del sótano, una de las criaturas subía los peldaños justo por detrás de él. Claudio se asió con firmeza a la tapa de metal circular y, con la ayuda de los demás, la colocó sobre el agujero y selló la entrada.

—Era como un saco... —murmuró Enma, palpándose la pierna herida—, con pantalones raídos. Sus manos eran garras. Sus manos eran garras... ¡Garras!

Y se echó a llorar.

Lisa gateó hacia Dani, que permanecía sentado contra

la pared. Tenía la cara muy pálida y se le cerraban los ojos. Una herida vertical desde el pecho hasta el estómago desdibujaba la perfección de su joven y nacarada piel. Sintió deseos de llorar, pero no lo hizo. Debía ser fuerte. Se quitó la camisa, que estaba hecha jirones, rompió con decisión una tira larga y se la ató a Dani. Le presionó el corte para luego taparle con su propia ropa. Por suerte llevaba una camiseta interior. Aunque tampoco le hubiese importado salir desnuda de aquel infierno. Observó al resto: Claudio se limpiaba la cara, cubierta de sangre y barro, y Cedric, con el tirachinas aferrado con firmeza como si fuera una espada, se mantenía callado junto a Enma.

—Dani, ¿estás bien?

Dani no contestó. Se limitó a alzar la cabeza y sonreír de un modo velado.

—Tenemos que irnos. Ya —ordenó Claudio, saltando a una de las cajas.

No miraron atrás. Ni siquiera cuando el sonido de los arañazos y alaridos bajo la tapa de metal les encogió el corazón. Salieron uno detrás de otro. Heridos, magullados y llenos de moretones y golpes.

Y se alejaron de la casa, convencidos de que sería para no volver.

SEGUNDA PARTE

HOGAR, DULCE HOGAR

27

11 de octubre de 2016
San Petri-Costa de la Muerte (Galicia)

Enma permanecía en silencio, sumida en sus pensamientos, mirando por la ventana de la cocina sin saber qué más podía hacer para matar el tiempo. Había organizado todas las habitaciones de la casa. Cuatro en total. La doble sería para ellas y las otras tres, para los hombres. Había cambiado las antiguas sábanas y luego colocó las colchas más bonitas que había encontrado en los cajones del aparador del pasillo. Los baños estaban recién aseados y preparados para sus amigos. Como buena ama de casa y madre, que era la expresión que su prima Linda usaba de forma irónica, hizo una compra lo bastante grande como para pasar un mes en San Petri. Y aunque en el fondo deseaba no tener que estar allí muchos días, debía reconocer que añoraba aquel reencuentro desde hacía años. Juntarse todos, volver a ver a sus amigos y, ¿quién sabe?, disfrutar al menos un poco de todas sus historias.

Nadie en el pueblo se sorprendió al ver la casa llena de vida otra vez. Fueron pocas las personas que la reconocieron. ¡Y menos mal! A Enma no le apetecía mucho contar la historia de su vida, inventarse una situación que no existía por los posibles cotilleos, así que dio gracias a Dios por haber cambiado tanto y por que el pueblo, como ella esperaba, se mantuviera ajeno a su llegada.

Una vida entera, había pensado. Lejos de ese lugar, cada uno de ellos con sus propias familias y sus vidas. Una vida entera plagada de pesadillas, sueños a medias, en algunos casos olvidados, pero a fin de cuentas eran casi treinta años sin apenas un descanso.

Evocó, no sin cierta nostalgia, los años que disfrutó al lado de todos ellos, los recreos y los bocadillos de Nocilla, las tardes en la caseta de los Supersónicos y las bromas de Claudio. Pero de pronto le vino un pensamiento oscuro y turbio, algo en lo que no había recapacitado, no se acordaba: David Barroso. ¿Qué habría sido de aquel niño mudo, asustado y lleno de temores ocultos? Un muchacho que había visto morir a su hermano y que experimentó lo mismo que ellos, casi en solitario, sin un amigo con el que llorar o con el que protegerse de Bunny.

A través de los geranios, las rosas que aún pugnaban por crecer y los pequeños angelitos de piedra diseminados por el porche, el balancín y las enredaderas, lo vio como lo recordaba: el pelo cobrizo como el de su madre, pero siempre despeinado, los ojos risueños y la palidez de sus mejillas. Siempre bien vestido y con buena ropa; sus padres tenían dinero y se notaba, pero David era humilde y un buen chico. Jamás les insultó y se mantenía al margen de todas las peleas con los niños del San Gregorio.

«Pobre chico —había comentado su madre el día que perdió la voz y enterraron a su hermano mayor—. El médico les ha dicho que no hay razón física para su mudez. El miedo y el trauma le han pasado factura. Puede que haya perdido el juicio, el pobre muchacho. Era tan amable y tan bueno...»

Dos meses después de aquello, David fue enviado a un centro privado, un lugar que, a fin de cuentas, era un sanatorio mental para hijos de ricos. Enma se enteró por su madre, que sin querer, para variar, en una conversación de café y pastas frente al televisor, se lo contó a una de sus amigas.

—Liseth está destrozada —había murmurado con la boca llena—, porque el niño no dice una palabra. No puede asistir al colegio y cada vez se encierra más en sí mismo. ¡Y ese loco! ¿Tú viste a Dani? ¿Viste lo que le hizo a mi hija en la pierna? Doy gracias a Dios por que lo hayan cogido, que por fin esté encerrado en ese lugar y no vuelva a salir nunca.

Enma extendió la mano y acarició la fina cortinilla de la ventana. Se había vestido con un pantalón vaquero, el mejor que tenía, y un bonito jersey con cuello de cisne verde. La calefacción comenzaba a hacer efecto y la casa adquiría una calidez que le recordaba más a su infancia. Ese olor. Encendió la cafetera y volvió atrás en el tiempo, cuando salieron de la casa Camelle, todos hechos una porquería, Dani sin fuerzas, con las manos en el pecho, y ella con aquel corte tan profundo que quemaba, sin olvidarse de Claudio, que tenía la cara como un mosaico. El pobre Cedric era como un espectro ambulante, uno de esos seres que salían en la película japonesa *El viaje de Chihiro*; los ojos hundidos, las manos flotando a ambos lados del cuerpo... Todo un cuadro. Los cinco de San Petri, heridos de muerte...

¿Y cómo iban a explicar aquello? Con un golpe de suerte. El policía de la gabardina corroída y cara de mazapán estaba más perdido que una perdiz en un campo de trigo. Pero el hombre que se escapó del sanatorio salió aquella tarde del bosque. Y ahí estaban ellos. Enma no sabría decir después de tantos años quién daba más miedo, si el pobre chiflado que acabó pagando por todo o ellos. Solo recordaba haber gritado por la desesperación y la angustia que habían pasado; el hombre, haraposo, vestido con una bata de hospital con un lazo a la cintura y el culo al aire, gritó también, y se desató la locura. Dani cayó al suelo, incapaz de seguir, y los vecinos comenzaron a despertar de aquel letargo. Ya no estaban en la calle de la casa Camelle, habían logrado llegar a la avenida de la Guardia, casi a quinientos metros de la calle Real, y allí sí había casas. Así que el loco se abalanzó sobre ella para hacer que callara, Dani perdió el conocimiento y Lisa se lanzó sobre su espalda. ¡Su pobre Lisa! Era tan valiente... ¿Lo demás? Vino solo. El loco de barba y pelo pegajoso cayó de rodillas con su amiga colgando del cuello y no tardó en tener a cuatro vecinos encima y dos coches patrulla con una ambulancia quince minutos después. Fin de la historia.

—Fin de la historia —murmuró Enma para sí.

Se incorporó. Por un momento le pareció haber visto

a alguien cerca de la cancela, aunque no estaba segura. Caminó con los dedos apoyados en la encimera de mármol y ojeó por la otra ventana de la cocina, pero no vio nada. El sonido del agua filtrándose por los conductos de la cafetera y el olor a café desviaron su atención. ¿Se estaba volviendo loca o lo que oía eran pasos? Todos sus sentidos se pusieron en alerta. Con un movimiento mecánico avanzó hacia el umbral de la puerta y atravesó el salón mirando al techo. Sí, eran pasos, leves, casi imperceptibles, pero aquella había sido su casa durante muchos años y sabía reconocer a una persona en el piso superior aunque anduviera de puntillas. Se puso a temblar, pero no se acobardó como hubiese hecho siendo niña. Subió muy despacio la escalera de madera; la alfombra amortiguaba sus pisadas, las hacía inapreciables. Llevaba la mano apoyada en la barandilla; sus dedos resbalaban sobre el metal. Un paso, luego otro, y aquel sonido minúsculo seguía sonando. Otro, uno más. Enma se quedó quieta en lo alto de la balaustrada y examinó el pasillo, las puertas cerradas de las habitaciones y la ventana circular que daba al exterior. Los cristales, de tonos verdes y violáceos, reflejaban sombras, salpicaban colores en la pared. Afinó el oído y su instinto la dirigió automáticamente a la habitación doble, la segunda puerta de la derecha. Giró el pomo muy despacio y el clic de la cerradura la asustó. Las pisadas dejaron de sonar en el mismo instante en que empujó la puerta sin cruzar el umbral, quedando inmóvil frente a la habitación. Su maleta, las dos camas con las colchas de hilo bordado, el armario de dos puertas, un aparador, dos sillones. Nada. Definitivamente se iba a volver loca. Se giró con la clara convicción de que todo era producto de su fantasía y un golpe brusco en la planta de abajo la hizo gritar de miedo. «¡Santo Dios!», pensó. Pero se echó a reír al comprobar que era la puerta de la entrada y que, si no se apuraba, quienquiera que la estuviera aporreando iba a tirarla abajo en menos de lo que cantaba un gallo. Así que sin miramientos descendió de dos en dos los peldaños y se dirigió a la entrada.

Su corazón se aceleró en el momento en que abrió la puerta y vio a aquel hombre de pelo castaño revuelto, ojos almendrados y una suave sonrisa, que habría reconocido aunque viviera diez vidas lejos de él.

—¡Cedric! —exclamó, lanzándose a sus brazos como una adolescente.

—Oh, Enma, Enma... No sabes lo mucho que me alegro de verte —susurró Cedric, estrujándola contra su pecho—. Estás preciosa.

Cedric se apartó, le cogió las manos y la examinó de arriba abajo, lo que provocó el rubor de su amiga.

—Toda una mujer. Y ese pelo rubio... No has cambiado nada.

—¡Idiota! Tú has crecido mucho —bromeó—. No sabía si vendrías. Lisa estaba preocupada. ¡No sabíamos nada de ti!

Cedric volvió a sonreír y pasó el brazo por los hombros de Enma.

—No iba a venir, Enma. Hasta el último momento no tenía claro si quería hacerlo, pero las ganas de veros superaban mi rechazo hacia este lugar. En serio, estás preciosa.

—¡Eres un zalamero! Pero pasa, por favor. Dime, ¿en qué has venido desde el aeropuerto?

Cedric tomó su maleta y entró tras Enma. Se quedó abstraído observando cada detalle de la casa.

—En autobús. Me apetecía ver todo el paisaje a un ritmo menos estrepitoso que en un taxi. El conductor me aseguró que atravesaba el pueblo para tomar la carretera secundaria y no lo pensé. No ha cambiado nada este lugar. A lo sumo cinco o seis edificios nuevos y algún comercio, pero hasta nuestro parque está como lo recordaba, aunque ahora en vez de gravilla los críos tienen un suelo acolchado en forma de dominó. Al menos no van a tener que tragar tanta tierra y piedras como nosotros —dijo riendo.

—Dios mío. Es increíble. Eres una réplica exacta de tu padre, Cedric. ¿Te has casado? ¿Tienes hijos? Perdona, estoy muy nerviosa y emocionada. Deja ahí la maleta, voy a ponerte un café en la cocina y luego te enseñaré tu habitación. Eres el primero en llegar y creo que te estoy avasallando.

Cedric dejó escapar una sonrisa arrebatadora.

—No seas tonta. Ven, dame otro beso —dijo abrazándola—. No me puedo creer que estemos aquí. Y ya sé que tienes una hija preciosa, un esposo, un periquito y una casa sin sótano.

Enma soltó una estrepitosa carcajada y a punto estuvo de llorar.

—¿Te acuerdas de eso?

—¿Quién no? Te pasaste un año repitiéndolo, querida.

—¡Oh, vaya! Son... son tantos recuerdos..., tantas emociones encontradas...

Su amigo se alejó de ella y observó la cocina.

—Dime dónde están las tazas.

—No, yo me ocupo. Siéntate, por favor, Cedric.

Cedric la miró con dulzura.

—Vamos a ser muchos. No quiero que estés pendiente de todos. Vamos, Enma, relájate y dime dónde están.

—En... Justo ahí, en el armario que tienes detrás de la cabeza.

Mientras Cedric revolvía los cajones buscando unas cucharitas, Enma sirvió el café y unas pastas que había comprado. No podía creerse que por fin volviese a ver a Cedric, el pequeño Cedric, convertido en un hombre después de tantos años.

—No me casé —dijo, interrumpiendo sus pensamientos—, y vivo por y para mi trabajo en una organización que trabaja para el gobierno en Londres y que forma parte de un departamento bastante importante de la universidad. Doy clases de Ingeniería. Era predecible, ¿verdad?

—Vaya, lo cierto es que siempre quisiste ser ingeniero. Eras un chico muy listo.

—Cuando falleció mi padre, me alejé todo lo que pude de mi madre. ¿Te acuerdas de ella? Fue peor después de mudarnos. Estaba siempre encima de mí.

—Lo recuerdo. Una mujer muy intensa —dijo—, pero hacía las mejores galletas de chocolate del pueblo. ¡Oh, Señor! No me acordaba de aquellas galletas y tu madre gritando: «¡Cedric, deja los Juegos Reunidos!», «¡Te vas a manchar el pantalón de algodón de los domingos!», «¡Cedric, súbete los calcetines!», «¡Cedric, si te pones bizco y sopla el viento te quedan los ojos virolos!», «¡Te va a castigar Dios!».

Ambos rompieron a reír.

—Oh, Señor..., sí que era intensa... —afirmó Cedric apartándose el pelo de los ojos—. Dime que vendrán todos. ¿Es así?

—Sí. Claudio y Dani vienen en coche. Son muchos kilómetros, pero ya sabes cómo fue siempre Claudio de paranoico. Me dijo por teléfono que no cogería un vuelo a menos que fuera estrictamente necesario, sin mencionar que ir en autobús es intolerable para un hombre de éxito como él... —dijo Enma con tono socarrón—. Y ya sabes cómo era Dani, supongo que a él le da todo igual.

—¿Y qué fue de tu hermano Nico?

—Vive en Alemania. Se casó allí y tiene dos niños preciosos. No es que lo vea mucho, pero siempre estamos el uno pendiente del otro. Un buen hombre, Cedric. Me siento muy orgullosa de él, aunque bien sabes que acabó con mi paciencia más de una vez —dijo riendo—. ¿Has visto los cuentos de Dani?

—Sigo su trabajo.

—¿De veras? Yo también.

—Sí. Sus cuentos, sus dibujos y todos los cómics de miedo. Es un retrato bastante exacto de muchas de mis pesadillas. Al menos de las que me acuerdo.

Cedric dejó la taza de porcelana en la mesa y miró a Enma fijamente.

—¿No hay nada que te llame la atención en todo su trabajo?

La pregunta hizo que olvidara durante unos instantes

la ansiedad por ver a todos, los años perdidos, las noches en vela.

—Lisa —añadió él sin pensarlo—, pero no creo que sea porque esté enamorado de ella después de tanto tiempo. Sería ridículo pensar eso. Me inclino a pensar que es el elemento que le une a la normalidad.

—No acabo de entenderte.

—Verás, antes de abrir el pozo, nuestra vida era normal. Lisa representaba a la chica que le gustaba, la normalidad, la vida de un niño pequeño coqueteando con las cosas de adultos, todas esas sensaciones. Luego crecimos de golpe, nos arrancaron la infancia y nos convirtieron en adolescentes temerosos, introvertidos, sobre todo mezquinos con nosotros mismos. ¿Me equivoco?

Enma tragó saliva y asintió.

—Eso es verdad.

—Pues ahí tienes la razón de que Lisa sea su musa en todo lo concerniente a una heroína que mata monstruos y espectros. Ella es «el antes» y todo lo demás, «el después».

—¿Sabes una cosa?

Cedric la miró con cierta curiosidad. Ni siquiera se había quitado la chaqueta que llevaba, y empezaba a molestarle el calor de la casa. Se incorporó ligeramente y se desprendió de ella.

—Antes de empezar a trabajar, pasé mucho tiempo sola, ejerciendo de ama de casa. —Al decir esto, Enma puso los ojos en blanco y enarcó las cejas—. Era una tarea ardua que me provocaba leves depresiones, ya me entiendes... Así que me dediqué a investigar sobre lo que nos pasó, este pueblo y todo lo que pudiera tener algo que ver con ese bicho infernal. Estoy ansiosa por que estemos todos, descansemos, nos pongamos al día, y por enseñaros todo lo que traigo en la maleta.

—¿Has hecho los deberes, Enma? —inquirió su amigo con una vehemencia fingida.

—Idiota. Pues sí. Igual no sirve de mucho o parece algo descabellado, porque te aseguro que lo que averigüé me dejó igual de confundida que perdida.

Cedric desvió la mirada lentamente por encima de sus hombros, más allá de la encimera y la ventana, y fijó la vista en un punto del jardín.

—Yo también tengo algo, pero, a diferencia de ti, la información que poseo me ha dejado aterrado —sentenció.

28

11 de octubre de 2016
Santiago de Compostela (Galicia)
Estación de tren

Había tardado seis horas y media en llegar a la estación de Santiago de Compostela. Lisa debía coger un autobús, pero no tenía prisa. Eran casi las cuatro de la tarde y su estómago empezaba a suplicarle un poco de compasión, por lo que decidió descansar un rato en uno de los restaurantes menos abarrotados y comer algo antes de ponerse en marcha hacia San Petri.

Una de las razones más importantes era prepararse para el gran momento. Se sentía como una niña en su primera cita. Entraría en uno de los aseos, se refrescaría un poco y por primera vez en muchos años se maquillaría para presentar un aspecto más humano, menos mortecino. Pero primero tenía que comer, coger fuerzas y reflexionar durante un tiempo, ordenar todas las ideas que le pasaban por la cabeza.

Se dirigió hacia la zona de consignas para dejar la maleta a buen recaudo durante una hora o quizá dos. No quería llevarse un susto en el último momento y que le robaran sus cosas. Además, tenía el neceser, el dinero y todo lo necesario en el bolso de mano, así que atravesó la sala central, atestada de gente que iba y venía sin ningún tipo de control. Tras depositar la maleta dentro de la taquilla, se alejó en dirección al primer restaurante que localizó y se acomodó junto a la cristalera. Quería ver el trajín de gente, sentirse acompañada de alguna manera y pensar...

Cuando se disponía a leer el menú en uno de los bancos corridos tapizados en piel, vio al hombre. Inicialmente Lisa no le hubiese prestado atención, pero en ese caso el individuo le resultaba ciertamente curioso. Estaba de pie, junto a un banco, vestido con un pantalón vaquero de color negro y una chaqueta verde de corte militar con el cuello elevado. El pelo lo llevaba engominado hacia atrás y desde su posición no podía decir si era castaño o quizá pelirrojo (los productos para el pelo oscurecían el color natural y hacían casi imposible distinguir a una persona rubia de una con el cabello avellana). Sin embargo, no fue su aspecto o su postura estática y erguida lo que le llamó la atención. La estaba mirando. Entre el hombre y ella había un pasillo de varios metros, una cristalera y, a la derecha, un kiosco de prensa. Aun así, el hombre no se movía ni apartaba la vista de ella o —miró hacia atrás— de algo que estuviera cerca de ella. Sintió la vibración de su teléfono móvil. Cuando lo cogió y leyó el mensaje de Enma, la emoción hizo que ella se olvidara unos momentos del hombre y su chaqueta de corte militar. Cedric estaba en casa y eso era más de lo que esperaba. Se sentía pletórica por primera vez en mucho tiempo. Alzó la cabeza y volvió a mirar al individuo. Metro ochenta, pensó. No creía que tuviera muchos más años que ella. Si pasaba de los cuarenta, lo disimulaba muy bien.

Mientras comía, apenas prestó atención al hombre, convencida de que este se cansaría de esperar a quien fuera y se largaría. Lo comprobó cuando pidió el postre y volvió a otear al otro lado de la sala de espera y del pasillo, lo buscó entre los bancos de metal que había detrás del kiosco, pero no lo encontró. Minutos después se levantó, pagó la cuenta y se fue directa hacia los aseos, que, para variar, estaban en el otro extremo de la estación.

Pensó en cómo afrontaría el gran encuentro. Palpó con los dedos el interior del bolso y acarició el cómic de Dani, donde una Lisa de pechos exuberantes corría entre lápidas para matar fantasmas y seres de ultratumba. Cuando llegó al aseo, se miró los senos y volvió a emitir un suspiro que terminó en gruñido. ¿Por qué le importaba tanto qué impresión iba a darle a Dani? ¡Era Dani, la persona menos superficial, más trascendental y sensata que jamás hubiera conocido! ¡Aunque fuera solo un niño! Algo tenía que quedar de aquel amigo... Algo... Sí. El mundo masculino giraba alrededor de unos cánones de belleza de pechos grandes y turgentes, caderas prominentes y cuerpos curvilíneos. Y solo una mujer como ella, delgada como un suspiro y con muy pocos atributos, comprendía ese mundo que las niñas intentaban disfrazar a base de dietas suicidas y cuerpos sin alma, sin vida. ¡Estaban tan equivocadas! ¡La belleza era tan diferente de lo que creían sus mentes!

Entró en el aseo con la cabeza funcionando como una locomotora y depositó su bolso en la encimera para mirarse en el espejo. Casi chocó con una mujer que salía de uno de los baños, separados por mamparas fenólicas. Se tocó la mejilla y luego se apresuró a sacar todas sus pinturas para ponerse manos a la obra. Primero se lavó los dientes y se soltó el cabello y, tras mojarse la cara y volver a la imagen que reflejaba el espejo, sonrió. Fueron los veinte minutos más largos de toda su vida. Perfilarse los ojos se convirtió en una tarea de manualidades. Como tuvo que repetirlo varias veces, al final le escocían los párpados y le lloraban los ojos de tanto limpiarse.

—Por fin... —murmuró mirándose. Ya podía decirse que parecía una mujer sin problemas mentales, pensó. Y se rio—. Hora de irse, Lis.

Oyó la puerta, pero no se dio la vuelta. Se atusó el pelo y se arregló el cuello de la camisa y la falda. Al girarse, se topó de frente con el hombre al que había visto desde la cafetería. Su corazón se disparó violentamente.

—Disculpe, este es el baño de mujeres.

Durante unos segundos se sintió tentada de gritar. Lisa jamás se había enfrentado a una situación así. El hombre no se movía, ocupaba todo el estrecho paso que daba a la salida y no parecía tener intención de irse.

—Señor, salga de aquí.

Apenas le dio tiempo a reaccionar. El individuo avanzó dando largas zancadas hacia ella. Lisa se asustó tanto que, en vez de recular, como habría hecho cualquier mujer en su situación, hizo todo lo contrario: alzó la mano con el bolso en alto y le asestó un golpe en la cabeza. El hombre levantó los brazos para protegerse, se inclinó hacia un lado y chocó contra una de las mamparas divisorias. Lisa saltó y se estrelló con un secador de manos. Se escurrió por el espacio que quedaba y, cuando estaba a punto de coger la puerta, su voz la paró en seco.

—No vayas.

Se giró sorprendida y lo miró.

—¿De qué vas, gilipollas? —Tenía el pulso disparado, pero por alguna razón no le cabía la menor duda de que sería capaz de apuñalarle si volvía a hacer algún movimiento raro hacía ella.

—No... No vuelvas allí.

El hombre se levantó, se colocó pulcramente la chaqueta y la miró con los ojos entornados. No parecía ser un agresor, como había pensado segundos antes, pero si había alguien más loco que ella en esa estación, lo tenía delante, era impredecible y además era guapo.

—¿Quién coño eres y adónde se supone que no debo ir?

Lisa abrió la puerta y un grupo de adolescentes con los pelos de mil colores entró en estampida. Las chicas se quedaron sorprendidas al ver a un hombre allí dentro; luego miraron a Lisa como si fuera la ramera de Babilonia y soltaron unas risitas maliciosas. Lisa sintió que le hervía la cabeza y empujó con brusquedad la puerta.

—¡Espera! —exclamó el hombre.

—Aléjate de mí —dijo sin mirarle.

Caminaba como un hombre con el bolso tamborileándole la cadera. No prestó la menor atención a los pasos acelerados que la seguían. Giró a su derecha y fue directa a las consignas.

—No lo entiendes —oyó a lo lejos—. No debes ir a la casa Camelle.

—¿Qué?

Se volvió como una fiera, pero había demasiada gente y el tipo raro parecía haberse evaporado.

—Pero... ¿qué coño...?

Miró en todas las direcciones, pero no logró dar con él. ¿Quién era ese hombre? ¿Cómo podía saber...?

Sintió vértigo y cerró los ojos para contener la siniestra sensación que empezaba a invadir todo su cuerpo. Los golpecitos de la gente que pasaba con urgencia no hicieron que se moviera. Permaneció quieta en medio de la estación, aferrando el bolso contra su pecho.

—Recupérate, Lis —se dijo—. Vamos, no te bloquees. Ni siquiera has llegado.

—Señorita...

¿Le hablaban a ella?

«Tengo piedras. Muchas piedras, puta ingrata.»

—Señorita.

Lisa abrió los ojos y se dio cuenta de que una mujer de avanzada edad la miraba con expresión dulce y sosegada sosteniendo una revista.

—Señorita. Se le cayó hace unos minutos, pero corría tanto que no fui capaz de alcanzarla. ¿Se encuentra bien?

Lisa tomó el cómic de Dani y se lo guardó en el bolso intentando sonreír a la anciana, pero la cara le tembló de la tensión.

—Es muy amable. Sí, gracias. Solo estoy un poco mareada.

La mujer asintió y se alejó despacio en dirección contraria. Lisa se quedó un poco más plantada allí en medio y luego se fue directa a por su maleta. Le temblaban las piernas, pero en aquel momento, y mucho más que nunca, sabía que debía volver a casa.

—Es muy amable, Sherezade, sólo estoy un poco [illegible] tonta.

La [illegible] asintió y se dejó desplomar en el [illegible] [illegible]. Esa se quedó [illegible] madeja [illegible] y luego se fue directa [illegible] [illegible], pero en aquel momento [illegible] mucho más que [illegible] que debía volver a casa.

17 de [illegible] de 2016
[illegible] (casa de [illegible])

[illegible] de lo que [illegible] y ya no se [illegible] acuerdo como de la [illegible]. Antes [illegible] se metía con el [illegible] comedor y le llamaba «gordo [illegible]». Adoraba a su abuela por el simple hecho de haberle regalado aquel móvil tan moderno, aunque su madre consideraba que un chico de trece años no debía tener ese tipo de dispositivos tan pronto. Solía decir que las nuevas generaciones estaban atontadas por ordenadores y teléfonos, que los chicos ya no sabían hablar ni

29

11 de octubre de 2016
San Petri-Costa de la Muerte (Galicia)

Kevin se sentó en el borde de la acera mientras observaba a los otros niños trepar por los toboganes. Sacó su móvil de última generación y tanteó el parque. Seguro que allí podía cazar algún pokemon. Al principio el juego le había resultado tedioso, algo aburrido y agotador, pero al final aquello no estaba del todo mal. Caminaba mucho más que antes y, en las dos últimas semanas, había perdido un par de kilos y ya no se veía tan gordo como decía Anita cuando se metía con él en el comedor y le llamaba «gordo seboso». Adoraba a su abuela por el simple hecho de haberle regalado aquel móvil tan moderno, aunque su madre consideraba que un chico de trece años no debía tener ese tipo de dispositivos tan pronto. Solía decir que las nuevas generaciones estaban abducidas por ordenadores y teléfonos, que los chicos ya no sabían hablar ni expresarse, y que en una década todos estarían ciegos o tontos del culo. Con esas palabras.

Sin embargo, Kevin no lo veía así. Su madre no había dicho nada más del asunto, quizá porque salía más y comía menos. Sin olvidar que en los últimos días había logrado hacer un par de amigos cazando Pokémones. Quedaban en el parque o en la plaza de la iglesia y se pasaban horas persiguiendo bichos, riendo, gritando. A veces incluso paraban a merendar en la heladería, aunque Kevin intentaba no mostrarse ansioso por mucha hambre que tuviera. Sus nuevos amigos le caían bien y no quería perderlos, como solía pasarle.

Quizás esa tarde estuviera de suerte. Igual encontraba a Articuno o a Zapdos. Los chicos de clase decían que era muy difícil dar con esos Pokémones, pero él no perdía la fe. Ya tenía sesenta y tres en su teléfono y no iba a parar hasta dar con todos. Porque si realmente era el primero en conseguirlos... ¿Sería famoso? ¿Lograría entrar en el grupo de los chicos importantes? Kevin fantaseó con aquella idea durante mucho tiempo. Ni siquiera las voces y las risas de los niños en los columpios le hicieron disipar aquella idea tan maravillosa. Al cabo de unos minutos navegando en su mundo interior, se abrochó la cazadora y se levantó del bordillo para seguir su cacería. Con un poco de suerte, llegaría para la hora de cenar con dos Pokémones más.

—¿Juegas tú también a ese juego tan famoso? —le preguntó un chico muy alto con una gorra de béisbol.

Kevin se giró hacia la voz masculina y sonrió.

—Sí. Ya tengo casi setenta —respondió con orgullo.

El chico se adelantó un poco hacia él y Kevin pudo ver su sonrisa por debajo de la sombra que ocultaba su rostro. Parecía mayor, pero vestía muy guay, con vaqueros y una chaqueta de cuero de motero. A Kevin le cayó bien nada más verlo y se preguntó si cuando fuera mayor sería como el chico de la gorra.

—Mola tu chaqueta. ¿Tienes moto?

—¡Claro! ¿Te gustan las motos?

—¡Por supuesto! Son guais.

El chico sonrió otra vez, pero no levantó la cabeza. Kevin no podía verle los ojos, aunque tenía una dentadura perfecta. Eso sí lo veía.

—La aparco siempre detrás del banco. No me gusta que se vea, ya sabes. Aquí hay muchos niños y pueden subirse a ella. No es que me preocupe que me la tiren, pero pueden hacerse daño. Pesa mucho. Es una gran moto.

—Yo tendré una cuando sea mayor.

—¿Quieres verla?

Kevin se sintió halagado. Echó una última ojeada al teléfono y se lo guardó en el bolsillo del pantalón.

—¡Claro! ¿Podría subir?

—Por supuesto. ¿Cómo te llamas?

—Kevin. Kevin Costa.

—Pues sígueme, Kevin. Vas a alucinar cuando te enseñe el monstruo que tengo aquí detrás.

30

11 de octubre de 2016
San Petri-Costa de la Muerte (Galicia)

Cedric no podía creer lo que Lisa les estaba contando en el salón. Enma le había preguntado si reconocía aquel rostro o si le sonaba de algo, pero Lisa había negado taxativamente. No tenía ninguna explicación racional para aquel encuentro tan extraño. No tenía sentido.

—¿Quién va a saber que veníamos? —preguntó Enma indignada—. ¿Y la hora, o incluso el sitio? Es una locura.

—Puede ser una casualidad, querida. Algún vecino que la reconoció entre la muchedumbre, quién sabe...

—No sé, Cedric, pero me dio miedo. Luego me arrepentí de haberle dado con el bolso en la cabeza. El hombre no tenía pinta de asesino en serie o violador. No sé. Actué por impulso.

Enma arrugó el ceño y sacudió la cabeza.

—De eso nada. Hiciste bien. Hay chiflados y violadores con pinta de santos. Nunca se sabe. Además, no creo que lo vuelvas a ver, así que tampoco deberías sentirte mal por defenderte de un intruso en un baño de mujeres.

—¿Has hablado con Claudio y Dani?

—Sí, y les conté lo que te pasó. Claudio soltó una de esas risas de perturbado que tenía de crío. Santo Dios, habremos envejecido, pero cuando uno pasa tanto tiempo lejos de los amigos de la infancia se da cuenta de lo mucho que arrastramos de ella.

—Seguimos siendo niños, querida —canturreó Cedric.

Lisa sonrió.

—Con arrugas.

—De expresión —la corrigió Enma.

Lisa miró el reloj. Eran las ocho de la tarde y el cielo se había cubierto de una oscuridad abismal. Agradeció el calor de la casa. El frío en el exterior era insoportable en aquella época del año y casi no recordaba las noches glaciales, la humedad del ambiente y la falta de estrellas.

—¡Escuchad! —exclamó Enma dando un salto circense mientras se aproximaba a la puerta—. ¡Ya están aquí!

La sensación de pánico volvió a apoderarse de Lisa en milésimas de segundo. Si no hubiera sido porque se encontraba en un salón amplio rodeada de paredes y puertas, habría salido corriendo despavorida. Dani había llegado. El niño que durante muchos años había representado todo su mundo estaba allí y...

Se sentía pequeña. Muy pequeña e insignificante.

«Por favor, Señor —pensó—, devuélveme la firmeza.

No dejes que perciba lo pequeña que me siento. No dejes que se compadezca de mí.»

Y ahí estaban. Claudio de Mateo, con aquella expresión de «lo tengo todo controlado» que siempre llevaba en su cara de adulto, convertido en un hombre inmenso, tanto por dentro como por fuera. Un chico «malo» con gran desparpajo, envolviendo a Enma con aquellos brazos fuertes y decididos, y dando palmaditas en la espalda de Cedric, que a punto estuvo de chocar con el perchero de la entrada. Dani estaba un poco más atrás y miraba hacia el coche como si no dudara de haberlo cerrado, el ceño fruncido en una mueca de curiosidad y su eterno despiste de artista. Ni siquiera se había percatado de que ella estaba allí, detrás de todo aquel tumulto de manos y risas. Sus graciosos rizos dorados y aquellos ojos grandes, redondos y azules, brillando sobre un rostro adulto pero a la vez tan niño.

Estaba tan cansada y nerviosa que apenas podía mantener la sonrisa. Agradeció en el alma el abrazo afectuoso que le dio Claudio. Cuando se sintió apresada por aquellas manos y sus labios se apoyaron en su frente, deseó llorar y quedarse allí, protegida, aferrada a él.

—Claudio de Mateo —dijo con firmeza—, si sigues apretándome así, me ahogarás.

—Lis, eres como una muñequita. ¡Sigues igual!

—Mentiroso —gruñó Enma. Estaba junto a Dani con las manos apoyadas en las caderas y sonreía maliciosamente.

De pronto, Dani se adelantó. Había dejado la maleta junto a la puerta y la observaba. Enma salió corriendo en dirección a la cocina, gritando que se le iba a quemar el asado en el horno y que se pusieran algo de beber, que había botellas en el salón y una mesita repleta de aceitunas y «mierdas», que era como Enma solía llamar a los aperitivos.

—Hola, Lis. Te veo bien.

Dani avanzó hacia ella y Lisa notó que le temblaban las piernas y se le aflojaban las rodillas. ¡Sería estúpida!

—Dani, cuántos años.

—Muchos. Pero sigues tan guapa como te recuerdo. «Tú siempre serás guapa.»

La tomó de la mano y besó la parte superior con elegancia. Luego tiró de ella y la estrechó entre sus brazos, casi de un modo fraternal. Lisa se quería morir. Oía el latido de su corazón y un suave perfume a flores la envolvió. Dani era mucho más alto que ella; podía apoyar la barbilla en su cabeza mientras la abrazaba, cosa que hizo. Durante unos instantes se sintió mecida por él. Recordó con más claridad la caseta de los Supersónicos, las horas muertas y los paseos en bicicleta. Oyó la voz de Enma, pero apenas la escuchó. Risas lejanas y el sonido de una vajilla. Durante aquellos segundos, se olvidó de las razones por las que estaba allí, de su miedo y de todas aquellas inseguridades. Ya no era pequeña, era muy grande. Era ella.

—Deja que te vea —le susurró Lisa intentando liberarse de aquel abrazo. Se estaba poniendo colorada y no podría soportar un comentario jocoso de sus amigos si la veían así—. Sigues igual. ¡Mira tus rizos!

Dani se rio.

—Tenía la esperanza de encontrarte calvo y con barriga.

—Vaya, qué agradable, Lis. Yo deseaba cosas mejores para ti.

Lisa sonrió y comenzó a sentirse un poco mejor. Menos... ridícula, era la palabra.

—¿Te va bien? Quiero decir...

—¿Si me he casado? ¿Si tengo hijos?

—Eso no es irte bien, Dani —gruñó su hermano desde el salón—. Eso es estar condenado.

—Oh, cállate ya y ayúdame con esto —terció Enma asomando la cabeza por el hueco de la puerta.

Dani volvió a fijar sus ojos en ella y se encogió de hombros.

—Pues no. La verdad es que no.

—Mi hermano está demasiado ocupado con sus libros de colorear, Lisa. Vive en una especie de torreón sin ascensor, rodeado de acuarelas.

Claudio estaba repantingado en un sillón individual y les miraba divertido con cierto aire petulante; junto a él Cedric se peleaba con una bolsa de patatas.

—Claudio... —murmuró Dani entrando en el salón—, no es necesario que la espantes. Puedo hacerlo solo.

—Yo tengo tus cómics —dijo Enma. Pasó junto a Lisa, que pretendía sentarse en el sofá, y la miró de reojo—, y creo que me resulta muy familiar la chica de las historias de la morgue, ¿eh?

—¿Hum? —Dani puso los ojos en blanco.

—Bueno, sí, se parece un poco a mí, pero es bastante más exuberante. Tengo uno en mi bolso, en la habitación.

Quizá podrías firmármelo. En la librería donde lo compré el propietario conocía bien tu trabajo. Dice que eres muy bueno...

Se quedó callada. Dani se había sentado a su lado y la observaba con un brazo apoyado en el reposabrazos y la mano en la boca.

—No se parece a ti. Eres tú —añadió—. Fuiste mi primer amor, Lis. Nunca podría olvidar a mi primer amor.

—Mira tú. ¡Qué romántico!

—Calla, Enma —gruñó Lisa. Se había puesto roja, pero eso era lo que parecía que Dani quería; la observaba con mucha atención, entre divertido y picotero—. Eres muy gracioso, Dani; sin embargo, tengo que decir que los pechos de tu personaje femenino son bastante... «abundantes».

—Lleva tu diadema —insistió Dani haciéndose el ofendido.

—Eso es verdad. Ni siquiera yo me acordaba de aquella diadema que me ponía los domingos hasta que la vi en tus dibujos.

—¿No te sientes orgullosa? —preguntó Cedric—. Hay un dicho que dice que, si un artista te ama, te hará eterna. Ya sea a través de sus poemas, de sus novelas o sus pinturas. Sus obras nos sobrevivirán.

Claudio alzó las cejas y miró a su amigo.

—Vaya, qué profundo. Quizá Dani debería hacer un dibujo colectivo de todos, tú con aquel traje de Rubik tan hortera que te pusiste en carnaval o con aquellos pantalones de la Primera Guerra Mundial con los que solían vestirnos los domingos. ¿Tú qué opinas, Enma?

Enma soltó una estrepitosa carcajada.

—Buena idea.

—Por favor... Mi madre estropeó mi disfraz de momia. Haced memoria. Lo metió en la lavadora con una de esas chaquetas de punto rojas que tanto le gustaban y me lo tiñó de rosa. Hubiera sido un suicidio salir así por el pueblo. ¡Oh, vaya! Casi se me olvidaba.

Cedric se levantó de repente y subió las escaleras de dos en dos. Tras unos minutos, volvió a bajar con lo que parecía un tubo en la mano. Se situó en medio con aire solemne y desenrolló el papel.

—¡Por Dios! —exclamó sorprendida Enma—. ¿Es el original?

—El mismo que teníamos en la caseta. ¿Os acordáis?

—El póster de Rambo. —Enma rio divertida—. Has traído el póster que teníamos en la caseta. ¡Lo has conservado!

—Algo descolorido y roto, pero lo he guardado con mucho cuidado desde que nos fuimos de aquí.

Lisa recordó el dibujo que llevaba en la cartera y estuvo tentada de subir por ella para enseñarlo al resto, pero se arrepintió. Observó de un modo furtivo a Dani, su manera de sonreír cuando algo le hacía gracia y su discreción, la misma de siempre, la que supuraba en las fotografías de su cuñada y la que poseía de niño. Nada había cambiado en él, ni sus gestos ni su calma. Nada.

—¿... en la clínica?

Lisa miró a Claudio. La observaba. Le había preguntado algo.

—Perdona. ¿Qué?

—Te preguntaba por cómo te iba en la clínica y si te has casado.

—La clínica... Bien. Me gusta mucho mi trabajo. Y no, no me he casado. Tuve... tuve una relación estable, durante un tiempo, pero la cosa no salió bien —contestó. Tomó la copa que le ofrecía Claudio con un poco de vino y carraspeó—; de hecho, salió de pena —confesó—. Era... Era mi novio de la universidad, pero me trató un poco mal.

—¿Te pegaba? —preguntó Dani con cierto alarmismo.

—Oh, no. Jamás permitiría eso. Era más bien el control que intentaba llevar sobre mi vida y algunas formas. No fue agradable.

—Vaya, querida. Lo lamento mucho —dijo Cedric sentándose. Enrolló el póster y lo dejó en la alfombra—. Bueno, supongo que no todos hemos tenido tanta suerte como aquí Claudio y Enma. Yo tampoco es que tenga una vida muy activa en cuanto al tema personal. Vivo enfrascado en mi trabajo y, si os soy sincero, a veces echo de menos un poco de compañía. Me alegro mucho de volver a veros a todos.

—Gracias —contestó Dani, miró de soslayo a Lisa y esta le sonrió.

—Tenemos muchas cosas de las que hablar. —Enma se incorporó y miró la mesa del comedor con cierto aire melancólico—. Ya le comenté a Cedric que tengo cierta información interesante; él también. Creo que lo correcto sería que hoy nos pusiéramos al día de todo, descansar, tener una noche amena, recordar viejos tiempos. No sé. Ni siquiera estoy segura de a qué hemos venido. Lo único que tengo claro es que debíamos venir y en eso estamos todos de acuerdo.

Todos asintieron. Enma continuó.

—Y no quiero que os sintáis como extraños en esta casa —alegó con recelo—. Sobra decir que podéis abrir puertas y cajones, comer y cantar desnudos en el salón si os apetece. Hace muchos años que no nos vemos, pero mentiría si os dijera que me olvidé de vosotros un solo día. Esta es nuestra nueva caseta de los Supersónicos, nuestro centro de operaciones especiales.

Cedric y Claudio rompieron a reír al escuchar aquella afirmación.

—Yo tampoco quiero hablar hoy de Bunny —murmuró Lisa—. Y tampoco quiero saber qué vamos a hacer mañana hasta que pase esta noche. No tengo ninguna prisa.

Dani le dirigió una sonrisa de gratitud y afecto.

—Estoy de acuerdo —respondió—. Creo que si hemos pasado más de veinticinco años sin hablar de él podemos aguantar un día más.

—¡Oh, mierda! —exclamó Enma dando un salto y poniéndose de pie—. Se me va a quemar el asado.

—¡Yo te ayudo! —gritó Cedric y se apuró para alcanzarla antes de que entrara en la cocina.

—Por el amor de Dios, ¿dónde está la tímida y apocada Enma? —bromeó Claudio—. ¿Y la niña vergonzosa y callada que siempre lloraba y se sorbía los mocos? ¿Dónde quedó?

—Murió con la primera contracción del parto —respondió Enma asomando la cabeza por la puerta—. El día que tuve a mi hija. Justo ahí. Deberías pasar por eso, Claudio. Te aseguro que es muy poco seductor y se te olvidan las formas. Pretendía no enseñar mis vergüenzas a menos que fuera estrictamente necesario, pero al final acabé con las piernas abiertas delante del paritorio, amenazando al médico y a mi marido con matarles. Fue toda una experiencia. Creo que ahí nací de nuevo.

Aquello provocó una cadena de risas.

—Madre mía, Enma. A mí creo que se me ha pasado el arroz, pero con esa explicación acabo de perder las pocas ganas que me quedaban de ser madre.

—Mejor. Y ahora, si me disculpáis, voy a sacar la cena antes de que se me carbonice.

31

12 de octubre de 2016
San Petri-Costa de la Muerte (Galicia)

Dani se sentó en la cama y observó a través de las cortinas la calle y el brillo de los farolillos del jardín de atrás. Eran más de las dos de la madrugada. La noche había sido una sobredosis de recuerdos y se encontraba en un extraño estado de sopor, extenuado. Su cabeza había sido como un cajón cerrado bajo llave durante muchos años. En aquel pueblo que le había visto crecer con todos sus amigos de la infancia, la llave empezaba a girar, y temía lo que podía salir de él.

Durante la cena, Dani había tenido tiempo de observar a cada uno de ellos. Era una costumbre arraigada y de la cual no podía desprenderse. No porque fueran ellos, más bien porque era una actitud mecánica en él. Por eso percibió detalles que de otro modo jamás hubiese detectado. Por ejemplo, Enma no dejaba de hablar. Su alegría y su nerviosismo le hacían suponer que su amiga, muy lejos de haber dejado atrás a la niña frágil de su infancia, la ocultaba bajo una apariencia dura. Enma revestía esa fragilidad con charlas y bromas. Necesitaba sentirse ocupada y atenderles se había convertido en una necesidad fisiológica, vital para ella. Por otra parte, Cedric no podía decirse que hubiera cambiado mucho. Dani experimentó una profunda sensación de compasión ante él, no solo por su forma de expresarse, idéntica a la de su juventud, sino por algo que él valoraba por encima de todo: su nobleza. Y luego estaba Lisa, quizá la más complicada, porque ella no supuraba esa frialdad silenciosa que emanaba de todos los poros de su piel por su temperamento cáustico. Lisa se protegía del mundo porque le habían roto el corazón. La valentía y la dureza de carácter que poseían cuando Dani la amaba como un adulto no habían desaparecido, estaban ocultas tras aquel velo de dolor falsificado con cierta fragilidad y prudencia.

Aquella noche se sintió como si fuera otra vez un niño. El armario que Enma tenía en el lado derecho de la habitación le provocó el mismo temor que tiempo atrás y abrió las puertas antes de meterse en la cama. Pero no durmió. Se sentía demasiado avasallado por la presencia de Lisa y de los demás. Se limitó a levantar la vista al techo, preguntándose qué hacían allí, qué podían arreglar ellos si, como pensaban, Bunny les había llamado a través de aquellas pesadillas que cada vez se hacían más penetrantes y reales.

No permaneció mucho tiempo acostado en la cama. Se levantó, cerró el armario, salió al pasillo y echó a andar hacia el aseo. Se había llevado un pantalón largo de algodón y una camiseta para dormir. No es que fuera algo habitual en su día a día, pues solía dormir como su madre le había traído al mundo; pero tratándose de la casa de Enma y con todos allí dentro, creyó conveniente un poco más de decoro.

Encendió la luz y se quedó delante del espejo unos segundos hasta que se quitó la camiseta, no sin antes asegurarse de cerrar la puerta por dentro. La cicatriz descendía desde el centro del pecho hasta casi el ombligo y, aunque no era muy gruesa y el tiempo la había disminuido considerablemente hasta hacer de ella un leve filamento, se veía. Levantó la mano con intención de tocarla, pero se contuvo. Sentía una leve picazón, una vibración en toda su extensión. Era extraño. Respiró hondo, apoyó lentamente los dedos en ella y exhaló todo el aire. La imagen le vino como un estallido frente a los ojos. Desaparecieron el espejo, las baldosas blancas con pequeñas mariposas y el lavabo. Delante solo había oscuridad. Estaba en la galería del túnel bajo el pozo. Era un crío. Al final, muy cerca de una luz fantasmal, pudo ver a cuatro niños vestidos de harapos, con botas de cordones y bolsas de papel marrón en la cabeza, pintadas con ojos, bocas informes y sonrisas diabólicas.

—Otra vez no... —murmuró. Su voz sonó tan aguda e infantil que comenzó a temblar de miedo.

Tropezó con algo y se cayó. Cuando desvió la vista hacia el bulto que tenía a su izquierda, comprobó con estupor que era otro niño, muerto, con los ojos abiertos. Tenía la bolsa de papel en una de sus manos inertes y la ropa ensangrentada.

—¡Dijo que se iba a curar! —gritó uno de los diminutos muchachos oculto.

Los otros se giraron y echaron a correr.

Dani palpaba el suelo. Apenas podía ver y el pequeño cuerpo estaba muy cerca. Temía tocarlo, no debía. ¡No podía! Pero lo hizo sin querer. Las yemas de sus dedos rozaron la tela de un mandilón corroído, y un dolor afilado y casi insoportable comenzó a subir a lo largo de la cicatriz. Un sentimiento de desesperación y espanto le dejó paralizado.

—Despierta, despierta, despierta... —repetía una y otra vez.

Empezó a nublársele la vista, las tenues luminiscencias al final del túnel vacilaron y comenzaron a difuminarse como serpentinas. Cerró los ojos y cuando los abrió estaba de nuevo en el aseo. Sudaba copiosamente y clavaba los dedos en el borde del lavabo como si temiera caerse otra vez.

—Oh, Señor...

Rápidamente se lavó la cara y el pecho, con mucho cuidado de no volver a tocarse la cicatriz. Se puso la camiseta tras secarse con una toalla y salió del baño en dirección a la cocina. Cuando estaba a punto de bajar las escaleras, oyó un gruñido tan profundo que se asustó, aunque luego tuvo ganas de reír. Era Enma o quizá Lisa, porque sabía que dormían en esa primera habitación, pero quienquiera que fuera roncaba como un alcohólico de sesenta años.

—Joder... —dijo para sí riendo con la mano en el pecho.

Bajó las escaleras, enfiló el pasillo hasta el salón, lo atravesó a oscuras y, en la cocina, se sirvió un vaso de agua fría y la bebió de un trago. Al darse la vuelta para volver a su habitación, detectó a alguien en el sofá. Estaba cubierto con una manta y parecía dormir profundamente. Se extrañó. Se aproximó y se inclinó sobre él. Era Lisa.

—¿Lisa?

Ella abrió los ojos perezosamente y al verlo se incorporó con torpeza y bostezó.

—Hola, Dani.

—¿Qué haces aquí?

—Enma ronca. Mucho. No me deja dormir. —Se frotó los ojos, se pasó el pelo por detrás de las orejas y se acurrucó para dejarle sitio a su lado—. Y habla. No tiene ni idea de lo mucho que habla dormida. Pensé que me moría de la risa. Es imposible dormir con ella.

—La he oído. Salía del aseo y me dio un susto de muerte.

Dani contempló los muebles de madera del salón y las bonitas figuras que reposaban en la repisa de la chimenea, iluminada por la poca luz que entraba por la ventana. Lisa encendió una pequeña lamparita, se cubrió con la manta, que se pasó por encima de los hombros, y sonrió.

—Dani, ¿puedo enseñarte algo?

Él asintió. Su voz sonaba tan dulce y afectuosa como horas antes, durante la cena. Ella le miraba como si intentara descifrar la expresión de sus ojos; él solo deseaba quedarse allí, cobijados por aquella casa, rodeados de sombras inofensivas y sin tener un propósito que combatir cuando saliera el sol. Sin embargo, las cosas no siempre salen como uno desea, había pensado él. Todo el mundo carga con una mochila a la espalda llena de esperanzas, proyectos e ilusiones, pero solo a veces algunos lo consiguen. Ellos llevaban una de esas mochilas, pero llenas de mierda, y a veces provocaban pesadillas. Lo que más añoraba era poder desprenderse de ella, que jamás hubiese sucedido nada y que todos tuvieran una vida normal, con sus noches normales y sus sueños reconfortantes y apacibles. Pero toda aquella situación esperpéntica formaba parte de ellos como una condena pendiente de cumplir o una deuda sin saldar. Debían hacer algo.

—Claro, Lis. Dormir me resulta una tarea complicada. Un rato de charla me vendría bien, si te digo la verdad.

Lisa se incorporó. Llevaba un fino camisón de raso hasta las rodillas. Una prenda que, sin pretender ser *sexy*, a Dani le parecía muy femenina y elegante. Volvió con una hoja de papel entre los dedos, se la entregó y se sentó de nuevo a su lado. Dani abrió la hoja descolorida y algo amarillenta, y se quedó mudo cuando vio el dibujo que le había hecho cuando eran unos niños.

—Has guardado el dibujo todos estos años... —dijo sin acabar de creérselo. Pasó los dedos por el papel y suspiró—. Vaya, Lis, si te soy sincero no me esperaba esto.

—Lo llevo siempre conmigo. Es como un amuleto de la suerte. Una vez lo perdí, cuando me robaron la cartera en un centro comercial de Madrid, pero tuve la suerte de recuperarlo, porque sacaron todo el dinero que llevaba y tiraron la cartera a una papelera de la tercera planta. Los otros que me diste los tengo en casa, en una carpeta; pero este es especial, fue el primero.

Dani no contestó, estaba embobado con aquel dibujo. Apenas recordaba el día que lo había dibujado para ella, pero sí cuándo se lo dio.

—¿Tienes muchas pesadillas? —continuó Lisa—. Ya sabes...

—Sí... Pero no me importan, no temo soñar. Uso esas... llamémoslas visiones, para pintar mis cuadros y mis historias. También son más claras estos últimos meses. Casi podría pensar que son reales cuando me despierto o veo algo raro. Ya me entiendes, Lis: ruidos, susurros... Visiones que en otro momento me hubiesen espantado; pero ahora lo llevo bien, ya no soy un niño.

Se inclinó hacia delante y Lisa pudo ver el comienzo de su cicatriz cuando la camiseta se abrió ligeramente.

—Aún la tienes... —dijo. Y al instante Dani se tapó y se encogió de hombros—. ¿Te avergüenza?

—No, es solo que... No, en absoluto.

—¿Puedo verla?

Dani puso cara de circunstancias, pero fue incapaz de explicarle a Lisa el martirio por el que pasaba. Se quitó la camiseta y bajó la vista rezando para que no le tocara.

«No lo hagas, Lis, porque no soportaría decirte que te apartes de mí.»

Sonó un chasquido detrás de ellos y comenzó a rugir el termostato de la calefacción. Cuando Dani quiso darse cuenta, Lisa tenía la palma de la mano apoyada en la marca y fruncía el ceño mientras descendía con las yemas por todo el contorno. Estuvo a punto de gritar como un loco, todo su cuerpo se puso tenso. Algo estaba sucediendo, algo que no podía entender, ni tan siquiera asimilar. No veía nada. No escuchaba los gritos devastadores de los niños o el lamento ahogado de una voz femenina pidiendo perdón. No había dolor, ni veía las llagas supurando. Nada.

—Vaya, es increíble. Apenas se ve, pero sigue en ti. Es muy fina, fíjate —murmuró con atención—. Es como un hilo, una hebra recta. Con un color un poco más claro que tu piel, pero recta. Recuerdo lo mucho que te sangraba. La garra te había abierto la herida más grande que había visto en mi vida, pero es como si se hubiesen juntado las dos partes y solo quedara esa unión como recuerdo.

Dani no dijo una sola palabra. Estaba a punto de sufrir un derrame cerebral de toda la tensión que se le estaba acumulando en el centro de la cabeza. Cuando Lisa dejó de palparle el pecho y lo miró, él debía de tener la cara como si hubiese chupado un limón, porque comenzó a reír animadamente.

—¿Buscabas un pretexto para meterme mano?

Aquella pregunta la escupió con la intención de disimular su bloqueo emocional. Ella abrió la boca como si se sintiera la mujer más ofendida del mundo y luego entrecerró los ojos.

—Pues claro —respondió—. Es lo mínimo. Soy la heroína de tus cuentos. Tengo pleno derecho.

Dani sacudió la cabeza y se volvió a vestir. Estaba consternado. Por primera vez en todos aquellos años, alguien, hombre o mujer, no le importaba, tocaba su cicatriz y no veía nada. ¡Nada!

—No puedes quedarte aquí. Mañana te dolerán todos los huesos. Escucha. Mi cama es doble. Podemos separarlas y duermes allí. A mí no me importa si a ti tampoco.

—No me importa. ¿Por qué debería? No somos adolescentes y, sinceramente, a estas alturas de mi vida, me da igual lo que puedan pensar los demás.

Dani sonrió y ella se levantó para ir detrás de él. Cuando entraron en la habitación y él se disponía a separar las camas, Lisa le dijo que no era necesario.

—Además, no creo que te metas en mi cama. El problema de las camas dobles es que si te sitúas en el centro acabas en el suelo. Es como una «cama trampa».

—¿«Cama trampa»?

—Sí. Como en los hoteles. Pides una cama de matrimonio para dormir como una reina tú solita —dijo abriendo la colcha— y te encuentras con dos camas unidas. Si te sitúas en medio, no puedes taparte bien, resbalan los somieres y acabas encajada en medio. «Camas trampa.»

A Dani le hizo gracia aquella observación tan justa. Él había experimentado más de una vez eso de la «cama trampa». Se metió en la suya y, tras apagar la luz, miró a Lisa y se colocó de lado.

—¿Sabes una cosa, Lis?

Lisa se situó también mirando hacia él, con las manos juntas y la cara encima.

—¿Qué?

—Me alegra mucho haber venido. No tengo ni la más remota idea de lo que vamos a hacer. Cuando éramos pequeños teníamos el don de la imaginación sin límites, pero ahora somos adultos, tenemos cientos de recursos a nuestra disposición y paradójicamente me faltan las ideas.

—No tenemos un tirachinas con bolas de metal para defendernos, ¿eh?

Dani rio ahogadamente.

—No. Pero podemos comprar armas. Son más sencillas y letales... Pero no, Lis. No tenemos tirachinas.

—Es inútil preocuparse antes de saber algo. Han comprado la casa y tenemos que saber si se abrió el pozo otra vez. Luego está Enma y toda esa información que dice que ha conseguido. No lo sé. Supongo que mañana veremos las cosas de otro modo.

Los ojos de Lisa brillaban en la oscuridad. Dani deseó besarla, rodearla con sus brazos y protegerla de todo aquello. La veía tan frágil... Pero luego estaba esa forma de mirar que siempre tenía cuando algo estaba a punto de suceder: la de aquella niña decidida y con aplomo que saltaba sobre locos con batas y el culo al aire, o la que corría detrás de un monstruo lanzando bolas de metal, defendiéndoles a todos de cualquier catástrofe. Era ambigüedad. Pero seguía siendo ella.

—Fuimos muy valientes aquel día. Por el amor de Dios, no teníamos ni doce años, Dani. ¿Te das cuenta? Y todas aquellas pesadillas y noches en vela. Todavía no puedo creerme que no acabásemos mal de la cabeza o con algún trauma. ¿Te haces una idea de lo que pasamos? ¿Los médicos que nos vieron después de aquello y la mentira que creamos con aquel pobre chiflado que pagó por todo? Yo sí. Voy a un psiquiatra de vez en cuando, ¿sabes?

—Lisa suspiró—. Mi médico cree que uso metáforas, que Bunny es una proyección del culpable, aunque en mi última cita no pudo explicar ciertas cosas. Si pudiera ver lo que vimos nosotros, lo que vivimos...

Dani se giró y se colocó boca arriba. Se quedó mirando al techo con los ojos muy abiertos.

—¿Y qué íbamos a decir, Lis? ¿Qué crees tú que nos habrían hecho si hubiéramos contado nuestra verdad? Nos habrían encerrado en un centro como le pasó a David Barroso. No podíamos confesar lo que pasamos allí abajo, y mucho menos reconocer que aquel hombre no nos había atacado. Sabes tan bien como yo que la policía deseaba tener un culpable y de otro modo jamás lo hubiesen conseguido. Todos esos padres... Sus hijos muertos... Querían un culpable y nosotros se lo dimos.

—Pero no lo era.

—Ese hombre ya había matado, Lis. Había asesinado, sabía lo que era. ¿Qué importancia tuvo? ¿Que no era justo? Por supuesto que no. Pero ¿qué íbamos a hacer?

Recordó a sus padres hablando en la cocina y a su madre contándole a su padre con voz atribulada que aquel hombre lo había reconocido todo. ¡Qué estupidez! Aquel chiflado habría reconocido hasta la quema de brujas en la Inquisición. No sabía ni dónde estaba, todo aquello le daba igual. En cambio, ellos necesitaban sobrevivir, olvidar al menos hasta cierto punto aquello a lo que habían sido sometidos y no buscar ninguna explicación más, porque no existía para ellos, no por aquel entonces y no con sus años.

—Quizás huimos demasiado rápido, Dani. No buscamos una razón, cogimos nuestras cosas y nos fuimos para siempre de aquí.

—No, Lis. No lo hicimos porque no podíamos —le corrigió él—. Éramos niños. ¿Qué íbamos a hacer? Nuestros padres decidían por nosotros, no poseíamos los adelantos que existen ahora para recabar información, Internet, libros... Vamos... ¡Si solo teníamos a un bibliotecario adicto a las gominolas y a los dónuts que olía a sudor y alcanfor!

—¿Cómo se llamaba?

—Rony Melony.

Lisa rio.

—¡Dios de mi vida! ¡Rony Melony! Tienes una memoria prodigiosa —opinó—. Mira, eso es verdad, tienes toda la razón, pero... No sé...

Lisa se quedó pensativa y Dani volvió a colocarse de lado con el codo sobre la almohada y la cabeza reposando sobre su mano.

—Yo sí lo sé, porque he pasado mucho tiempo solo y suelo pensar en ello. Esto es un pueblo, Lis. Un pueblo diminuto que perdió a unos críos en el año ochenta y siete. Un pueblo que se volvió loco en el ochenta y uno cuando Tejero gritó: «¡Quieto todo el mundo!» ¿Cómo explicarles lo que nos pasó? Hubiese sido una absoluta locura. Aunque ese ser se hubiera presentado en mitad de la iglesia con un cuchillo de cocina, jamás lo habrían comprendido, y menos, aceptado. Eran obtusos, cerrados, y nosotros éramos niños.

—Pero lo logramos solos —insistió Lisa—. Los médicos, nuestros padres y toda aquella ayuda eran una burda mentira que no necesitábamos, fuimos los únicos responsables de lograr salir de toda aquella mierda. ¿No crees que podríamos haber hecho algo más?

—¿El qué, Lis? Los niños superan los traumas enfrentándose a ellos, con la ayuda de los adultos y dejando que sus emociones salgan a la luz, y nosotros lo hicimos, pero a nuestra manera. ¿No lo ves? Lo hicimos juntos. Lo superamos y gestionamos todos juntos.

Aquella explicación pareció medio convencer a Lisa, que se revolvió acurrucándose más cómodamente bajo la colcha y, para su sorpresa, extendió el brazo y apoyó la mano sobre sus rizos.

—Rubito. Te llamaba siempre así. ¿Lo recuerdas?

Dani asintió. ¿Cómo iba a olvidar aquello? Veía el pasado y no podía evitar pensar en todas aquellas historias y situaciones que había experimentado junto a ella cuando eran niños. Iba a decirle algo, pero repentinamente oyeron el televisor en el piso de abajo y los dos se sorprendieron. Se miraron y Dani tanteó el interruptor de la luz y miró la hora. Eran las tres y media de la mañana. ¿Quién demonios se había despertado y había encendido el televisor?

—¿Eso es la televisión? —preguntó ella incorporándose.

—Eso parece.

Se levantó de la cama y Lisa se marchó deprisa detrás de él. Parecían dos niños a hurtadillas. Antes de abrir la puerta de la habitación, Dani apagó la luz. A lo mejor Enma se había despertado por sus propios ronquidos. Pensó en aquel momento, y podían verlo desde las escaleras sin necesidad de molestarla o inquietarla. Abrió la puerta y se deslizó, seguido de Lisa, hasta el comienzo de la escalera. Descendieron tres peldaños y se agacharon pegados a la barandilla; desde su posición percibían el respaldo de uno de los sofás, la luz del televisor y las voces metálicas que salían de él. Había algo extraño y perturbador en aquel sonido, pero no sabía muy bien lo que era.

—Quizás Enma se despertó y al no verme bajó para...

—Chisss... ¿Lo oyes? Es imposible.

Lisa no entendía a qué se refería. Dani se incorporó, bajó varios peldaños más y cuando llegó al pasillo hizo un gesto con la mano para que le siguiera. Ambos se quedaron petrificados delante del televisor. Estaban transmitiendo unos dibujos animados que ellos conocían demasiado bien.

«Los Supersónicos. Hoy presentamos: "El novio de robotina." Con el papá, Super Sónico; el hijo, Cometín Sónico; la hija, Lucero Sónico, y la mamá, Ultra Sónico.»

—Dani —logró decir Lisa. Lo tenía sujeto por el brazo y no podía apartar la vista de aquellos dibujos y sus vocecitas electrónicas—. Sabe que estamos aquí.

32

12 de octubre de 2016
San Petri-Costa de la Muerte (Galicia)

Cuando Leo se despertó, era de madrugada y estaba casi seguro de que había oído algo. La habitación se encontraba totalmente a oscuras. Su madre tenía el turno de noche y no llegaría hasta las siete de la mañana, pero mientras aguzaba el oído empezó a tener mucha sed. Se quedó un rato en la cama, boca arriba, intentando volver a dormirse o pensar en otra cosa con tal de no tener que bajar a la cocina; le daba mucha pereza y luego le iba a costar conciliar el sueño otra vez. Además, aunque ya tenía catorce años, le daba miedo quedarse solo. Nunca se lo había confesado a su madre, creía que no era justo para ella. Sobre todo después del divorcio, cuando su madre tuvo que conseguir un trabajo mediocre en aquella fábrica, llegaba agotada y con las manos llenas de heridas, y ya no se arreglaba como antes. Dormía gran parte de la mañana y del mediodía. A veces hasta tenía que prepararse él la comida para no molestarla.

Miró la hora en el pequeño despertador que tenía en la mesita: las tres y media de la madrugada. Tenía que levantarse a las siete y media si no quería llegar tarde al colegio. Pereza. Fue lo único que se le ocurrió. Se incorporó medio dormido, se puso las zapatillas y salió al pasillo. Por suerte su casa tenía las ventanas muy grandes. Su madre siempre dejaba las persianas subidas y los visillos eran finos, por eso podía ver. El miedo era algo que con el tiempo podía controlar. Encendió la luz de la escalera y bajó arrastrando las zapatillas por la moqueta hasta que volvió a oír algo en el piso de abajo y se quedó paralizado. ¿Qué había sido eso? Habría jurado que había alguien en el salón. Con los puños apretados por los nervios y el corazón disparado, caminó hacia el lugar de donde provenía el soniquete y vio la puerta del saloncito entreabierta. Eran vocecitas. Agudas, chirriantes, como si una manada de teleñecos se hubiese colado en su casa y estuviera celebrando una fiesta en el salón. Aquello no tenía sentido para Leo. Mientras abría la puerta, empujándola con los nudillos, temeroso de avanzar un poco más y atravesar el umbral, vio la pantalla del televisor encendida y unos extraños dibujos animados en ella.

Pero ¿quién demonios se había dejado aquello encendido?

«Recuerda, Cometín. Tú y Lucero, pórtense bien con la abuelita hasta que regresemos. Hagan todo lo que ella les diga.»

«Sí, *ma*. Lo haremos con gusto.»

«Oh, sí. Es una viejecita muy linda, pero sus menús son infames.»

«Sí. Y también su comida.»

«¡Niños, niños! Súper, ¿vas a permitir que los niños hablen de mi mamá de esa forma?»

«¿Qué? Oh, no, claro que no. Cometín, Lucero, no deben decir esas cosas de la comida de la abuelita. No es peor que la de mamá.»

Leo avanzó varios pasos y se quedó hipnotizado por aquellos extraños dibujos animados. Parecía una especie de familia del futuro, aunque el doblaje dejaba mucho que desear y se veían antiguos. Descendían por unos tubos transparentes en una especie de sillas voladoras y luego se montaban en lo que parecía una nave espacial. ¿Qué coño era aquello? ¿Y por qué estaba el televisor encendido a esas horas de la madrugada? ¿Habría vuelto su madre antes por alguna razón y se habría acostado?

Cogió el mando y presionó los botones de la televisión por cable, pero no respondía. Quizás en algún momento de la noche había habido tormenta y no se enteró, pensó. Un cortocircuito o un fallo en el servidor. Sin más, fue directo hacia el aparato y se agachó para desconectar el cable de la corriente. Algo le hizo frenar en seco.

«Creo que eso no sería una buena idea, Leo. ¿Verdad, Súper?»

«No. Creo que eso sería una muy mala idea, mi querida.»

«¿Verdad, Leo?»

Aquello iba más allá de lo que su mente de niño podía soportar. Leo dirigió la vista hacia el televisor y vio que los dibujos observaban a través de la pantalla. ¡Lo miraban a él!

—Pero... ¿qué...?

«Cometín, dile a Leo lo que les pasa a los niños que no obedecen a los adultos.»

«Claro, *ma*. Que el monstruo se los come. ¿No es cierto, Lucero?»

«Así es, hermanito.»

Leo no lo soportó más. Chilló al tiempo que arrancaba el cable y se alejaba hacia la puerta sin apartar la vista de la pantalla. La sed había desaparecido y le dolía el estómago del miedo. Corrió hacia la cocina, tomó el teléfono, en cuya base su madre tenía pegados los números más importantes, y descolgó. Pero para su sorpresa no había línea. ¡Qué iba a hacer! Estaba paralizado, pegado a la pared de la cocina y con la vista clavada en la puerta. «El monstruo. El monstruo te come si no obedeces a los adultos», era todo lo que repetía una y otra vez en su cabeza. Pero pasó el tiempo y su mente comenzó a despejarse. La casa estaba totalmente en silencio a excepción del tictac del reloj del pasillo. Leo se dijo a sí mismo que debía tener agallas. Debía subir las escaleras todo lo rápido que pudiera y encerrarse en su habitación hasta que llegase su madre. Pero entonces se acordó de su teléfono móvil. ¡Qué estúpido era! Aunque los niños de catorce años en un momento de pánico podían serlo, y mucho. Tomó aire y se aproximó a la puerta de la cocina, asomó la cabeza, ojeó el pasillo y, tras comprobar que no había ningún monstruo que se comiera a los niños, salió disparado, subió los peldaños de dos en dos y se encerró en la habitación. Colocó el aparador delante de la puerta, se sentó en la cama, encendió la lamparita de la mesita, luego se levantó y cogió su mochila. Estaba muy nervioso, pero por fin tenía el móvil y llamaría a su madre. Cuando marcó el número y comenzó a dar los tonos, soltó un profundo suspiro y se puso a rezar.

—Por favor... Dios, que lo coja... Te juro que me portaré bien, pero que lo coja. Por favor...

Un chasquido al otro lado de la línea y luego una especie de suspiro.

—¿Mamá? Mamá, tienes que venir a casa, está pasando algo. ¡Tengo miedo!

«Oh, Leo. Eres un niño muy desobediente. No debiste portarte así. Ahora irá a por ti. Y te destripará. ¡Te destripará!»

La voz aguda de la mujer pelirroja de los dibujos animados volvió a retumbar en su oído y le hizo gritar de estupor. Leo lanzó el móvil contra la pared de la habitación y se sentó en la cama, con la espalda contra el cabecero y las rodillas encogidas y rodeadas por los brazos. Estaba aterrado, a punto de desmayarse, y lo cierto es que nunca había perdido el conocimiento y mientras lo pensaba, mientras trataba de ordenar sus ideas y buscar una solución, oyó aquel sonido tras la puerta. Había alguien en la casa y, lo peor de todo, subía los peldaños haciendo crujir la madera. «¡Oh, Dios, ayúdame!», pensó, fuera de sí. Miró al vacío, la puerta seguía bloqueada con el aparador de cuatro cajones. Tenía que esconderse en algún lugar, tratar de huir de allí, quizá saltando por la ventana, pero cuando se disponía a activar los músculos paralizados de su cuerpo el aparador comenzó a resbalar muy lentamente hacia la izquierda y la puerta, ¡la puerta!, comenzó a abrirse sola.

Una voz. ¿Qué era lo que decía? Se movió intentando que su cuerpo le respondiera, bajó de la cama, cayó a cuatro patas y gateó hacia el armario, que estaba en el otro extremo de la habitación. Allí estaría seguro, era el único sitio donde podía esconderse. Cerró las puertas, empujó la ropa hacia atrás y contuvo el aliento mientras espiaba a través de las rendijas diminutas la sombra oscura que avanzaba, la figura alta y proporcionada que se aproximaba hacia su cama.

«Es un hombre. No es ningún monstruo. Es un maldito ladrón que quiere robarnos en casa y cuando no me vea se irá. ¡Se irá!»

El terror se transformó en miedo. No es que se diferenciaran mucho, pero era una sensación más real, más liberadora quizá. Sí, era un hombre, un extraño con pantalones vaqueros y botas de cordones, y se había quedado inmóvil delante de su cama. Ni siquiera estaba buscando nada en particular y no podía verle bien la cara. Llevaba algo en la cabeza. Parecía una gorra o un sombrero, Leo no estaba seguro y tampoco le importaba lo más mínimo, pero el hombre se giró y Leo sintió que volvía a dispararsele el corazón. Rezó por que no pudiera oírle, rezó por que el hombre no detectara su presencia y se marchase, pero para su desgracia seguía allí. Sus pensamientos eran como un nido de avispas, hacía unos segundos el aparador se había desplazado solo por la habitación. Y luego aquel hombre. ¿Y eso seguro que era un hombre?

«Sí. Tiene que serlo. Debiste "creer" que se movía

solo, pero quizás al empujar la puerta con su fuerza desplazó el mueble.»

—Mamá... —susurró para sí—. Dios mío... Dios mío...

Cerró los ojos por desesperación. Cuando volvió a abrirlos se dio cuenta de que el individuo se había esfumado, pero no se movió. Temía salir, temía que el extraño se hubiera dirigido a otra habitación y oyera sus movimientos, la puerta del armario o sabía Dios... Súbitamente el miedo volvió a desfigurarse, esta vez en un sentimiento de pánico. Había alguien más en su habitación, algo pequeño en un rincón, junto a la puerta abierta. Algo que parecía gatear o arrastrarse hacia el centro del cuarto, que movía la cabeza o lo que demonios tuviera de un lado a otro. Primero a la derecha, luego a la izquierda. Como un pequeño animal a cuatro patas. Pero tenía brazos y dos piernas y llevaba pantalones y una camiseta de rayas. ¿Qué era aquello? ¿Quién era?

—Un, dos, tres. Un, dos, tres...

¿Por qué contaba? ¿Era un niño?

Parecía murmurar y se aproximaba directo hacia el armario.

—No, Dios... No dejes que me coja. No dejes que me vea. No lo permitas. No lo permitas...

Leo se pegó un poco más al fondo del armario, apartándose de las rendijas, que entonces quedaban parcialmente cubiertas por el terrible niño. Su rostro estaba tan cerca de la puerta que parecía olfatear la madera. Era espantoso. Abrió la boca y Leo vio que le faltaban dientes y que tenía alguno partido por la mitad.

—Un, dos, tres. Un, dos, tres.

«¿Por qué cuenta?»

—Un, dos, tres... Un, dos, tres.

Iba a perder el conocimiento. Su voz era cada vez más gutural, más inhumana, monstruosa y feroz.

—Un, dos, tres —repetía riendo desde fuera.

Se tapó la boca con la mano. Rompió a llorar en silencio y fue cuando sintió que le tocaban el hombro. Del susto su cuerpo cayó hacia atrásy se enredó con un abrigo, unos pantalones que estaban colgados sobre su cabeza. Algo que estaba dentro, casi a su lado, se precipitó sobre él antes de que pudiera tan siquiera chillar.

—Un, dos, tres —chilló «la cosa» de fuera.

—¡Yo te atraparé! —chilló «la cosa» de dentro.

33

12 de octubre de 2016
San Petri-Costa de la Muerte (Galicia)

Enma se había quedado petrificada, con la cafetera en la mano y los ojos fijos en Dani y Lisa.

—¿Me estáis tomando el pelo? —preguntó al fin—. ¿Los Supersónicos en la televisión de madrugada? ¿Me estáis diciendo que el televisor se encendió a las tres de la mañana y estaban dando los dibujos de los Supersónicos?

Era como si pensara que el orden de las palabras en una misma pregunta fuera a cambiar la respuesta. Dani asintió.

—Sí. Creímos que eras tú. Que habías bajado a beber o algo así.

Enma mudó el gesto de sorpresa, alzó las cejas y depositó la taza de café delante de Dani.

—Y por eso Lisa acabó durmiendo en tu habitación.

—¡Enma! —exclamó Lisa—. Roncas como un orangután. Yo ya estaba en la habitación con Dani cuando oímos el sonido.

—Yo no ronco, respiro fuerte. ¿Quieres más leche?

—Eso... Eso es lo que siempre se dice, Enma. —Dani estaba a punto de romper a reír—. No, me vale así. Gracias.

—Pues respiras como un orangután —repitió Lisa con un gesto solemne.

—Es una cama doble, Enma. Y somos personas adultas —apostilló él.

Enma se sentó frente a ellos y balanceó la cabeza.

—Díselo a tu hermano, que se fue a las ocho de la mañana hacia el ayuntamiento para ver quién había comprado la casa Camelle y, cuando entró a despertarte, salió disparado. Fue muy gracioso, ¿sabes, Dani? Hizo una especie de cabriola —alegó moviendo la mano—. Yo estaba saliendo del aseo, que conste. Abrió la puerta con su aire petulante, entró como una exhalación, hizo un giro de ciento ochenta grados y enfiló hacia las escaleras con un gesto muy cómico. Fue gracioso. Sí. Muy gracioso.

—Válgame Dios. Cualquiera lo aguanta ahora.

—¿Al ayuntamiento? —inquirió Lisa. Bebió un poco de café y miró a Enma.

—Sí, hasta hace unos días estaban de obras en la casa Camelle. Ayer me encontré con algún vecino y fue todo lo que pude sacar del tema. Pero llevan dos días sin trabajar. Han parado hace muy poco. Uno de los muchachos de la gasolinera me dijo que debían de haber tomado un descanso, porque llevaban semanas sin hacerlo de lunes a domingo. Su compañero, en cambio, cree que igual les faltaba algún permiso. No lo saben con exactitud. —Miró a Dani y sonrió—. Así que Claudio ha tirado por el camino más rápido. Iba a despertarte para que lo acompañaras, pero claro...

Lisa sonrió. Algo que no había planeado era haberse despertado tan pegada a Dani en aquella «cama trampa». Un hecho que tenía mucho que ver con la costumbre de dormir sola en una cama de más de metro cincuenta y que, muy posiblemente, había hecho que rodara hacia el centro, sorteara la separación de los colchones con la parte superior de su cuerpo y despertara mucho tiempo después con la cabeza apoyada en el hombro de Dani y su nariz afilada rozándole los pelos del cogote como dos enamorados. El cuerpo de Dani era una bonita silueta que se recortaba contra la oscuridad de la noche y la tenía apresada por el peso de su brazo. Y había intentado salir de allí, más bien poco, sin mucha insistencia, pero lo había intentado, tarea que se tornó definitivamente imposible cuando Dani se giró hacia ella, pasó el otro brazo por encima de su cintura y se apretujó aún más. Inconscientemente, por supuesto.

—Eres perversa, Enma. Por cierto, ¿dónde está Cedric? ¿Sigue durmiendo?

Enma la miró con cierta incredulidad. Tomó una tostada del plato y le dio un mordisco.

—Salió con Claudio, pero iba a otro lado —respondió, con la boca llena—. Creo que tiene algo que ver con la información que ha traído. Estoy ansiosa de que regresen y nos pongamos al día.

—Yo creo que aún no soy consciente de dónde nos

estamos metiendo —dijo Lisa. Dani la miraba de reojo—. Estoy contenta de veros, eufórica, pero no dejo de pensar que tenemos algo peligroso entre manos, que vamos a volver a esa casa y que...

—... tenemos que ver a Bunny. —Dani completó la frase y luego bebió de su café. Su cabeza le decía que había mucha más información en aquellos túneles, que debían bajar, recorrer todas aquellas galerías y averiguar qué había allí realmente—. ¿Recordáis las galerías del sótano?

Enma y Lisa asintieron a la vez.

—Allí abajo había un entramado de pasillos y restos metálicos. No recuerdo muy bien, pero cogimos barras, como si alguien hubiera troceado maquinaria o algo así. ¿No os acordáis? Incluso creo que llegué a ver una rueda metálica de esas que llevan las sillas para inválidos. Ha pasado tanto tiempo que ya no estoy segura de lo que vi allí abajo.

—Patas —susurró Enma—. Eran patas de sillas o restos de estructuras, yo sí lo recuerdo. Estaban partidas y agrupadas donde te atacó a ti, Dani. Había más cosas, pero las he olvidado. Fue todo muy rápido y ha pasado mucho tiempo.

Los tres se quedaron unos instantes en silencio, cada uno con sus pensamientos y sus recuerdos.

—Creí que íbamos a sellar ese túnel para siempre —dijo entonces Lisa con un lamento.

Dani la miró como si acabara de verla por primera vez. Tenía todo el cabello por la frente y parecía uno de aquellos ángeles que pintaban en los cuadros de las iglesias. Ella le sonrió con timidez, pero su mirada era misteriosa:

tenía los ojos perfilados con un lápiz negro y era como mirar a un gato.

—Yo también, Lis —le respondió—, pero desde que llegué tengo una extraña sensación. No sé cómo explicarlo. Tenemos cuarenta años y llevamos toda la vida cargando con unas pesadillas que han ido a más dependiendo del año. ¿Me equivoco? Porque eso me pasa a mí.

—Eso es cierto —confirmó Enma.

—Puede que sellar ese pozo acabe con todos nuestros problemas. Puedo llegar a pensar que es como una puerta, un acceso de algo maligno a nuestras vidas y que de algún modo Bunny llegó hasta nosotros a través de ese pozo, que... No sé. Que lo que mi abuelo nos contó, cuando nos dijo que había marineros borrachos que confesaban haber visto a un hombre con una máscara, fuera cierto, claro que sí. Nunca lo he dudado, pero hasta que abrimos el pozo, en San Petri, ese ser nunca se había manifestado, y mucho menos había matado, al menos eso es lo que nosotros supimos.

—Quieres saber qué hay allí abajo —afirmó Lisa volviéndose hacia él—. Saber qué es o quién es.

Enma frunció el ceño, pensativa. Entornó los ojos, dejó la taza encima de la mesa y se levantó para situarse junto a la ventana, de espaldas a ellos.

—Sería una locura y lo sabes, Dani. Podríamos salir heridos o incluso morir.

—No pudo con nosotros cuando teníamos once años, Enma. Ahora somos adultos y... y me niego a enterrar ese maldito misterio bajo un montón de escombros. Nos debe nuestra infancia y nuestra juventud.

—Puede que Dani tenga razón, Enma —dijo Lisa.

—Estáis locos —susurró ella.

Dani dejó escapar un jadeo ahogado y apartó el plato de tostadas hacia un lado de la mesa. Enma se giró y lo miró fijamente.

—Haré lo que hagáis y os seguiré adonde vayáis —respondió—, pero os pido que no os olvidéis de que soy madre y que quiero volver a casa con mi familia.

—Enma...

Lisa se levantó y la estrechó entre sus brazos.

—No nos va a pasar nada. Todos volveremos a casa —le respondió ella afectuosamente.

El ruido de un motor les anunció que Claudio había regresado. Cuando Lisa y Enma se separaron, vieron a Cedric descender del asiento del copiloto del *jeep* con una carpetilla en la mano y a Claudio delante de él junto a la verja. Era como ver a sus padres treinta años atrás, como retroceder en el tiempo.

—Dani, tú eres igual que tu madre —dijo Enma al tiempo que se enjugaba con una servilleta las lágrimas—, pero tu hermano es una réplica de tu padre. Santo Dios... y Cedric. Todavía recuerdo el día que nos trajeron la puerta de la cabaña. Tu padre siempre fue todo un caballero y tu madre era preciosa. ¿Están bien?

—Sí, siguen igual, con unas cuantas arrugas más, pero han nacido el uno para el otro. Hemos sido muy afortunados en ese aspecto.

Se oyeron la puerta de la entrada y las pisadas sobre la

madera. Cuando Claudio entró en la cocina, se quitó las gafas de sol y miró a su hermano. Le dio una palmadita en la espalda, luego besó en la mejilla a Enma y a continuación hizo lo mismo con Lisa.

—Buenos días, familia.

—Antes de que hagas una broma con el asunto —añadió Lisa—, diré en mi defensa que no podía dormir porque Enma «respira fuerte». Tu hermano, muy educadamente, me rescató del sofá y me cedió la cama de al lado.

Cedric, que no se había enterado de nada, sacudió la cabeza y frunció el ceño.

—¿Enma ronca?

—Respiro fuerte, Claudio.

—Y habla —alegó Dani con rotundidad.

Enma soltó un gruñido.

—¿Y qué más? Solo me falta caminar dormida por el pasillo como aquella vieja loca de la película *La visita*.

—Joder, he visto esa película —respondió Claudio—. La de los niños que van a casa de sus abuelos y, cuando dan las diez, la abuela se pasea a gatas por la casa o corre por los pasillos como un puto demonio. Debra pasó dos días soñando con eso.

—¿La que corría con las manos en la espalda y arañaba las paredes?

—Esa misma —le dijo Claudio a Cedric—. Parece una tontería de película, pero coño, acojona.

Luego volvió a mirar a Lisa y sonrió.

—¿Sí?

—Haré bromas... —afirmó con ironía—. Te lo aseguro... Pero en otro momento. Creo que ahora me tomaré un café y una de esas tostadas.

Se quitó la chaqueta del traje y luego se sentó en la silla más próxima a Lisa. Cedric dejó la carpeta y un periódico encima de la mesa, y también se sirvió un poco de café. Ambos parecían el día y la noche, Claudio con su aspecto de ejecutivo agresivo y Cedric con sus pantalones vaqueros y un jersey de cisne negro a juego con una chaqueta de pana, la típica prenda de profesor universitario escritor. Dos estilos muy dispares. Aunque ninguno de los cinco tenía mucho en común en cuanto a moda se refería.

—La casa ha sido comprada por una constructora —anunció Claudio untando una de las tostadas con mantequilla—, Fergo S. A. El concejal de urbanismo es un tipo un tanto estiradillo y no quería darme muchos datos más. Le dije que era un particular, que estaba interesado en esa finca. Le hubiera dicho quién era y que nací aquí, pero el individuo no es de San Petri, no me sonaba de nada, así que me limité a explicarle que quería comprar la casa y me dio los datos de la constructora. He llamado desde el coche y no vais a creer de quién es.

Todos le miraron a excepción de Cedric.

—¿De quién?

—¿Os suena de algo Alan Barroso?

—¿Han comprado la casa los padres de Bruno y David Barroso? —preguntó Enma sin salir de su asombro.

—Exacto.

—Pero ¿para qué?

—No tengo ni la más remota idea —añadió Claudio.

Se metió un trozo de tostada en la boca y luego dio un trago a su café. Estaba hambriento.

—Quizá quieran demoler la casa. Puro negocio. Hacer más viviendas. No se me ocurre una razón —dijo Dani.

—¿Justo ahora?

—Puede ser causalidad, Lisa —respondió Enma.

—Si los obreros han abierto el pozo, esa puede ser la causa de que todos estemos pasando por pesadillas más agresivas de lo normal.

Lisa negó con la cabeza. Miró a Dani y contó en unos minutos lo que habían visto aquella madrugada frente al televisor. Claudio se tragó la tostada con dificultad y Cedric, que estaba ojeando el periódico con unas gafas apoyadas en la punta de la nariz, se quedó blanco.

—¿Qué fue de David Barroso? —preguntó Cedric.

—Tengo entendido que lo internaron en un psiquiátrico. Había dejado de hablar, ¿lo recordáis? Luego nos fuimos y no volví a saber nada del asunto.

Cedric miró a Dani y después a su hermano. Fue Dani el que advirtió la curiosidad rabiosa en los ojos de su amigo, algo le pasaba por la cabeza. Su expresividad no había variado. Cedric podía decirlo todo con los gestos de la cara sin tan siquiera abrir la boca.

—Creo que lo primero que tendríamos que averiguar es por qué han comprado la casa Camelle y dónde está en la actualidad David Barroso —continuó Cedric—. ¿No tenéis curiosidad por saber qué fue de él y cómo ha pasado estos años, si ha experimentado lo mismo que nosotros?

Claudio hizo un gesto afirmativo y luego se dirigió a Enma.

—Vale, Enma. Tú tenías algo que decirnos. Descubriste algo y creo que es el momento de que todos nos pongamos al día.

—Claro, por supuesto. Voy a por ello.

Se produjo una pausa hasta que Enma regresó. Traía una carpeta de plástico azul, de la que empezó a sacar una gran cantidad de papeles llenos de fechas.

—Veamos. Uno de esos días ociosos que tenía, recordé lo que vuestro abuelo os contó en la cabaña, aquello de que ese ser había sido visto por distintas personas cuando se producía una tragedia en los años treinta, y no mentía. Busqué por Internet y luego en la biblioteca toda la información que había sobre los naufragios en estas costas y me quedé sorprendida. ¡Empiezan antes del año 1400! Han sido muy pocos los investigadores que se han preocupado por este asunto. Por supuesto, cuando nosotros teníamos once años apenas existía nada al respecto, pero ahora sí. Mirad.

Enma apartó varias hojas y todos pudieron consultar una lista con fechas, nombres de barcos, tipo de mercancía que llevaban y pasajeros que sobrevivieron en orden cronológico. En algunos no se habían producido víctimas, solo pérdidas materiales cuantiosas, pero en otros era aterradora la cantidad de personas fallecidas.

—Es increíble —dijo Lisa—. Empieza en el año 585 con el hundimiento del *Flota Rei Franco Gontran*; es imposible que se sepa con seguridad si alguien falleció.

Claudio cogió los documentos y los estudió con concentración. Apoyó el dedo índice en el papel y dijo:

—Mirad, aquí pone que en el año 844 una flota de doce barcos normandos desapareció sin dejar rastro, y luego pasa al año 1345, todos hundidos en el cabo Fisterra.

Enma levantó la mano pidiendo un poco de atención y, pasando páginas, prosiguió:

—Esperad. Todos estos hundimientos, que son cientos, no son lo que realmente me llamó la atención, aunque no es normal. Si no recuerdo mal, y corregidme si me equivoco, vuestro abuelo mencionó que empezaron a ver a Bunny en los años treinta, lo que casualmente coincide con la construcción de la casa Camelle, pero nunca lo vieron en San Petri. ¿Es así?

—Así es —respondió Dani—. Él siempre mencionó las costas, no un pueblo de interior.

Enma afirmó:

—Exacto, pero cuando el *Bonifaz* se hunde en el sesenta y cuatro es cuando Claus, el marinero que construyó la casa Camelle, se vuelve loco y abre el pozo. Vosotros me contasteis que Claus decía que hablaba con él, eso es lo que os contó vuestro abuelo en vida, y en el mismo orden: una noche vuelve a casa, mata a toda su familia y los tira al pozo.

Dani, que estaba pensativo y no apartaba la vista de las hojas de naufragios, miró a Enma y se encogió de hombros.

—¿Estás diciendo que existe una pauta?

—Eso es justo lo que pienso. Claus abrió el pozo, hizo lo mismo que nosotros, y poco después, del modo que fuera, mueren cuatro niños y una mujer. Lo que vivió o vio Claus, o quien los mató, realmente, solo lo sabe Claus y jamás pudo decirlo; sin embargo, tenemos constancia de que hablaba con el pozo desde hacía mucho. ¿Por qué no pudo ser Bunny? Lo escribió en la pared de la habitación de uno de los nietos, recordadlo: «El conejo me persigue.»

—Pero hay algo que se nos escapa —afirmó Dani—. Para empezar, ese ser actuaba, que sepamos, desde los años treinta, como una especie de Mothman. Ya sabéis, aquellos seres altos con forma de hombres polilla que se aparecían en distintos condados de Estados Unidos, justo antes de una gran catástrofe. Aunque, en ese caso, no lo hacía antes; mi abuelo nos contó que lo hacía después, cuando ya se había hundido el barco o era derribado un avión. Recuerdo que una de las cosas que nos dijo es que lo habían visto sentado sobre el fuselaje de uno de esos bichos, en mercantes, algún barco de vapor, y en la gran mayoría había víctimas humanas.

—Dani, tú escribiste en una libreta los años de tus pesadillas. ¿Por qué no la traes? —le invitó su hermano.

Todos estaban azorados.

Al cabo de unos segundos, Dani regresó con ella en la mano. La abrió y dijo:

—Enma, voy a darte unas fechas. A ver qué dicen esos papeles, ¿vale?

—De acuerdo.

—Vamos allá. El verano del ochenta y nueve.

Enma ojeó las páginas.

—En el ochenta y nueve... A ver. En junio del ochenta y nueve se hundió el mercante *Lady Rhoda* en el cabo Silleiro y murieron seis personas.

—Veamos, cuatro meses después tuve más pesadillas, en diciembre del noventa.

—Año noventa, año noventa... ¡Aquí está! Un buque pesquero llamado *SHAK*. El once de diciembre, para ser más exactos. Se hundió frente a Fisterra y murieron ocho personas.

Dani empezaba a ponerse nervioso. Miró a su hermano y luego a Lisa y a Cedric, que no se movían. Prosiguió:

—Mira otros meses del noventa y uno. No tengo anotados cuáles, pero indiqué: «Varios meses seguidos.»

—Sí, tienes razón. ¡Oh, Dios mío! Por ejemplo, en abril se hundió un pesquero en Pedra de Boi y hubo nueve muertos y un desaparecido. Y ese mismo mes, el veinticinco de abril, un buque llamado *Dies Colome* fue abordado por otro y no hubo supervivientes. Señor, el cinco de octubre otro pesquero con nueve fallecidos, y tres días después cinco muertos más, en otro pesquero, un arrastrero de veintisiete metros de eslora.

Se produjo otro silencio, mientras todos miraban a Enma. Estaba claro que estaban impresionados por lo que acababan de descubrir.

—Enma, durante algunos meses del noventa y uno, el noventa y tres y el noventa y cuatro no soñé nada, lo anoté en rojo para poder diferenciarlo. Comprueba qué pasó en esas fechas. ¿No hubo hundimientos?

—No, Dani —contestó Enma—. Sí hubo hundimientos.

—Pero ¿entonces? —preguntó Lisa con la voz apagada. Miró a su amiga con tristeza y después a Claudio, que permanecía en silencio.

Enma se encogió de hombros y dejó una hoja sobre la mesa para que todos la vieran.

—Hubo muchos más. Sin embargo, en esos hundimientos no hubo víctimas. —Se pasó la mano por el pelo, que llevaba recogido en una cola alta, y respiró profundamente—. Pero mira el noventa y dos, Dani. Ese no lo has mencionado.

—Porque se hundió otro pesquero —dijo Dani. Miraba el papel y seguía cada línea impresa con el dedo—. Y hubo dos muertos...

34

12 de octubre de 2016
San Petri-Costa de la Muerte (Galicia)

Habían transcurrido unos minutos desde que Carlota Costa llegara fuera de sí a la comisaría de policía de San Petri. Una madre con los ojos profundamente hundidos, la nariz roja, como si estuviera resfriada, y el pelo revuelto y sujeto de cualquier manera con dos pinzas. Estuvo sentada, con el bolso entre las manos, sobre las rodillas, y al cabo de muy poco se levantó, a punto de perder los nervios, y comenzó a gritar que no podía esperar más, que su hijo había desaparecido, que no sabían nada de él desde la hora de la cena y que muchos vecinos lo habían estado buscando durante toda la noche. Que la ayudaran o se cortaría las venas allí mismo. Ante aquella amenaza, Anabel Coset, una de las agentes más jóvenes, se compadeció de ella y acompañó a la mujer a su mesa.

Carlota Costa llevaba un vestido verde con unas medias de lana a juego que la hacían parecer mucho mayor.

Quizá fuera el color, Anabel no estaba segura, pero lo que sí tenía claro es que aquella mujer, que no superaba el metro sesenta, estaba desesperada, recelosa, sobre todo destrozada. Temió que sufriera un ataque de nervios, así que sacó un paquete de cigarrillos, le ofreció uno y esta, aun sabiendo que aquello hacía tiempo que no estaba permitido, lo aceptó, lo encendió y se secó las mejillas y la nariz con un pañuelo.

—Ha indicado a mi compañero que el niño se llama Kevin Costa. Es usted madre soltera y no avisó antes a la policía porque su hijo alguna vez ha sufrido *bullying* en el colegio y suele esconderse durante horas.

La mujer asintió, rompió a llorar en silencio y, tras una leve pausa, se recompuso.

—Hace unos meses, mi hijo tuvo una fuerte pelea en el colegio. Es un niño grueso, se esfuerza en gustar a los demás... El caso es que Kevin... sufrió a la salida de la biblioteca... Ya era tarde... ¡Disculpe! ¡No sé ni lo que digo!

—¿Quiere un vaso de agua?

—Por favor —respondió, al tiempo que apagaba el cigarrillo.

Anabel se aproximó al dispensador de agua, cogió un vaso de plástico, lo llenó y se lo entregó. Carlota bebió con avidez. Comenzaba a relajarse dentro de su tragedia. Miró a la agente de policía y continuó.

—Era tarde, las nueve. A veces se queda a estudiar en la biblioteca, porque nuestros vecinos tienen dos niños pequeños y gritan mucho. Ese día se metieron con él y Kevin se escondió en la iglesia. Se quedó dormido y cuando despertó eran las tres de la mañana. Por eso no les avisé. Creí que mi pobre hijo habría sufrido otro ataque cruel de sus compañeros y me limité a buscarle. ¡Por el amor de Dios, este pueblo es muy pequeño y todos nos conocemos! ¿Quién se lo iba a llevar?

—¿Tiene idea de la hora a la que pudo desaparecer?

—La última vez que lo vieron serían las ocho de la tarde, en el parque. Llevaba un móvil, un teléfono que le regaló su abuela por su cumpleaños, pero no he conseguido que me lo coja; a la hora de cenar estaba encendido, pero cuando volví a insistir ya no daba línea. ¡Lo había apagado!

—¿Tiene una foto del niño que podamos quedarnos?

La mujer asintió, metió la mano en su bolso y, tras abrir la cartera, sacó una imagen de Kevin y se la entregó.

—El niño tiene trece años, nos dijo. No tiene padre, ¿verdad?, ni nadie que pudiera reclamarlo o que quiera llevárselo...

—¡No, por Dios!

—Tranquila, señora Costa. Son preguntas habituales, las hacemos siempre. Intento descartar a personas del entorno, trabajar con más rapidez y solucionar esto lo antes posible.

Carlota Costa soltó un hondo suspiro.

—No tenemos parientes cercanos. Mi hermana vive en Barcelona y la abuela de Kevin, mi madre, es una persona mayor y está a mi cargo, vive con nosotros. Tampoco tiene amigos, es un niño responsable, pero muy miedoso. ¡Por favor, tiene que encontrarle!

Anabel sacó una libreta de uno de los cajones del escritorio, arrancó una hoja y la dejó encima de la mesa.

—Haremos una cosa, señora Costa. Quiero que me apunte en esta hoja de papel los nombres de los chicos del colegio que han acosado a su hijo, empezaremos por ahí. Si tiene amistad con alguien más, da igual que sea un adulto o un niño, también es importante, y los sitios a los que suele ir. Y quiero que se vaya a casa. Si su hijo regresa y no la encuentra, se asustará. Pasaré a verla en cuanto tenga algo y estaré continuamente en contacto con usted por teléfono.

—De acuerdo —jadeó. Anotó varios nombres en la hoja y se la entregó.

—Llámeme si recuerda algo más o si tiene cualquier duda.

Carlota Costa se quedó mirando a la policía y por un momento Anabel creyó que iba a perder los nervios.

—¿Y para qué sirvo en casa?

—Señora, no podemos descartar nada. Dudo de que hayan secuestrado a su hijo... —dijo con suavidad. Cuando la madre del niño mudó el gesto, Anabel tomó su mano—. Tranquila, no digo que sea así, pero si lo fuera, llamarán a casa y la abuela del pequeño no creo que esté en condiciones de responder. ¿Me comprende?

—¡Sí! —Sollozó.

Le entregó una tarjeta con su número de móvil en la parte de atrás y el de la comisaría delante.

—La llamaré, se lo aseguro.

La mujer se levantó, se secó otra vez los ojos con el dorso de la mano y se colgó el bolso del hombro y lo aferró con ambas manos contra su cadera. Anabel sintió una profunda lástima por ella, pero le sonrió.

—Vaya a casa. Le doy mi palabra de que encontraremos a su hijo.

La vio alejarse por el pasillo que atravesaba las oficinas, deslizándose como un espectro entre las mesas de sus compañeros. Esperó el ascensor hasta que se abrió y desapareció tras las puertas de metal. Anabel se quedó observando durante unos minutos el informe del niño y su fotografía. Jamás se hubiese esperado una situación así en un lugar como San Petri. Aunque posiblemente todo quedara reducido a una pequeña escapada y Kevin Costa estaría de vuelta en casa esa misma noche, no pudo sino pensar en algo que recordaba vagamente, de cuando iba al colegio de primaria de San Petri. Tendría unos ocho o nueve años. La historia era difusa, porque era muy pequeña y sus padres no hablaban nunca de ciertas cosas delante de ella, pero lo recordaba, al menos algo. Dos alumnos asesinados por un loco que se había escapado del sanatorio mental, a muchos kilómetros de allí, pero el hombre había vagado por el bosque durante días. ¿Había atacado a otros chicos? No estaba segura.

Dejó la fotografía del niño en la carpeta y se levantó de su silla. Cogió el bolso, el arma reglamentaria y la placa, y se dirigió a la salida. Haría una visita a los chiquillos que Carlota Costa había anotado en el folio. «Pequeños tiranos —pensó—. Siempre existieron y siempre existirán.»

Cuando estaba a punto de coger el ascensor, su jefe la llamó desde el despacho e hizo un gesto con la mano para que se acercara.

—Anabel, ¿estás tú con ese niño? —Tenía el bigote

cano mal peinado y un olor a rancio por aquella manía absurda de fumar puros encerrado entre aquellas cuatro paredes sin apenas ventilación.

—Sí, señor. Iba ahora mismo a ver a los chicos que le han estado molestando. Daré una vuelta por el barrio para ver qué se cuece y pasaré por el parque donde lo vieron por última vez.

—Hay otro niño que no está donde debería —dijo dándole otra subcarpeta marrón—. Mira el contenido del informe y pasa a ver a su familia.

—¿Otro?

—Sí. A cuatro calles de aquí. Su madre trabaja de noche. Lo denunció a las siete o siete y media de la mañana, nada más llegar a casa. La puerta estaba forzada y la habitación del pequeño tenía un aparador cambiado de lugar y las puertas del armario rotas. Todo parece indicar que se trata de un secuestro. El niño se llama Leo Valverde.

Anabel tomó la carpeta y ojeó el contenido.

—Madre divorciada... —susurró—. El otro chico tampoco tiene padre. Está bien, me ocupo de ello.

El comisario asintió, se dio la vuelta y se encerró en el despacho. Anabel se quedó delante del ascensor sin apretar el botón, leyendo lo poco que tenían de Leo Valverde y preguntándose si sería casualidad que desaparecieran dos niños casi al mismo tiempo. Luego metió la carpeta con la otra en el bolso, llamó al ascensor y se fue.

35

12 de octubre de 2016
San Petri-Costa de la Muerte (Galicia)

Dani miraba de reojo a Lisa. Aquella mañana la veía mucho más hermosa que la noche anterior, y no era porque aquel pantalón negro y la delicada blusa blanca la hicieran más joven todavía. Era su mirada, algo perversa, y la forma de entornar los ojos cuando se ruborizaba, por no mencionar que tenía unas manos preciosas y una sonrisa arrebatadora. No obstante, él sabía que ella no veía todos esos detalles. No era la clase de fémina que explotara sus encantos, más bien los ocultaba de un modo inconsciente, involuntario. Se preguntó si ese era el precio que debía pagar una mujer cuando un hombre no la valoraba como se merecía, si habría pasado mucho tiempo a su lado, soportando sus insultos o cuántas barbaridades más que no contaba.

—Es sorprendente —murmuró Lisa al tiempo que cogía la libreta de Dani—. Lo tienes todo aquí. Yo recuerdo pesadillas, algunas visiones, si puedo llamarlas así, y que hace catorce años me asusté de verdad por culpa de ellas. Fue cuando empecé a ir a un psiquiatra.

—¿Hace catorce años? —preguntó Enma—. Hablamos del año 2002. —Comenzó a pasar páginas y golpeó el papel con el dedo—. Este me lo sé de memoria, porque pasé por lo mismo. Fijaos. *El Panchito*, un pesquero gallego que dejó cinco muertos; el trece de abril se hundió *El Meloxeira* en A Coruña, también de nacionalidad española como el anterior, y dejó cuatro muertos. *¡El Fervenza!* Santo Dios, ¿no lo veis? Todo coincide. Otro pesquero que dejó dos muertos flotando en el mar, sin contar con el *Prestige*, que no dejó muertos, pero remató el año de un modo terrible, frente a Fisterra.

—Está claro que has hecho un trabajo impresionante, Enma —apostilló Cedric—. Nuestros episodios nocturnos tienen mucho que ver con catástrofes con víctimas, y supongo, por lógica, que Bunny se dejó ver, o no se escondió, si lo preferís, cuando sucedieron todas esas desgracias.

Claudio, que no se había manifestado en casi toda la conversación, se inclinó hacia delante y dijo:

—Pero eso no explica nada. No nos dice quién coño es, ni por qué nos pasan estas cosas o por qué decidió matar. Estamos como al principio.

—Cedric, tú dijiste que habías averiguado algo aterrador —añadió Enma—. ¿A qué te referías?

—Es cierto. Perdonad. Intentaba hilar todos los datos que estaba dando Enma con lo que yo conseguí averiguar.

Pero las fechas no encajan. Déjame esos papeles, Enma, quiero comprobar algo.

Se quedó unos segundos pensativo, se puso las gafas y luego miró a sus amigos.

—Cedric, por Dios, ¿a qué te refieres?

—Perdona, Lis. No es la primera vez que aparecen niños muertos —afirmó tajantemente—. Ocurrió en 1921, fecha que no me cuadra, dado que la casa Camelle se construyó en el treinta. Según los papeles de Enma hubo otro naufragio que puede coincidir, el del *Santa Isabel*, donde murieron, según pone ahí, doscientas trece personas. Pero fue en Sálvora, casualmente muy cerca del lugar donde se encontró a cuatro niños mutilados y asesinados. Eran los años veinte, así que no he podido dar con mucha más información. Solo comprobaba si había habido algún naufragio, porque ese dato no lo tenía, y veo que sí.

—¿Quieres decir que lo de los chicos del San Gregorio no fue un caso aislado?

Claudio no salía de su estupor.

—Espera. Hay algo más. En el veintitrés pasó algo parecido en Vigo. También desaparecieron varios niños. En este caso no se les encontró o no se les buscó con demasiado ahínco, no lo sé. Lo que me aterra es que eran cuatro, como en el otro caso.

—En el veintitrés hubo otro naufragio, Cedric —afirmó Dani—. En el mismo lugar, con seis muertos. Mira.

—Válgame Dios. ¡No entiendo nada! —exclamó Enma.

—Vale. Vamos a aclararnos. —Dani cogió su libreta y

se sacó un bolígrafo del bolsillo de la camisa—. Tenemos claro que nuestras pesadillas, desde que se abrió el pozo en el ochenta y siete, tienen que ver con un naufragio con víctimas. Cada vez que hay uno, sufrimos un cuadro de terrores nocturnos. ¿Estamos de acuerdo?

—Así es.

Miró a Enma y asintió.

—Vale. Y sabemos que la casa Camelle se construyó en el treinta, pero también que ese pozo llevaba más tiempo allí. Eso nos dijeron. Así que, si Cedric ha dado con más desapariciones en el veintiuno, para algo se usó ese pozo. Nadie construye un maldito pozo para decorar un campo y en los años veinte no creo que San Petri fuera tan grande. Se supone que estaría a las afueras y allí tuvo que haber algo.

—O no —le corrigió Claudio—. Podría ser un simple campo de cultivo, de pasto o sabe Dios.

—¿Con galerías? ¿Me tomas el pelo, hermano?

—Dani tiene razón. Pero todo esto sigue sin explicar quién es ese ser con la máscara y por qué razón aparece en las catástrofes. Podría entender que fue una víctima de un naufragio, una jodida alma en pena, pero ¿y las muertes? ¡Y son siempre niños! —Lisa se levantó y miró por la ventana—. No lo entiendo.

—Estamos dando por hecho que Bunny mató a esos chiquillos en los años veinte. Y si fuera así, por cada naufragio con víctimas, tendríamos más cuerpos de adolescentes o críos, y no he encontrado mucho más. Y además, cuando Claus se volvió loco, mató a sus cuatro nietos, pero también a su esposa.

—Encontrarlos no significa que no los haya matado, Cedric —dijo Dani—. En los años veinte no existían los adelantos que tenemos ahora y había mucha pobreza, familias en lugares remotos a lo largo de toda esta maldita costa, y eso por no mencionar la Guerra Civil. Hubo miles de muertos: niños, adultos... Y cuando pasó lo de Claus, nosotros no habíamos nacido. Quizá su mujer vio demasiado..., no sé. Es inevitable.

Cuando dijo aquellas palabras todos le miraron con cierta curiosidad. Todos menos Lisa, que sabía perfectamente qué trataba de decir Dani.

—¿Qué es inevitable? —preguntó Enma.

—Bajar a las galerías —respondió Lisa—. Eso es inevitable, ¿verdad? Bajar y ver qué demonios se esconde allí o qué es ese lugar.

Dani asintió y a continuación explicó con todo lujo de detalles lo que le ocurría desde que Bunny le había abierto aquella herida en el pecho. Les habló de sus visiones, de los niños con las bolsas de papel pintadas de colores en la cabeza, con ojos grandes y sonrisas. Lo que experimentó cuando sufrió el ataque y todo lo que arrastró durante su adolescencia, sus experiencias nefastas por el temor al contacto y su vida en soledad.

—Anoche, cuando me preguntaste si podías tocar la cicatriz —le dijo a Lisa—, creí que me iba a dar un infarto, sin embargo, cuando lo hiciste no vi nada. Contigo no me pasa y estoy casi seguro de que, si lo hicierais tú, Cedric o Enma tampoco vería nada. No me preguntéis por qué, es una de mis malditas intuiciones. Otra de las muchas cosas que sé sin razón aparente.

Dicho y hecho, se abrió la camisa y miró a su amigo. Cedric alargó la mano y tocó, no sin temor, la fina cicatriz, sin que ocurriera nada. Enma imitó el gesto y luego se apartó con la mano en los labios y el rostro demudado.

—Dani, en esas visiones también aparecen niños —terció Claudio—. Tiene que haber una explicación a todo ese lío. Todo ocurre por un motivo. ¡Maldita sea!

—Y creo que la explicación estuvo muy cerca de nosotros el día que descendimos al pozo. En esas galerías, en algún lugar de ese sitio, está la respuesta que buscamos, y posiblemente la solución —prosiguió Dani—. Creí que nos habíamos equivocado cuando entramos en la casa Camelle, que tendrían que haber venido David y Bruno Barroso con nosotros, que de eso se trataba, de volver todos los involucrados, pero no es eso...

—Bajar a esas galerías implica un riesgo que todos debemos asumir conscientemente —afirmó Cedric con rotundidad—. Ya no hablamos de tapiar el pozo, Dani, si no de enfrentarnos a una presencia, a un ser con su prole de bultos deformes que no están rodeados de una aureola celestial, precisamente. Son reales. Como tú y como yo, como todos nosotros. Y no son buenos.

—Lo sé..., y jamás os pediría...

—Pero lo haré —le interrumpió—. No se me ocurre otra forma de solucionar esto, y tampoco tengo claro que cerrando el pozo nos libremos de esa criatura. Han pasado más de veinticinco años y Claudio lo ha visto en el televisor, y te puedo asegurar que en mi caso estaba sentado en una grada de mi aula, rodeado de alumnos que no le percibían. No sé si lo hemos vuelto a ver porque quiere algo de nosotros o por el único motivo de que quedamos conectados a él el día que entramos a esa casa. No lo sé, pero quiero averiguarlo.

De repente Lisa se inclinó sobre la encimera de mármol: algo había llamado la atención en el exterior. Cedric seguía hablando, pero ella no le escuchó. Había una mujer de unos treinta y pocos años delante de la puerta del jardín. Vestía un traje sobrio de color negro. Tenía el pelo, rubio, cortado por debajo de las orejas, y llevaba gafas de sol.

—Enma, hay una mujer delante de la verja. ¿Esperas a alguien?

—A nadie —respondió ella—. Déjame ver.

Se aproximó a la ventana y ambas observaron cómo la mujer avanzaba por el camino de piedra hasta el porche. No tardó en llamar a la puerta. Enma se apresuró a abrir. Desde la cocina se oía perfectamente la voz timbrada de la mujer saludando amablemente. Todos guardaron silencio.

—Buenos días. Soy la agente de policía Anabel Coset. —Se quitó las gafas de sol y guardó silencio unos instantes mientras Enma la observaba con curiosidad—. ¿Eres Enma, Enma Lago?

—¿Anabel Coset? —susurró Cedric a los demás—. ¿De qué me suena a mí ese nombre?

—Sí. Disculpe. ¿Nos conocemos?

La mujer dejó escapar una sonrisa encantadora.

—¡Claro que nos conocemos! Fuimos al mismo colegio, aunque yo era dos o tres años más pequeña que tú. ¡Dios mío! Creí que la casa se había vendido. No me esperaba verte aquí en San Petri.

Enma hurgó en su mente, pero no acababa de ubicar a la mujer que tenía delante.

—Veamos —prosiguió la agente con resignación—. Mi madre daba clases con la tuya y alguna vez, muy pocas, coincidimos en el parque; a veces comíamos los sábados con nuestros padres, pero tú eras mayor y tenías tu pandilla, así que no llegamos a ser muy amigas por aquel entonces.

Enma pegó un brinco y soltó una exclamación.

—¡Madre mía! ¡Eres la hija de Isabel!

—¡La misma!

Ambas se abrazaron. Enma daba ligeros saltitos de emoción.

—¡Santo cielo, cómo pasa el tiempo! ¡Con lo menuda que eras y mírate, ahora toda una agente de la ley! Pero dime, perdona, ¿qué te trae por aquí?

Anabel metió la mano en su bolso y sacó dos fotografías.

—Nada bueno, Enma. Ayer desaparecieron dos niños. Uno vive una calle más abajo y estoy visitando a los vecinos por si han visto algo fuera de lo común.

En la cocina todos se quedaron petrificados y Enma empalideció.

—¿Dos niños? —preguntó. Le había cambiado el color de la cara en milésimas de segundo.

—Sí. Lo cierto es que no tienen nada en común; bueno, que son hijos de madres divorciadas o solteras, pero no creo que tenga mucho que ver. Además, uno de los niños creemos que fue secuestrado. El armario de su habitación tenía las puertas rotas, como si se hubiera escondido, aunque para serte sincera y después de visitar a su madre, hay algo que no me cuadra. Se rompieron desde dentro. Enma, ¿te ocurre algo? Te has quedado pálida.

—Virgen santa.

La voz masculina que salió de algún lugar hizo que Anabel frunciera el ceño. Se inclinó hacia delante, al tiempo que Enma se apartaba de la puerta y quedaba totalmente descolocada en mitad del pasillo, delante de la cocina.

—¿Cedric Conrad? Pero... —Analizó todos los rostros, se giró hacia Enma y luego volvió a mirar al grupo de personas sentadas en torno a la mesa—. ¡No me lo puedo creer! Y los hermanos De Mateo. ¡Y Lisa...! Pero ¿qué hacéis todos aquí?

Claudio se llevó la mano a la frente como un soldado y Lisa sonrió de un modo siniestro. La mujer no daba crédito. Estaba sorprendida y contenta en la misma proporción.

—¿Cómo es que estáis todos en San Petri? ¡Santo Dios! Hacía muchísimos años que no sabía nada de vosotros.

—¿Quieres un café, Anabel? —preguntó Enma entrando detrás de ella.

Dani lanzó una mirada de complicidad al resto, mientras Anabel parecía asimilar la cantidad de rostros familiares que tenía delante. Cedric apartó una silla con educación y la invitó a sentarse junto a él.

—Claro... Gracias, Enma. No tengo mucho tiempo, pero creo que este momento merece al menos unos minutos.

—Nuestra querida Enma ha decidido vender esta casa

—anunció Claudio— y Lisa quiere hacer lo mismo con la suya. Así que..., bueno, nos pareció un momento maravilloso para pasarnos por el pueblo por última vez.

Anabel asintió, miró de reojo los papeles que había ordenados pulcramente en una pila encima de la mesa y sonrió.

—¿Habéis estado todos estos años en contacto? —les preguntó.

—Por supuesto —mintió Cedric. Miró de refilón los papeles que acababa de ordenar antes de que entrara la agente y se quitó las gafas—. Por cierto, yo estoy escribiendo un libro sobre los naufragios en estas costas, así que no me lo pensé cuando mis amigos me propusieron venir a pasar unos días al pueblo que nos vio crecer. ¿No te parece una idea encantadora?

A Lisa se le escapó la risa. No podía disimular lo gracioso que le resultaba la forma elegante y casi aristócrata de hablar de Cedric. Aunque, si lo pensaba bien, lo hacía cuando se ponía nervioso. En esos momentos tamborileaba suavemente con las puntas de los dedos en la mesa, mientras los dos hermanos se miraban discretamente.

—Es increíble veros aquí. Es una pena que vuestra llegada coincida con este asunto, aunque si lo pienso creo que todo quedará en un susto.

—Pero has dicho que uno de los críos tenía las puertas del armario rotas desde dentro —dijo Dani—. Eso es bastante siniestro.

Anabel asintió y se tomó el café.

—Tengo que volver a casa del niño, el equipo estaba recogiendo pruebas en la habitación. Salí un momento a preguntar a los vecinos. ¿Sabéis?, os parecerá una soberana tontería, pero me recordó aquel episodio que hubo en el pueblo con los primos aquellos. ¿Lo recordáis? Yo era tan pequeña que casi no me acuerdo.

—Ligeramente —respondió Lisa.

—En fin —dijo, levantándose—, no sabéis la ilusión que me hace veros por aquí. Si sabéis de algo, por favor, llamadme. Os dejo una tarjeta con mi número de móvil y avisad cuando os vayáis. En cualquier caso, me gustaría mucho tomarme una cerveza con vosotros antes de que desaparezcáis. ¿Me lo prometéis?

Lanzó a Cedric otra de sus sonrisas encantadoras y este se quedó atontado mirando para ella sin decir nada. Fue Dani el que le dio una patadita por debajo de la mesa para que reaccionase.

—Oh, por supuesto. ¡Claro! —exclamó. Tomó la tarjeta que Anabel le tendía y se levantó—. Ha sido un placer verte, Anabel. Y, por supuesto, te avisaremos cuando salgamos a dar una vuelta por San Petri, antes de irnos.

Dicho esto, la mujer se despidió, cogió su bolso y las dos fotografías, y salió por la puerta hacia el jardín.

—¿«Ha sido un placer verte»? ¿«Idea encantadora»? —Claudio soltó una estrepitosa carcajada y empujó con cariño a Cedric.

—¿Qué? Sabía que me sonaba ese nombre. Esa mujer subía al trepador del parque como si fuera una araña. Recuerdo más sus braguitas de algodón con nubes que su cara.

—¡Cedric Conrad! —gritó Enma—. ¿Dónde ha quedado tu galantería?

—Tenéis que reconocer que ha sido un momento bastante tenso —alegó Dani—. Y ahora, si no os importa, decidme que lo de los dos niños es una coincidencia.

Lisa soltó un suspiro de impaciencia y se cruzó de brazos, apoyándose contra la encimera de mármol.

—Solo nos faltaba tener a una policía pendiente de lo que hacemos. Creo que deberíamos darnos prisa. Yo tengo que pasar por mi antigua casa para quedar con el posible comprador. Luego podemos sacar el equipo de espeleología —dijo con sorna—. Buscaré entre los trastos viejos de mi madre algo que me sirva: linternas, mochila y todo lo que pueda necesitar. Traeré lo que pueda.

—Yo tengo que tener algo por algún lugar de la casa —dijo Enma.

—Entonces será conveniente que compremos lo que nos falte en alguna tienda fuera de San Petri —anunció Claudio—. Cuanto menos se nos vea, mejor. Cogeré el coche e iré al pueblo de al lado.

—Iré contigo —dijo Cedric. Miró a Enma y esperó que esta reaccionase. No pretendía hacer de celestina y mucho menos dejar sola a aquella mujer en la casa—. ¿Enma?

—Claro, sí. Yo también voy con vosotros. No sería bueno que ninguno se quedara solo. Dani, tú puedes ir con Lisa.

Dani en aquel momento estaba contemplando el cielo a través de la ventana. Pensaba en aquellos dos niños, en sus madres y en todo lo que debería de estar pasando. La historia se repetía. No prestó atención hasta que Lisa apoyó la mano en su hombro y le devolvió a la realidad.

—Vamos, rubito. Creo que nos han emparejado —le dijo con ironía.

—¿Qué?

—Coged mi coche, Lis —añadió Enma—. Tenéis las llaves en el aparador de la entrada, junto a la puerta.

Claudio se detuvo en el pasillo, miró el reloj y luego cogió su chaqueta.

—Son las once de la mañana, creo que sería prudente que estemos todos aquí antes de las dos.

—A nosotros nos va a sobrar tiempo —murmuró Lisa, muy cerca del oído de Dani, que todavía no tenía claro adónde se dirigía ni los planes que tenían—. Dani, vamos a mi casa a por unas cosas y a ver al comprador. Tardaremos una hora.

—Nos falta tiempo, entonces —le dijo, saliendo por la puerta—. Se me ocurre un sitio donde ir antes de regresar a casa.

36

12 de octubre de 2016
San Petri-Costa de la Muerte (Galicia)

Las experiencias traumáticas les habían cambiado cuando apenas cumplieron los doce años. Aquel pueblo representaba el desgarro de su infancia, muy pocas veces acompañada, porque para Lisa su juventud no fue muy diferente a estar sola, por mucho bullicio que tuviera a su alrededor o por muchos amigos con los que disfrutara de copas a las dos de la mañana. Con ellos no podía sincerarse. Se inventaba una vida que no había logrado tener cuando era niña y jamás hablaba de lo que le sucedió, a menos que fuera a un médico, como en los últimos años.

Mientras avanzaban por la carretera en dirección a su casa, se sintió tentada de llamar al doctor Del Río. Le diría: «¿Sabe, doctor? He seguido su consejo. Estoy con mis antiguos amigos (en el fondo nunca han dejado de serlo), muy cerca de mi metafórico asesino con orejas de conejo y voy a bajar. Sí, doctor. Bajaré por ese pozo para enfrentarme a los fantasmas de mi pasado. El amor de mi infancia está junto a mí. Y ya sabe, él matará a los monstruos por mí. Pero lo haremos, nos enfrentaremos a él y quizá le preguntemos qué es lo que quiere de nosotros, por qué nos persigue.» Lisa sabía muy bien lo que le habría dicho el doctor: «Es importante enfrentarte a tus miedos, descender a ese pozo, que no es más que tu propio subconsciente, y enfrentarte a tu asesino, al monstruo del armario, y decirle que eres más fuerte que él.»

Miró a Dani, que conducía con calma. Después de escuchar su historia, se había dado cuenta, muy a su pesar, de que todo lo que vivieron allí les había afectado de un modo distinto a cada uno de ellos. Quizá, pensó, ella era más fuerte. Aunque aquel pensamiento se transformó rápidamente en un sentimiento de culpabilidad, porque Dani lo había pasado mucho peor que ella. La criatura se había cebado con él para después trastocar su futuro en días repletos de pesadillas y noches de soledad en vela.

—No te compadezcas de mí, Lis —murmuró él como si fuera capaz de leerle el pensamiento—. Aunque no te lo creas, sigues haciendo los mismos gestos con la cara y los recuerdo muy bien.

—Solo pensaba en lo que te pasó. Todo eso que has contado en la cocina es terrible.

Lisa respiró hondo, miró por la ventana y se sintió más serena, más segura de sí misma.

—Las pesadillas me han dado una vida cómoda y muchos triunfos en mi trabajo. No voy a decir que disfrute con todo lo que nos ha pasado, pero te mentiría si te dijera que sufro por ello o que vivo atormentado.

—Pero has estado solo, Dani —dijo Lisa—. Siempre.

—¿Acaso tú no?

La pregunta la dejó fría, porque tenía razón. Toda la razón. Dani giró a la derecha y aparcó delante de su antigua casa, apagó el motor del Volvo y se giró en el asiento para verla mejor.

—En el fondo todos hemos estado solos, Lis. Si tengo que serte sincero, creo que nuestra situación se asemeja a pactar con el mismo diablo. Nos dejó vivos a cambio de nuestra juventud. Y a veces pienso que estamos esclavizados por este lugar, que si no hacemos algo seguiremos viniendo aquí, una y otra vez, por el mismo motivo, con los mismos temores y las mismas noches robadas.

—Puede que todo esto sea una trampa, una treta para volver a tenernos a su merced y terminar lo que empezó hace veintinueve años.

Dani arrugó la nariz de un modo infantil y sus ojos azules brillaron como si acabara de proponerle la mayor aventura.

—Puede ser, pero no lo sabremos hasta que bajemos allí.

Nada más decir esto, Dani hizo un gesto con la cabeza hacia la casa. Había un hombre de edad avanzada delante de la puerta, un tipo que parecía un vendedor de aspiradoras a domicilio.

—Debe de ser el hombre que quiere comprar la casa —dijo Lisa.

—Ve. Yo aprovecharé para llamar al trabajo. He contratado a un chico para que lleve mi página web y alguna que otra cosa más, y creo que se alegrará de oír mi voz.

Lisa observó un instante la verja de metal y los setos enmarañados que cubrían la parte delantera del jardín. Salió del coche. El hombre se había percatado de su presencia. Sonreía en lo alto de la escalera y parecía ansioso, con la frente perlada de sudor. Veinte minutos más tarde, ya le había enseñado toda la casa, habían recorrido cada planta y habían subido al desván. Allí Lisa aprovechó y cogió un par de linternas de mango largo, una mochila que encontró en una caja de cartón abierta y cuatro paquetes de pilas. Dudaba mucho que las pilas funcionaran todavía, pero lo cierto es que estaban en sus envoltorios correspondientes y no parecían haberse usado nunca. Lo guardó todo en la mochila y bajó a la cocina, donde se despidió del hombre —cuyo nombre era Roberto—, el cual le comunicó que estaba en perfectas condiciones, que el precio era más que razonable y que la llamaría. Nada más perderlo de vista calle abajo, volvió a entrar. Fue directa a la cocina y abrió el cajón superior junto al fregadero, donde su madre guardaba los cubiertos y los cuchillos de cocina. Estaba meditando si llevarse el más grande cuando oyó un sonido que la distrajo y vio a Dani junto a la mesa.

—¡Santo cielo! Casi me matas de un infarto —dijo—. Sí que eres sigiloso.

—¿Pretendes apuñalar a esa criatura?

—Pretendo sobrevivir —le respondió. Abrió otro cajón y revolvió en su interior.

Dani asintió como si evaluara la situación y luego examinó la cocina y la pequeña salita que se veía desde su posición.

—¡Ajá! Mira lo que he encontrado. Gas pimienta. Sabía que tenía uno de esos botes por aquí. Mi madre me lo compró cuando me iba a ir a la universidad. Pensaba que, si me intentaban violar, tendría con qué defenderme.

—Tu madre sí que era de ideas positivas —dijo riendo—. La mía metió una caja de preservativos en la maleta y me amenazó con desheredarme si dejaba embarazada a alguna de mis compañeras.

—Vaya —le respondió ella riendo—. Eso es ser precavida. ¿Y ahora? Ninguno tenéis hijos. ¿No os amenaza si no tiene nietos?

Dani se quitó la cazadora de cuero que llevaba puesta, la dejó sobre la mesa de la cocina, se apoyó al borde de esta y cruzó los brazos.

—A mi hermano. Nunca me ha dicho nada, así que seguro que piensa que soy homosexual. Yo también lo pensaría si fuera ella. Ya ves qué vida llevo...

Se miraron el uno al otro y rompieron a reír. Lisa recordó que en el fondo Dani siempre había despertado una duda razonable en cuanto a su sexualidad se refería, quizá por los rasgos suaves de su rostro, la manera felina de moverse que tenía cuando era niño y, por supuesto, todo su aspecto: el pelo rubio, la nariz respingona, la boca...

—¿Lisa?

Volvió a la realidad y oyó un ruido en el piso de arriba. Se había quedado tan ensimismada con sus recuerdos que no se había percatado de que Dani había dejado de reír, tenía la cabeza levemente alzada hacia el techo y la mano levantada.

—¿Oyes eso?

Era como si rodara algo por el suelo, sobre la tarima de madera, y parecía que el soniquete se aproximaba a ellos. Lisa salió de la cocina y se quedó quieta delante de la escalera, con Dani a su lado. El sonido cesó y comenzó a oírse un golpeteo seco intermitente.

—¿Está bajando por la escalera? —preguntó ella. Nunca había sido miedosa, pero en aquel momento sentía el estómago a punto de estallar. Aquello era aterrador.

—Eso parece. Es como...

Una bola. Ambos la vieron en lo alto del segundo tramo de escaleras. Rodaba por el pequeño descansillo y, de un modo fantasmal, giró y volvió a caer peldaño a peldaño, hasta que chocó contra una de las botas de Dani y se quedó quieta. Este se agachó y la cogió entre los dedos. Tenía la boca ligeramente abierta por el impacto de la visión y parecía realmente sorprendido.

—¿Es lo que creo que es, Dani?

—Las bolas del tirachinas... Es una de ellas. Una de las bolas de acero de mi tirachinas. El que usaste en el túnel.

Lisa se tapó la boca con ambas manos; las tenía frías. Todavía sentía los latidos del corazón en la garganta.

—Lis, ¿qué hiciste con él? Yo estaba herido y luego perdí el conocimiento cuando ese loco salió del bosque ¿Te lo llevaste contigo? ¿Lo dejaste en el túnel?

—Dios mío. No, no estoy segura. No lo recuerdo.

Repentinamente Dani cogió su mano y tiró de ella mientras se dirigía al piso de arriba. No tardó en encontrar la que había sido su habitación. Había estado allí de niño muchas veces y todavía lo recordaba con exactitud; aunque el cuarto dejaba mucho que desear, ya no tenía aquellas bonitas cortinas violetas con mariposas, ni la colcha de colores estridentes y la lamparita con forma de hada. La cama mantenía el somier desnudo y el armario estaba abierto con varias cajas de cartón esparcidas por el suelo, llenas de libros y revistas viejas.

—Pero no debería estar aquí. Mi madre usó esta habitación como cuarto de costura cuando me fui. Apenas quedan cosas mías, me llevé casi todo a Madrid cuando me mudé y lo revisé...

Dani no la escuchaba. Estaba inclinado sobre las cajas y revolvía el contenido. Luego se giró, miró a su alrededor y se sentó en la cama.

—¿Qué haces?

—Pensar. Si fueras una niña, ¿dónde guardarías tus cosas?

Lisa estaba a punto de responder que no tenía ni idea cuando volvió a oírse aquel chasquido metálico, esta vez procedente de debajo de la cama. Otra bola de acero se coló entre las piernas de Dani y rodó en dirección a la puerta, junto a Lisa. Dani pegó un brinco y se apartó de la cama como si quemara. Miró a su amiga y se agachó muy despacio.

—Dani..., ten cuidado. —Se aproximó a él. Se arrodilló a cierta distancia y bajó la cabeza con la sensación de que algo terrible se había escondido allí abajo—. Dani...

—Tranquila —murmuró él. Alargó el brazo, pegó la cabeza contra el suelo y sacó una caja de cartón con las solapas abiertas y medio carcomidas.

—Creí que habría alguien ahí abajo.

—Yo también.

Y ahí estaba. Metido entre ovillos de lana, cintas de vídeo beta con películas antiguas y varios libros. El tirachinas con la bolsa de bolas de acero que Dani había comprado hacía años en el patio del colegio, el mismo que había usado Lisa contra aquel ser en las galerías. Una horquilla con un mango grueso de madera de nogal forrado con una cinta negra, las gomas elásticas y la tira de cuero. Estaba intacto.

—Dani..., ¿por qué iba a traernos hasta el tirachinas? ¿Qué sentido tiene?

La miró con el ceño fruncido y, encogiéndose de hombros, negó con la cabeza.

—No lo sé, Lis. No tengo ni la más remota idea.

37

12 de octubre de 2016
San Petri-Costa de la Muerte (Galicia)

—¿No crees que te has pasado un poco, Claudio?

Enma toqueteaba todos los utensilios que habían logrado llevar hasta el mostrador de la ferretería, un pequeño negocio con una sección de deportes, algo desfasada pero con los objetos que, según Claudio, necesitaría para bajar al pozo. Habían cogido cinco mochilas estancas, unas linternas de esas que se ponían en la frente y otras tantas de mano (con el mango largo y grueso), un botiquín impermeable y brújulas. Eso sin contar con cinco silbatos (que, por lo que había dicho Cedric, servirían en el caso de que se separasen), varias navajas suizas y unos sencillos chubasqueros. «Lo básico», había pensado Enma en aquel momento. Luego le entró la risa floja cuando recordó las condiciones en que habían bajado siendo unos simples niños.

—Por aquel entonces solo llevábamos un tirachinas. ¿Lo recordáis? —preguntó Cedric.

Claudio le miró de soslayo y enarcó las cejas como si pretendiera decir algo, pero llegó el dependiente y comenzó a pasar todo el material por caja.

—No son de por aquí, ¿verdad? —preguntó el hombre mientras metía las cosas en diferentes bolsas de plástico.

—No, venimos de turismo.

El hombre sonrió sin perder de vista las bolsas. Las fue llenando y colocando en un extremo del mostrador bajo la atenta mirada de Cedric, que no podía apartar los ojos de aquel tipejo tan extraño con aquella nariz tan grande y ganchuda. Llegó a pensar que, si en aquel momento se hundiera el suelo, quedaría colgando de su nariz allá donde hubiera una tabla o un simple gancho. Era digno de admirar, y no solo por aquel detalle de su anatomía; sus ojos eran pequeños y maliciosos, y las cejas grises parecían haber sido cardadas, eran como dos diminutos bigotes al revés. Su meditación fue interrumpida por unos pasos acuciantes que venían de un extremo de la tienda. Un joven, que sin duda era hijo del tipejo extraño, con solo verle la nariz, atravesó una cortinilla polvorienta y les saludó con amabilidad.

—Van bien equipados si van a hacer alguna ruta de senderismo. ¿Necesitan una tienda de campaña o algo así? —preguntó con voz atiplada.

—No, muy amable —respondió Claudio—. ¿Tiene tirachinas?

Al decir esto a Enma se le escapó la risa y Cedric puso

cara de circunstancias, lo que básicamente se reducía a abrir la boca y mirar a su amigo como si dijera: «¿Estás de broma?», pero no lo hizo. A continuación negó con la cabeza. El dependiente y su hijo se miraron.

—¿Tirachinas?

El muchacho alzó la cabeza y miró a Claudio como si tuviera delante a un perturbado mental, negó taxativamente y luego les preguntó si deseaban algo más.

—Sí, un par de cuchillos de montaña.

—Tendrán que ser de un filo y con menos de once centímetros de largo, señor. No nos permiten la venta de otro tipo de arma blanca.

—Está bien —contestó Claudio—. Creo que nos servirá.

—¿Y qué es lo que siempre digo yo? —le preguntó melodramáticamente su padre mientras el chico buscaba en una estantería.

—Un cuchillo nunca trae nada bueno. Uno se lo puede clavar en el culo si cae por la ladera de la montaña.

El hombre asintió con vehemencia y el chico regresó junto a su padre con los cuchillos metidos en unas discretas fundas.

—Creo que nuestro menor problema sería meternos un cuchillo por el culo —susurró Enma.

Tras pagar todo el material, subieron al coche y tomaron rumbo a San Petri. Dado que se habían alejado bastantes kilómetros, aún tenían más de media hora de viaje y, según los cálculos de Enma, llegarían al pueblo sobre la una.

—Haremos una parada en casa de los Barroso —anunció Claudio—. Quizás aún esté a tiempo de comprar esa maldita casa, o por lo menos averiguar por qué ha decidido comprarla y arreglarla Alan Barroso, si es que eso es lo que está intentando hacer. De camino pasaremos por delante de la casa Camelle.

Nada más llegar al pueblo, al atravesar la calle principal y girar en dirección a la casa Camelle, la atmósfera cambió en el coche. Las risas, la conversación trivial y las anécdotas de aquellos últimos años de unos y otros cesaron de golpe y se hizo un silencio casi palpable. La casa se alzaba en medio de aquella «nada» que siempre la había rodeado, solo que en ese momento la verja de metal permanecía abierta. Había una hormigonera en el jardín delantero, bloques de cemento y ladrillos rotos apilados en un lateral de la casa. Las ventanas oscilantes del sótano se habían retirado, abriendo un gran boquete del cual emergía una inmensa rampa metálica que parecía descender hasta el sótano. Un par de carretillas metálicas descansaban a un lado de la entrada. Las ventanas de los pisos superiores seguían selladas, con los postigos cerrados, y había un par de pintadas subversivas junto a la puerta principal: «Al pueblo lo que es del pueblo», «Políticos corruptos» y la firma de algún grafitero en colores chillones.

Al ver la inactividad en la casa, Claudio paró el coche delante de la verja y examinaron la fachada.

—Han abierto el sótano y han puesto una rampa. Supongo que están sacando aquellas estanterías llenas de tarros. Pero también hay mucho ladrillo y cemento —dijo. Abrió la puerta del coche, pero Enma lo aferró del brazo clavándole las uñas.

—¿Adónde crees que vas? ¿Estás loco?

—Solo voy a echar un vistazo. Desde ese boquete podré ver si el pozo está abierto.

—Entonces iremos los tres —afirmó Cedric, que bajó del vehículo y se quedó delante de la verja.

Cuando los demás llegaron a su altura, entraron en la finca y caminaron a paso ligero hasta el hueco abierto. Solo tenían que inclinarse un poco para ver todo el sótano. La abertura era tan amplia y alta que, sin lugar a dudas, los obreros podían descender sin problema por la rampa de pie con las carretillas, y por supuesto se veía el pozo, al fondo. Para su sorpresa la tapa estaba cerrada y la bombilla que tiempo atrás había constituido el único punto de luz había desaparecido.

—No entiendo nada. Está cerrado —dijo Enma.

—Puede que lo abrieran cuando empezó la obra y ahora esté sellado provisionalmente. Mirad, hay una hormigonera allí. Están arreglando las paredes, por eso hay tanto ladrillo y bloques de cemento fuera.

Cedric asintió.

—Quizás estén restaurando la casa, fijando bien los pilares del sótano.

—Vámonos de aquí, por favor —suplicó Enma.

Claudio hizo un gesto de conformidad y los tres volvieron a la entrada, traspasaron la verja y subieron al coche. Cuando se disponían a arrancar, oyeron un sonido de un coche que se aproximaba por el camino. Claudio encendió el motor y con gran rapidez se alejó prudentemente de la calle. Al final de esta paró justo en la intersección. Dio marcha atrás, para ocultar el *jeep* con los árboles del camino, y se apeó. Inclinado, con la cabeza asomada entre las plantas y los arbustos, distinguió un vehículo grande de color burdeos aparcado delante de la casa. De él descendió una mujer con el pelo cobrizo muy largo. No fue capaz de verle el rostro, ni siquiera la ropa que llevaba. Entró en la finca y a los pocos minutos salió. Se subió al vehículo, dio marcha atrás y volvió por donde había venido.

—Era una mujer —dijo, de vuelta en el coche—, pelirroja. No pude ver mucho más, estaba bastante lejos. Entró y salió. Nada más.

—Quizá sea Liseth, la madre de David y Bruno —alegó Enma—. Era pelirroja, muy delgada y bonita. ¿Lo recordáis?

—Sí, claro que sí.

—¿Cuántos años tendrá ahora? —preguntó Cedric.

—Era más joven que nuestras madres. Cuando Bruno tenía quince años, ella debía de tener unos treinta y cinco —contestó Enma—. Así que rondará los sesenta y cinco.

—¿Y David?

—Era como nosotros —dijo ella—. Treinta y nueve. Era un año y pico más pequeño que tú, Claudio. Cuarenta, quizá, no sé en qué mes cumplía.

—Vale. Vamos a su casa —dijo de pronto Claudio, encendiendo el motor—. Si nos damos prisa, la pillaremos en la entrada.

38

12 de octubre de 2016
San Petri-Costa de la Muerte (Galicia)
Casa de los Valverde

Anabel recorrió la habitación mientras dos de sus compañeros fotografiaban e introducían en bolsitas transparentes, correctamente selladas y etiquetadas, todo lo que iban encontrando. Lo que más le llamó la atención fue una de las bolsas con restos de lo que parecía tierra; quienquiera que hubiese entrado había dejado una huella parcial en el suelo y restos suficientes para analizarlos. Luego estaba el detalle del armario. El niño se había tenido que esconder en él después de colocar el aparador delante de la puerta. Había arañazos de arrastre en la tarima. La puerta se abría desde fuera hacia la derecha, así que quien se lo llevó tenía suficiente fuerza para empujar la puerta, meter el brazo y apartar el mueble lo necesario para entrar. Sin embargo, en el borde de la puerta no habían encontrado huellas, ni tampoco en el aparador ni en las puertas del armario. Lo desconcertante era el asunto de ese armario. Anabel había descubierto, la primera vez que entró, una enorme mancha de humedad en el suelo interior, junto a los abrigos y los pantalones. Aunque inicialmente pensó que el pequeño se había orinado, lo descartó rápidamente al aproximarse y no percibir el hedor característico.

—Tenemos que analizar el líquido que hay dentro del armario lo antes posible —indicó a uno de los chicos, que estaba metiendo en una maleta las bolsas y el frasquito con los restos del fluido—, y esa tierra.

—Tardarán unos días. Ya sabes cómo van estas cosas, Anabel.

—No. No hay tiempo. Ocúpate tú. Llévalo al laboratorio cuanto antes y haré una llamada.

Dicho esto, se dirigió al armario poniéndose unos guantes. Se metió dentro y cerró las puertas. Se acuclilló con mucho cuidado de no tocar la zona húmeda y recapacitó. Leo Valverde había estado sentado, posiblemente en el mismo sitio, y podía ver el exterior a través de las diminutas rendijas. Pero... se escondía de alguien. Si estaba viendo a su raptor desde su misma posición, ¿por qué estaban las puertas rotas desde dentro?

Anabel apartó la ropa de los lados, tocó la trasera y los laterales del armario, y luego hizo a un lado las cajas de plástico con juguetes. No había nada. Solo aquella mancha húmeda a la derecha, detrás de un abrigo.

—¿Qué pasó para que empujaras las puertas con tanta fuerza que las rompiste, aun sabiendo que el malo estaba esperándote fuera...? —susurró.

39

12 de octubre de 2016
San Petri-Costa de la Muerte (Galicia)

La biblioteca pública que recordaban no tenía nada que ver con el espléndido edificio en el que se encontraban. Lo habían ampliado con nuevas alas que daban acceso a salas de lectura. Dos inmensos pasillos se unían en un aula central llena de estanterías sobre raíles telescópicos. En la planta superior estaba la sala infantil, con un mobiliario que no tenía nada que envidiar al antiguo, y la sección de reprografía y audiovisuales. Había una mujer mayor delante de un enorme mostrador circular de madera, con detalles verdes que formaban una especie de damero. Lisa le preguntó por Roberto, el antiguo bibliotecario. La mujer, que llevaba un enorme moño blanco en lo alto de la cabeza, tan tenso que parecía alisarle todas las arrugas de la cara, la miró por encima de las gafas y sonrió.

—Hija de mi vida. Murió hace cuatro años de un infarto. ¿Lo conocían?

—Vaya, es una lástima. Nosotros crecimos aquí y Rony... Bueno, Rony era un buen amigo.

La mujer les estudió minuciosamente y se inclinó por encima del mostrador.

—Sí, era un hombre muy entregado a su trabajo, pero vivía solo desde que su madre murió, y ya sabéis lo poco que se cuidaba. Estaba gordo, demasiado, y jamás iba al médico para hacerse un chequeo, porque decía que si iba le encontrarían de todo. Qué estupidez, ¿verdad? Pero así era él.

—Sí. Se veía venir —respondió Dani—. Díganos una cosa, señora...

—Eugenia. Pero, por favor, llamadme Eugene y tutéame. No me hagáis sentirme más vieja de lo que soy.

—Estupendo, Eugene. Verás, necesitamos información de San Petri a partir del año 1921. Vamos a vender nuestra casa dentro de muy poco y no creo que volvamos por aquí. A nuestros padres les haría mucha ilusión. Habíamos pensado en hacerles una especie de librito con artículos, fotografías o imágenes del pueblo cuando eran jóvenes o en la época de sus abuelos.

—¡Hmm...! Una especie de diario de San Petri.

—Sí, algo así —dijo Lisa—. Queríamos conseguir la mayor información posible.

Eugene arrastró los pies, calzados con unos botines verdes de cordones, y salió del mostrador para situarse junto a ellos y volvió a lanzarles una mirada desconfiada. Se abrochó la chaqueta de lana que llevaba sobre el vestido y dijo:

—Veréis, en el sótano tenemos el fondo antiguo, donde guardamos algún que otro incunable, manuscritos y documentos de siglos pasados, y luego está la sección bibliográfica. La primera no puede fotocopiarse dada la delicadeza de los documentos, pero creo que es la segunda la que estáis buscando. La llamamos la biblioteca Petri y allí guardamos toda la información de la provincia y las publicaciones periodísticas desde 1850. Hay varios ordenadores de consulta y quizás encontréis algo que os sirva. Está todo informatizado.

—No sabes lo mucho que te lo agradecemos —dijo Lisa.

—Bueno, es un bonito detalle. El día de mañana seguro que vuestros hijos también querrán saber de dónde vienen sus padres.

¿Qué había dicho? Dani miró a Lisa sin dejar de sonreír y luego a la anciana.

—¡Claro! Cariño, ¿cómo no se nos había ocurrido? —soltó Lisa rodeando a Dani con el brazo en un gesto de afecto y complicidad—. Podemos hacer para los niños otro álbum con las fotos del pueblo hace años, que vean cómo era la vida, cómo lavaban la ropa las mujeres en los caños de agua, los antiguos comercios... Así valorarán mucho más lo que tienen ahora, ¿no crees?

Eugene sonrió, enseñando su dentadura postiza, y les hizo un gesto para que la siguieran. Dani miró de soslayo a Lisa y ella le besó en la mejilla.

—¿No es emocionante, cariñito?

—Sí... Muy emocionante, florecilla.

Al descender al sótano, tanto Dani como Lisa recordaron a Rony Melony bamboleando su barriga por aquellas mismas escaleras y aquel despacho inmundo en el que guardaba todos sus tesoros. Con una rápida ojeada, vieron que la sala estaba totalmente cambiada. En lugar de fotos y teorías conspiratorias, había un enorme archivo rodante soportado por unos inmensos rieles de hierro repleto de carpetas colgantes y cajas de archivo definitivo. En la puerta había un rótulo que decía: «Archivo-Documentación»

Continuaron por el pasillo y giraron a la derecha, donde había una habitación un poco más grande. Eugene abrió la puerta y les invitó a pasar.

—Aquí es. Allí hay un teléfono. Si marcáis la extensión doce, yo misma os atenderé. Los libros de consulta están en esas estanterías en la derecha, en orden alfabético, y en esos dos ordenadores podréis leer la prensa digitalizada. Es más rápido consultar fechas a través de las bases de datos que ir directamente a los periódicos.

A continuación, se dirigió a la salida con paso lento y los dejó solos. La puerta se cerró con un sonido seco y el taconeo de sus botines fue desapareciendo hasta que se hizo el silencio.

—¿«Florecilla»? —A Lisa le había resultado muy gracioso aquel apelativo, por no mencionar el tono con el que lo había hecho.

Dani se arremangó delante del ordenador y comenzó a teclear como un poseso.

—¿«Cariñito»? No sé cuál de los dos fue más hortera. Pero si eso nos ha servido para que nos dejen solos aquí, bienvenido sea.

—No busques el año 1921, Dani. Busca cuatro o cinco años atrás, incluso más.

Dani tardó unos minutos en localizar algo de interés.

—Aquí hay un periódico que se llama *La Gacetilla*. Son publicaciones de entre 1900 y 1960. Tiene que haber algo.

Lisa se sentó en una silla a su lado y ojeó la imagen de la pantalla.

—Mira. Tiene un sumario. Noticias locales hasta 1930. —Señaló una línea—. Fíjate en esto: «Fortísima tempestad sobre Galicia: el temporal causa cerca de medio centenar de muertos.» Entra en las noticias hasta el treinta.

Dani pulsó el enlace y la página les dirigió a una serie de noticias por orden cronológico.

—Hay mucha documentación —dijo—. Nos pasaríamos horas buscando.

—Espera. Ve a la casilla de buscar y escribe: «1900, San Petri» —pidió Lisa—. Si hay algo en 1920, 1921o más atrás, lo encontrará igual. Es una búsqueda parcial. Inténtalo.

Efectivamente el ordenador buscó durante unos segundos y en la pantalla de pronto apareció un resultado.

1917. PREVENTORIO SAN PETRI

—¿Qué demonios significa «preventorio»? Señor, me estoy poniendo muy nerviosa. Lee lo que pone en el enlace.

—«El sanatorio para tuberculosos comenzó a construirse en 1915, pero fue dos años después cuando inició su actividad. Contaba con trescientas camas y cuarenta y cinco empleados. En la planta superior se situaban los enfermos más graves, y las inferiores eran para los menos afectados y aquellos enfermos que podían salir al exterior y no fueran un foco de contagio para el resto de las personas del edificio. Situado en una zona boscosa, al aire libre, el lugar fue elegido por su cercanía al bosque y la lejanía de las zonas urbanas más aglomeradas y carreteras de comunicación para mantener aislados a los pacientes más infecciosos. La ubicación era muy importante como herramienta terapéutica contra estas afecciones respiratorias, que en muy pocos casos eran curadas. El preventorio fue destruido parcialmente en 1925 por un incendio ocasionado por un cortocircuito en uno de los pabellones del primer piso. Sin víctimas que lamentar. Sin embargo, este hecho dramático puso en entredicho la profesionalidad del centro, pues se descubrieron los restos de maquinaria utilizada para lobotomías, tratamientos de electrochoque, radioterapia e instrumental para la diatermia cerebral lateral. Los restos del preventorio fueron derribados en marzo de 1926.»

—No... No entiendo nada —dijo Lisa.

Dani se mantenía pensativo, con el puño apoyado en la boca, y parecía leer el texto una y otra vez.

—Dani, voy a tomar una fotografía del texto con el móvil para enviársela a los demás. No tengo ni idea de qué tiene que ver esto con todo lo que nos está pasando, pero entre todos podremos darle algún significado.

—El pozo era parte del preventorio... —Dani miraba al suelo y movía los ojos de un lado a otro, buscando respuestas.

—Sí, eso parece. Pero volvemos a la pregunta del millón: ¿qué tiene eso que ver con Bunny, los niños y los malditos naufragios?

Dani tecleó en el ordenador y, tras una larga búsqueda, le señaló algo en la pantalla a Lisa.

—Ayer se nos pasó por alto lo más importante. Estábamos tan impactados por todo lo que nos leía Enma que no vimos lo más significativo, Lis. Cuando el *Bonifaz* se hundió, dejó veinticinco muertos; eso ya lo sabíamos. Mi abuelo nos contó que Claus se volvió loco viendo tanto cadáver flotando en el mar. Hasta ahí bien, pero mira esto. ¿Qué pasó en el ochenta y siete? ¡Cuando nos pasó todo! En mayo, un pesquero dejó dos muertos, y en diciembre, un buque mercante, más de veinte. Bunny mata cuando se unen ambos sucesos, el naufragio y que alguien abra el pozo, por eso no hay tantas muertes infantiles como hundimientos. Eso había sido un exterminio en toda regla. Es el pozo el que le permite matar, la conexión que tiene con el mundo de los vivos. ¿No lo ves?

—Pero si fuera así...

—Se le veía en las costas, sobre restos de barcos y aviones, pero nunca interactuó con este plano. En 1921 ya existía el sanatorio y, como dijo Cedric, empezaron a desaparecer y morir niños. Ese pozo y esas galerías se construyeron para algo relacionado con el preventorio. Algo tuvo que pasar allí.

—¿Y qué tienen que ver los naufragios?

—No lo sé.

—¿Y los niños? ¿Por qué los niños, Dani?

—Tampoco lo sé.

Dani se levantó de la silla y se puso a caminar en círculo con los brazos cruzados. De pronto miró a Lisa como si acabara de ver un fantasma.

—En el ochenta y siete mató a dos niños, Lis. Bruno se suicidó o se intoxicó.

Tras reflexionar unos instantes, Lisa susurró:

—No... Esos niños...

—Sí, Lis. Le faltaron dos. Son siempre cuatro, y nosotros impedimos que fueran más. No tengo ni idea de por qué mata a niños, quién es y por qué está relacionado con los naufragios, pero lo que sí sabemos es que esos dos niños están ahí por nuestra culpa. Ahora más que nunca tenemos que bajar a esas malditas galerías.

40

12 de octubre de 2016
San Petri-Costa de la Muerte (Galicia)

Liseth seguía tan estilizada y grácil como cuando la habían conocido, aunque, como había indicado Enma, pasaba de los sesenta y cinco años. Llevaba el pelo suelto, muy largo y algo ajado por los años, pero sutilmente arreglado. En otra mujer de su edad, aquel cabello abundante y ondulado no hubiera quedado tan bien como en ella, pero Liseth era muy alta y también muy delgada. Vestía con la misma elegancia de antaño y seguía sonriendo con la misma dulzura.

—No sabéis la alegría que me da veros aquí, chicos. Cómo ha pasado el tiempo. Y mírate, Enma, tan adulta, tan bonita y toda una madre ya...

—No queríamos molestar —dijo Claudio—. Estábamos en casa de Enma y se nos ocurrió pasar a ver a David. No volvimos a saber de él y este viaje nos ha servido para recordar viejas heridas.

—Claro —murmuró ella con nostalgia—. Permitidme invitaros a un café o un té en casa. Si me seguís con el coche, podéis aparcar delante de la entrada, en la escalinata.

Liseth se subió al coche y la verja metálica comenzó a deslizarse silenciosamente hacia un lado. La caseta de las herramientas, antaño un lugar muy familiar donde David guardaba sus cosas, había desaparecido y una enorme rocalla repleta de flores violetas y amarillas decoraba el entorno.

—¿Habéis visto el traje de chaqueta y pantalón que llevaba? —preguntó Enma—. ¡Señor! Debe de costar por lo menos dos mil euros, y eso sin contar los zapatos y las joyas.

—Ah, Enma —canturreó Cedric—, tú no necesitas esas cosas para ensalzar tu belleza vikinga.

—Ya. Pero insisto, no me importaría ensalzarla un poco.

Claudio se rio, giró el vehículo siguiendo la trayectoria del camino y, como le había indicado Liseth, aparcó delante de la escalinata y todos se apearon. La casa no dejaba nada a la imaginación. En la puerta les recibió una mujer rechoncha con un delantal blanco impoluto. Liseth había llevado el coche a la parte de atrás y no tardaría en llegar. Así que la anciana encantadora de mejillas arreboladas les guio por el amplio vestíbulo repleto de alfombras persas, cuadros enmarcados en oro y figuras de porcelana y mármol. El salón no era menos: había varios sofás de piel marrón en algunos rincones, un billar y una barra de bar tapizada en cuero rojo.

—Mi chalet es una cabaña de paja comparado con este sitio —dijo Claudio—. Cuánta opulencia...

Cedric se inclinó para echar un vistazo a unas figuras de los guerreros de Xian que había en una pequeña vitrina. Cuando se disponía a decir algo, Liseth apareció por una de las puertas laterales de doble hoja del salón y se sentó en el sofá.

—¿Os importa que fume?

—En absoluto. Faltaría más —respondió Claudio, que también tomó asiento.

—A mi marido siempre le apasionaron las antigüedades —dijo mirando a Cedric—. Tengo toda la casa repleta de cosas como esas, compradas en subastas de todo el mundo. Lo cierto es que acabé acostumbrándome a ellas. Cuando era joven siempre rompía algo, lo que provocaba la correspondiente bronca de Alan. Sentaos, por favor. Poneos cómodos.

La mujer del servicio apareció con una enorme bandeja de plata llena de tazas y platillos. Depositó dos jarras en la mesa de centro y luego colocó con elegancia el resto de la vajilla y un pequeño azucarero. Al cabo de un minuto, regresó con unas pastas.

Liseth dio una profunda calada a su cigarrillo y los miró.

—Bien. ¿Hasta cuándo os quedáis?

—No lo tenemos muy claro aún. Unos días —respondió Enma—. Tengo que dejar la venta de la casa organizada; luego ya se verá. Por eso queríamos saber algo de David antes de irnos, hablar con él, pasar algo de tiempo...

—Mi hijo pasó unos años terribles cuando sucedió todo aquello —comenzó a decir Liseth—. Primero lo de sus dos amigos y después su hermano... Fue muy duro para él, era demasiado pequeño para soportar tanto dolor. Se encerró en sí mismo, dejó de hablar y no tuvimos más remedio que llevarle a un sitio donde pudieran ayudarle. Lo que menos deseábamos su padre y yo era que ese mutismo se enquistara, que se volviera loco para el resto de su vida. Creímos que un centro especial, con personas de nuestra máxima confianza, lo ayudaría. «Sé que me aborrecerás», fue lo único que le dije cuando lo llevamos allí. Pero ¿qué otra cosa podíamos hacer para ayudarle?

—¿Cuánto tiempo estuvo sin hablar? —preguntó Cedric.

—Quince años.

—¡Santo Dios! —exclamó Enma—. Eso es muchísimo tiempo.

Liseth asintió. Se había soltado los botones de la chaqueta y tenía las piernas cruzadas y el brazo en el respaldo del sofá. Mirarla era como contemplar a una actriz de Hollywood. Incluso sus ojos reflejaban el agotamiento moral al que se había visto sometida durante años o los excesos de pastillas y la soledad.

—Disculpa. ¿Y todo ese tiempo lo pasó en el centro? —inquirió Cedric.

—Los primeros meses no dejaron que lo viéramos, y os aseguro que lo pasé muy mal. No dejaba de reprocharme que mi hijo mayor hubiera encontrado las pastillas que lo mataron, que no pudiera ayudar al pequeño, y encima me pedían eso... Pero lo hicimos, convencidos de que lograrían sacarle de aquella mudez en la que se había refugiado. David se pasaba las horas sentado delante de la ventana o en una silla en el patio del centro. Y, por favor, no penséis que estaba en un psiquiátrico. Nada más lejos de la realidad. Era como un hotel, tenía todo lo que podía necesitar, pero estaba vigilado y tratado por doctores especializados en aquel tipo de conductas. El dinero no era el problema y lo habría quemado todo si con ello hubiese recuperado a mi pobre hijo.

Liseth apretó los dientes y sus mandíbulas se tensaron, resaltando sus pómulos y las facciones de su rostro. En aquel momento su expresión era implacable, pero con ella misma y sus remordimientos.

—Fue en el año 2002 y lo recuerdo bien porque en aquella época ocurrió lo del *Prestige*.

Enma miró a sus dos compañeros y estos, a su vez, intercambiaron varios gestos de complicidad.

—David pasaba varios días en el centro y el fin de semana, desde el jueves o incluso antes, venía a casa con nosotros. Pero seguía igual, mudo, absorto en su propio mundo, aunque comía como una persona normal y hacía todo lo que un hombre normal haría en su situación. Si poníamos la televisión, bajaba de su habitación y se sentaba con nosotros en el salón, se bañaba, se aseaba... Salía al jardín a pasear. Era un chico normal, pero no hablaba.

Liseth se quedó en silencio y adoptó una expresión más sosegada, distendida. Era como si estuviera inmersa en su propia historia. Sonreía ligeramente mientras fumaba.

—¿Y de pronto habló? ¿Sin más? ¿De un día para otro? —preguntó Claudio.

—Así es. Cuando llevaba tres años en terapia, comenzó a comportarse como un niño normal y se mudó de nuevo a casa. Tenía dieciséis años. Después fue todo una monotonía continua. Aunque me ocupé de él personalmente, por mucho tiempo que pasaba a su lado y por muchas cosas que intentaba hacer con él, hasta que cumplió los veintisiete años no dijo una sola palabra. ¡Nada! Acabamos acostumbrándonos, ¿sabéis? Y un día, se levantó por la mañana, bajó al salón, donde su padre y yo estábamos desayunando junto a la ventana, y nos dijo: «Creo que tengo que salir un momento.» Alzó las manos con las palmas hacia arriba y se encogió de hombros. Así de simple. Y salió.

Ninguno de los tres daba crédito a la historia de Liseth. Hasta el último momento albergaban la esperanza de que David hubiese estado un tiempo sin hablar, pero no tanto. Jamás se hubiesen imaginado aquello.

—Liseth, ¿David volvió a tener pesadillas? —preguntó Cedric.

—Si las tenía nunca lo dijo. Mi pobre hijo... —Suspiró, apagó el cigarrillo en un cenicero dorado que había en la mesa y se bebió el té—. Regresó de noche y creedme si os digo que yo estaba aterrada. Pensaba que aquella frase que había salido de la boca de mi hijo había sido una estúpida fantasía. Alan no dejaba de mirar por la ventana, preocupado por él. ¿Cómo no íbamos a estarlo? Llevaba tanto tiempo en casa y en silencio que no estábamos preparados para todo aquello. Así que, cuando llegó, nos quedamos en mitad del *hall* como dos estatuas de cera. David nos miró como si no hubiese pasado el tiempo y dijo: «Hola. Perdón por la hora. Fui a dar un paseo.» Yo rompí a llorar y me abracé a él. Su padre le preguntaba insistentemente por qué no había hablado durante tanto tiempo, qué era lo que le había pasado, por qué... ¡Teníamos tantas preguntas! ¿Y qué respondió? No quería hacerlo porque no tenía nada que decir...

—Señor... Qué terrible fue todo... —susurró Enma con aire circunspecto.

Liseth encendió otro cigarrillo y se repantingó en el sofá.

—Nos juramos, tanto mi marido como yo, no volver a hablar del tema. David estudió mucho durante cinco años y sacó una carrera a distancia. Seguía con cierto recelo a salir fuera, no quería relacionarse con la gente. Era como si la multitud le angustiara. Le facilitamos en mayor o menor medida todo lo que estaba en nuestras manos. Se dedicó por entero a su profesión y todo siguió su curso como si aquellos años de silencio jamás hubiesen existido.

—¿Dónde está ahora?

—Aquí.

Al oírla decir eso, los tres se miraron.

—Sería maravilloso poder verle. ¿Está ahora en casa?

Liseth negó con la cabeza.

—Salió hace unas horas y aún no ha vuelto.

Claudio se inclinó hacia delante y dijo:

—Liseth, ¿por qué ha comprado su esposo la casa Camelle? Es mera curiosidad. Pasamos por allí y vimos que estaba en obras. Nos dijeron que su constructora compró la propiedad. ¿Van a restaurarla?

La mujer dejó escapar un hondo suspiro y lo miró confundida.

—Me olvido de que pasa el tiempo y lleváis muchos años fuera del pueblo. Mi esposo, Alan, falleció hace cinco años de cáncer, Claudio. Fue mi hijo el que compró esa casa y, si te digo la verdad, no tengo ni la menor idea de lo que pretende hacer con ella.

41

12 de octubre de 2016
San Petri-Costa de la Muerte (Galicia)

Al final de la mañana, la agente Anabel Coset ya había pasado a visitar a las cuatro familias de los niños que se metían con Kevin Costa. Al observar a aquellos muchachos de rostros compungidos, asustados por la presencia de una agente de la ley, se dio cuenta de que, en el fondo, no eran más que críos. Sí, pequeños tiranos, como ella solía llamarlos. Niños que se convertirían en adultos y cuyos padres no sabían lo que hacían con niños más débiles cuando salían de clase. Pero el problema no era ese, aunque para Anabel la educación en casa era primordial. El colegio se desentendía de lo que ocurría fuera de sus límites, los profesores hacían la vista gorda frente a ciertas actitudes despectivas que ya se veían en las aulas, y todos, incluso ella, alimentaban aquel caldo de cultivo en las nuevas generaciones, cuando apartaban la vista, miraban para otro lado y se decían: «Se les pasará. Son niños.»

Pese a todo, no logró sacar nada en claro; los chicos no habían tenido ningún contacto con Kevin desde la semana anterior. No lo habían visto y mucho menos se habían metido con él. Cuando salió de la última casa, se preguntó si los padres tomarían algún tipo de represalia con sus hijos después de enterarse de lo que hacían, si tratarían de modificar esas conductas abusivas o si tan solo les llamarían la atención para luego olvidarse por completo de ellos.

Mientras pensaba en todo aquello, llegó al parque infantil donde habían visto por última vez a Kevin. «Sentado en la acera con el teléfono», había dicho uno de los pequeños a su madre. Así que, sin más preámbulo, se situó allí, mirando en todas las direcciones, examinando el suelo, las papeleras cercanas. Nada del otro mundo. El parque, los columpios, la heladería y el banco. Dos comercios más allá y poco más.

Anabel fue hasta la heladería, caminó por la acera hasta llegar al banco y se quedó observando el parque desde aquella posición. Se giró hacia la calle y avanzó hasta el callejón, donde aparcaban los camiones blindados de caudales. Tanteó la única puerta de acceso al banco, que era por donde sacaban las sacas y las introducían en los vehículos. Miró la fachada. Había una pequeña cámara bajo una de las ventanas del primer piso y, un poco más a la izquierda, un contenedor. Abrió la tapa y ojeó el interior. Cartón, mucho papel triturado en bolsas de plástico, posiblemente documentos privados y cajas vacías. Cuando se disponía a bajar la tapa para cerrarlo, pisó algo justo debajo del contenedor, casi en el borde. Se agachó y vio un teléfono móvil situado entre las ruedas del contenedor, prácticamente a la vista de cualquiera. Se puso un guante y lo cogió. Tenía la pantalla rota y no se encendía, lo habían pisoteado, ya que había una franja de porquería que lo atravesaba y por las ranuras de la funda de protección se veían restos de tierra y barro. Sin perder tiempo, salió del callejón, fue directa a su coche y sacó una bolsita de plástico del maletero. Metió el teléfono, lo selló y lo etiquetó. No sabía si tenía algo que verdaderamente mereciera la pena, pero había restos orgánicos en aquel aparato. Debía darse prisa en hacerlo llevar al laboratorio, así que subió a su coche, arrancó el motor y se dirigió a la comisaría sin más dilación.

Nada más entrar por la puerta se topó de frente con Ramiro Amort, su jefe.

—Dime que tienes algo, Coset —dijo, haciendo un gesto para que entrara en el despacho. Luego cerró la puerta, giró la cuerda que plegaba las cortinas verticales y se sentó en su escritorio acariciándose el bigote con dos dedos.

—Los niños que acosaban a Kevin no tienen nada que ver con este asunto. Todos tienen coartada y aseguran que hace más de una semana que no ven al niño. He pasado por el parque donde lo vieron por última vez y he encontrado su móvil al pie de uno de los contenedores del banco. Tienen una cámara instalada. Voy a pedir ahora mismo las imágenes y a mandar analizar la tierra de la funda protectora y el cristal de la pantalla.

—¿Qué me dices de Leo Valverde?

—Los nuestros han estado recogiendo pruebas de la habitación del niño desde primera hora de la mañana. El luminol no ha detectado sangre, solo hemos encontrado una mancha húmeda dentro del armario donde se ocultó el niño. Si le parece bien, yo misma llevaré las pruebas hasta Santiago. Estoy a una hora y poco del laboratorio y no puedo esperar dos o tres días por los resultados.

El comisario asintió muy despacio, se encendió un puro y se inclinó hacia delante.

—Señor, hay algo de este caso que me llama mucho la atención. Las puertas del armario estaban rotas, pero la presión vino de dentro. Creo que podría tratarse de dos secuestradores y que uno de ellos estaba dentro del armario cuando el pequeño se escondió. No encuentro otra explicación. Es como si el chico se hubiese asustado por algo y hubiera tratado de huir. Teniendo en cuenta que fuera estaba el otro sujeto, no me cabe otra teoría en la cabeza. No hay pruebas claras, una huella parcial en la habitación y restos de lo que parece tierra. Si coincide con la que está en el móvil de Kevin Costa, sabremos que es el mismo sujeto.

—¿Alguna muestra biológica? ¿Orina, sangre, pelo?

Anabel negó lentamente.

—Solo el líquido del que le he hablado y que aún no sabemos qué es.

—¿Huellas dactilares? ¿No hay nada?

—No, señor. Lo que tengo pretendo llevármelo a Santiago junto con la muestra de humedad en cuanto usted me dé autorización.

—Anabel, tengo al alcalde encima; dos niños en un día rompe las estadísticas de este maldito pueblo y tú vienes de trabajar en Madrid con los mejores. ¿Necesitas que te ayuden? Tengo a la mayoría de los agentes rastreando un perímetro de veinte kilómetros con la unidad canina, pero si precisas ayuda, sacaré a dos de los mejores para que te echen un cable.

—De momento no, señor.

El comisario volvió los ojos hacia la ventana y se quedó pensativo mientras el humo del puro formaba pequeños tirabuzones. Luego se giró y la miró.

—Sal ya para Santiago y tenme informado de todo lo que vayas descubriendo. Si necesitas efectivos, llamas. Si necesitas apoyo desde la oficina, llamas, pero no se te ocurra tomar decisiones precipitadas, y menos sola. ¿Entendido?

—Entendido, señor.

42

12 de octubre de 2016
San Petri-Costa de la Muerte (Galicia)

—Los sanatorios para tuberculosos tuvieron muy mala fama —dijo Cedric—. Algunos solían tratar a enfermos mentales y a niños en el mismo edificio. Los recursos eran nefastos, por no hablar de la forma de tratar a los enfermos. No había avances y se temía mucho el contagio por puro desconocimiento de la enfermedad. No sé qué decir. Todo esto me parece un galimatías. Primero lo de David Barroso y ahora esto.

Enma, que recogía la mesa junto a Dani, lo miró con cierta tristeza. Depositó los platos en el fregadero y dijo:

—Si esos niños están ahí abajo y aún viven, creo que deberíamos ir esta misma noche. No podemos correr el riesgo de que nos vean. Tampoco sabemos dónde está David y si accedería a bajar con nosotros.

—¿Creéis que David tiene algo que ver con todo lo que está pasando?

Lisa miró a Claudio y sacudió la cabeza.

—¿Por qué iba a hacer algo así? No tendría mucho sentido. Él en todo caso deseará que todo esto termine. Enterrar al ser que le destrozó la vida y mandarlo al mismo infierno. Quizá por eso compró la casa y las obras no sean más que un engaño provisional para sellar el pozo.

—Había una hormigonera en el sótano, muy cerca del pozo —intervino Enma—. Puede que quiera sellarlo con cemento. El problema es que, si lo hace y no se ha enterado de la desaparición de esos críos, tenemos un grave problema.

Cedric se pasó los dedos por el pelo, despeinándose, como era habitual en él, y se desperdigó algunos mechones delante de los ojos.

—Señor, pero hay algo que no entiendo. Según Dani, es posible que los hundimientos con víctimas, junto con la abertura del pozo, sea lo que provoca que esa criatura pueda matar. Pero ¿por qué solo a niños? ¿Y por qué cuatro?

—Los niños tienen una conexión directa con el más allá. No temen lo que no entienden, cosa que sí sucede con los adultos —respondió Lisa—. Fijaos en todos los casos de amigos imaginarios o en todos esos niños que dicen ver un fantasma cuando apenas tienen dos o tres años. A lo mejor Bunny solo puede hacerles daño a ellos...

—¿Y Claus? —interrumpió Claudio—. Hablaba con él. Y era un pobre viejo decrépito.

—Pero estaba loco —apostilló Dani—. Como bien dice Lisa, los niños son inocentes, conectan con algo que los adultos no podemos ver; en cambio, nosotros sí tememos lo que no entendemos y actuamos. Un loco es lo más parecido a un niño, en cuanto pierde el sentido de lo real, lo correcto y lo que debería ser. Y Claus tampoco temía aquello con lo que hablaba en el pozo. Quizá por eso él sí podía interactuar con él, como lo hicimos nosotros. Lo de que sean cuatro... no tengo ni idea. —Se dejó caer en la silla y guardó silencio.

—Cuando somos pequeños —murmuró Lisa—, nuestros padres nos enseñan que existe un Dios bueno que cuida de nosotros. Nos dicen que tenemos que rezar, ir a la iglesia y hacer buenas obras. ¿Cómo es posible que no crean a un hijo cuando les dice que ha visto un fantasma? ¿Acaso no es la misma fe? ¿No proviene del mismo lugar?

Enma se volvió hacia la mesa y la miró perpleja.

—Es la estupidez de los adultos, Lisa —dijo Cedric—. Creo que deberíamos descansar. Nos espera una noche muy larga y tenemos que estar despejados para lo que se avecina.

—Me parece una gran idea. Yo no he dormido nada, con todo el lío de los dibujos de los Supersónicos, y tengo la cabeza cargada —añadió Lisa—. ¿Puedo ayudarte en algo más, Enma?

—Ni se te ocurra. Yo sí que necesito tener la mente ocupada. Así que, si os vais a dormir, aprovecharé para hacer alguna tarta. Después, si mi cuerpo aún responde, me tumbaré a descansar un poco.

Cuando todos se retiraron, Lisa salió del aseo. Dudó unos segundos si meterse en la habitación de Enma o en la de Dani. Lo cierto era que su amiga no iba a tardar mucho en subir y, si volvía a roncar de aquel modo, no iba a pegar ojo en toda la tarde. Enfiló el pasillo y abrió la puerta con cuidado. La habitación estaba en penumbra, Dani había bajado la persiana. Dormía plácidamente en la cama y se había quitado la camisa, para no arrugarla, y los zapatos. Sonrió con tristeza y lo observó dormir, con aquel rostro angelical laxo y relajado. Luego se quitó los zapatos, los pantalones y la camisa, y se metió en la cama con el camisón que había usado la noche anterior. La calefacción daba un calor reconfortante a toda la casa y no tenía frío. Nada más acurrucarse, alargó el brazo hacia Dani y le acarició la mejilla. Este apenas se movió. Era sorprendente la rapidez con la que se dormía. Lisa envidiaba a la gente que era capaz de meterse en la cama y dormirse en minutos. Ella siempre daba veinte vueltas. Cuanto más se concentraba en conciliar el sueño, más difícil le resultaba.

«Aquí estoy, treinta años después, en el mismo lugar. Metida en una cama junto a mi primer amor y a punto de descender al mismo infierno que tiempo atrás nos unió y nos separó.»

Que paradójica y disparatada podía ser la vida, ¿verdad?

Se quedó dormida pensando en todas aquellas cosas, tratando de comprender si en el fondo era consciente de dónde se iban a meter, si serían capaces de enfrentarse a todo aquello con la misma entereza o inconsciencia que cuando eran niños.

Cuando despertó, Claudio había entrado en la habitación cargado con unas mochilas. Las lanzó sobre la cama y empezó a distribuir una serie de objetos que habían comprado. Dani había salido a ducharse. Entró en la habitación y se puso a toquetear todo lo que su hermano iba enumerando.

—Iremos en mi coche, no podemos salir con estas pintas por el pueblo.

—Ya veo —dijo Dani, con una de las linternas frontales en la mano—. Con esto pareceríamos esos humanoides verdes que hacían construcciones transparentes en *Fraggle Rock*.

—Los Curris —afirmó Lisa.

Claudio miró a uno y al otro, y puso los ojos en blanco.

—Vamos a dejarnos de tonterías y a ponernos con el asunto. Os decía que vamos a ir en coche hasta la casa Camelle. Esta mañana localizamos un camino que se desvía hacia la derecha doscientos metros más arriba y que queda tapado por una especie de bosquejo que sobresale del camino. El coche no se ve a menos que vayas allí directamente, así que aparcaremos en ese lugar y, si tenemos que salir corriendo, tendremos vehículo. —Miró el reloj y luego a su hermano—. Son las ocho de la tarde. Tenemos una hora para prepararnos y salir pitando.

Nada más decir esto, abandonó la habitación. Cuando todos se habían vestido para el gran momento, se reunieron en el salón.

—Meted una botella de agua en cada mochila —dijo Enma.

A Lisa le temblaban las manos. Sacó el tirachinas y las bolas de acero, y todos la miraron asustados.

—¿De dónde coño has sacado...?

—De mi casa, Cedric. Nos enseñó dónde estaba guardado.

—¿Quién? ¿Bunny? No me hagas reír —masculló Claudio.

—No lo sabemos, pero alguien nos llevó hasta él.

—Os aseguro que llevar eso hace que me sienta mucho más segura, aunque resulte ridículo —alegó Enma.

—Mete este cuchillo en tu mochila, Enma —dijo Claudio—. Y tú, Cedric, lleva este. Iremos todos juntos, pero, si por alguna razón tenemos que separarnos, siempre haremos parejas de hombre y mujer. Ninguna de vosotras deberá ir sola.

—¿Lleváis los móviles? —preguntó Dani.

—No creo que haya cobertura allá abajo, pero son necesarios. Al menos por si salimos y perdemos a alguien —murmuró Cedric.

—Siempre podemos usar el silbato —bromeó Enma mirando a Claudio.

—Entonces vamos.

Todos se miraron. Había llegado el momento. Fue como si una oleada de miedo les dominara justo antes de subir al coche, mientras guardaban las mochilas y se acomodaban en el interior del vehículo. Enma miró su casa, pensó en su esposo y en su hija, y en aquel maldito viaje a Italia, que ya no tenía la menor importancia. Lisa no pensaba en nada, igual que Dani y Claudio, que estaban demasiado acelerados como para meditar. En cambio, Cedric evocó a su madre. Aquellas palabras que de niño le decía, algo que tenía que ver con que si te hacían daño de joven te convertías en un hombre malo. En aquella situación, Cedric tenía que reconocer que su madre no tenía demasiada razón. Dentro de aquel coche estaba la prueba viviente de que, aun dañados, los niños pueden llegar a ser hombres y mujeres extraordinarios. Intentó mantener la calma mientras miraba a través de la ventana y se alejaban en dirección a la casa Camelle. Sintió la mano de Lisa sobre su rodilla y aquella sonrisa suya tan alentadora, y él se la devolvió.

—¿Preparados? —Claudio parecía preguntárselo a sí mismo, pero les miraba a través del espejo retrovisor, como si aquello fuera una excursión escolar y él su padre.

Todos respondieron que sí.

La gente a veces miente.

43

12 de octubre de 2016
San Petri-Costa de la Muerte (Galicia)

Anabel permaneció frente a la ventana contemplando las luces de la ciudad en medio de aquella inmensa oscuridad. A derecha e izquierda, había gente en todos los rincones de la calle, coches, luces de semáforos, letreros luminosos de restaurantes y el resplandor amarillento de las farolas que alumbraban las carreteras. Antes de salir para el laboratorio había pedido a uno de sus compañeros de más confianza que se hiciera con la grabación del banco; todas las imágenes iban a un disco duro y el director de la sucursal no había puesto ningún problema. Mientras esperaba sentada en uno de los bancos de la sala, había llamado César, su compañero, para informarla de que no había nada.

—¿Nada?

—No, Anabel. El contenedor no está dentro del ángulo de visión de la cámara. He repasado dos veces las imágenes desde las ocho y media hasta las diez y lo único que sale es un gato, ni una sombra siquiera.

Anabel meditó en torno a aquella conversación durante largo rato. Si el sujeto no salía en aquella cámara, no cabía duda de que había tenido que lanzar el móvil del niño de una patada debajo del contenedor, ya que este estaba al otro lado de la calle y para llegar a él tenía que cruzar el callejón.

«Viste la cámara —pensó— y te cuidaste mucho de no salir en ella. No eres tonto. Al menos de momento...»

—Anabel —oyó tras ella. Era Samuel, el responsable del instituto forense, un hombre de mediana edad repleto de arrugas, con los parpados caídos y el pelo más blanco que jamás había visto—. Vamos a mi despacho. Tengo noticias para ti.

Echó a andar por el pasillo y Anabel le siguió. Hasta en tres ocasiones había contactado con Samuel, siempre por asuntos sin demasiada importancia, o como mucho algún robo. Samuel era un hombre de mirada amable, siempre dispuesto a trabajar, aunque fuera de madrugada.

—Siéntate —le dijo entrando en el despacho. Abrió una de las subcarpetas que llevaba en la mano y se puso unas gafas—. La muestra del líquido que me has traído es muy completa. No cabe duda de qué es: cloruro de sodio, cloruro de magnesio, sulfato neutro de sodio, cloruro de calcio, ácido bórico, cloruro de estroncio, fluoruro de sodio y agua destilada.

—Muchos cloruros. ¿Podrías ser más claro?

—Agua de mar, Anabel. Lo que había en tu escena era un charco de agua de mar.

—¿Agua de mar? Pero si en San Petri no hay mar.

Samuel le tendió el informe, lo cogió y se quedó unos minutos leyéndolo.

—Pues la persona que estuvo en esa habitación se debió de dar un chapuzón. Es la única explicación que se me ocurre.

—¿Y las muestras de tierra?

—Veamos —dijo. Abrió la otra carpeta y leyó—. Agua, polvo y arcilla, silicato hidratado de aluminio, dióxido de silicio, restos de yeso y carbono orgánico. Las dos pruebas que me mandaste, tanto los restos de la huella como lo que encontramos en el teléfono, coinciden, vienen del mismo sitio. Al menos la composición es idéntica. ¿Hay algún edificio en construcción cerca de las casas de los niños?

Anabel frunció el ceño.

—¿En construcción? ¿Por qué lo preguntas?

—Todos los componentes que hemos analizado están presentes en una obra. Restos de ladrillo rojo, cemento y arcilla. Todo mezclado. Puede ser que venga de un edificio medio derruido también. Los componentes del cemento, mezclados con arcilla y yeso, se pueden encontrar también en lugares abandonados con el suelo lleno de escombros. A veces los críos juegan en sitios medio demolidos donde solo queda una pared o dos y mucha porquería por el suelo. Lo que trato de decirte es que la persona que pisó ese teléfono y entró en la casa del otro crío es la misma; eso o son dos individuos distintos que estuvieron en el mismo lugar.

—Casa o edificio en obras...

Anabel se incorporó, tomó las dos carpetillas que Samuel le entregaba y le dio las gracias.

—He de irme. Ya son las ocho de la tarde y tengo que regresar. Te agradezco mucho la rapidez con la que has tratado el tema. Cada minuto corre en nuestra contra y no quiero imaginar por lo que están pasando esas madres en estos momentos.

—Ya sabes que estamos para eso —respondió. Se levantó, le tendió la mano y sonrió—. Cuando hay críos de por medio siempre doy prioridad. Con respecto al agua de mar, es bastante desconcertante. No sé qué decirte.

—Gracias, Samuel. Muchas gracias.

—¡Espero que sirva de algo! —exclamó antes de que ella cerrara la puerta.

Subió al coche con la cabeza embotellada. Agua de mar... ¿Qué sentido tenía todo aquello? San Petri era un pueblo de interior y la playa más cercana estaba a diez kilómetros. Nadie dejaba un charco de agua de ese tamaño, aunque tuviera la ropa mojada y le diera por salir de una playa e ir caminando en pleno octubre a diez kilómetros, totalmente empapado. Además, no habían encontrado marcas de vehículo en ninguno de los dos escenarios. ¿Cómo se los habían llevado? ¿Por qué agua de mar y tierra de...?

De pronto tuvo una terrible sensación de miedo. Un recuerdo. Algo que llevaba enquistado en su cabeza muchos años y que de pequeña había oído en la televisión mientras sus padres veían las noticias y ella aguardaba acurrucada entre los brazos de su madre, haciéndose la dormida.

«El niño había sido encontrado con piedras y algas en el estómago.»

«Junto al cementerio de San Petri.»

«Algas.»

«Mar.»

«El pescador juraba que lo confundió con un atún.»

«Estaba en las redes.»

«Lo sacaron del mar.»

Aceleró hasta alcanzar los ciento sesenta kilómetros por hora y a las nueve y diez minutos entraba en San Petri como un cohete. Frenó en la entrada, puso las cortas y circuló con discreción por el pueblo, observando cada edificio, cada comercio y cada casa que encontraba a su paso. Tras una primera vuelta sin encontrar nada que le llamara la atención, giró en la calle real y enfiló la avenida de la Guardia. Subió por la carretera, pasó la urbanización Los Rosales y, cuando llegó al final, frenó.

—Pero... ¿qué coño...?

¿Aquello era un *jeep*?

TERCERA PARTE

LA MADRIGUERA

44

12 de octubre de 2016
San Petri-Costa de la Muerte (Galicia)

> Es de piedra y de noche, y de fuego y de lágrimas. En sus aguas dudosas reposa desde siempre lo que no está dormido, un remoto lugar donde se fraguan las abominaciones y los sueños, la traición y los crímenes. Es el pozo de lo que eres capaz y en él duermen reptiles, y un fulgor y una profunda espera. Es un rostro también, y tú eres ese pozo.
>
> CARLOS MARZAL

Cuando Leo despertó, estaba mojado y tenía frío. Ni siquiera trató de ponerse en pie. Estaba tumbado boca abajo, el suelo estaba húmedo y le dolía terriblemente la cabeza. No recordaba nada más después de meterse en el armario. Tenía una ligera idea de haber estado allí sentado observando a un hombre, luego a un niño que gritaba y después la nada. Movió los dedos de la mano derecha, era lo único que veía con cierta claridad. Cuando respiraba le dolía el pecho y pensó que tal vez estaba herido o, peor aún, que se estaba muriendo. Percibió un sonido sibilante detrás de él. Intentó volver la cabeza en la otra dirección, pero fue incapaz, apenas tenía fuerza. Cada vez que movía lo más mínimo un músculo, el dolor en el pecho aumentaba y la cabeza le latía con más fuerza.

No sabía cuánto tiempo llevaba tirado en aquella oscuridad. Tampoco estaba seguro de si lo que sentía era realmente miedo o abandono. No quería morir allí. Ni siquiera sabía dónde estaba, y si él no lo sabía, nadie lo sabría.

Pensó en su madre, en todas las cosas que le estarían pasando por la cabeza, en su voz, el olor de su perfume y que estaba en casa sola sin saber qué había sido de su hijo. Quizá fue ese pensamiento lo que le dio fuerzas. Movió la mano y luego el brazo y, cuando se sintió preparado, aguantó la respiración, levantó la cabeza y la dejó caer sobre el suelo en la otra dirección.

Barrotes, pensó. Barrotes ennegrecidos encajados en la roca. Movió los ojos con la sensación de que aquel estúpido esfuerzo le haría vomitar y lo único que llegó a ver fueron las paredes húmedas, del color de la noche, y una fila de travesaños cerrando su particular celda. ¿Dónde estaba? ¿Por qué le hacían eso? ¿Qué querían?

Pasaron minutos, quizás horas. Había perdido la noción del tiempo. El aire era fresco y le recordaba a la playa. Aquello no tenía ningún sentido, a menos que ya no estuviera en San Petri. Cuando se sintió preparado, volvió a tomar aire y desplazó las manos hasta la altura de su cintura. Debía hacer lo imposible por incorporarse, ver si estaba herido, calcular la gravedad de la herida si la tenía y tratar de salir de allí. Demasiadas cosas. Sentía que se moría.

Flexionó ligeramente las piernas como si fuera un sapo y se propulsó con ambas manos hacia atrás. Una punzada le atravesó un costado y le faltó el aire. Tosió, lloró y volvió a intentarlo. Nunca hubiera imaginado que levantarse del suelo se tornaría tan difícil y doloroso. Estaba a punto de conseguirlo. Sus manos temblaban bajo el peso de su cuerpo, pero las piernas se le doblaban, las rodillas se le clavaban en el suelo y ahí estaba, a cuatro patas, tosiendo como un alcohólico de cincuenta años a punto de echar la bilis. Alzó la cabeza y gateó hasta los barrotes. Cuando pegó la cara a ellos le dio un vuelco el corazón: frente a su extraña prisión había otra de un tamaño muy similar con alguien tendido en el suelo.

—Hola... ¿Puedes oírme? —susurró. Tenía miedo, no quería alzar la voz—. Chico, ¿puedes oírme? Me llamo Leo Valverde. ¿Me oyes?

Nada. Se tanteó la cintura, buscando con la mirada cualquier herida o resto de sangre. Su camiseta estaba sucia y era prácticamente imposible ver algo. La levantó y advirtió de dónde venía aquel dolor. Todo su costado era un cardenal negro y dantesco que se extendía desde el pecho hasta casi la pelvis. Se quedó pasmado mirándose el moratón. Cuando reaccionó, bajó la camiseta, se palpó las piernas y la cabeza, y solo detectó un pequeño abultamiento en el lado izquierdo.

—Te arrastró hasta ahí —oyó al otro lado de la cueva.

La jaula estaba separada de la suya por un pasillo de tierra. Volvió a mirar al lugar de donde provenía aquella voz infantil y sintió un ligero alivio.

—Hola. Dios mío... Me... me llamo Leo Valverde. ¿Quién eres? ¿Cómo te llamas?

El chico se incorporó con menos dificultad que Leo y se sentó junto a los barrotes. Era otro niño como él, algo gordito y con el pelo negro.

—Kevin Costa. Vivo en el treinta y cinco de la calle Uri. En San Petri.

—Yo vivo en el doce. Calle Doctor Beltrán —le respondió—. ¿Quién nos ha traído aquí? ¿Sabes qué quieren?

Parecía más asustado de lo que Leo había creído. Sacudió la cabeza violentamente y luego se encogió de hombros, abrazándose a sí mismo.

—Kevin, ¿quién me trajo aquí? Estaba... Estaba en mi casa y entró alguien. Un hombre, y luego un niño. No recuerdo nada más.

—Me quería enseñar su moto —respondió Kevin—. Yo estaba en el parque y me dijo que era muy bonita. Yo solo quería ver la moto.

Y nada más decir aquello, rompió a llorar.

—¿Quién me trajo? Dijiste que me arrastró, Kevin. ¿Quién me metió aquí?

El niño afirmó, se sorbió los mocos y luego se pasó la manga por la nariz.

—Por ahí —dijo señalando el pasillo—. Te agarró por un tobillo y te metió en la jaula. Estabas inconsciente y te dabas con las piedras. Luego te encerró y se fue.

Leo aplastó la cara contra los barrotes y comprobó que había una especie de galería hacia la izquierda. Al otro lado, el pasillo se iba oscureciendo hasta desvanecerse. ¿De dónde provenía la luz? Miró hacia arriba y vio sobre la celda de su compañero una antorcha anclada a un soporte metálico en la roca, así que supuso que por encima de su cabeza habría una igual.

—Kevin..., ¿quién nos ha metido aquí? ¿Pudiste verlo?

Kevin asintió muy despacio y luego cerró los ojos con temor.

—El conejo.

—¿El...? ¿El conejo?

El chico volvió a sacudir la cabeza. Luego señaló el pasillo y dijo:

—Te trajo el conejo. El hombre conejo. Te lanzó dentro de la jaula y cuando cerró la puerta me miró y se fue. Da mucho miedo, ¿sabes? —sollozó.

Leo no salía de su estupor, no comprendía lo que le estaba diciendo. ¿Le habrían dado algún tipo de droga alucinógena a ese chico? ¿Un hombre conejo? ¿Acaso todo aquello era una maldita broma?

Pero entonces algo hizo que se volvieran hacia la izquierda: el sonido de lo que parecía alguien correteando muy cerca de ellos y unas risas infantiles. Leo sintió que se le desbocaba el corazón y Kevin reculó hasta chocar con la pared de roca.

—Vienen... —susurró Kevin—. Vienen otra vez... Vienen a por nosotros. —Se echó a llorar.

Un niño.

Leo estaba seguro de que lo que había de pie al final

de la galería izquierda era un niño. Pero ¿qué llevaba en la cabeza? Avanzó como un soldadito, con las manos pegadas a los costados y las piernas adelantadas, rectas y marcando el paso como si estuviera desfilando. Parecía jugar.

—Un, dos, tres... Un, dos, tres...

Eso le sonaba, pero no recordaba de qué.

Cuando el muchacho se aproximó un poco más a la luz, se dio cuenta de que llevaba una bolsa de papel marrón en la cabeza. En ella habían dibujado unos ojos con un rotulador negro, una nariz con forma de zanahoria y una boca sonriente. Era siniestro. El niño era tan diminuto que parecía que la bolsa se lo iba a comer. Avanzó sin dejar de desfilar y al llegar a la altura de su jaula se giró, juntó los pies, se puso muy firme, levantó la mano a la altura de la frente, se cuadró e hizo un saludo militar.

Unos pantalones de algodón, cortos y corroídos, y un mandilón eran sus únicas prendas. Este último era gris oscuro, estaba sucio y lleno de agujeros.

—Hola, marinero. ¿Listo para el abordaje?

—¿Qué?

Rompió a reír bajo la bolsa de papel y se acercó un poco más a los barrotes.

—Ya viene —susurró. Señaló la otra jaula y volvió a colocarse frente a Leo—. Primero él...

—¿Quién viene?

El niño comenzó a dar saltitos por el pasillo como si estuviera jugando a la rayuela. Dejó escapar una risa vivaracha y luego frenó en seco, miró atrás y salió corriendo en absoluto silencio.

—¿Quién viene? —gritó Leo, aferrándose a los barrotes mientras Kevin lloraba.

«Bunny el Cruel.»

Lo oyó a lo lejos. Un susurro flotando en el aire.

—¡Nos va a matar! —gritó presa del pánico Kevin. Estaba acurrucado en el suelo y se balanceaba de atrás adelante, a punto de perder la cordura.

—No digas eso. Nadie nos va a matar. Pedirán un rescate. Eso es lo que hacen cuando secuestran a los niños. Nos están buscando, Kevin.

—No... No es cierto. Nos va a matar.

—¡Calla!

Una extraña sensación de peligro se apoderó de Leo. «Nos van a matar.» Se quedó inmóvil, escuchando, sintiendo. Trataba de comprender qué era aquello que sonaba a lo lejos, pero con todo, la desagradable realidad no le consoló. Estaba aterrado y alguien iba hacia ellos. Por puro instinto, se apartó de los barrotes, mientras Kevin no dejaba de llorar. La sombra que se proyectó sobre toda la galería le espantó. Eran dos orejas. ¡Dos orejas de conejo! ¿Qué demonios era eso? Se dio la vuelta y se tapó la cara, creyendo que de ese modo desaparecería todo y regresaría a casa. ¡Qué estúpido era!

«No eres real. No eres real.»

Apartó lentamente las manos de la cara y volvió la vista hacia el exterior. Delante de las dos jaulas había un ser alto, vestido con ropa oscura, quizá demasiado normal para el extraño contraste con aquella espeluznante máscara de conejo. Leo pudo ver que en su mano derecha llevaba enroscada una cadena plateada que colgaba y se extendía por el piso. Pero lo que daba pavor no era solo la imagen fantasmagórica de aquella criatura, hombre, ser o lo que demonios fuera, sino los bultos que se aproximaban hacia él. Al principio Leo creyó que eran animales, pero estaba equivocado. ¡Eran niños! Niños con los rostros amoratados, los ojos hundidos y algunos desprovistos de dientes y con la ropa desgarrada y sucia. Niños de todas las edades, de distintas épocas. Unos llevaban unos simples vaqueros y camisetas de rayas; otros vestían como lo habían hecho sus abuelos, con pantalones cortos y tirantes; alguno incluso llevaba una gorrita de lana y una camisa de algodón abombada hecha jirones con botines de cordones. ¿Cuántos eran? ¿Diez? El terror se apoderó de ambos niños nada más ver aquellos rostros demacrados y macilentos. Sus labios eran de color púrpura, y tenían heridas y laceraciones en la cara. Pero lo peor estaba por llegar. Cuando dos de ellos comenzaron a trepar por la pared, Kevin, el otro muchacho, chilló presa del pánico y Leo reculó. «No grites —decía su mente—. No dejes que te coja, no dejes que te oiga.» Miró hacia arriba, donde los bultos se desplazaban como arañas por el techo abovedado, y creyó perder el conocimiento. El hombre de la máscara había ladeado la cabeza hacia Kevin y se aproximaba a su jaula.

—No me haga daño —suplicó Kevin y volvió a chillar como una rata.

El hombre con la máscara se sacó una llave de un bolsillo del pantalón y abrió la puertecilla metálica. Las risas histéricas de los niños estallaron como un coro de dementes al tiempo que el hombre cogía por el pelo al chico y lo arrastraba fuera de la jaula. Kevin no dejaba de patalear. El pobre muchacho estaba tan gordito que apenas podía defenderse. Le costaba respirar y sus lloros se mezclaban con las tétricas risas de los otros muchachos. El hombre arqueó su cuerpo sobre él. Se inclinó de un modo fantasmal, sin separar los pies del suelo, doblándose de una forma antinatural hasta que la máscara quedó a dos palmos de la regordeta cara del pobre chico, que hipaba y lloraba llamando a su madre.

—¿Vaaas a ser obediente? —le preguntó el extraño. Leo estaba paralizado. No podía moverse. Su voz tenía una resonancia burlona y a la vez suave. Estaba jugando con él—. Dime, Keeevin.

Kevin apenas podía hablar. Su camiseta se había enroscado como un rollito sobre su barriga y presentaba un aspecto lamentable.

El hombre le palmoteó la barriga con una mano y Kevin gritó:

—¡Sí! ¡Seré obediente! ¡Quiero ir con mi madre!

—Eso eees imposiiible.

Entonces uno de los diabólicos niños de camiseta de rayas hizo un movimiento compulsivo, cayó de rodillas y comenzó a toser. Leo no entendía qué pasaba. El chico se estaba poniendo morado. Algo abultado comenzó a desplazarse por su garganta hasta que una arcada le hizo escupir una piedra.

—Oh, Dios mío... —dijo con apenas un hilo de voz.

«No es un hombre, es un monstruo, y esos niños están muertos.»

«Jesús, ayúdame.»

El ser cogió la piedra llena de babas y algas con una mano enguantada y, sin abandonar aquella inclinación antinatural, miró a Kevin. La boca de su máscara se curvó en una sonrisa.

—Aaabre la boca, Keeevin —canturreó.

—¡Quiero ir con mi ma...!

Antes de que el pobre desgraciado pudiera terminar la frase, el hombre le introdujo la piedra en la boca y, con un golpe seco, se la encajó en la garganta. Leo se puso a temblar. El aire apenas le entraba en los pulmones y Kevin pataleaba, se ahogaba, casi se convulsionaba hasta que la piedra pasó por la garganta y volvió a respirar.

—¡Dios mío! —gritó llorando, respirando desesperadamente.

—Señor..., ¿qué es todo esto? —murmuró Leo para sí—. ¿Por qué hace eso?

Otra piedra rodó desde un rincón de la galería. El hombre ladeó la cabeza, movió los dedos enguantados como si tocara el piano y la cogió con elegancia.

—Aaabre la boca, Keeevin.

—Por favor... —suplicó él—. ¡Por favor, otra vez no!

—Tengo muuuchas piedras.

Alargó la otra mano, apretó las mandíbulas del niño y, cuando este abrió la boca, le encajó la otra piedra.

—¡No! —chilló Leo.

Kevin empezó a patalear. La piedra estaba en el conducto de su garganta, pero no se movía ni hacia dentro ni hacia fuera. Su barriga se contorsionó. El perverso ser volvió a su posición original como si fuera un resorte mientras el muchacho luchaba por respirar. Se olvidó del niño que pugnaba por vivir mientras el coro demencial susurraba y reía como una manada de hienas. Se aproximó a la jaula de Leo, acercó la cara a los barrotes y aquella boca plástica volvió a curvarse en una sonrisa.

—¿Saaabes, Leo? Tengo más piedras. Muuuchas piedras o quizás... algo mejor reservado para ti...

Detrás de él, los movimientos de Kevin se volvieron más lentos. Resultaba dantesco comprobar que su boca estaba ligeramente abierta y empezaba a tornarse de un color purpúreo y azulado. Luego se quedó inmóvil, a excepción de su pierna, que seguía convulsionándose. El ser estaba a punto de decir algo cuando un sonido lo distrajo y se volvió hacia su derecha.

—Visita... —susurró. Se apartó de la jaula, olvidándose de Leo y del pobre chico tirado en el suelo, y salió de la galería con su corte de espectros detrás.

—¿Kevin?

Las lágrimas y el impacto emocional apenas le dejaban visualizar la escena con claridad. El chico no se movía y tenía la garganta hinchada.

—Kevin...

Leo se agachó entre las barras metálicas, metió el brazo e intentó llegar absurdamente hasta el cuerpo del otro niño.

—¡Kevin! ¡Despierta! —gritó.

Pero Kevin no se movió, porque estaba muerto.

45

12 de octubre de 2016
San Petri-Costa de la Muerte (Galicia)

El ochenta y siete, cuando descendieron a la galería bajo el pozo, fue el año en que U2 tocó por primera vez la canción *Where the streets have no name* en la azotea de una tienda de licores de Los Ángeles. Y ese mismo año ETA mató a veintiuna personas en el atentado del Hipercor de Barcelona. Eso era lo que pensaba Lisa mientras esperaba que el resto bajara las escaleras metálicas del pozo para no sufrir un ataque de ansiedad. Había pasado muchos meses buscando todo tipo de acontecimientos ocurridos aquel año y esos dos eran los únicos que se le ocurrían en aquel momento, de pie delante del entramado del pasillo, aunque recordaba bombardeos en Irán, algún desastre aéreo y terremotos.

Se ajustó la linterna frontal que le había comprado Claudio y esperó a que todos estuvieran junto a ella. Olía a mar. Siempre olía a mar. Era el mismo aroma que percibió la primera vez, el mismo olor que la acompañó durante muchos años. Y allí volvían a encontrarse.

—No recordaba este sitio con estas proporciones —dijo Dani—. Se supone que cuando uno es pequeño lo ve todo más grande, pero esto sigue siendo enorme y son varios pasillos.

—No importa —respondió su hermano—. Ni yo recuerdo qué rumbo tomé cuando fui a buscarte, pero no podemos separarnos. Si no encontramos nada, daremos la vuelta y seguiremos otro camino. Vamos.

Claudio miró a Enma, que no se movía. Presentaba un aspecto desvalido y asustado. Se aproximó a ella y la rodeó con un brazo.

—Vamos, Enma —le dijo con cariño—. Todo saldrá bien.

—Prométemelo.

—Te lo prometo.

La besó en la frente y avanzaron todos por el pasillo de la izquierda. La luz que proyectaban las cinco bombillas era más que suficiente para ver perfectamente varios metros por delante. La humedad en las paredes, las raíces salientes en ambos lados y el leve chapoteo del suelo medio inundado les impedía caminar con cierto aplomo. Cedric comprobó que ya no tenía cobertura; guardó su móvil en un lateral de su mochila y siguió la procesión. Durante más de quince minutos caminaron sin rumbo fijo. La galería se iba estrechando y el techo bajaba levemente. Era como una catacumba subterránea. No parecía que allí hubiera nada más que túneles y porquería.

—¿Oís algo? —Dani se giró y miró al resto.

—Yo no —respondió Enma.

—Yo tampoco.

—Ni yo.

Claudio, que iba el primero, giró en la primera curva que trazaba el túnel. Tras cinco minutos más de reloj, el corredor comenzó a ensancharse.

—Creo que entonces tomamos la otra dirección —dijo mirando el techo—. Llegamos antes a la sala llena de metal donde estaba Dani. Hemos ido en el otro sentido.

Cedric avanzó por delante de ellos, caminó varios metros más y frenó en seco.

—Chicos, venid a ver esto.

Nada más llegar a su posición, observaron que las paredes eran más compactas y que a lo largo del túnel se extendían cables con pequeños puntos de luz. Sobre el techo abovedado había más focos que parpadeaban con una luz amarillenta y débil. Avanzaron por el túnel hasta que se dividió en dos y tomaron el primero de la derecha. Varios minutos después, una verja metálica con una puerta les separaba de una especie de laboratorio en ruinas. Había cables colgando, mesas llenas de carpetas y documentación desperdigada por todos los rincones, maquinaria antigua, monitores, camillas y una serie de instrumentos rudimentarios sobre mesas supletorias de metal y microscopios.

—¿Qué coño es eso? —preguntó Lisa.

—Me recuerda a los búnkers rusos bajo los Urales. —Cedric los miró y se dio cuenta de que no tenían ni idea de a qué se refería—. Un estúpido programa inglés que

vi. Hablaban de laboratorios para experimentos nucleares, a miles de metros bajo tierra, detectados por satélite. Esto es un laboratorio.

—¿Podemos pasar? —preguntó Enma.

—No lo sé —dijo Dani forcejeando con la puerta.

Varios empujones fueron suficientes para que cediera. Todo se hallaba en muy malas condiciones, y los anclajes estaban oxidados y llenos de telarañas. Mientras toqueteaban todo lo que encontraban a su paso, Lisa descubrió algo que le llamó la atención: había una carpeta en la que ponía: «PREVENTORIO».

Hizo una señal a Dani y abrió el informe.

—Son fichas médicas, Dani. Mira.

Cada ficha llevaba una fotografía grapada. Todas eran de niños de unos diez u once años.

—«Paciente Uno: presenta pérdida de memoria significativa después del *electroshock*.» —Lisa pasó la página y leyó—: «Paciente dos: no demuestra mejoría tras el tratamiento. Alucinaciones, paranoia, histeria. Se recomienda aislamiento y privación del sueño.»

—Santo Dios... ¡Pero si eran niños!

—¡Mirad esto! —exclamó Enma. Estaba en otra mesa y tenía algo en la mano.

—¿Qué coño...?

Extendió las imágenes sepia sobre la mesa y pasó los dedos para quitarles el polvo acumulado.

—Fijaos en estas fotografías.

Eran tres imágenes. En una de ellas aparecían tres médicos con sus batas blancas situados junto a una máquina rudimentaria llena de cables y brazos telescópicos articulados. Dos de ellos eran ancianos, y el tercero presentaba un aspecto más jovial, con un fino bigote recortado. La segunda imagen era del mismo médico joven con cuatro niños pequeños. En la parte inferior de la fotografía, grabada en cursiva una frase: *«Doctor Expósito junto a pacientes. Preventorio. 1921.»*

La siguiente imagen era todavía más desconcertante. Había varios niños de distintas edades. Vestían todos con ropa de algodón y vestidos largos, y sobre sus cabezas llevaban unas bolsas de cartón con caras dibujadas llenas de sonrisas y ojos grandes. Detrás, un hombre mucho más alto con traje de chaleco y corbatín tenía una máscara de conejo en la cabeza. Todos se miraron al mismo tiempo.

—Joder —bramó Claudio.

—¿Qué pone debajo?

—«Fiesta de disfraces Preventorio de San Petri. 1920-1921»

—Tiene que ser él —murmuró Dani. Cerró los ojos y recordó sus visiones. Los niños y aquellas bolsas de papel—. Yo vi a esos niños, pero no eran los mismos que nos atacaron. No... No tenían esas bolsas en la cabeza.

—No tiene por qué ser el mismo —repuso Lisa.

—Mirad esta fotografía —señaló Enma.

En la siguiente imagen aparecía el doctor con una niña pequeña sobre las rodillas. Tenía el pelo lleno de caracoles sujeto con una horquilla en la parte superior y llevaba un vestido abombado de lo que parecía terciopelo. La pequeña sonreía hacia el médico. El hombre joven de fino bigote la miraba con ternura, estaba rodeándola con sus manos y también sonreía.

«Jacob Expósito y Lía Expósito. Retrato de familia. 1921.»

—Vale. No entiendo nada —dijo Cedric—. Se supone que esto era un centro para enfermos de tuberculosis, y sin embargo estas malditas catacumbas se usaron como laboratorio de experimentación para la demencia... ¿infantil? ¿Es eso? Porque es lo que parece.

—Puede ser —respondió Dani mientras revolvía en otra carpeta—. Yo vi a esos críos muchas veces, a los de la foto de carnaval, pero eran menos y no eran los niños que nos atacaron. De eso estoy seguro.

—Ese tipo lleva la misma máscara de conejo. ¡Tiene que ser él! —dijo Claudio con cierto enfado.

—Baja la voz, Claudio. Solo te digo lo que vi. No sé nada más.

«Nos dijo que nos curaría.»

Dani miró la foto de carnaval y a continuación la guardó junto con las otras en su mochila.

—«Nos dijo que nos curaría» —repitió—. Eso me dijo uno de los niños. Ahora lo recuerdo.

—Tenemos que seguir —contestó Lisa tras cerciorarse de que no había más documentación sobre aquel médico o los experimentos—. No podemos perder más tiempo, y todo esto son informes de tuberculosos o fichas de defunción de pacientes. No hay nada más sobre ese tipo o los niños.

Atravesaron el laboratorio y deshicieron el camino tomando el túnel contrario cuando se dividió varios metros atrás. El olor a salitre era cada vez más fuerte. De repente oyeron un sonido y todos se quedaron inmóviles. Algo había crujido al fondo del túnel. Lisa cogió una de las linternas de mano y apuntó hacia la oscuridad. Había un niño.

—Dios mío... —murmuró Enma.

El niño los miraba fijamente con el pequeño rostro pálido y sujetaba con una de sus manitas la bolsa de papel. De pronto se giró y salió corriendo.

—¿Qué cojones...?

—Síguelo, Claudio —ordenó Dani.

Corrieron por el túnel al compás del mandilón que ondeaba a lo lejos. Otra vez los conductos se abrían en dos. El pequeño se paró y cuando volvió a verlos continuó veloz por el lado izquierdo. Unas risas espectrales flotaron por encima de sus cabezas. Enma estaba aterrada y trataba de correr todo lo máximo que le permitían las piernas, pero el dichoso crío era rápido y, a medida que avanzaban, era más difícil caminar, dado que iba subiendo el nivel del agua.

—Vamos, más rápido, Enma —ladró Cedric, detrás—. Si no, vamos a perderlo.

—Eso intento —resolló ella—. Tengo cuarenta años casi. Por Dios, no puedo ir más rápido.

Al llegar al final del túnel, el espectro del niño estaba inmóvil, situado de perfil; tenía el brazo levantado y apuntaba con el índice algo que no veían desde allí. Súbitamente el niño los miró y se desvaneció.

—¡Corred! —gritó Lisa.

Giraron en la dirección que les habían marcado y se encontraron con una habitación llena de estanterías metálicas y cajas de cartón etiquetadas. ¿Qué era aquello? No entendían por qué les había llevado hasta allí el niño. Claudio entró en el habitáculo y, cuando se disponía a atravesar el pasillo de estanterías, algo se arrastró en algún lugar de la maraña de cajas. Una de ellas cayó y estuvo a punto de golpear a Claudio en la cabeza. Del susto, se tambaleó hacia atrás y se desplomó patas arriba sobre el suelo polvoriento. La caja se rompió en varios pedazos y los papeles se esparcieron por todas partes.

—¡Claudio! ¿Estás bien? —gritó Enma.

—Creo que sí. Me ha parado el golpe la mochila.

«Bunny el Cruel.»

La voz susurrante e infantil retumbó sobre ellos mientras los papeles flotaban por el denso aire polvoriento.

—Hay una libreta entre esos papeles —dijo Dani. Se agachó y la cogió con cuidado. Sacudió el polvo y limpió la etiqueta con la mano—. «Expediente 45.»

Estaba a punto de abrirla cuando oyeron un estruendo que les erizó el vello de toda la piel.

—Joder. Eso ha sonado a derrumbamiento —dijo Cedric, que se asomó al pasillo—. Coge esa maldita libreta y salgamos de aquí. No hay salida por el otro lado. Si esto se derrumba estamos perdidos.

—¿Y los niños? —preguntó Lisa agarrando a Cedric por el brazo.

—Salgamos de este túnel. Iremos al otro lado. Lisa, ese ruido no es bueno, ¿lo entiendes? Estamos en una ratonera. Tenemos que volver a la entrada y seguir el túnel en el otro sentido. Esto se termina aquí. Tienen que estar en el otro lado.

Dicho esto, todos siguieron a Cedric en sentido contrario. Los minutos se hicieron eternos de nuevo, y cada vez había más polvo. Volvió a sonar el estruendo y empezó a caer del techo una gran cantidad de porquería y de tierra. Aquella sección del subterráneo estaba en muy malas condiciones. Si no se daban prisa, las cosas se iban a complicar. Aceleraron el paso. Una corriente de aire les golpeó repentinamente y se produjo otro estruendo, un poco más cerca esta vez, que les sorprendió justo cuando llegaban a la bifurcación que había tomado el espectro del niño. En el instante en que se disponían a girar en sentido contrario, Claudio se apartó hacia la pared, gritó algo y un montón de tierra cayó sobre ellos.

46

12 de octubre de 2016
San Petri-Costa de la Muerte (Galicia)

Anabel apoyó la mano sobre el *jeep* y percibió el calor del motor. Estaba semioculto por unos cuantos arbustos que salían de un lado de la carretera y dos enormes robles combados hacia el camino cubrían el techo a modo de toldo. Apuntó con la linterna hacia la matrícula, la anotó en una pequeña libretilla que se sacó del bolsillo de la camisa y volvió a su vehículo. No usó la radio, no quería que toda la oficina se enterara hasta que tuviera algo. En su lugar cogió el móvil. Marcó un teléfono y, tras varios tonos, al otro lado de la línea respondió una voz juvenil y acelerada.

—Mayra, tienes que hacerme un favor. ¿Estás en tráfico aún?

La voz femenina respondió afirmativamente.

—Claro, reina. ¿En qué puedo ayudarte?

—Necesito saber a quién pertenece la matrícula que

te voy a dar. Tengo una ligera idea, pero quiero asegurarme.

Mayra no preguntó absolutamente nada, algo que nunca hacía y que Anabel agradecía. Oyó el repiqueteo de las teclas y luego un silencio que se alargó en el tiempo hasta que la mujer carraspeó y dijo:

—Está a nombre de una empresa eólica con sede en Barcelona. Conductor habitual: Claudio...

—De Mateo Vargas —interrumpió ella. Estaba convencida de que había visto aquel vehículo a un lado de la casa de Enma, pero, con todo, debía confirmarlo.

—Exacto, Anabel. ¿Algo más?

—No, gracias, Mayra. Te debo una copa.

—Que sean dos, por favor. Llevo una semana de mierda.

Colgó, se guardó el móvil en el bolsillo del pantalón, bajó del coche y enfiló el camino hacia abajo, tratando de averiguar qué hacía el vehículo allí a esas horas de la noche. Mirara donde mirara, no había más que camino, bosque y oscuridad. Trató de ordenar sus ideas, toda la información que tenía en la cabeza y que no eran más que pequeñas piezas de un rompecabezas sin ningún sentido para ella.

Dos niños sin nada más en común que la falta de un padre en casa. Había estado con las madres. El pequeño Kevin, con un problema de sobrepeso y autoestima, era un niño tranquilo que no se metía en líos y que respetaba a su madre por encima de todo; y el otro, Leo Valverde, un muchacho responsable, maduro y muy inteligente, que jamás había dado un problema, estudiaba bien y tenía un grupo de amigos fijos. Poco más.

—Agua de mar —susurró apuntando con la linterna al camino de gravilla.

Pero Anabel no podía negar lo evidente. Los cinco antiguos amigos que había conocido cuando era muy pequeña habían vuelto a San Petri y las desapariciones sucedían casi al mismo tiempo. ¿Acaso tenían algo que ver? Era muy poco probable. Ella los conoció, pero de niños. ¿Qué sentido tenía que estuvieran involucrados en algo así?

—Pasaron por algo muy parecido y la mente no olvida —murmuró—. No sé qué fue ni de qué forma, pero esos hombres y mujeres experimentaron en este mismo lugar algo traumático con aquel loco que salió de...

Se sobresaltó y ladeó todo el cuerpo hacia la derecha. La linterna enfocó los arbustos y las ramas fantasmales, que se balanceaban suavemente por el aire frío de la noche.

—De aquí. Aquel tipo salió de aquí.

El corazón le dio un vuelco al pensar que se hallaba a muy poca distancia del lugar donde habían encontrado a los niños hacía casi treinta años. Aunque no recordaba con claridad su historia, sí tenía en mente lo que había sucedido con los chicos del San Gregorio después de releer varias veces el informe del caso en la oficina.

—¿Dónde desaparecieron Billy y Luis Goyanes?

Bajó un poco más la calle y se encontró de golpe con la verja metálica que delimitaba la casa Camelle, que estaba abierta de par en par. En la parte inferior habían hecho un agujero de grandes proporciones y una rampa descendía hacia lo que parecía el sótano, de donde colgaba un pequeño punto de luz que brillaba a lo lejos como una diminuta luciérnaga.

«Alguna obra o edificio en construcción.»

Anabel apagó la linterna, palpó con la mano la funda de su pistola y soltó el botón de seguridad. Cuando llegó al boquete, se deslizó sigilosamente por la rampa y se encontró de frente con un pozo abierto. Se inclinó para mirar el interior y una suave y lejana voz infantil la puso en alerta. No. No había ningún error. Estaba segura de que había oído a un niño allí abajo. Sin más preámbulos subió al borde empedrado del pozo, se situó en el primer anclaje de metal y, apoyando la mano en la funda del arma, descendió ayudada de la otra mano las escaleras con agilidad. Al llegar al fondo, saltó a un suelo embarrado. Habría jurado que alguien se había reído al otro lado del túnel de la derecha. Tomó la linterna, la encendió y, sin soltar la empuñadura de la pistola, avanzó por el conducto asombrada por aquellas galerías y su amplitud. Un extraño crujido que provenía del fondo del túnel hizo que se pegara a la pared y que pulsara la tecla de la radio. Al soltar la tecla, comenzó a sonar un chisporroteo en el pequeño aparato y alguien, un niño, se puso a cantar.

«El conejo no está aquí... Se ha marchado esta mañana...»

—Pero... ¿qué está pasando aquí, joder?

Se secó las gotitas de sudor que empezaban a deslizarse por su frente y avanzó hacia el fondo del túnel sin despegar la espalda de la pared. Un estallido lejano, que parecía provenir del otro túnel que había dejado a su izquierda, volvió a frenar su caminata. «¡Dios! —rezó en silencio—, que esto no se desplome. Déjame sacar a esos niños si están aquí y ayúdame.»

Avanzó un poco más. Cada vez era más difícil mantener la linterna recta. Le temblaba la mano y no era por miedo, era inseguridad. Repentinamente pisó el fango y se hundió en un pequeño boquete. Mientras caía, soltó la linterna, que se precipitó hacia delante. Se hizo la oscuridad. Anabel trató de llegar a la linterna. Su pierna estaba enganchada con algo, pero tras varios tirones logró liberarse. Cuando cogió nuevamente el punto de luz y lo dirigió al túnel, se quedó fría: allí había una niña. Era una pequeña criatura con el pelo rubio recogido en dos coletas y un mandilón a rayas con el bolsillo lateral roto y colgando de la tela. Tenía la carita manchada de tierra y los ojos llorosos. La miraba y no se movía.

—Hola, bonita. Vengo a sacarte de aquí. Soy policía, no tienes que tenerme miedo.

Avanzó un paso y la pequeña retrocedió dos. Durante un instante, Anabel se sintió desconcertada. ¿Qué hacía una niña tan pequeña allí abajo?

—Bonita, ¿cuál es tu nombre? —le preguntó, avanzando un poco más.

La niña no respondió. Tenía algo en la mano, un trozo de papel marrón o una bolsa, aunque Anabel no estaba segura y tampoco le importaba lo más mínimo en aquel momento. Solo quería llegar a la niña, que bajo ningún concepto se asustara de ella. Cuando estaba a punto de lograrlo, la pequeña abrió los ojos, sonrió y salió disparada corriendo por un lateral hacia otro túnel que se bifurcaba hacia la derecha.

—¡Espera! —exclamó, pero la pequeña corría demasiado rápido. Parecía conocer aquel entramado de túneles a la perfección.

Siguió avanzando en la misma dirección que la cría y llegó a una sala llena de restos metálicos apilados en un extremo. Oteó toda la sala abovedada y, cuando se cercioró de que no había nadie, se aproximó a los restos. Pudo comprobar que eran barras metálicas y trozos desmontados de estructuras.

—Hola —dijo suavemente pulsando la pequeña radio que llevaba—. ¿Alguien me oye?

Esperó un rato y, tras un nuevo chasquido y un pitido ensordecedor, quedó claro que la radio no iba a funcionar bien a aquella profundidad. Sacó el teléfono móvil y tampoco tenía cobertura. Aquello era un desastre y, si la cosa se complicada, estaba sola. Mientras pensaba en todo aquello, algo brillante llamó su atención: desde su posición podía ver una especie de bola de metal. Se agachó, la cogió entre los dedos y la examinó minuciosamente. Luego se levantó, la guardó, volvió a echar una última ojeada a la sala, salió al pasillo y continuó su caminata.

47

12 de octubre de 2016
San Petri-Costa de la Muerte (Galicia)

—¿Estáis todos bien?

Claudio se sacudió el polvo y la tierra que cubrían todo su cuerpo, se incorporó apartando palos y restos de escombros, se limpió los pantalones y miró hacia el túnel. Había una gran cantidad de restos que formaban una montaña. La sección de uno de los pasadizos se había derrumbado y no veía a sus compañeros por ningún lado.

—¡Dani! ¡Cedric! —gritó.

Una tos repentina le obligó a darse la vuelta. Enma trataba de salir de un barrizal de tierra y agua. Parecía el monstruo del pantano. Claudio corrió a socorrerla y, tirando de sus brazos, logró dejarla sobre suelo firme. Sus grandes ojos azules contrastaban con toda aquella porquería que tenía adherida a la piel. En otro momento, habría estallado en risas, pero la situación era desesperante y estaba más cerca de sufrir uno de sus «parraques» por ansiedad que de reír como un loco hasta morir.

—¿Estás bien, Enma?

—Creo que sí. ¿Los demás?

Claudio apartó varias vigas y caminó un poco más hacia el fondo.

—Claudio, ¿dónde están los demás?

—No lo sé. Te digo que no los he visto. ¡Señor! Esto es un desastre. ¡Dani! ¡Lisa! ¡Cedric!

—Aquí, Claudio. —Saltaron asustados al escuchar la voz de Cedric. Salía de un montón de porquería casi con el mismo aspecto que Enma, lleno de barro hasta la cabeza y con la mochila colgando aún de la espalda, aplastada y mojada—. Tu hermano iba detrás de mí con Lisa.

—¿Y eso qué quiere decir?

Cedric se quitó un trozo de astilla que tenía clavado en el dorso de la mano y con un gesto de dolor se giró hacia atrás y señaló el acceso bloqueado.

—Eso quiere decir que han quedado en el otro lado.

—¡Maldita sea! —gritó. Se llevó las manos a la cabeza y comenzó a murmurar haciendo círculos, como si hubiese perdido el juicio. Luego saltó sobre los escombros y se acercó al muro de tierra que cerraba los dos túneles—. ¡Dani! ¿Me escuchas? ¡Lisa! ¿Podéis oírme?

Al oír una especie de pitido agudo con un sonidito de burbujas se giraron hacia Cedric. Tenía metido en la boca uno de aquellos silbatos que habían comprado en la tienda del «hombre pájaro» e intentaba hacer sonar aquello, aunque lo único que era capaz de sacar eran gorgoritos agudos bastantes lamentables.

—Esto no vale para nada.

—¡Sabía que esto no podía salir bien! —exclamó Enma.

—Intentemos mantener la calma. —Claudio miraba de soslayo a Cedric. Ni siquiera él se creía capaz de mantener esa calma y su corazón cada vez latía con más fuerza. Apoyó las palmas de las manos sobre la tierra derrumbada y cerró los ojos.

—Claudio. —Se volvió otra vez al oír la voz suave de Cedric—. Tranquilo, no vamos a irnos de aquí hasta que sepamos que están bien, pero tienes que mantener la calma o te dará un ataque.

Él le dirigió una mirada de desesperación. Volvió la vista al muro y siguió llamando a su hermano.

48

12 de octubre de 2016
San Petri-Costa de la Muerte (Galicia)

Ya volvía a ver a los niños, que corrían de un lado a otro con sus diminutos mandilones de rayas. Lo cierto es que Dani sentía su alegría. El túnel no era en aquel momento un campo de escombros lleno de agua, barro y tierra; estaba limpio. Si miraba en cualquier dirección, veía las filas de focos anclados a la pared. Los niños entraban y salían de una de las habitaciones del fondo, y había un hombre, un hombre alto, moreno, con una bata blanca y una carpetilla en una mano que apoyaba en la cadera mientras los observaba. No vio a Lisa por ninguna parte. Estaba de pie delante del túnel y recordaba con precisión que el techo había cedido. Trató de buscarla, de averiguar dónde se encontraba. Era cierto que el derrumbamiento les había dejado al otro lado del túnel, pero con él se abrían dos enormes boquetes que comunicaban con otro pasillo que no habían visto la otra vez.

Los niños rieron. Dani se olvidó por un momento de Lisa y los miró con curiosidad. Uno de los pequeños se estaba aproximando a él.

—Nos vamos a ir dentro de poco —le dijo el niño. Tenía el cabello tan negro como la noche y unos grandes ojos verdes—. El doctor dice que nos pondremos bien.

Dani se agachó, apoyó la rodilla en el suelo y miró al pequeño con atención.

—¿Adónde vais?

El niño señaló el pasadizo que se había abierto y dijo:

—Al barco. Por allí.

Qué tétrico parecía todo en su mente. Y el hombre de rostro amable que sujetaba la carpeta, el doctor que desde el final del pasillo los observaba con cierta melancolía y tristeza, y luego aquel silencio...

—¿Cómo te llamas?

—Damián —respondió el pequeño.

—Damián. ¿Es bueno? ¿Ese médico es bueno con vosotros?

El niño asintió. Poco a poco Dani fue distinguiendo la silueta del médico con más nitidez. Era el hombre de las fotografías, el doctor que sostenía a la pequeña de rizos y salía con los otros dos doctores junto a aquel aparato antiguo.

—Nos cura los males de la mente. Aunque, desde que se contagió Lía, está muy triste y a veces se enfada con nosotros.

—Lía es su hija, ¿verdad?

El niño volvió a asentir. Miró hacia atrás, como si tuviera prisa por irse, y luego continuó:

—Subió a la planta de arriba, la que estaba prohibida, y los enfermos le contagiaron la tuberculosis. El doctor gritó mucho y luego lloró.

Una voz lejana envolvió a Dani repentinamente y su visión se volvió menos nítida, más borrosa. Era como si la imagen del niño estuviera formada por pequeños puntos que se iban diseminando. La luz atravesaba esos espacios vacíos; luego volvieron a juntarse y el pequeño se hizo más compacto.

—¿Quién es Bunny? Damián, dime quién es. ¿Es el doctor?

Damián miró al médico, que permanecía de pie en el fondo del pasillo, y después se giró hacia Dani y cerró los ojos.

—Damián, tienes que ayudarnos.

—¿Tienes el tirachinas?

La pregunta le dejó fuera de juego.

—¿El tirachinas?

—Sí.

—Fuisteis vosotros... Vosotros nos llevasteis a él, ¿no es así?

—Tengo que marcharme.

—Damián, por favor, dime quién es Bunny. Ahora sé que no sois los mismos niños que van con él. Vosotros estáis aquí por alguna razón, pero no sois esos niños que lo siguen. ¿Por qué nos ayudasteis?

El doctor avanzó varios pasos y, deslizando la carpetilla a un lado de su costado, llamó al muchacho.

—Tenemos que irnos, hijo. Nos esperan.

¿Acaso el médico no lo veía?

El pequeño alargó la mano con celeridad y abrió la chaqueta de Dani con sus pequeños y delgados dedos. Metió la mano entre los pliegues de su camisa y apoyó la palma sobre su cicatriz.

—Recuerda el tirachinas. Bunny es un resultado.

Nada más decir eso y sentir el contacto de su piel fría y mortecina sobre la herida, Dani cayó hacia atrás y todo se oscureció. Una intensa ráfaga de aire salado le golpeó la cara. Oyó el crujido y el balanceo de un enorme barco en algún lugar, y el grito de algunos hombres. Pero no eran niños lo que veía, eran fragmentos sin sentido de un enorme buque mecido por las olas y luego por el mar. La visión se fue difuminando, transformándose en pequeñas motas luminosas que se desintegraron en el aire, y volvió a ver un pasillo. Era la casa Camelle. Estaba repleta de camillas diseminadas por los pasillos con pacientes tapados con sábanas y sillas de ruedas apostadas a ambos lados con personas adormecidas. Vio a la niña, la pequeña de rizos y vestido de terciopelo, caminando por entre toda aquella gente. Un anciano la llevaba de una manita y le gritaba que no debía estar allí.

—¡Vuelve abajo, niña! Aquí te contagiarán los tuberculosos.

La niña corrió por el pasillo, pero tropezó con una silla de ruedas y se desplomó sobre una mujer que reía enloquecida.

—Qué bonita princesa —le dijo y al instante comenzó a toser como si estuviera a punto de vomitar sobre la niña.

La imagen del preventorio se desvaneció. Dani se arrodilló. Sentía un calor impropio en el pecho y el suelo quemaba como si estuviera a punto de incendiarse. En aquel momento, al levantar la cabeza, vio al doctor sentado en una cama y a la niña agonizando. Luego una sábana sobre su rostro enjuto y enfermizo, al hombre llorando sobre el cuerpo sin vida de su hija y a otro doctor mayor a su lado.

—No puedes hacer nada por ella, Jacob.

De repente aquella imagen pareció estallar. El sonido de una ola contra algo duro le provocó náuseas y cerró los ojos.

—Es un resultado... —le susurró una voz infantil.

«Soy un resultado.»

Eran las mismas palabras que había oído Dani la primera vez que bajó al pozo. Lo recordó. Lo había dicho Bunny en la galería.

La risa de una niña retumbó en su cabeza y cuando abrió los ojos la vio a su lado. Tenía el pelo muy rubio recogido en dos coletas y apoyaba la manita sobre su hombro. Se inclinó hacia delante como si fuera a contarle un secreto inconfesable y volvió a reír.

—El doctor nos quería. Dijo que, si subíamos al barco, iríamos a un lugar mejor donde nos curarían, pero estaba muy triste. —Lo miró con sus bonitos ojos azules y luego dijo—: A veces hablaba con alguien...

La niña se apartó ligeramente y Dani trató de acercarse a ella. Sus ojos eran más azules y brillantes. Pero a medida que se aproximaba a la visión, empezó a tambalearse y a desaparecer.

—¿Quién es Bunny? —gritó.

«Dani.»

Inesperadamente la niña se vio absorbida por algo. Dani trató de alcanzarla, pero lo que tiraba de ella era mucho más rápido y fuerte, y desapareció.

«Dani.»

Era una voz, una suave y dulce voz que lo llamaba.

«Dani, despierta.»

La voz de Lisa sonó lejana, tanto que Dani deseó alargar la mano y rozar al menos su resonancia; pero no la veía, no sabía dónde estaba. De lo único que estaba seguro era de que en ese instante estaba allí, casi cien años atrás en el tiempo, contemplando una atmósfera que no era la suya y viendo a unos niños que no deberían estar allí, porque no era su lugar.

«Pero ellos no son los que nos atacaron. Ellos nos guiaron hacia el tirachinas. Desean librarse de él.»

Alzó los ojos y contempló el rostro infantil y sereno que tenía delante. Los grandes ojos de color índigo, y las mejillas sonrosadas y la boca de la niña. Un poco más allá estaban los otros tres pequeños que él recordaba. Todos con sus mandilones de cuellos redondos, de pie, frente al túnel, con unos pequeños macutos marrones y polvorientos disfraces de carnaval.

«Él era bueno, pero un día empezó a hablar extraño.»

«Sí, era un buen doctor. Cuidaba de nosotros cuando los demás nos hacían daño.»

«Y tenemos que ir con él al barco. Dice que hay un lugar después del mar donde nos pueden curar.»

Las voces de aquellos niños se mezclaron unas con otras y un pitido agudo le obligó a inclinarse hacia delante. Comenzaron a fallarle las piernas, hasta que cayó de rodillas. Abrió los ojos y se encontró al final de uno de los túneles, al borde de un acantilado, y bajo él, una inmensa playa llena de barcos de otros tiempos. Dani se apartó las manos de la cabeza muy despacio: estaba en un agujero excavado en la roca. Uno de los túneles rompía en aquel lugar. La playa que tenía delante no tenía ningún sentido para él, no podía existir y, si fuera real, si alguna vez había sido real, nadie podía conocer aquella cala rodeada de peñascos, rocas y bosque. Vio los restos de un avión flotando sobre las aguas, barcos medio hundidos con sus inmensas chimeneas asomando desesperadamente sobre cientos de hombres y mujeres que gritaban desde todos los rincones de aquel espectáculo dantesco. Un galeón cruzó las aguas y chocó contra un barco de vapor encallado en unas rocas, y un poco más allá lo que parecía un submarino flotaba sin rumbo fijo, de un lado a otro.

Miró hacia abajo, hacia la playa, y vio la pequeña procesión de niños en fila detrás del doctor y varios marineros. Una barca les esperaba en la orilla.

«Un lugar mejor...»

Las voces infantiles volvieron a su cabeza. Perdió el equilibrio y cayó de espaldas sobre la roca del túnel.

«En el barco...»

«Dice que volveremos a ver a nuestros padres.»

—¿Quién es Bunny...? —susurró.

Alzó la cabeza y contempló la pequeña playa atestada de cuerpos macilentos sobre las arenas cristalinas. Uno de los pequeños se dio la vuelta cuando estaba a punto de subir a la barca y lo miró.

«Fue él», dijo señalando a un marinero que aún estaba en lo alto del puesto de mando de uno de los barcos.

«Y él.»

La niña de las coletas y los ojos azules señaló a un hombre que salía del submarino tambaleándose.

«Y luego, fue él.» Damián, que encabezaba la procesión de cuatro, apuntó con el dedo al doctor.

«Y ellos...» El último pequeño alzó la mano y rozó los cuerpos diseminados por la playa con los dedos.

«Con todo su dolor, toda su rabia y toda su frustración.»

—Es un resultado —intervino Dani—. Dijo que era un resultado...

—¿Dani?

Abrió los ojos y vio el rostro pálido y sucio de Lisa sobre su cara. Estaba llorando, tenía las manos apoyadas en sus mejillas y temblaba. Dani se quedó inmóvil durante unos instantes, volvía a sentir el frío de la cueva, el temor a Bunny y la incertidumbre por la que estaban pasando.

—Lis...

—¡Me has dado un susto terrible! ¡Creí que estabas muerto! —gritó y rompió a llorar desconsoladamente.

Dani le rodeó la cabeza con ambas manos. Tenía la cara enterrada en su cintura y estaba de rodillas como una beata a punto de sufrir un infarto.

—No llores. Estoy bien. He visto a los niños... He visto muchas cosas, Lis.

Lisa levantó la cabeza con los ojos muy abiertos y pareció crisparse.

—¡Me importan una mierda tus viajes psicodélicos! ¡Pensé que habías muerto!

—Tonto del coño.

Lisa no daba crédito.

—¿Qué?

—Hace treinta años me hubieras llamado tonto del coño. —Se incorporó. La estrechó entre sus brazos y se mantuvo muy quieto con los labios apoyados en su frente de un modo fraternal. Al cabo de unos segundos, miró a su alrededor—. Tranquila, Lis. Estamos separados por unas cuantas toneladas de escombros, algo que no esperábamos, pero si seguimos por el boquete que se abrió, creo que llegaremos a algún lugar.

—Hablé con tu hermano hace un rato. Cuando supo que estábamos aquí, le dije que siguieran el túnel, que nosotros iríamos por otro y nos encontraríamos. ¡No podía decirle que estabas inconsciente! ¡Se habría muerto!

Dani se apartó de ella, se sacudió el polvo y la tierra de los pantalones, y se colocó la mochila y la linterna.

—Hiciste bien. Ahora tenemos que darnos prisa. No sé cuánto tiempo hemos perdido con el derrumbamiento. —Miró el reloj y luego suspiró—. No funciona.

—El mío tampoco.

¡Qué bonita y triste se veía en aquel momento! Pero él nunca había tenido agallas para decirle todo lo que la había querido, todo lo que significó para él de niño y todo lo que sufrió cuando se fue de San Petri. Ella levantó la bolsa, se la puso a la espalda y lo miró con curiosidad. Tenía los ojos cubiertos de chorretones de rímel que hacían surcos, como una de esas muñequitas de porcelana góticas. Se pasó la manga de la chaqueta por las mejillas y las lágrimas.

—¿Qué pasa?

—Si me pasara algo...

—¡No! —le interrumpió—. No quiero escuchar esas tonterías que...

—Escucha, Lis... —repitió con calma. Estaba nerviosa y Dani no deseaba alterarla más—. Si me pasara algo, me gustaría que supieras que jamás superé el dolor cuando te fuiste. Me volví un niño retraído, pero no por lo que nos hizo ese ser, fue el vacío... Tú ocupabas ese vacío. Creo... —continuó, riendo— creo que durante un tiempo te odié. Pensaba que me habías abandonado y me pasaba los días compadeciéndome. Me sentía solo, desamparado. Luego crecí y comprendí que habías hecho lo correcto y que para alejarte de la tragedia tenías que alejarte de mí. Porque yo era parte de esa tragedia.

Lisa respiró hondo con los ojos llenos de lágrimas y se apartó el pelo hacia atrás.

—Está bien —respondió con dignidad—. Si me pasa algo, quiero que sepas que se me rompió el corazón cuando me marché. Pero yo fui aún más egoísta que tú, Dani. Porque cada vez que me sucedía algo malo, cada vez que alguien me trataba mal o sentía dolor, te odiaba. Y lo hice durante muchos años, muchos más que tú, porque... porque me habías prometido que ibas a matar al monstruo por mí. Y cada vez que un monstruo me destrozaba la vida no estabas para cumplir tu promesa. No estabas para salvarme de ellos.

Con un movimiento rápido, Dani le cogió la cara y la

besó en la mejilla con ternura. Estaba demasiado impresionado para decir nada. La miró a los ojos, la besó en los labios, alargando aquel momento y todo su calor, hasta que la realidad le golpeó de nuevo. Apoyó la frente en la suya, cerró los ojos y dijo:

—No dejaré que te haga daño, Lis. No permitiré que te lleve con él. Lo juro.

Lisa cerró los ojos y rememoró aquellas palabras que se habían dicho siendo unos niños en la puerta de la caseta de los Supersónicos.

—Yo tampoco dejaré que te haga daño y tampoco permitiré que te lleve. Lo juro también.

49

12 de octubre de 2016
San Petri-Costa de la Muerte (Galicia)

—Soy la agente Anabel Coset. Si alguien puede oírme, necesito efectivos en la casa Camelle. Repito: estoy en la casa Camelle, he bajado al sótano y me encuentro en una galería subterránea. Si alguien puede oírme, necesito efectivos.

Soltó el botón de la radio y se pegó aún más contra la pared. Al otro lado había luz y estaba segura de que había visto moverse a alguien, pero no tenía ángulo de visión y estaba preocupada por la posibilidad de que no fueran los niños lo que había en aquella sala. Se agachó sigilosamente y asomó la cabeza con mucho cuidado. Vio un pasillo. Había alguien tendido en el suelo y una jaula, o lo que parecía una jaula, abierta junto al cuerpo.

—Por Dios, es uno de los niños —murmuró.

Salió con rapidez con la pistola en la mano y avanzó hacia el pequeño. Tenía los brazos y las piernas separadas, la boca abierta y su piel estaba amoratada. Antes de agacharse a su lado, tanteó todo el espacio. Otra jaula y un bulto en el fondo. Era otro niño.

—Hijo, ¿estás bien? —preguntó sin apartar los ojos de la entrada, apoyando los dedos en el cuello del pequeño caído y desviando de vez en cuando la vista al niño que estaba en la jaula—. Acércate a la puerta. No puedo verte.

El niño gateó hacia los barrotes. Tenía el pelo negro y la cara sucia y llena de lágrimas.

—¿Eres Leo Valverde?

—Sí.

—¿Qué ha pasado? ¿Quién ha hecho esto, hijo? Soy policía, Leo. No tienes que tener miedo.

El niño asintió. Movió los ojos de un lado a otro. Luego la miró y dijo:

—El hombre de la máscara de conejo.

—Está bien. Quiero que te apartes de la puerta y que te cubras la cabeza con las manos, tesoro. Voy a sacarte de ahí. —Se incorporó, volvió a la puerta para comprobar ambos pasillos y luego con rapidez apuntó hacia la cerradura. Hizo un gesto al pequeño para que se retirara y disparó. La jaula se abrió y el niño quedó en libertad.

Cuando se disponía a salir del lugar, el pequeño la frenó con los ojos, aterrados.

—¿Qué pasa?

—Volverán...

—¿Quién volverá?

—El hombre y sus espectros. Gatean por las paredes y vomitan piedras.

Anabel no daba crédito a lo que decía el niño. Estaba casi segura de que tenían que haberlo drogado para trasladarlo allí. Lo que no entendía era por qué no se había topado aún con ninguno de los cinco de San Petri, si es que estaban todos allí abajo. Cogió de la mano al niño y salió a la galería. Tenía muy claro por dónde regresar, la orientación siempre había sido una de sus mejores cualidades. El plan era el siguiente: pondría al niño a salvo y volvería al pozo a por aquellos individuos, que sin lugar a dudas estaban allí abajo, en algún lugar. Cuando se disponía a avanzar en dirección a la salida, detectó algo que le erizó todo el vello de la piel: había un bulto al final del túnel, un bulto oscuro, con la forma de un animal, y estaba en mitad del camino, bloqueándoles el paso.

—Es uno de ellos...

El pequeño Leo se aferró a su brazo con desesperación y Anabel se colocó delante de él. Apuntó con el arma la figura informe y gritó:

—¡Policía! Levante las manos donde pueda verlas y no se mueva.

El bulto pareció vacilar. Avanzó unos metros muy despacio y Anabel empujó al pequeño hacia atrás.

—¡Le repito que levante las manos donde pueda verlas y no se mueva!

Dio un paso al frente para verlo mejor. Aquella cosa se mantenía estática, inerte. Anabel cogió la linterna y apuntó hacia él sin bajar el arma y en ese mismo momento lo que fuera aquello que tenían delante comenzó a gatear en dirección a ellos.

—¡Dios mío! ¿Qué coño es eso?

Disparó dos veces contra el bulto giboso que rectaba chillando como un animal. El primer proyectil lo alcanzó de lleno y cayó hacia atrás, pero volvió a levantarse y, para sorpresa de la agente, trepó por un lateral y siguió gateando por la pared del túnel.

—¡Le dije que eran espectros! —gritó el niño.

Anabel disparó dos veces más. El bulto cayó al suelo soltando gruñidos y gemidos lastimeros. Fue cuando se dio cuenta de que lo que estaba tirado delante de ella era un niño. ¡Un niño!

—Santo Dios... ¡Es un niño! Pero ¿qué cojones...?

—¡No es un niño!

Miró a Leo y luego volvió la vista hacia el chico de camiseta de rayas que se retorcía en el suelo con los ojos hundidos, negros y vacíos. Anabel estaba paralizada, su mente no comprendía lo que tenía delante ni lo que había visto. Un niño gateando por una pared, un niño chillando como una rata herida con las cuencas de los ojos vacías y la boca abierta sin apenas dientes. Todos aquellos pensamientos se dispersaron en el momento en que Leo tiró de la manga de su chaqueta y señaló el túnel.

—¡Vienen más! —gritó.

Anabel se dio la vuelta, disparó varias veces mientras corría en dirección contraria y giró a la izquierda en el primer túnel. Los chillidos y gemidos se propagaron por todos los recovecos de aquel subterráneo. Corrieron por el pasadizo sin saber muy bien adónde iban, alejándose de aquella algarabía de cuerpos que correteaban histéricos detrás de ellos. Una manada de seres informes que se distribuían por el techo, el suelo y las paredes, y que cada vez estaban más cerca de ellos.

—¡Corre, Leo! —le gritó tirando de él.

El niño apenas tenía fuerzas para respirar y estaba aterrado.

—¡Sigue, cielo! ¡Allí hay una puerta!

Le faltaba el aire, el suelo se hundía bajo sus pies y el agua hacía un sonido desagradable, mezclada con el barro y el lodo. Siguieron corriendo hasta alcanzar una puerta de hierro con un ventanuco en el centro. Empujó con fuerza sin dejar de mirar hacia los extraños seres que se aproximaban cada vez más a ellos. Era horrible observar cómo la histeria de aquellas cosas iba creciendo a medida que se acercaban. De un golpe, y ayudada por el niño, lograron abrir la pesada puerta. Entraron y empujaron con todas sus fuerzas hasta que se cerró con un impacto seco. Por la pequeña ventanita apareció una cara deforme de otro niño, que lamió el cristal y acto seguido desapareció.

—¡Dios mío! ¿Qué coño era eso? ¿Qué cojones nos perseguía? ¡Disparé medio cargador!

Leo se había sentado en el suelo, contra la pared, con las rodillas pegadas al pecho, y miraba al vacío. La habitación estaba totalmente despejada, a excepción de un viejo colchón de muelles con unas sábanas sucias y arrugadas encima.

—El hombre conejo mató a Kevin... Le hizo tragar las piedras...

Anabel estaba fuera de sí.

—¿Qué estás diciendo?

—Primero le obligó a tragar una y respiró, pero la segunda era más grande y no pudo... no pudo... —No fue capaz de acabar la frase. Leo se echó a llorar. Anabel se sentó a su lado tras asegurar la cerradura y lo abrazó.

—Vamos a salir de aquí, ¿vale?

—¡No! ¡No nos dejará!

—Vamos a salir de aquí y te llevaré a tu casa, Leo. Todo saldrá bien, tienes que confiar en mí.

El niño la miró con los ojos anegados en lágrimas y sacudió la cabeza.

—Nunca nos dejará.

50

12 de octubre de 2016
San Petri-Costa de la Muerte (Galicia)

—Lisa dijo que siguiéramos el túnel siempre a la derecha, que ellos harían lo mismo, y no veo que este jodido túnel termine —gruñó Claudio. Se secó el sudor de la frente levantando la cinta de la linterna y luego volvió a colocarla con cuidado—. ¿Veis? Nada. ¡Más túnel!

Enma se giró. Había oído algo, pero no estaba segura de qué.

—¿Habéis oído eso?

—No —respondió Cedric—. ¿Qué?

—No sé. Era como una piara de cerdos en estampida. Creo que me estoy volviendo loca. Al sacudir la cabeza, un montón de trocitos de barro salieron disparados en todas las direcciones.

Claudio la miró y no pudo reprimir una sonrisa.

—Enma..., eres como una momia. Te juro que si no supiera que eres tú y te encuentro en el túnel chillaría como un loco.

—No eres gracioso, Claudio.

—No pretendía serlo. Intento no caer en una crisis.

Avanzaron un poco más y giraron nuevamente a la derecha. Cedric, que iba en primera posición, atento a cualquier sonido de desprendimiento, preguntó:

—¿Y si Bunny no está aquí? ¿Y si realmente solo quería que bajáramos para morir aplastados por uno de estos derrumbamientos y los niños ni siquiera saben que esta casa existe y están escondidos en...?

Se volvió hacia sus amigos. Estaban inmóviles, pendientes de algo que estaba detrás de él. Cedric se giró bruscamente y vio a un hombre. ¿Un hombre? Alzó la vista velozmente hacia su cara. Tenía el pelo algo rizado, los ojos fijos en ellos y vestía vaqueros negros y una cazadora ajustada de color burdeos, o eso parecía. Avanzó y los tres trastabillaron hacia atrás. Claudio se deslizó la mano por la espalda y palpó el cuchillo. Lo cogió, se lo metió en el cinturón por detrás y, cuando el hombre estaba a pocos metros de ellos, frenó en seco y se encogió de hombros.

—¿Me pueden decir qué coño hacen en mi propiedad?

Tenía una mirada dura, fría, y no parecía mostrar un ápice de miedo. Enma detectó un llavero metálico en una de sus manos, que tintineaba suavemente entre sus dedos. El tipo tenía el pelo ligeramente cobrizo. Cuando se aproximó un poco más vieron en él a Liseth.

—¿David? —Enma estaba segura de que era él.

El hombre arrugó el ceño y desvió la vista hacia Claudio y después hacia Cedric. Volvió a mirar a Enma y pareció desconcertado.

—Eres David Barroso. ¿No te acuerdas de nosotros? Soy Enma Lago. Y ellos son Cedric Conrad y Claudio de Mateo. Los Supersónicos.

David pareció levemente desconcertado. Cambió el peso de pierna y miró hacia el pasadizo del que venían. Tenía un rostro juvenil, aunque ya debía de tener cuarenta años. Sus ojos expresaban cierta amargura disfrazada de dureza.

—Estoy poniendo cargas en el lado norte de la galería. No deberíais estar aquí. ¿A qué habéis bajado?

—Han secuestrado a dos niños, David. Dos niños, como la otra vez. Y... —Cedric tragó saliva— todos hemos tenido visiones con el tipo de la máscara de conejo. Teníamos que venir aquí y terminar lo que empezamos. ¿Acaso tú no las has tenido?

David contrajo el rostro y se aproximó más a ellos.

—Tenéis que salir de aquí. Voy a volar todo este pasadizo.

—¡No puedes! —gritó Claudio—. ¡Hay dos niños aquí abajo!

—Me importa una mierda si tengo un coro de ángeles aquí metido tocando el arpa, Claudio. Voy a volar las cargas una por una.

Enma levantó el brazo con la intención de apoyarle la mano en el hombro, pero David Barroso se giró bruscamente y la agarró de la muñeca. Sus ojos brillaban en medio de aquella oscuridad. Apretó con firmeza las mandíbulas y sonrió.

—Suéltala —ordenó Claudio, dando un paso hacia él.

—Hazlo por tu hermano —dijo Enma—. Solo te pedimos seguir el túnel un poco más. Lisa y Dani están al otro lado del túnel que se hundió, debemos dar con ellos. David, tienes que ayudarnos. Conoces mejor que nadie estos túneles. Si los has abierto es por una razón, no creo que te pasees por ellos por entretenimiento.

—Por destruirlo todo, Enma Lago. Porque llevo media vida oyendo su maldita voz en mi cabeza. Media vida encerrado sin poder hablar con nadie, para no darle la satisfacción de sentirme. Sin miedo, sin dolor. Ignorándole una y otra vez. Y ahora venís vosotros y queréis salvar el mundo. —Ladeó la cabeza hacia su hombro derecho y sonrió—. No me jodas... Qué altruistas.

—Queremos destruirle como tú, David. Pero si hay unos niños en algún lugar de este maldito infierno, tenemos que sacarlos de aquí.

David soltó a Enma y miró a Claudio.

—¿Y quién nos salvó a nosotros? ¿Quién salvo a mi hermano, Claudio?

—Puedes cambiarlo —alegó Cedric—. No detones los explosivos aún. Deja que lleguemos al final del túnel que está al otro lado. Nos reuniremos con los demás y, si no hay nada, dejaremos que hundas este pozo con todo lo que hay dentro.

David no respondió, se quedó pensativo. Era imposible descifrar la expresión de su semblante. El niño asustado al que habían visto por última vez aquella tarde en casa de los Barroso se había convertido en un hombre lleno de rencor, atormentado por su pasado. Pero era justo entenderlo.

—Abrí el pozo y asumí las consecuencias de lo que podía suceder por destruirlo —dijo al fin—. Y me he pasado media vida tratando de comprender la naturaleza de ese ser, escuchando en silencio todo lo que decía, que era mucho. Por lo visto, aunque yo lo ignoraba, podía hacer mucho mal. Mucho más que el que nos provocó a nosotros.

—¿Por qué dices eso? —preguntó Cedric, sorprendido—. ¿Qué quieres decir?

—No es un hombre, no lo fue nunca. Ese es el problema, el verdadero problema. Si mueres y regresas, te conviertes en un ser atormentado con una capacidad limitada para hacer daño. Sin embargo, cuando nunca has existido como hombre, posees una naturaleza mucho más retorcida, más corrompida, porque no fuiste humano y, por lo tanto, no tienes recuerdo alguno de una humanidad.

David sonrió. Se giró hacia el túnel de la derecha e hizo tintinear el llavero.

—Pero ¿quién es Bunny? —preguntó Claudio.

—Seguidme. Os llevaré hasta la otra galería y saldréis de aquí cuando os reunáis con el resto. —Miró a Claudio y luego continuó caminando—. Si vuestra pregunta es qué hay detrás de la máscara que cubre el rostro de ese ser, mi respuesta es nada y todo. Bunny es el resultado de todas las catástrofes que acontecieron en estas costas, es un demonio que se alimentó durante siglos de los muertos, la miseria y las injusticias. No todos los barcos se hundieron por un error o un accidente. Muchos transportaban cargas de oro, tesoros y armas, dependiendo de la época. Con cada muerte, con cada catástrofe, él se hacía más fuerte, y con el tiempo comprobé que el túnel era un simple acceso a la realidad humana. Si alguien le escuchaba, si alguien podía oírle, era capaz de matar. Y los niños éramos su alimento más nutritivo. Mi hermano lo escuchaba y pensó que se había vuelto loco. Solo quería dormir, pero, por más pastillas que tomara, las voces y los gritos no se iban... Hasta que las apagó...

—Pero te importa una mierda la vida de unos niños —dijo Claudio.

—No seas grosero —le reprendió Enma.

—No importa, Enma. No. No me importa la vida de dos inocentes si con ellos destruyo a ese ser. ¿Eso me convierte en un monstruo? Pues lo seré. —Se giró hacia ellos y los miró con desdén—. En toda guerra existen mártires, y mi hermano fue uno de ellos. Claudio, un niño inocente, como los otros dos chicos que murieron y que no descansarán en paz mientras ese ser viva. Son sus marionetas y por eso los veíamos. Y él... es el puto titiritero de este infierno.

51

12 de octubre de 2016
San Petri-Costa de la Muerte (Galicia)

Lisa caminaba detrás de Dani, sujetando su mano con firmeza. El túnel en el que se encontraban, el que habían descubierto la explosión y el consiguiente derrumbamiento, parecía más consistente, más seguro que el resto. Durante largo rato sintió temor y se dejó llevar por los pasos de Dani y aquel olfato «mágico» que poseía. La sensibilidad de aquella cicatriz, había pensado ella. Una marca que, sin quererlo, le había unido a ese ser, a los niños, a todas sus visiones. Una señal en su piel por culpa de la cual, cuando cerraba los ojos en busca de una luz, lo único que hallaba era oscuridad.

—Hay una puerta allí al fondo, Lis —susurró Dani. Se quedó inmóvil, miró en ambas direcciones y comprobó que las paredes tenían marcas de arañazos y algo más. Pasó los dedos por la superficie y su rostro adquirió un aire de sorpresa—. Son agujeros de bala. ¿Nosotros hemos bajado alguna arma?

—Solo cuchillos, el tirachinas y mi gas pimienta —le respondió ella.

Dani la miró, de la misma manera que la había mirado minutos antes en el corredor derrumbado, cuando estaba a punto de besarla: con una mezcla de amor, tristeza y melancolía. Tiró de su mano y la colocó detrás de él, situándose delante de la puerta. Giró la maneta metálica, pero no se abrió: alguien la había cerrado con llave o, peor aún, por dentro. Dani no necesitó ponerse de puntillas para echar un vistazo a través de la ventanita de cristal que había en el centro. Examinó el interior, pero estaba demasiado oscuro, no veía nada. Volvió a probar suerte y golpeó la puerta con el puño al tiempo que giraba el pomo tratando de que cediera.

—No soy capaz de ver nada dentro, y la puerta está atascada...

Cuando se disponía a decirle algo más, Lisa sintió un terror repentino. Dani estaba delante de ella. La puerta, tras él, comenzó a abrirse muy lentamente. Cuando Lisa estaba a punto de gritar, Dani se giró y se encontró con el cañón de una pistola apuntándole en la cara.

—La madre que me parió —farfulló.

—¿Anabel? —Lisa salió de detrás de Dani y vio a la agente y, tras ella, a un niño de unos catorce años—. Anabel, somos nosotros.

—Ya sé que sois vosotros —dijo con firmeza—. Daniel de Mateo, no muevas un músculo de tu cuerpo. Entrad aquí antes de que esos malditos bichos os huelan a leguas.

—¿Qué?

—¡Que muevas el culo y entres! —exclamó, colérica.

Les hizo pasar al interior de la habitación y cerró la puerta con cierta urgencia, bajando el seguro metálico y girando el pomo. Lisa vio que el chico estaba acurrucado en el rincón más alejado de la puerta. Apenas podía adivinar cómo se encontraba, porque tenía la cabeza metida entre las rodillas flexionadas y parecía muerto de miedo.

—Levanta las manos —ordenó Anabel a Dani—. Y tú también, Lisa.

—¿Me tomas el pelo?

—Levanta las jodidas manos y quítate la mochila de la espalda muy despacio.

—Anabel, te estás equivocando —dijo Lisa—. Estamos en la misma situación que...

—¿Que yo? ¡Oh, vaya! ¿También os ha perseguido una especie de niños salvajes deformes por el techo y las paredes? Porque eso es lo que nos ha pasado hace veinte minutos y, la verdad, no entiendo qué coño son esas cosas y qué demonios hacéis todos aquí abajo ¡a las diez de la noche!

—Buscar a los niños —respondió Dani, que dejó la mochila en el suelo. Luego se situó frente a Anabel y levantó los brazos—. Sería un detalle si dejaras de apuntarme con la pistola a la cara.

—¿Qué coño hacéis aquí, Daniel?

—Ya te lo he dicho.

Anabel sonrió.

—Ya, claro, buscar a los niños. ¿Y cómo se supone que sabíais que estaban aquí? ¿A eso vinisteis? ¿Quedasteis tan jodidos de la cabeza que teníais que recrear el puto infierno que pasasteis vosotros o...?

—Agente —el pequeño se levantó del suelo, se aproximó a ellos y miró a Dani y luego a Lisa—, ellos no me han hecho nada. No les he visto en mi vida.

Dani iba a decir algo, pero Lisa se adelantó hacia Anabel y se puso delante de la pistola.

—Hace casi treinta años, cuando teníamos la edad de este niño, Anabel, abrimos el pozo, y salió algo de él. ¿Recuerdas las muertes? No era un loco. Era la cosa que liberamos y que nos ha estado atormentando con pesadillas y visiones todo este tiempo. Y a eso hemos venido, a terminar con él.

Anabel los miró como si se sintiera ofendida.

—¿De qué va todo esto?

—Baja el arma, por favor.

—¡Primero decidme de qué va todo esto!

Lisa sintió un deseo irrefrenable de abofetearle la cara a aquella mujer, pero estaba asustada y estaba claro que no comprendía nada de lo que había visto.

—Es un hombre con una máscara de conejo —prosiguió Lisa—. Cuando éramos niños, nos provocaba pesadillas. Teníamos terribles visiones cuando nos quedábamos solos en la habitación.

—¿Un hombre con una máscara de conejo? —Anabel bajó el arma, dejó caer los hombros hacia delante y miró al pequeño Leo—. Eso es lo que viste, ¿verdad, hijo?

El niño asintió.

—Es el hombre que mató a Kevin.

Dani soltó un jadeo y se llevó las manos a la cabeza.

—¿El otro niño está muerto?

—Sí —respondió Leo.

—Y lo mató haciéndole tragar piedras, ¿verdad? —añadió Lisa—. ¿No fue así como lo hizo?

Leo se echó a llorar y asintió.

—¿Qué está pasando aquí? —Anabel empezaba a desesperarse—. Llevo toda mi vida en la Policía, tratando con delincuentes, chiflados y drogadictos. Volví a mi casa para no tener que enfrentarme a ese tipo de chusma, para tener una jodida vida tranquila y a lo mejor formar una familia, y estoy en un puto túnel con... ¿con un monstruo infantil?

—Es más complicado que todo eso —contestó Dani—. Pero te lo contaré.

Comenzó a hablar y, a medida que avanzaba, el rostro de Anabel iba pasando de la incredulidad más absoluta al temor y la duda. Describió con brevedad todos los acontecimientos que se habían producido desde su infancia, lo que había ocurrido y, sobre todo, lo que había creído todo el mundo. Luego los sueños, las pesadillas y el reencuentro con Bunny que les hizo volver a todos. Los naufragios, las visiones de los niños y la escena de hacía unas horas con los pequeños de los mandilones en la playa.

Cuando terminó su perorata, Anabel tenía los ojos muy abiertos y la pistola apoyada en el regazo. Lisa pensó que, si esa mujer no se pegaba un tiro allí mismo, quizá les ayudara.

—Por eso había agua salada en el armario... Señor, esto es de locos.

—Pero sigo sin saber por qué siempre han sido cuatro

niños —añadió Dani—. Cuando nos pasó aquello, mató a dos y todos hemos dado por hecho que le faltaba completar ese patrón y, por consiguiente, se llevó a dos más. Los niños me dijeron que el doctor se volvió loco, lo hicieron de un modo velado, pero en resumidas cuentas fue lo que trataron de decirme. Cedric, por su parte, averiguó que hubo más muertes mal documentadas cerca de aquí, y también tenía que ver con la aparición de cuatro niños mutilados o asfixiados. Y Claus, el antiguo dueño de la casa Camelle, tenía cuatro nietos.

Anabel se sentó en el suelo junto al pequeño Leo y lo besó en la frente con cariño.

—Puede que sea un asesino ritualista; teniendo en cuenta su naturaleza, sería lo más lógico. —Miró a Dani, luego a Lisa y sonrió—. Pasé muchos años en la Unidad de Criminología de Madrid. Nos ocupábamos de trazar perfiles de asesinos en serie. A veces nos topábamos con asesinos itinerantes; otras veces eran simples asesinos al azar, sociópatas, ególatras y ritualistas.

—Pero ¿qué sentido tiene el número cuatro?

Anabel suspiró.

—Pueden ser muchas cosas. Los cuatro puntos cardinales, los cuatro elementos. En los antiguos grimorios que usaban los nigromantes, los puntos cardinales eran importantes, trazaban un símbolo con ellos en el suelo y luego se referían a los cuatro elementos antes de realizar el sacrificio; pero eso son leyendas que nunca se han podido demostrar. Los libros están plagados de simbología cabalística, expresiones ininteligibles y muchas tonterías. Aunque sí nos sirvieron, por aquel entonces, para entender la mente de los asesinos ritualistas. Ellos también siguen un patrón con toda esa simbología.

—Pero Bunny no es humano —replicó Lisa.

—Puede que no lo sea —dijo Anabel—, pero es un asesino.

—Ese ser existe desde antes de que todo esto sucediera. —Dani tenía la vista perdida en un punto de la pared. Se había sentado junto a la puerta y se acariciaba el pelo—. Se alimenta de las desgracias. Por alguna razón, los niños, nosotros, éramos lo único que le permitía actuar.

—Te olvidas de un detalle, Daniel —interrumpió Anabel con seriedad—. A Kevin Costa se lo llevó un hombre de un parque a las nueve de la noche, y a este niño, Leo Valverde, se lo llevó otro hombre de su casa, no una criatura salida de las profundidades del mar con una máscara de conejo.

—Pero el conejo estaba aquí —dijo Leo—. Fue él quien mató a Kevin. Se... Se inclinó de un modo antinatural sobre Kevin y su máscara se movía, como si fuera su cara.

—¿Pudiste ver si era la misma persona cuando entró en tu cuarto, Leo?

El niño desvió la vista hacia Lisa y negó con la cabeza.

—No lo sé. Iba oculto por una gorra o algo que llevaba en la cabeza. Cuando iba a mirar, se me tiró encima el niño del armario, el que escupía algas.

De pronto, un sonido agudo en el pasillo les puso en alerta. Provenía de la galería y era como un chillido seguido de risas y gruñidos guturales que se aproximaban.

—¡Son ellos! —gritó Leo, aterrado—. ¡Vienen otra vez!

Anabel se apuró a abrazarlo.

—Tranquilo. Aquí no pueden entrar. La puerta está sellada. No lo hicieron antes y no lo harán ahora.

Dani se asomó a la ventanilla, pero apenas tenía ángulo para ver nada. Oyó los silbidos y el traqueteo de una multitud correteando muy cerca, pero del mismo modo que apareció se desvaneció.

—Tenemos que salir de aquí. Mi hermano y los demás están ahí fuera y nos están buscando —dijo.

—Aún no, Dani. Esas cosas siguen ahí. Tenemos que esperar un poco más. ¿Recuerdas la libreta que sacaste de la otra habitación? —preguntó Lisa, sintiéndose superada por el agotamiento. Se dejó caer en el suelo y cruzó las piernas como un indio—. El expediente cuarenta y cinco.

Dani asintió, cogió su mochila, sacó la libreta y se sentó frente a Lisa.

—No sé qué podemos sacar de todo esto —murmuró pasando páginas—. Son todo anotaciones médicas, tratamientos para los delirios, terapias de... Señor... Escuchad esto: «Hemos procedido a introducir al paciente ocho en la cuna Utica. El niño presenta delirios que le llevan a sufrir ataques violentos. La jaula de barrotes Utica es un sistema novedoso para calmar dichos accesos psicóticos. El paciente es sedado y permanece durante días en su interior hasta que vuelve a su estado natural.»

Pasó varias páginas más y levantó la libreta para que pudieran verla. Todas las hojas estaban garabateadas con un nombre: Lía.

—Este hombre perdió la cabeza cuando murió su hija —dijo—. Creo que cuidaba de esos críos hasta que el juicio le abandonó y de algún modo lo pagó con ellos.

—Como Claus —respondió Lisa en voz baja.

Anabel se incorporó para acercarse a la puerta, apoyó la oreja en ella y se quedó unos segundos escuchando el exterior, intentando percibir cualquier sonido lejano que pudiera avisarla de que las criaturas estaban allí.

—No se oye nada —dijo—. Creo que es el momento de salir.

52

12 de octubre de 2016
San Petri-Costa de la Muerte (Galicia)

Enma se inclinó y contuvo una arcada. La imagen era espantosa. Había varias jaulas a ambos lados de la galería. Estaban todas cerradas a excepción de dos. El cuerpo del muchacho se encontraba postrado en medio del pasillo. Tenía los ojos muy abiertos y un abultamiento en la garganta y estaba morado.

—Dios mío... —gimió Enma—. ¿Cómo puede hacer esto? ¿Cómo puede matar así a un niño inocente?

—Todavía está caliente —murmuró Cedric, que se inclinó sobre el chico para tocarle el cuello—. Ha tenido que pasar hace poco. No veo al otro niño.

Claudio se giró hacia David, que acariciaba uno de los barrotes con los dedos. Se aproximó a él a paso ligero.

—¿Qué te prometió?

David se dio la vuelta y lo miró con cierta ironía.

—¿Disculpa?

—No me tomes por imbécil, Barroso. Bajas a la galería como si fuera tu casa, no veo que sientas la más leve preocupación por que aparezcan esos bichos y ahora, con este espectáculo que tenemos delante, ni te has inmutado. ¿Qué te prometió?

David tensó las mandíbulas y se acercó un poco más a Claudio.

—No sé de qué coño me estás hablando.

Enma y Cedric se pusieron en alerta. Cedric metió la mano en su mochila y, tras comprobar que Claudio llevaba el cuchillo en el bolsillo trasero de su pantalón, ejecutó el mismo movimiento y lo escondió.

—Llevo escuchándote desde que te ha dado por hablar, David. Nos has explicado con mucha claridad el tiempo que llevas aprendiendo de ese ser, las horas en soledad y toda esa parafernalia que viviste; sin embargo, hay algo que no me cuadra en toda esta historia y eres tú. ¿Esperar a destruir este lugar ahora? ¿Y por qué no antes? ¿Por qué coño no veo a Bunny y a todo ese séquito de engendros que lo acompañan?

—Ya os dije que me daban igual los niños, si con ello terminaba con esa criatura...

Claudio le asestó un puñetazo en la cara y David cayó hacia atrás. Se llevó la mano a la boca y escupió la sangre que manaba de la herida del labio.

—¡Claudio! —gritó Enma.

—¿Qué, Enma? ¿Qué? ¿No es obvio? ¿O soy yo el único que lo está viendo? A estas alturas deberíamos tener a una manada de niños zombis encima y las jodidas orejas en punta detrás de nuestro culo, pero vaya... ¡no están! ¡Qué cosas!

—Claudio —intervino Cedric—, puede que tengas razón, pero este no es el modo de hacer las cosas.

David permanecía en el suelo, aferrado a uno de los barrotes de metal. Se incorporó lentamente y volvió a escupir sangre.

—Gilipollas —susurró.

Claudio puso los ojos en blanco, agarró a David por el cuello de la cazadora y lo estampó contra una de las jaulas cerradas.

—Vamos a empezar otra vez —dijo—. ¿Qué te prometió?

—Estás loco de...

Otro golpe le estrelló la cabeza contra el metal. Claudio abrió la boca en un gesto de dolor y cerró el puño.

—¿Qué te prometió?

—¡Nada!

—Claudio, por favor. Basta ya.

La voz de su hermano le hizo girarse. Estaba en la puerta de la galería junto a Lisa y había un niño y una mujer con él. Se dio cuenta de que era Anabel, la agente de policía. Tenía una pistola en la mano y le estaba apuntando.

—¡No es a mí a quien tienes que apuntar! —gruñó, soltando a David Barroso, que cayó al suelo a cuatro patas y empezó a toser—. Es a este imbécil.

Nada más decir eso, sintió un mareo repentino y violento, como si fuera a perder la conciencia. Menos mal que se agarró a uno de los barrotes. Si no hubiera sido por ese gesto estaba convencido de que se habría desplomado allí mismo. Pero no era su cuerpo, era su cabeza, otra vez su cabeza, y aquellos ataques de ansiedad que le daban desde niño. Se inclinó hacia delante y cerró los ojos. Sintió las manos de su hermano rodeándole los hombros y cómo lo sujetaba para que no cayera.

—Tranquilo —oyó a lo lejos.

Contuvo el aliento, intentando volver a estabilizarse. Su respiración se había acelerado como la de un caballo desbocado y si seguía así iba a perder el control. Vio a David Barroso sentado en el suelo contra la jaula, con la cara ensangrentada y los ojos fijos en él, mientras Anabel se aproximaba y le decía algo. Luego todo comenzó a girar. Una voz. ¿Era a él?

—Necesitamos una bolsa de papel —dijo alguien.

Estaba en el suelo. Veía la cavidad de piedra abovedada y la humedad rodeándolo todo. ¿Aquello era un bulto? ¿O eran dos? Aquel techo era tan alto que apenas podía distinguir entre las motas brillantes que flotaban en el aire, toda aquella oscuridad y las formas. Y luego estaba aquel niño. No el niño que había llegado con su hermano, el otro. Un pequeño y diminuto niño con un mandilón que llevaba aquella bolsa en la cabeza. Claudio tosió y miró al pequeño. Se quitaba la bolsa de la cabeza y se la entregaba con una sonrisa velada.

—Algo va mal, Dani...

Dani estaba sobre él y trataba de entender lo que decía.

—Claudio, tienes que respirar, aquí.

—Dani...

Los bultos comenzaron a desplazarse sigilosamente sobre sus cabezas. Claudio intentaba avisar a su hermano, pero apenas tenía fuerzas para mantenerse consciente.

—Tranquilo...

—Eres tú... —La voz de Lisa les hizo mirar hacia su posición. Estaba delante de David Barroso y lo examinaba con cierta curiosidad y duda—. Tú fuiste el tipo que me bloqueó el paso en los aseos de la estación y me dijo que no viniéramos a la casa Camelle.

David le lanzó una mirada de desprecio. Se limpió el labio con el dorso de la mano y asintió.

—Sí, bonita. Era yo. Venía de viaje y te reconocí en aquel restaurante. Si no te hubiera dado por soltarme dos bolsazos, te podría haber explicado lo que tenía en mente —dijo.

Lisa se giró hacia Dani, pero de repente advirtió la expresión en los ojos de Claudio, que aún tenía la bolsa en la cara y respiraba pausadamente. Miró hacia arriba y vio que se movían varios bultos por el techo. Empujó al niño, que cayó hacia atrás. Sacó de la mochila el tirachinas que llevaba escondido, cogió una de las bolas metálicas y disparó el proyectil, justo cuando el primer bulto se precipitaba sobre Dani.

—¡Anabel, saca el arma! —gritó.

La criatura cayó a un lado aullando y profiriendo sonidos guturales. Ni siquiera tenía forma de niño, a Lisa le recordaba a las gárgolas de las catedrales; pero, a diferencia de estas, no tenía alas y era mucho más grotesca.

—¡Enma! —chilló Cedric—. ¡Coge la antorcha que tienes encima!

Enma soltó un grito cuando una de las criaturas pasó a dos palmos de ella y una bala la derribó casi a medio metro de su cara. Trepó por los salientes de la piedra y, sosteniendo la antorcha, miró a Cedric, que ya prendía fuego a uno de los bultos que yacía en el suelo, e hizo lo mismo con la criatura que tenía a su lado.

El olor a quemado y los gritos agudos mientras aquel ser se retorcía de dolor fueron lo más terrible que escucharon. Leo, que estaba en un rincón, se tapaba los oídos y lloraba muy bajo. Dani se encontraba junto a la puerta. Claudio se había incorporado y arrojó el cuchillo contra otra criatura, que cayó al suelo junto a Cedric. Este estuvo a punto de perder el equilibrio y prenderse fuego.

—¡Tienes otra encima, Lisa! —chilló Enma. Tenía una de las navajas suizas en la mano y se sentía ridícula con aquel cuchillito, anteriormente tenedor y anteriormente una tijerita de costura que no hubiera servido para nada—. ¡Maldita sea! ¿Para qué coño quiero esto? ¿Para qué me sirve esta mierda? —Miró a una de las criaturas y acto seguido le lanzó la navajita suiza acompañada de un grito. La navaja siseó, salió disparada formando una línea recta y golpeó en la cabeza a aquella cosa, que se tambaleó y cayó desmadejada contra una de las paredes—. ¡Ja!

Lisa apuntó con la bola de metal y lanzó la primera descarga, pero falló. La criatura se desplazó hacia una especie de concavidad en la roca y, cuando estaba lista para saltar, disparó la bola y le dio de lleno en la cabeza. Aquel ser cayó delante de David, que reculó mientras Cedric se daba prisa por prenderle fuego.

—¿Veis más? —inquirió Anabel, dirigiendo el arma hacia arriba.

—¡No! ¿Y tú, Dani? ¿Ves más afuera?

Un silencio insondable invadió la estancia. Lisa miró a los demás y luego al niño, que estaba temblando junto a la agente. Esta trataba de consolarlo, y volvió a mirar la puerta.

—¡Dani! ¿Hay algo fuera?

Nada.

Corrió como en su vida hacia la entrada de la galería, pero allí no había nadie. Se llevó las manos a la cabeza y se volvió hacia el resto.

—¡No está! ¡Ha desaparecido!

—¡No...! —sollozó Leo negando con la cabeza una y otra vez—. No...

—Tranquilo, cielo, ya no hay más cosas de esas.

Pero Leo no miraba hacia ninguna de las criaturas. Levantó el brazo y señaló algo. Anabel se quedó pálida. El pequeño Kevin se había sentado con su enorme barriga al aire y miraba al vacío con la boca levemente abierta y los ojos hundidos y amoratados. Enma soltó un alarido de estupor y Cedric dio varios pasos atrás. El niño movió la cabeza y su vientre hizo un movimiento espasmódico. Jadeó, se llevó las manos al cuello tras sufrir una arcada y escupió la piedra que tenía atascada en la garganta.

—Tengo... piedras... Muchas piedras. ¿Qué me pasa?

—Lis —murmuró Claudio con un hilo de voz—, dispara.

—¡No puedo! —sollozó ella.

—Lisa, por el amor de Dios. Ni siquiera es un niño

ya, tienes que dispararle. Si no lo haces se transformará en una de esas cosas. Ese niño ya no es lo que era.

Kevin intentaba levantarse del suelo, pero el cuerpo no le respondía. Profirió un grito y cayó de culo en la misma posición, con la camiseta enrollada sobre su oronda barriga y las manos a ambos lados de la cadera. Era como ver a un pequeño borracho manteniendo el equilibrio. Lisa pensó que aquello era lo más parecido a un zombi que vería en su vida. (Eso si salía viva de allí y podía contarlo. Al psiquiatra.)

—Lo siento... Lo siento mucho... —se oyó decir a Cedric. Acercó la antorcha a la ropa del chico y esta se encendió a una velocidad de vértigo—. ¡Oh, Dios mío!

Cuando el fuego comenzaba a ascender y el chico iba a gritar, Anabel disparó y el pequeño cayó hacia atrás mientras lo consumían las llamas.

—¿Cómo voy a explicar esto...? —sollozó ella—. ¿Cómo coño voy a explicar lo que está pasando aquí? ¡Joder! ¡Acabo de pegar un tiro en la frente a un niño! ¡Joder!

—¡Dani! —volvió a gritar Lisa.

—Algo le pasa a Claudio —chilló Cedric, que salió corriendo hacia él.

53

12 de octubre de 2016
San Petri-Costa de la Muerte (Galicia)

Dani se detuvo y entornó los ojos. Había salido al pasillo, eso era innegable, pero por alguna razón la imagen había cambiado profundamente. El techo estaba totalmente iluminado y un gran número de médicos con sus batas blancas iban y venían de un lado a otro. El suelo no era de barro; estaba liso, pulido, y presentaba un aspecto más lustroso y arreglado. Eran galerías, qué duda cabía, pero la actividad era frenética. Si avanzaba un poco más, podía ver a enfermeras con sus cofias, sillas de ruedas con enfermos que eran desplazados de un lado a otro y a un grupo de niños en fila india, siguiendo a un doctor con bigote y con gafas diminutas y redondas. Pero aquello no tenía ningún sentido, él ya sabía lo que había sucedido en aquel lugar gracias a los pequeños de los mandilones. Se giró y volvió a dirigir la vista a la sala abovedada. Se quedó de piedra. Todos estaban allí, pero la imagen estaba congelada. Podía ver a Lisa, inmóvil, con sus bonitas mejillas hinchadas por la tensión y aquella trágica mirada que siempre la acompañaba; a Cedric un poco más allá, junto a Enma y su hermano, tendido en el suelo, ambos con las antorchas encendidas, un fuego impávido que no se agitaba; a la agente Anabel, con la cara desfigurada por el miedo. ¿Qué estaría diciendo? Era una buena mujer. Dani podía sentirlo, percibía muchas cosas en aquella situación tan extraordinaria.

Miró fugazmente al muchacho, agazapado en el rincón, muy cerca de David Barroso. No detectó ninguna amenaza, como tampoco vio a las criaturas, aunque sabía que en la situación real estaban esparcidas por cada rincón de la sala, unas carbonizadas y otras posiblemente aullando de dolor, o quizá trepando por alguna pared y acechando. Pero ¿qué hacía allí? ¿Por qué nadie se movía y sentía esa calma?

Percibió el sonido rasposo de unas zapatillas arrastrándose en el suelo: un anciano con un gotero caminaba con una bata azul y blanca acompañado de una enfermera joven de labios rojos y mejillas arreboladas.

—No se preocupe, señor Peter —decía ella con voz risueña—. Irá en el barco con todas las comodidades y, cuando lleguemos a destino, el hospital que se ocupará de usted le dará nuevos medicamentos. Se pondrá bien.

Se giró, subyugado por todos aquellos sonidos y aromas que provenían de todos los rincones de aquellos pasillos, y volvió a fijar la vista en Lisa. Estaba junto a la puerta y tenía la mano apoyada en la pared. Se le ocurrió que posiblemente le buscaba a él. Pero ¿dónde estaba?

—Dani.

Una voz familiar procedente del pasillo de la izquierda le hizo dar un paso atrás. Creyó morir de dolor.

—¿Claudio?

Su hermano estaba de pie delante de la galería, con los pantalones de traje, que siempre llevaba perfectamente planchados, y la camisa blanca ligeramente abierta por el último botón. Avanzó con las manos en los bolsillos y se situó a su lado. No le miraba a él, contemplaba las figuras inertes de la sala; sin embargo, Dani no podía apartar su atención de él, porque el rostro brillaba de un modo antinatural y sus ojos expresaban una serenidad que en otro momento no habría experimentado jamás.

—Claudio, ¿qué haces aquí? ¿Qué está pasando, hermano?

Claudio sonrió e inclinó la cabeza hacia el suelo.

—Te dije que pasaba algo, Dani.

—¿La ansiedad?

Claudio negó con la cabeza.

—No, Dani. No era la ansiedad. Estaba sufriendo un infarto.

—¡No! —exclamó con un jadeo. Se llevó la mano al pecho y tuvo que aferrarse al borde de la pared para no caerse al suelo—. Eso no puede ser verdad. ¿Es una trampa? ¿Es Bunny quien hace esto? Es él, ¿verdad? ¡Tiene que ser él!

—No te preocupes, *manito*. Sabía que tenía un problema congénito en el corazón, no creo que los tecnicismos en este momento sean importantes. Me lo detectaron hace un par de años. Ya sabes que nunca me gustó la consulta del médico y no creí que arreglara nada diciéndotelo. —Lo miró y sonrió—. Cuida de Brenda, Dani. Es lo único que te pido que hagas por mí. Va a ser duro para ella, pero con el tiempo superará las cosas y todo volverá a su curso.

—¡No, Claudio! ¡No puedes estar muerto! ¡No era así como lo habíamos planeado todo! ¡Esto no tenía que suceder!

—Dani —apoyó la mano en su hombro y le hizo mirar el interior de la sala petrificada—, escúchame con atención. Nada de lo que tienes delante era lo que tenía que suceder, pero debes fijarte en los detalles más insignificantes y actuar rápido.

—Claudio...

—Dani, por favor —le imploró—. Te aseguro que estoy mejor que nunca y este encuentro debería llenarte de seguridad y fe. Te necesito entero, porque si no lo estás, si no haces lo que te voy a indicar, solo caben dos posibilidades en este momento: que no salgáis vivos de aquí o, algo que aún esperábamos menos, que paséis el resto de vuestra vida entre rejas, porque nadie se va a creer nada de lo que contéis habiendo muertes de inocentes de por medio.

Dani se giró hacia su hermano y lo aferró por los hombros.

—¡No puedo destruir a Bunny si no lo veo, Claudio!

—No puedes destruirlo, Dani. Eso es lo que tienes que entender. Es algo que no esperábamos, algo que no podíamos asimilar, hermano. Por eso estoy aquí. No vengo a explicarte cómo librarte de él, vengo a sacaros de este marrón que os llevará a la cárcel si no actúas rápido.

Dani trató de despejar su mente de todo aquel dolor, centró la vista en la escena que tenía delante y, cuando sintió la mano de su hermano en la espalda, creyó morir de desesperación. Pero Claudio mantenía la serenidad que jamás había tenido y, con un gesto de la cabeza, hizo mirar a Dani y prosiguió:

—Bunny ha jugado con nosotros desde el primer día que nos vio, Dani. No puedes deshacerte de él porque siempre ha estado aquí. En un barco hundido, en la mente de un doctor enfermo por la pérdida de su hija o en la de un pobre marinero enloquecido que mató a sus nietos hace más de cincuenta años. Da igual en quién o cómo, pero siempre estará aquí, porque somos nosotros quienes lo alimentamos. Cuando un pequeño niño kurdo aparece flotando en la orilla del mar, él está ahí; cuando una mujer es violada y asesinada, Bunny está ahí. En cualquier catástrofe, accidente o genocidio, él estará ahí. La máscara, toda esa parafernalia, es un atrezo que ese ser usa para provocar miedo; tu propia mente te dio la explicación a través de tus dibujos, hermano. Siempre habrá un monstruo en un armario, una sombra bajo la cama o un terror nocturno a las tres de la mañana. Vivimos con eso desde que somos humanos y no cambiará. ¿Lo comprendes, Dani?

—No, Claudio. No entiendo nada —sollozó.

—Dani, tú mismo lo dijiste. Solo puede comunicarse con los niños o con un hombre que haya perdido el juicio. Nosotros somos adultos, jamás lo volveríamos a ver en su estado más puro si no era a través de visiones, pesadillas o sueños lúcidos. Pero no vais a acabar con él, eso es imposible. Su naturaleza es mucho más antigua y primitiva de lo que nosotros podríamos llegar a comprender nunca. Aunque puedes librarte de él o incluso puedes dificultar su existencia, llegado el momento.

—¿Y por qué nos hizo venir? ¿Por qué tantos años de esclavitud frente a unas pesadillas que no significaban nada?

Claudio sonrió.

—Porque tiene demasiado tiempo por delante y el día que abrimos el pozo nos convertimos en sus fetiches. Teníamos una función para él, Dani. Escucha con atención. ¿Recuerdas aquel caso tan sonado de la mujer que regresó de la muerte? Tenía un cáncer incurable con metástasis y, una mañana, no se despertó.

Dani se estremeció, miró a su hermano y negó taxativamente.

—Lo cierto es que la mujer despertó del coma. Y cuando lo hizo confesó que donde había estado había comprendido muchas cosas de la vida que nadie podría asimilar jamás. Había profundizado en su enfermedad y sabía cómo curarse, y créeme, un linfoma de Hodgkin no es una gripe estomacal. Ella dijo: «Si vuelvo, lo haré con una energía más pura que me permitirá superar la enfermedad.»

—¿Por qué me cuentas esto ahora?

—Lo que trato de decirte es que lo que yo veo va más allá de lo que tú podrás ver jamás, hermano. Y mi función, mi única función, no es librarte de Bunny, es sacarte con vida de aquí y que no os culpen por unas muertes en las que no habéis tenido nada que ver. Bunny es un resultado, ¿recuerdas eso? Él te lo dijo. Un resultado de los desastres que nosotros creamos. Y eso jamás dejará de suceder. Puedes enterrarle bajo una tonelada de escombros a dos mil kilómetros del polo, que volverá porque es parte de la maldad del mundo, y nosotros somos los únicos responsables de que él exista.

—Qué voy a hacer sin ti, Claudio... ¿Cómo voy a seguir sin ti, hermano?

—Con ella —dijo rozando con los dedos el rostro de Lisa—. Deja de pintarla y construye una vida, Dani. Pero no te alejes otra vez de ella. No lo hagas, porque esta vez sí lo lamentarás hasta que te mueras. Y ahora mira a tu alrededor. Observa cada detalle que ves. Es importante, Dani, de ti depende lo que pase de aquí en adelante.

Dani sacudió la cabeza y ojeó cada uno de los rostros paralizados que tenía delante.

—El diablo es un mentiroso, hermanito. Y le gusta jugar.

Claudio se situó en medio de la sala. Observó su propio cuerpo tendido en el suelo y los rostros congestionados de Cedric y Enma junto a él y sonrió.

—Solo tienes que decir una cosa para cambiar tu destino y es algo muy sencillo: «Vamos a salir del túnel ahora.»

—No lo entiendo. Pero Bunny...

—¡Dani! Olvídate de la raíz del mal. A veces es mejor llevarle ventaja que perderle la pista para siempre.

Dani no había entendido nada.

—¡Dani!

Su hermano desprendía una suave luz. Dio varios pasos atrás y señaló con ambas manos la escena.

—Recuerda, Dani: «Vamos a salir del túnel ahora.» Y que no te importe fracasar. Detrás de cada fracaso hay una lección que hace que avances en la dirección correcta.

—Claudio, no te vayas. No entiendo que...

—Te quiero, Dani, y te querré hasta que vuelva a verte. Díselo también a los demás y diles que, cuando todo era oscuridad..., yo estuve aquí.

54

12 de octubre de 2016
San Petri-Costa de la Muerte (Galicia)

—¡Dani, por el amor de Dios! —volvió a gritar Lisa.

—Lisa...

Lisa se dio la vuelta. Enma estaba desencajada, de rodillas, junto a Claudio, y sus ojos se movían de un lado a otro como si acabara de perder la razón y estuviera a punto de gritar.

—Lisa, Claudio ha muerto...

—¡No digas tonterías!

Anabel dejó caer la pistola y se aproximó a ellos con cautela.

—Dijo que algo iba mal —balbuceó Cedric—. Se... Se tocaba el pecho... Se...

—¡No puede estar muerto! —gritó Lisa—. ¡Eso es imposible! Era un ataque de ansiedad. Un maldito ataque de ansiedad. ¿Verdad, Claudio? ¡Claudio! ¡Claudio!

Gritó y lo golpeó hasta que Cedric y Anabel lograron

apartarla del cuerpo. Lisa estaba fuera de sí. El dolor era demasiado cortante, demasiado profundo como para ignorarlo. Se arrastró llorando hacia una de las paredes y cuando volvió a mirar hacia la puerta de entrada vio la figura de Dani. Todo su pelo era una maraña de rizos sin orden alguno. Tenía las mejillas sonrosadas y los ojos anegados en lágrimas, pero no parecía sorprendido, más bien exhausto, casi podría decirse desesperado. Bajo la atenta mirada de todos, Dani se secó las lágrimas, respiró profundamente y los miró. Las palabras se le atascaron en la garganta mucho antes de empezar a hablar.

—Tenemos... Tenemos que salir del túnel. Ahora.

—¿Qué? —Cedric no comprendía nada.

—Digo que tenemos que irnos, ya. No hay más criaturas, y estamos a poca distancia.

«Hay que salir ya de aquí», oyó en su mente.

—Hay que salir ya de aquí —repitió en alto—. Tenemos que volver a casa.

Quizá Dani se hubiera vuelto loco. Lisa estaba prácticamente segura de que no era totalmente consciente de lo que estaba diciendo. ¿Salir del túnel? ¿Con aquel pequeño cadáver en el suelo?

—Confía en mí... —le susurró alzándola en brazos para ponerla en pie.

—¿Dónde estabas? No sabía dónde estabas.

Él la besó en la mejilla y le rozó el lóbulo de la oreja con la nariz.

—Con mi hermano...

—Vamos, hijo. —Anabel se volvió hacia el pequeño y se quedó paralizada.

David Barroso había cogido el arma del suelo y tenía el cañón de la pistola sobre la frente de Leo.

—No... No podemos salir de aquí. ¡No puede salir de aquí!

—¿Qué estás haciendo? —inquirió Enma, desesperada.

Dani reculó con Lisa a su espalda y echó una mirada rápida a la habitación. Estaban jodidos, o eso era lo que parecía.

—Dos niños. Solo teníamos que dejar a dos putos niños en este infierno y volarlo todo —bramó—. No era tan complicado. ¡No era tan difícil!

—Te los llevaste tú...

—¡Sí, agente! ¡Yo me los llevé! Era la única manera de que me dejara en paz. ¡De que nos dejara en paz, realmente! ¡Pero teníais que venir a joderlo todo! ¡Los Supersónicos!

—¿Crees que te dejaría en paz? —Dani lo miró con recelo y suspiró—. No, David. Te miente y te ha estado utilizando. Nunca te va a dejar en paz. No lo hizo en quince años. ¡No lo va a hacer ahora, porque eres como una cobaya para él!

—¿Qué estás diciendo? —exclamó, indignado—. ¡Me lo prometió! Me dijo que, si le daba las dos almas que le faltaban para completar su juego, no volvería a molestarme y se acabarían las pesadillas. Y yo, tampoco soy imbécil. Por eso puse las cargas en toda la galería. Saldría de aquí y lo destruiría todo. ¡Todo!

—¡Suéltame! —gritó de repente el niño, desesperado.

—¡Calla, imbécil! ¡Lo que no entiendo es por qué coño sigues vivito y coleando! Tenías que estar como tu otro amigo. ¡Muerto!

—David... —Anabel dio varios pasos al frente y, cuando se disponía a hablar, David la apuntó. El disparo le atravesó un hombro.

—¡Dios mío! —gritó Enma. Soltó un jadeo y se tapó la boca con ambas manos.

—David, no lo hagas...

—No pienso pasar otros quince años en ese infierno, Dani. No quiero más voces ni visiones. No quiero dormir a medias. ¡No quiero ir a un puto psiquiátrico! ¡Tengo que matarla! ¿No lo entendéis? Es policía.

—Y no irás... Pero deja el arma, porque si matas a alguien irás a la cárcel.

David empujó al niño y se desplazó pegado a la pared hasta la puerta. Estaba a pocos metros de Dani y Lisa.

—Ah, te aseguro que prefiero vivir entre rejas sin voces a ser libre y esclavo al mismo tiempo de esa criatura. Ese ser quiere a este crío y yo se lo entregaré. ¡Es mi obligación!

—David, es un niño... —Anabel estaba en el suelo, con la mano cubriendo la herida, que no dejaba de sangrar—. Es solo un niño.

—No sé qué parte de «Me importa una mierda» no acabas de entender. Este crío tiene que irse con Bunny. Cuando se ocupe de él, cuando eso haya pasado, volaré todo este maldito lugar como había planeado.

Dani avanzó un poco más y sintió un ligero tirón detrás de él. Lisa empujaba la espalda contra la suya y parecía rotar muy despacio. Cuando David llegó a su altura, le empujó. Fue en ese preciso instante cuando Lisa se giró del todo, levantó la mano hacia Barroso y gritó:

—¡David!

El hombre la miró desconcertado y una ráfaga de gas salió a presión de un pequeño bote que tenía en la mano. Al instante y nada más recibir la descarga de líquido, se inclinó hacia delante, soltó un alarido aterrador y se llevó las manos a la cara, tosiendo y babeando como si fuera a morirse allí mismo. Lisa buscó a toda prisa la bolsa de bolas de acero, pero estaba vacía. Oyó un siseo a su derecha y vio a Anabel con una bola en la mano.

—La encontré en una sala —jadeó.

Lisa la cogió a toda velocidad, la colocó en el tirachinas y apuntó a la cabeza de David, que gruñía como un animal herido con la pistola aún en la mano, apoyada en la sien.

—Por favor, que no falle —susurró antes de disparar.

El proyectil salió directo a la cabeza de David, pero primero arrojó la pistola por los aires; después le dio a él. Cayó hacia atrás y Cedric se lanzó al suelo para alcanzar el arma, que resbalaba por el suelo. Ya con ella en la mano, apuntó a David, pero este había dejado de babear y moquear, estaba inconsciente. Tenía los brazos y las piernas extendidos de un modo caricaturesco, parecía una marioneta así postrado.

Leo corrió hacia la agente y se abrazó a ella.

—¿Es grave? —preguntó Dani mirando su herida.

—Creo que no. Me pasó rozando. No llegó a entrar. Coge mis esposas y pónselas, Daniel. Están en el cinturón. Yo no puedo moverme bien.

55

13 de octubre de 2016
San Petri-Costa de la Muerte (Galicia)

Observaron la casa, plagada de luces de sirenas, coches de policía, ambulancias y personas que subían y bajaban al pozo. Su pozo... Porque era su pozo, su casa, su pueblo. Y a pesar de las pérdidas no podían dejar de amarlo. Qué absurdo e inverosímil, ¿verdad? Ya con todo, esa era la sensación que tenían, los cuatro de pie delante de su eterna fachada fantasmal. Ya no llevaban pantalones de algodón ni pichis abombados. Tenían el aspecto de haber combatido con toda una legión infernal, y no era para menos. Dani había perdido a su hermano, pero incluso con aquel dolor adherido en lo más profundo de su alma, sentía paz. Así fue como se lo contó a los demás, observando la verja de hierro plagada de telarañas, repitiendo cada palabra y cada gesto que Claudio había hecho antes de partir. Quizás ellos nunca comprenderían lo que sintió en aquel momento, pero al menos les daría ese soplo de esperanza y la quietud que la situación les había arrancado de cuajo con su muerte.

Enma lloraba desconsoladamente y Cedric mantenía el rostro tenso, carente de expresión, quizás ausente. Lisa apenas le había soltado la mano desde que salió y en aquel momento Dani pensó que jamás dejaría que la soltara.

—¿Y ahora qué va a pasar?

Lisa miró a Cedric. Era el único que apenas se había pronunciado y parecía trastornado.

—Te dijo que no podíamos acabar con él —alegó—, por lo tanto, caímos en una trampa. Si es el mal, si podemos llamarlo así, volverá en cualquier lugar y jamás lo sabremos.

—Hay mucho que no entendí de todo lo que mi hermano me dijo allí abajo, Cedric, pero tengo la esperanza de que con los días lo vea todo más claro y pueda asimilarlo.

Se giró hacia la ambulancia, que permanecía abierta, y vio a Anabel con el brazo en cabestrillo y una enorme venda cubriendo parte de su hombro y su pecho. Ella le sonrió de un modo circunspecto. El pequeño Leo estaba a pocos metros de ella, con una manta por encima de los hombros, y su madre lloraba desconsoladamente mientras un policía tomaba notas en una libreta.

—Me voy a quedar aquí, chicos —dijo Cedric.

Todos se volvieron.

—Llevo toda mi vida trabajando en absoluta soledad. Llego a mi casa y no tengo a nadie que me reciba. No puedo vivir en esta muerte prematura, no después de todo lo que he visto ahí abajo. Me niego.

—¿Lo haces por ella? —le preguntó Enma—. ¿Por Anabel?

Cedric movió la cabeza con un gesto de reprobación y luego se ruborizó.

—Por ella, por mí... Esa mujer me gusta y si no lo intentó seguiré siendo el mismo niño cobarde aterrado por los prontos de su madre y su autoridad. No puedo seguir así. No quiero.

—Yo volveré con mi familia. Añoro a mi hija y a mi marido, pero... —Enma tragó saliva y suspiró— no voy a vender la casa.

—¿Por qué?

—Porque no quiero perderos otra vez, Lisa. No quiero pasarme otros treinta años de mi vida sin vosotros. Quiero conservarla, pasar... Igual es una estupidez, pero me gustaría pasar aquí las Navidades, los puentes, las fiestas de... ¡Coño! ¿Es una tontería? ¿Lo es?

—No —respondió Dani—. No lo es. Me parece lo más sensato que he oído esta última semana, si te digo la verdad.

—¿Y tú qué harás, Dani?

—Regresar a casa. Tengo una cuñada destrozada a más de mil kilómetros y debo explicarle muchas cosas. Va a ser duro. Y mis padres... Dios mío, me enfrentaría a ese ser mil veces antes que tener que afrontar esto ahora.

—Vamos a casa —murmuró Lisa—. Ya les hemos repetido mil veces las cosas a esos agentes y mañana tendremos que pasar por la comisaría.

Cuando se disponían a marcharse en dirección al coche, Anabel apareció por un lado del camino con la mano apoyada en el hombro.

—Gracias por todo lo que habéis hecho, chicos —dijo—. Me ocuparé personalmente de que destruyan esos túneles. Mi pistola tiene las huellas de David Barroso, así que al final creo que nos libraremos de explicar algo que nos llevaría directos a un centro de salud mental.

—Sí. No creo que la historia real nos beneficiara a ninguno.

Lisa contempló al pequeño, rodeado por los brazos de su madre. Cuando este la miró y sonrió, ella le devolvió el saludo y lo vio alejarse hacia el coche.

—Es un niño fuerte. Se recuperará —dijo Anabel.

—¿Y David?

—No creo que salga de esta, Lisa. La bola de metal le ha provocado un traumatismo craneoencefálico, según el médico que lo trasladó al hospital, y si despertara dudo que lo hiciera con las funciones neurológicas intactas. La hemorragia es grave, aunque sabré un poco más mañana, si logran estabilizarlo. He enviado a dos guardias para que no dejen la habitación... No me fío de nada a estas alturas.

Se dio la vuelta con la intención de irse, pero algo la frenó y volvió.

—Cedric, sé que es abusar de tu confianza, pero ¿podrías conducir mi coche a casa? No puedo hacerlo y no me apetece que me lleve ningún compañero.

Cedric meneó la cabeza como uno de esos perros que se pegaban en los salpicaderos de los coches y tartamudeó.

—Cla... Claro. Por supuesto. No es ninguna molestia.

56

13 de octubre de 2016
San Petri-Costa de la Muerte (Galicia)

Todos se habían acostado, pero Lisa seguía allí, sentada en la penumbra, frente a la mesa de la cocina, con un pequeño papel entre los dedos y las hojas de los naufragios apiladas, como las había dejado Cedric antes de partir. Empezó a sollozar en voz alta. No pretendía disimular la congoja que sentía. Le dolía la cabeza, y el corazón estaba ahí, de alguna manera seguía ahí, roto pero intacto aún.

Pensó en Dani, que apenas había sido capaz de llegar a la cama por sí solo. Guardar las cosas de su hermano quizás había sido la parte más dolorosa de todo: sus camisas, la cartera con las fotografías, las llaves de su casa y algo tan insignificante como aquel paquetito de chicles que llevaba siempre en el bolsillo del pantalón desde que era pequeño. Y pasaría. En algún momento tenía que pasar. Al final el tiempo seguiría su curso y el dolor se transformaría en un pequeño peso plagado de recuerdos, y todos vivirían un poco más hasta el final...

Trató de recordar la noche con frialdad: el momento en que Dani apareció, la expresión de pánico de David Barroso y los ojos levemente entrecerrados del pequeño Leo cuando este lo atrapó y le encañonó. Pero ¿por qué tenía la sensación de que faltaba algo? Repasó mentalmente todo lo que le había contado Dani cuando la policía entraba en el pozo y los artificieros quitaban las cargas de los túneles. Cogió uno de los bolígrafos que Enma había dejado encima de la mesa y anotó varias frases en el papel:

Bunny nunca podrá ser destruido.
Jugó con nosotros desde el principio.
El diablo es mentiroso.
No temas fracasar.

—¡Oh, Claudio! —sollozó—. ¿Por qué?

—Deberías subir a la cama. —La voz de Dani la sorprendió. Estaba de pie con el pantalón del pijama y se apoyaba en el canto de la puerta—. Mañana todavía nos espera un día duro, Lis. Tienes que descansar.

Se limpió la cara con el dorso de la mano y le sonrió. Sintió la misma tristeza que había sentido cuando perdió a su madre, pero aquella era una aflicción que su corazón esperaba. En esos momentos, sin embargo...

—Hubo varios restos de naufragios entre 1921 y 1922 que nunca se identificaron —murmuró—. Lo comprobé hace un rato, ¿sabes? Alguno llevaba a todos esos enfermos, a todos esos niños. Y jamás se sabrá...

Dani se sentó frente a ella y acarició las hojas de papel con las yemas de los dedos.

—Hay muchas cosas que nunca se sabrán, pero somos expertos en ocultar situaciones de ese tipo —dijo quedamente. Se pasó las manos por la cara y suspiró—. Siempre lo hemos sido. ¿Qué importa una más? Lo importante ahora es que ese túnel se destruya y esas pobres almas puedan salir de ahí y avanzar.

—Ojalá yo hubiera podido ver a mi madre como tú a Claudio. Saber que está bien, que donde está no existe el dolor y que algún día podré volver a verla.

—Sabes que es así, Lis. Mi hermano nos regaló algo muy valioso que muy pocas personas pueden saber. Vamos a algún lugar, y eso es... asombroso.

—Y seremos más felices allí. —Balbuceó y rompió a llorar—. Me pregunto por qué tenemos que sufrir tanto en esta vida, si todo es una maldita prueba o una etapa para alcanzar algo que podríamos lograr saltando de un edificio de veinte pisos.

—No lo sabremos hasta que llegue ese momento —susurró. Se levantó, se acuclilló delante de ella y la cogió de las manos—. Lisa, hay algo que mi hermano me dijo que no os conté. Me pidió que construyera una vida y que... —al decir esto sonrió con tristeza— que dejara de pintarte. Lisa, ven conmigo. Entiendo que lo que te estoy pidiendo es una locura egoísta, pretender que abandones tu trabajo y todo lo que tienes, pero no puedo dejarte marchar por segunda vez. No quiero dejarte ir... Llevo toda mi vida aferrado al recuerdo de aquella niña de pelo negro y diadema, lamentándome por lo que no te dije e imaginándome la vida que no tuve a tu lado. No puedo dejarte ir otra vez... No lo soportaría...

—Dani...

—Mi hermano lo sabía. Siempre lo supo. Y te aseguro que no te estoy diciendo esto porque me lo haya pedido él. Lo hago porque por primera vez en mi vida lo escuché en alto. Me oí a mí mismo en él. ¿Puedes entenderlo?

Lisa no paraba de llorar.

—Dejar mi vida —lloriqueó.

—Lo sé, quizá sea una locura, pero lo veo tan claro que...

—¿Mi vida de mierda?

—¿Qué?

—¿A esa te refieres? ¿Dejar mi vida de mierda? —Lisa se rio y lloró—. Creo que podría. Sí. Creo que sí podría.

Dani besó sus manos y la miró.

—Oh, Dios mío. ¿Lo dices en serio?

Lisa asintió mientras él la abrazaba.

—¿Matarás monstruos por mí? —le preguntó aferrándose con fuerza al calor de su pecho.

—No, tesoro. Tú has sido la heroína de esta historia. Tú y solo tú has matado monstruos por mí...

57

13 de octubre de 2016
San Petri-Costa de la Muerte (Galicia)
14:00 h. Comisaría de policía

—Van a detonar las cargas controladas cuando terminen de recoger todas las pruebas. Consideran que estas galerías son un peligro. Ahora que Barroso está en coma, su madre autorizó que se derribe la casa. Esa mujer no superará todo esto. Estaba convencida de que su hijo había logrado recuperarse después de todo.

Anabel estaba sentada en una de las bancadas de madera del pasillo y daba pequeños sorbos al café que le había subido Cedric de la cafetería.

—¿Y tú cómo te encuentras? —preguntó Lisa.

—Sobreviviré. —Levantó la mirada hacia Dani—. Me ha dicho Cedric que vas a enterrar a tu hermano aquí en San Petri.

—Aquí nacimos y seguiremos viniendo —respondió mirando a Enma—. Sobre todo ahora que Cedric ha decidido quedarse y que Enma conservará la casa. Creo que por mucho que a veces nos cueste aceptarlo este pueblo es nuestro único hogar.

—Me alegro mucho —dijo Anabel con cierto rubor.

—¿Cómo está Leo? ¿Has podido verlo?

—Sí, llegó hace una hora con su madre del hospital. Es increíble lo rápido que se recuperan los niños de ciertas situaciones traumáticas. Está declarando sin pestañear, y creo que si David Barroso despierta algún día le esperan muchos años de cárcel. Todo lo demás creo que lo voy a intentar borrar de mi mente. —Cerró los ojos y se inclinó con cierto dolor—. Le había prometido a la madre de Kevin que recuperaría a su hijo... Es lo único que me atormenta de todo esto.

—No puedes culparte por eso —dijo Enma.

—Pero es inevitable en mi profesión.

Dani se levantó y se acercó a la máquina expendedora, que estaba a un metro de distancia. Se abrió una de las puertas del pasillo y Leo Valverde salió seguido de un policía. El hombre le dio la mano con amabilidad y luego se alejó. El niño tenía el semblante algo demacrado, pero sus ojos brillaban y sonreía mientras avanzaba por el pasillo con cierta seguridad.

—¿Cómo estás, Leo?

—Bien, agente. Los médicos me han dicho que no tengo nada roto.

—Eso está muy bien. Ahora tienes que descansar y pasar mucho tiempo con tu madre —dijo Anabel.

—Sí, me espera en el coche. Gracias por salvarme. A todos.

Se giró con elegancia y se dirigió a la puerta. Dani acababa de pulsar la tecla y un paquete de chicles se precipitó con un ruido sordo contra el metal. Cuando alzó la vista, vio al pequeño avanzando hacia él. Sus ojos se cerraron con cierta felicidad. Cuando estaba a punto de acercarse a él para saludarle, el chico le sonrió, giró a su derecha y salió por la puerta.

Miró hacia el exterior. Bajaba los peldaños con las manos metidas en los bolsillos del pantalón vaquero con soltura. Sacudió la cabeza y se volvió hacia el grupo, pero cuando se disponía avanzar, vaciló. Lisa lo observó como si ella también hubiese percibido algo y él abrió los ojos como si acabara de tener una revelación.

«Detrás de cada fracaso hay una lección que hace que avances en la dirección correcta.»

Las palabras de su hermano cobraron sentido en milésimas de segundo. Su mente comenzó a funcionar a mil revoluciones por minuto.

«El diablo es un mentiroso, hermanito. Y le gusta jugar.»

«Recuerda, Dani: "Vamos a salir del túnel, ahora", y que no te importe fracasar.»

«Teníamos una función para Bunny.»

—¿Dani? ¿Estás bien?

Todos lo miraban desde las bancadas mientras él permanecía inmóvil a pocos pasos, con el paquete de chicles en la mano.

—¿Daniel? —Anabel se giró.

—Por eso no podíamos matarle... —explicó—. No porque hubiese otro muerto, David hubiese cargado con eso también, no...

—Dani, ¿de qué estás hablando? —Cedric se levantó alarmado.

—Claudio me dijo que fracasaríamos. Y yo pensé que se refería a que no lograríamos matar a Bunny, pero no era eso lo que quería decir. ¡Fracasaríamos porque lo dejaríamos libre! Ese niño es... él.

—¿Qué? —Enma no entendía nada. Miró a Lisa—. No sé qué dice. ¿Se ha vuelto loco?

—Daniel, no te sigo —respondió Anabel.

—Nos compadeceríamos del niño. ¡Maldita sea! David Barroso no quería matarlo porque creía que así se libraría de Bunny. Dos almas más. Pero esa criatura conocía sus planes, era imposible que no lo hiciera porque podía entrar en su mente. ¡Podía porque estaba trastornada! ¡Como Claus! ¡Como el doctor Jacob! ¡Y porque fue David quien los mató!

—¡Dani, por el amor de Dios! —gritó Enma. Se encogió de hombros y lo miró—. Me estás asustando.

—¡Oh, Señor...! ¿Cómo he podido estar tan ciego? Quería reírse de nosotros y eso es lo que estuvo haciendo durante todas las horas que pasamos allí abajo. Se recreó con todo lo que sucedió, lo observó todo desde su rincón en aquella galería, y cuando lo consideró oportuno, se deshizo de David Barroso. Mi hermano solo quería que David cogiera esa pistola... ¡Que tuviera sus huellas y la pólvora en la mano!

—Oh, Dios mío... No. No puede ser. Yo liberé al niño de...

—¿Sí? ¿Dejó al chico vivo para perseguir ratones por un laberinto? ¿Y la urgencia? Esos niños del preventorio nos guiaron por todo el jodido entramado de pasillos dándonos las pistas que necesitábamos. Bunny entró en la mente enferma del doctor, como hizo con Claus, pero mientras siguiera en el pozo esos pobres infelices estarían condenados a vagar por las galerías. ¿Y qué mente enferma nos queda por descartar?

—Bunny dentro de un niño...

—Sí, Cedric. Por eso Claudio dijo que después de un fracaso uno avanzaba por el camino correcto. ¡Ya sabemos dónde está ese ser! —exclamó con sarcasmo.

—Pero no podemos matar a un niño —murmuró Lisa.

—Y lo sabe...

—Pero ¿por qué? —inquirió con desesperación Cedric.

Dani lo miró, ahogó un jadeo y alzó las manos como si se dispusiera a rezar.

—Porque nunca fue humano. Nos lo dijo David.

—Y los muertos quieren lo que los vivos tienen —murmuró Lisa.

—La vida —sentenció Dani.

58

23 de diciembre de 2016
En algún lugar

Estimados Supersónicos:

¿Todos juntitos en San Petri para celebrar la Navidad? ¡Es enternecedor! Como habéis podido comprobar, no he tardado mucho en emprender mi maravilloso viaje alrededor del mundo. Después de tanto tiempo recreándome con todas las desgracias que «vosotros» causáis, tomarme unas vacaciones era algo que llevaba meditando largo tiempo. Es increíble la de cosas que tenéis a vuestra disposición. Ahora comprendo el amor desmedido por las botellas de ron y las faldas; aunque tenga catorce años, este cuerpo está muy desarrollado, y mi cara bonita y mi don de palabra me abren muchas puertas. (Ahora me estoy riendo.) (Ahora me río mucho más.)

La señora «mamá» sufrió un ataque de pánico el día de mi marcha. Ya sabéis cuál es mi proceder, y las viejas costumbres nunca se pierden. Fue muy divertido ver a la señora «mamá» corriendo como una loca, con la bata abierta por la calle. Se le olvidó abrocharla, así que el espectáculo estuvo servido hasta que la policía la alcanzó en un parque infantil colgando de uno de los toboganes como si fuese un murciélago. Bendita locura. Me encanta este mundo.

La señora «mamá» me preparaba unos alimentos un tanto insípidos (comer es un acto nuevo para mí y algo que actualmente me produce un placer inimaginable); y tenía ese sexto sentido de señora «mamá» que le decía que algo no iba bien. A veces me miraba un poco raro y, aunque sabía perfectamente lo que estaba pensando, creí adecuado no dejarla muy equilibrada. No quiero cabos sueltos, pero podéis hacerle una visita. Está un poco catatónica, aunque no le deseo ningún mal. Desgraciadamente para ti, Anabel —agente de policía intrépida—, la señora «mamá» dejó una nota enviándome con mis tías al extranjero para superar mi trauma lejos de San Petri, así que, si estás pensando en emprender una cruzada en busca de la bala perdida, cometerás un error. ¡No me echéis de menos! ¡Volveremos a vernos!

Después de esta pequeña introducción para romper el hielo, debo confesaros que me siento en deuda con todos vosotros. Lo pasamos bien, ¿verdad? Yo, interpretando mi papel de niño desvalido, y todos vosotros... En fin. ¡Qué dramático todo! Pero ¿sabéis una cosa? Yo también tengo mi corazoncito (ahora me estoy riendo) y tenéis que reconocer que, si no llega a ser por mí, nunca habríais vuelto a ver a vuestros amiguitos de la infancia, y mucho menos, viviríais felices como perdices, con vuestras nuevas rela-

ciones sentimentales. Pero me siento en deuda... A fin de cuentas, sin vuestra intercesión jamás hubiese salido de mi estado primordial. Aunque tenía unas bonitas almas descarnadas a mi disposición, cuando uno lleva tanto tiempo dedicándose a lo mismo, observándoos, manipulándoos y viéndolo y oyéndolo todo, se pregunta: ¿por qué no disfrutar un tiempo de este terrario tan inmenso?

Siento comunicaros que el hecho de que me encuentre disfrutando de mi agraciada juventud no hará que todos los millones y millones de niños duerman tranquilitos. Desgraciadamente para vosotros, no soy el único de mi especie, aunque sí el más antiguo. Así que, Dani, esto va por ti: medita si deseas tener descendencia, porque, llegado el momento, te aseguro que el armario de tus vástagos será como un parque temático, me ocuparé personalmente de que así sea. (Ahora me estoy riendo mucho más.) Las viejas costumbres, ya sabéis. Uno no puede desprenderse de ciertas actitudes después de milenios haciendo lo mismo.

Miro a mi alrededor y veo a personas, cientos de personas, con sus ajetreadas vidas, de un lado para el otro, absortas en su propio egoísmo y lamentándose de lo que no poseen. Es la naturaleza humana, la insatisfacción. Un día os regalan un pedacito de tierra y la colonizáis como alimañas, perdéis la razón por amor y matáis por diversión. Estas son las cosas que entiendo mucho mejor desde que estoy en este bonito cuerpo. Puedo comprender que os dejéis llevar por las pasiones, pero seamos sinceros, chicos..., ¿quién es el asesino de esta historia?

Antiguamente la gente nos temía, rezaba en sus templos para que la tierra diera fruto y, cuando algo malo sucedía, rezaba más para aplacar a sus dioses. Y ahora, ¿qué hacéis? Nada. Sois la especie más evolucionada, no me cabe ninguna duda, pero en vez de usarlo por el bien común, destruís todo lo que tenéis en vuestras manos. Matáis animales por entretenimiento, esclavizáis especies por diversión, los padres violan a sus hijos, y si no fuera suficiente con todo eso, construís armas que podrían destruir vuestro mundo. ¿Por qué razón? Por si acaso. Ese es el verdadero mal, chicos. Y convivís con él cada día. Pero uno no puede esperar nada bueno de un mundo gobernado por líderes corruptos, con una Iglesia pedófila y una civilización que estaría dispuesta a matar por dinero... Y luego Bunny es malo...

(Ahora me río.)

¿Y quién es Bunny? He tenido tantos nombres que ni siquiera los recuerdo; no obstante, tened en cuenta que nuestra función en esta tierra es perturbaros, pero solo vosotros, humanos, matáis. Sí... Ese es nuestro único impedimento, el único límite establecido para los que son como yo: trastornar, manipular, engañar, observar... ¡Ah! Me permití el lujo de acariciar a mi pequeño Dani. A veces alguna marca no es constitutivo de delito y siempre es agradable que te lleven cerca del corazón (ahora me vuelvo a reír).

Pero disiparé alguna de vuestras dudas. Y la primera es que no soy un asesino. Para que yo pueda ejercer cierto poder, uno tiene que poseer ese gen destructivo, esa deliciosa locura, y yo... solo pulso el interruptor. Antes de Claus existieron muchos más, incluso cuando detecté la rabia y la demencia del doctor Jacob. Apenas necesité darle un leve empujoncito para que él solito tomara las riendas de sus actos. Los niños le llamaban doctor Bunny. Siempre se disfrazaba para animar a aquellos pobres condenados, y bueno, cuando ejecutó a los angelitos en el barco, fue... en fin... Me resultó muy divertido «coger prestada» su idea, y lo mismo pasó con aquel pobre chiflado que merodeaba por el bosque cuando erais tan pequeños. Bien es cierto que el muy imbécil encontró el pozo y lo abrió, aunque llevaba tal sobredosis de pastillas en aquel momento que, cuando cayó de cabeza, creí que perdía mi oportunidad y tendría que cargar con un alma no solo dañada, también trastornada. ¡Sin embargo!, el idiota sobrevivió, así que todo lo demás ya era parte de un ritual ancestral: arañas un poco su mente, encuentras la falla tectónica y, ¡tachán!, ¡el caos! Ah... Y no puedo olvidarme de vuestro pequeño y débil David... ¡Qué maleducado! Con las horas que dediqué a ese muchacho, con sus días y sus noches. El muy cabrito se resistía... Hasta cierto punto. Creo que durante un lapso de tiempo creí que tendría que cambiar de títere, hasta que descubrí su plan con respecto a volar el túnel y blablablá... Bueno, el chico no era idiota, solo tenía que dejar que bajara al pozo, explicarle mis buenas intenciones y cuando estuviera despistado... pulsar el botón. La máscara de conejo le queda realmente bien. El gordito estaba aterrado y Leo... Bueno, Leo poseía una belleza insultante y su cabeza me fascinó. Así que... pensé: «¿Y por qué no? ¿Un cuerpo joven, en una época llena de comodidades. ¿Probaré?» Y... ¡aquí estoy!

¡Hay tanto donde escoger! ¡Tanta iniquidad dentro de vosotros! ¿Todavía no os disteis cuenta? Soy energía, una

energía tan primigenia que, cuando existe una leve fisura en vuestras mentes limitadas, quedáis expuestos a cualquier ente aburrido con un poco de imaginación. ¡Y ese es vuestro mundo, chicos! El que pensáis que es vuestro, claro, y el que creéis controlar con todo ese fanatismo y todas esas armas que algún día os destruirán. Pero, para vuestra desgracia, tenéis un cerebro que codifica la información y lo que veis... no es la totalidad.

Igual debería visitar a ese doctor tan amable al que iba Lisa. Aunque creo que revelarle cierta información sería precipitarle a una locura irremediable. Quizá sea divertido, ¡pero tengo tanto que ver!

Os adjunto una bonita postal de uno de los sitios por los que he pasado. ¿Cómo lo habéis adivinado? Sí, me compré esa máscara de conejo para salir en la foto adjunta, en honor a nuestros viejos recuerdos. ¿Me queda bien? La tiré al río después de tomarme la foto. Siento cierto agotamiento con esa ornamentación tan poco sofisticada, pero en aquellos tiempos os daba pánico y fue muy divertido. Y no os voy a decir a los marineros borrachos a lo largo de las costas. ¡Se cagaban encima!

Bien... Vayamos al asunto que nos concierne.

¿Veis mi imagen? Estoy creciendo, ¿eh? Pero la foto no tiene mucho que ver con mi egocentrismo recientemente descubierto. Mirad un poco más allá... ¿Lo veis?

¿Es bonito el puente? A lo largo del día pasan alrededor de diez mil vehículos llenos de familias. Hombres, mujeres y niños que cruzan sobre la autopista para llegar a sus bonitos hogares después de sus trabajos agotadores o sus clases.

Imagino vuestras caras en estos momentos y ahora sí que me estoy riendo.

Quizá sea este mi preciado regalo. O quizá me aburra un poco y os brinde la oportunidad de salvar alguna vida insignificante. ¡O puede que no me canse de jugar! ¿Quién sabe?

Ya lo dijo Claudio.

Soy un gran mentiroso...

Firmado:

Bunny
(qué pereza me da este nombre)

Agradecimientos

A mis dos víctimas más habituales:

Miguel B. Muñiz, que me escuchó hablar del conejo día y noche.

Gabriel Alonso Ferrao, que se agotó con mis ideas, idas de cabeza y siempre ha estado ahí hasta en los momentos más difíciles.

Joan Bruna Ros, porque siempre me lee, siempre me da sus grandes consejos y por las horas de charlas.

Sandra Bruna, por todo el trabajo que desempeña. Mi agente. Una guerrera.

A mi editor, Pablo Álvarez. Escuchar de él lo que opinaba del libro fue como una sacudida de energía para mí.

Y, cómo no, a mi abuelo Julio Ramos Barreñada (que en paz descanse). Sin sus tirachinas caseros mi infancia no hubiese sido la misma.

A todos, GRACIAS